L'INTRUS

TRACY SIERRA

Traduction de l'anglais
par Sophie Taam

City
Thriller

Retrouvez tous les titres City Editions :

www.city-editions.com

© City Editions 2025, pour la traduction française
© Tracy Sierra, 2024
Publié pour la première fois sous le titre *Nightwatching*
par Pamela Dorman Books/Viking, un département
de Penguin Random House LLC
Design de couverture : David Litman
Images de couverture : (de gauche à droite) arbres, Dejan Ilic / Getty Images ;
la femme, Yolya / Getty Images ; maison, Denis Tangney Jr / Getty Images.
ISBN : 978-2-8246-2700-7
Code Hachette : 32 8547 9

Collection dirigée par Christian English & Frédéric Thibaud
Catalogues et manuscrits : city-editions.com

Dépôt légal : Novembre 2025

À Catherine,
ma mère

« Je connais ici,
en Nouvelle-Angleterre,
du beau monde. »

Le Jeune maître Brown,
Nathaniel Hawthorne

1

Il y avait quelqu'un dans la maison.

Elle se tenait dans la chambre sombre de son fils. À travers la porte ouverte au bout du couloir, le palier de l'escalier raide qui menait à la cuisine était faiblement éclairé par une veilleuse.

La veilleuse avait été installée afin que les enfants puissent discerner les marches pendant leurs déambulations nocturnes. Pour les empêcher de tomber, sans que personne puisse les entendre et les aider, quand ils transitaient à pas de loup entre leur chambre à coucher et celle de leurs parents la nuit, en quête d'eau, de réconfort ou après un pipi au lit.

Le vent grinçant qui s'infiltrait dans la vieille demeure faisait craquer son ossature. Sa résistance contre la tempête, sa respiration haletante constituaient des bruits familiers. Mais parmi eux s'en élevaient d'autres qui l'avaient clouée sur place. Également familiers, mais pas à cette heure-ci de la nuit. Alors qu'elle était certaine d'être la seule debout.

Dans les interstices de silence entre deux bourrasques glaciales lui parvenait le souffle d'un poids sur les marches.

C'est ton imagination.

Sa fille dormait dans la chambre d'à côté. Son fils s'était déjà rendormi, à quelques pas derrière elle.

Pendant un instant, l'espoir que ce soit son mari l'exalta.

Arrête. C'est impossible.

Mais ce pouvait aussi être sa fille jouant à nouveau les somnambules. Ils avaient posé un loquet sur la porte de la chambre de la fillette, celle qui menait au vieil escalier de devant – un endroit trop dangereux pour qu'elle y déambule à l'aveuglette. Cependant, il était possible que sa fille soit sortie par l'autre porte vers la chambre à coucher de sa mère. Celle qu'ils laissaient sans verrou malgré le risque qu'elle emprunte l'escalier menant à la cuisine dans un accès de somnambulisme. La porte qu'ils laissaient ouverte pour qu'elle puisse aller aux toilettes la nuit, pour qu'elle comprenne qu'elle était tout de même une grande fille, qu'ils lui faisaient confiance et qu'elle devait se faire confiance.

Oui, ce serait l'explication ! Et tu n'aurais pas entendu le babyphone s'activer.

Son mari avait installé un moniteur pour bébé avec capteur de mouvements dans le couloir derrière la porte sans verrou de leur fille, après l'avoir trouvée trois nuits d'affilée debout à leur chevet, immobile dans le noir, impossible à réveiller.

« Que veux-tu, avait dit son mari en haussant les épaules. Les caméras, c'est mon truc. »

Clic, vrrr, bip ! Le babyphone s'animait dans leur chambre à coucher et leur fille apparaissait à l'écran, floutée et pâlie dans le cadre nocturne, ses rétines éblouies lui conférant un air de spectre animal. L'un d'eux (elle, toujours elle) se levait et interceptait leur fille avant qu'elle se blesse par mégarde. Elle ramenait la petite fille jusqu'à son lit, balayait les mèches noires de ses yeux ouverts et inertes, de sa bouche béante, elle s'asseyait à ses côtés jusqu'à ce que sa fille se soit recouchée, étendue sur son oreiller.

Ce doit être ça. Un accès de somnambulisme.

Et pourtant, elle ne parvenait pas à bouger. Ni à détacher ses yeux de la veilleuse au bout du couloir. Une partie d'elle se souvenait que le bruit causé par sa fille dans cet escalier était simplement différent. Une partie d'elle admettait que parmi toutes ses errances nocturnes, sa fille n'avait jamais effectivement descendu l'escalier. Et le bruit en provenait justement.

Une rime absurde de comptine résonna dans sa tête, l'un de ces trucs qu'on lit et relit sans cesse aux enfants, qui avaient imprégné sa conscience.

Si les souhaits étaient des brochets, on pourrait les préparer en beignets. Si les souhaits étaient des brochets, on les mangerait et ne mourrait jamais.

Un coup sourd, une pause. Un basculement total et instantané dans ses réflexions.

Il s'est cogné la tête.

Cela arrivait parfois aux gens qui n'étaient pas habitués aux excentricités de la vieille demeure. Quiconque dépassant le mètre quatre-vingt-cinq devait pencher la tête ou se courber pour esquiver l'encoignure abaissée du plafond au virage de l'escalier provenant de la cuisine.

Il y eut des bruits discrets de frottement tandis que la personne s'ajustait. Recalculait. Se remettait en mouvement.

Elle vit des doigts envelopper la rampe, telles des pattes blanches d'araignée.

L'intrus gravit lentement les marches jusqu'à ce qu'il eût atteint le palier, ses traits invisibles se fondant dans l'obscurité et la lueur de la veilleuse au ras du sol derrière lui. Pendant une fraction de seconde, en regardant la silhouette, elle vit son mari. Ouvrit la bouche pour l'appeler, lui demander comment il était rentré à la maison.

Mais ton mari ne se cognerait pas la tête. Il n'est pas assez grand.

Cette pensée apporta la clarté. La forme se dissocia de lui aux contours et se mua en un inconnu.

C'est un homme.

Il était grand. Ses bras pendaient, mous et longs. Sa présence possédait la vague familiarité rance de quelque chose de pas net, pourri, qu'elle avait déjà goûté, mais ne pouvait resituer exactement.

Tu le reconnais ? C'est qui ?

Il inclina la tête et plongea le regard dans cette masse de ténèbres qui emplissait le long couloir où elle était tapie.

Elle savait, en toute objectivité, en toute rationalité, qu'il ne pouvait pas la voir. Combien de fois s'était-elle postée à cet endroit précis, exactement de la même façon ? Combien de fois avait-elle contemplé ce corridor sombre, irrégulier, menant à la partie la plus ancienne de la maison, où elle se tenait maintenant dans la chambre de son fils ? S'efforçant de distinguer au beau milieu de la nuit si la porte était ouverte, si son petit garçon n'était pas là, debout, mais elle n'avait jamais aperçu rien d'autre que la pénombre. Car la veilleuse sur le palier, au ras du sol, pourtant si faiblarde, l'aveuglait au-delà de son périmètre ténu. À chaque fois, systématiquement, elle devait presque atteindre la porte de la chambre du garçonnet pour s'assurer que oui, son fils était bien là, hors du lit, à la regarder en silence. Au lieu de dormir tranquillement.

La lumière doit l'aveugler. Il le faut.

Le visage de l'homme était transformé en crâne par la pénombre. Une cavité noire là où auraient dû se trouver les yeux. La lueur s'accrocha à ses lèvres, dessinant un sourire démesuré. Tout son être lui semblait si énorme que cela dépassait la limite du concevable. Si plein que sa bouche, ses narines, ses oreilles devaient être bourrées de chair.

Elle suffoqua. C'était la consistance de l'intrus, ses détails humains, qui lui coupaient le souffle.Ses cheveux blond cendré, coupés court, étaient ébouriffés comme ceux d'un enfant après une nuit passée sur l'oreiller. Son t-shirt noir à demi rentré à la taille. Il prit appui sur son autre pied. Se gratta le bord d'une narine, puis massa l'endroit où il avait dû se cogner la tête.

Elle écarquilla les yeux. Son sang se mit à bouillonner et à bourdonner dans ses tempes jusqu'à tout assourdir. Elle se rendit compte qu'elle tremblait, et fut assaillie de honte d'être ainsi complètement incapable de contrôler son propre corps. Elle se souvint de cette honte. Vit dans sa mémoire un sol en linoléum. Pas de lutte, pas de fuite, mais simplement l'immobilité frémissante la plus totale et absolue.

Et le temps. Quelque part, une horloge doit dire *tic, tic, tic. Toc, toc, toc,* s'écoulent les secondes infinies.

Une minute, deux ? Dix ? Respire. Réfléchis. Il te voit. Te voit-il ?

La carrure de l'homme lui rappelait d'une manière insoutenable à quel point elle-même était frêle. Son ombre allait jusqu'au plafond, projetée par la lueur blafarde de la veilleuse.

Il est dans ta maison. Ta maison !

Voilà pourquoi son sang assourdissait ses oreilles. Pourquoi la terreur l'évidait jusqu'à l'apesanteur.

Quelqu'un qui gravissait l'escalier, qui écartait le rideau ?

Oh oui. Quelqu'un comme ça ne plaisante pas.

Mais... peut-être n'existe-t-il pas vraiment ? Peut-être que tu vois des choses.

Cette idée la submergea. L'homme était peut-être un cauchemar vivide. Ou l'une de ces peurs qu'elle malaxait entre le pouce et l'index, l'un de ces soucis qu'elle convoquait et polissait pour apaiser ses fantasmes morbides durant ses insomnies nocturnes, passées à fixer le plafond de la chambre.

Comment peux-tu inventer des trucs aussi horribles ? C'est ça, ce n'est que ça. Une imagination débordante. Un rêve. Un, deux, trois, inspire, expire, ouvre les yeux. Et pouf ! il aura disparu. Tu vas voir.

Mais après qu'elle se fut forcée à fermer les yeux, puis à les rouvrir, l'homme ne s'était pas volatilisé. Pour la première fois, elle remarqua qu'il portait des tennis.

Elle en comprit viscéralement l'enjeu : il n'aurait pas pu marcher dans le blizzard avec ces tennis. Elle l'imaginait assis sur le banc dans le hall d'entrée en bas de l'escalier. Enlever ses bottes de neige. Les placer soigneusement par terre, l'une à côté de l'autre. Extraire les tennis d'un sac et les enfiler. Un convive respectueux de la maison. Prévoyant de rester un moment.

Il ne plaisante pas, pas du tout.

Ses yeux oscillèrent latéralement et perçurent les flocons de neige qui tombaient encore. Leur blancheur était la seule chose visible à l'extérieur, quand ils touchaient le bout de vitre qu'on apercevait entre les rideaux avant de virevolter au loin, se posaient sur les carreaux et adoucissaient leurs angles. Avant que ne débute la tempête du nordet, il y avait déjà une couche d'au moins trente centimètres. À l'heure du coucher, le sol était recouvert de presque soixante centimètres de neige. Et maintenant...

Eh bien, elle n'aurait pu dire, de là où elle se tenait. Mais elle savait que sa maison, la propriété entière, le monde entier, étaient densément enveloppés.

À côté de la fenêtre se trouvait le lit de son fils. Le garçonnet était recroquevillé, une minuscule et tendre bosse endormie, sa poitrine se levant et s'abaissant d'un mouvement très léger sous la couverture verte. Une touffe de cheveux et une courbe d'oreille, c'était tout ce que l'on distinguait dans la pénombre.

Lorsqu'elle regarda la forme de son fils, son cœur fut saisi de tant d'amour et de panique qu'elle faillit en grogner de douleur. Elle pensa à ses joues pleines, douces, la façon dont elles se fondaient dans les os délicats de sa mâchoire. Les proportions si adorables, si joliment ciselées de son être miniature. Son torse, sa bedaine évoquant une calebasse. Ses membres fins et ses hanches droites. Son propre fils, petit et parfait, qui constituait déjà une personne achevée et complète, quoique miniature. Quoique nouveau venu ici.

Et maintenant ?

Que va-t-il arriver à cette petite personne ?

Elle détourna à contrecœur les yeux vers l'homme.

Dix secondes ? Dix minutes ?

Il était là depuis seulement un instant. Il était là depuis toujours.

Mais ça ne peut pas arriver. Ceci ne peut pas arriver. Pas à toi.

Ce genre de trucs arrivent. Ce genre de trucs arrivent tous les jours.

Ça doit être de ta faute. Qu'as-tu fait pour que ça arrive ?

Un élan de désespoir lui paralysa la langue.

Tu avais tout bien fait, pourtant ? Fermé les portes à clé. Les fenêtres.

Qu'as-tu fait pour mériter ça ?

Mais elle savait mieux que quiconque que le mérite n'a pas grand-chose à voir avec le destin. Elle aurait juré que personne ou presque n'avait jamais donné sa permission pour les pires trucs qui lui soient arrivés.

L'homme se tenait, patient, dans le halo de lueur faiblarde. Une patience atroce, à faire grincer des dents. Elle l'observa tandis qu'il épiait les moindres signes de vie. Elle l'observa choisir son prochain mouvement.

2

Dans la chambre obscure de son fils, elle sentait de manière aiguë la présence de la porte derrière elle donnant sur le palier de l'escalier de devant. Jadis, il avait constitué l'unique escalier de la demeure. À l'autre bout du palier se trouvait la porte de la chambre de sa fille, qu'ils laissaient, pour sa propre sécurité, fermée par un loquet de leur côté.

Dans son esprit, elle voyait chacun d'eux comme l'élément d'un schéma. Son fils ici, sa fille endormie dans sa chambre. L'homme qui attendait en haut de l'escalier menant à la cuisine. Il se tenait entre elle et l'extension moderne attachée à l'arrière de la bâtisse originelle. Entre elle et sa chambre à coucher, son bureau, le garage. Ce qui signifiait qu'il était entre elle et son téléphone sur sa table de chevet. La voiture dans le garage. Le revolver bien à l'abri dans le coffre-fort mural. Les balles pour le revolver cachées tout en haut du placard de son mari. Entre elle et son ordinateur, installé dans la chambre d'amis qui faisait office de bureau. Il se tenait là, entre elle et toute possibilité de secours, de communication et de soutien.

Elle ressentit le besoin de griffer quelque chose.

Tiens-toi tranquille, tiens-toi tranquille ! Sinon il va te voir.

Stupéfaite, elle s'aperçut qu'elle était complètement trempée de sueur. Une sueur visqueuse, amphibie, de trac, dont la froideur s'accrochait à chaque centimètre de peau dans une pression douloureuse. Le liquide avait déjà imprégné le t-shirt et la culotte avec lesquels elle dormait. Sa robe de chambre, enfilée comme barrière contre l'inéluctable fraîcheur hivernale de la demeure, était devenue moite et se plaquait contre elle.

L'homme extirpa quelque chose d'une poche sur sa poitrine gigantesque. Il le laissa pendre d'une main. Un objet oblong, lourd mais mobile, qui oscillait légèrement.

CLAC ! Il le balança et frappa son autre palme. Le bruit inattendu, le poids, la réalité, l'implication de cette arme non identifiée qu'il tenait, ôta toute tension dans ses genoux, si bien qu'elle dut lutter pour ne pas tomber.

Le fait que cet homme ne porte pas de masque ajoutait un aspect irréel à la situation, dans ce nouveau monde où chacun en portait. Et lui, ici, faisant cela, à visage découvert ?

Mais il portait des gants. Des gants en plastique blanc qui luisaient dans la lueur blafarde de la veilleuse.

C'est un problème s'il y a des empreintes digitales, mais pas si l'on voit son visage, parce qu'il va nous tuer.

Elle secoua la tête d'un geste si vif et crispé qu'elle entendit l'océan.

Arrête ! Ne sois pas ridicule, calme-toi, réfléchis posément.

Non. Tu es en train de réfléchir posément. Ce n'est pas une plaisanterie. Il y a des enjeux. Tout est en jeu. Ne prétends pas le contraire. Regarde-le. Pas de masque. Des gants. Des tennis sèches. Une arme. Il est préparé. Il va leur faire du mal. Te faire du mal. Le reste n'est qu'un doux rêve. Tu le sais. Tu connais les limites qu'il a déjà franchies. Être gentille, penser positif... Non.

Dans un élan de détresse, elle vit que c'était déjà trop tard. Que pouvait-elle faire d'autre que lui offrir une nuque docile et feindre qu'elle était ailleurs ? Aucun moyen de le combattre. Pas d'arme, pas d'aide. Deux enfants en bas âge et elle, petite, affaiblie, gracile. Aucun moyen de gagner, défendre, protéger. Elle se recroquevilla de l'intérieur avec l'acceptation désespérée qu'elle avait effectué ses calculs, esquissé toutes les options, et n'était simplement pas à la hauteur de la tâche.

La peur de souffrir, la terreur de ce qu'il pourrait faire constituaient une anticipation insoutenable. La panique qui assaillit son corps frigorifié la transforma en fil sous tension dénudé, mais incapable de libérer une charge.

C'est la séquence du film que tu n'es pas autorisée à voir. Quand ils doivent faire un fondu au noir pour la scène sur le point de se dérouler.

L'homme s'inclina en arrière et fit craquer sa colonne vertébrale comme un coureur s'apprêtant à s'élancer sur la piste. L'arme singulière semblait pendre et alourdir mollement sa main.

Le visage immense se tourna lentement quand l'homme regarda dans la direction opposée, vers le vestibule de l'extension moderne. Le poids de son corps changeant d'appui fit grincer le sol sous ses pieds.

Toujours bercée de l'illusion, de l'espoir profondément ancré qu'elle sombrait dans la folie, que tout cela n'était que le fruit de son imagination, elle se dit : *Bien vu, cerveau, se rappeler le détail du plancher qui gémit à cet endroit précis.*

Il avança d'un pas, puis d'un autre. Elle cilla d'incrédulité tandis qu'il s'éloignait d'elle. Il traversa le vestibule de l'extension avant de franchir le seuil de sa chambre à coucher et d'y disparaître. Puisque, en se tournant, il s'était éloigné et non approché d'eux, un espoir minuscule s'esquissa en elle, pétilla au bas de sa nuque.

Fais quelque chose.

Elle était debout au beau milieu de la nuit à cause de son fils. Il l'avait réveillée d'une façon éminemment perturbante, comme d'habitude. En grattant un ongle contre sa paupière. En enfonçant un pouce dans son oreille. En tirant adroitement un seul de ses cheveux. Ce soir, il lui avait pincé les narines jusqu'à ce qu'elle se réveille en suffoquant et battant piteusement des mains dans l'air. Elle avait suivi son petit garçon dans le couloir, son corps minuscule et fonctionnel à peine visible dans l'obscurité totale. Elle savait qu'il était inutile de le questionner sur le cauchemar qui l'avait poussé à la réveiller. Son fils les oubliait presque toujours instantanément. Ce qui restait était ce sentiment d'horreur, une étrangeté qui s'attardait, le besoin qu'une autre personne soit debout. Cette nuit, comme toujours, elle avait gentiment gratouillé son crâne pour l'apaiser jusqu'à ce qu'il sombre à nouveau dans le sommeil.

Les cauchemars du petit garçon avaient commencé quelques semaines après le début du confinement.

On croit cacher nos peurs à nos enfants, mais ils les absorbent comme ils absorbent notre sang.

— Est-ce que quelqu'un arrive à dormir dans cette baraque ? avait râlé son mari.

Il avait énuméré les problèmes sur ses doigts.

— Accès de somnambulisme, terreurs nocturnes, insomnies, cauchemars, trop chaud, trop froid, trop mouillé, trop soif. Trop fatigué !

— Eh bien, avait-elle répondu en bâillant, *toi*, en tout cas, tu n'as pas de problème pour dormir.

— C'est vrai, avait-il dit. J'ai le mur « maman » pour me protéger. Pourquoi réveiller ce pauvre vieux papa quand on peut réveiller maman ourse ? Employer les grands moyens ?

— C'est qui que tu appelles « ourse » ? Et c'est bien la première fois que quelqu'un me qualifie de « grande ».

Son mari lui avait décoché son sourire charmeur irrésistible.

— Petite maman alors. Il vaut mieux réveiller petite maman menue et *séduisante.*

Et donc, son fils la réveillait, elle, jamais son mari, et elle le suivait en silence dans le noir, le bordait dans son lit. « Dodo, l'enfant do, l'enfant dormira bien vite, dodo, l'enfant do, l'enfant dormira bientôt. » Elle balayait les cheveux noirs enchevêtrés aux longs cils du petit garçon, les dégageait des coins de ses yeux déjà assoupis. Et elle se retrouvait complètement alerte, assise au bord du lit, attendant de voir si l'interruption des caresses réveillait son fils, comme c'était souvent le cas, ce qui exigeait qu'elle réitère le processus. Puis elle marchait à pas de loup dans le couloir, se recouchait et fixait le plafond, cogitant, incrédule, sur la peur étrange récente qui s'était emparée du monde. Réfléchissant à ce qu'elle avait mal fait. À ce qu'elle aurait pu contrôler si elle avait réfléchi à plus long terme, avec plus d'attention, plus en amont. Elle imaginait d'autres mondes où les choses se seraient passées différemment. Mieux. Pire.

C'est pas ta faute.

C'est entièrement ta faute.

L'homme disparaissant à travers la porte de sa chambre lui évoquait son petit garçon se réveillant d'un rêve. Un cauchemar s'en allant à contrecœur, laissant dans son sillage frémissant un vide singulier.

Hier, en haut de l'escalier, j'ai rencontré un homme qui n'était pas là.

Sa peau se craquela. Ses dents se décrochèrent.

Que vas-tu faire ?

Elle eut la vision d'elle réveillant les enfants, les traînant dans la neige dehors, devant les anciennes portes d'entrée en bas de l'escalier derrière elle, à cinq et huit ans, tous deux pieds nus, en pyjama, elle en robe de chambre et pantoufles, puisque les chaussures, les manteaux, la voiture, tout – *tout !* – se trouvait de l'autre côté de la maison.

Il nous rattraperait. Facilement. Immédiatement. En fouillant la maison ou, si on essaie de s'enfuir, dans la neige. Et le premier voisin habite tellement loin. Huit cents mètres ? Minimum. Minimum ! Et dans cette tempête. Et avec ces bourrasques. Une température polaire record, ils ont dit. Chutes de neige record.

Pas le temps. Pas le temps. Fais quelque chose.

Elle fut brièvement saisie par la prise de conscience que pour la première fois, elle se sentait en vie et, plus étonnant encore, elle désirait, de toutes ses forces, rester en vie. Mais sa surprise allait atrocement de pair avec une peur profonde. Peur de la violence cinétique de l'homme. Ce qu'il pouvait faire avec cette drôle d'arme. Peur de cette énergie potentiellement déchaînée sur ses enfants. Peur de la douleur physique. Elle ne l'avait jamais bien gérée.

Qui gère ça bien ?

Alors, une possibilité. Dans le maelström de frénésie animale, d'adrénaline et d'impuissance qui la submergeait, elle se souvint de l'endroit secret.

3

Plus tard, elle aurait l'impression qu'elle avait été possédée. Lorsqu'elle vit l'homme franchir le seuil de sa chambre, lorsqu'elle se souvint de l'endroit secret, c'était comme si elle était sortie de son propre corps. Elle se voyait de l'extérieur, troublée par les actions qu'elle entreprenait, se disant : *Hé, regarde ce qu'elle fait. Tu serais incapable de faire ça.* Cependant, malgré la dissociation, elle sentait toujours ses mains qui tremblaient. Elle avait toujours dans la bouche le goût acide de la terreur.

Elle se vit glisser dans une poche de sa robe de chambre la tasse porte-bonheur que son fils utilisait la nuit, et dans une autre, le poupon à tignasse. Se vit plier soigneusement la couverture, soulever le garçon endormi dans ses bras. Il bougea, puis s'apaisa à nouveau contre son corps. Ses petites jambes potelées pendaient, sa tête était fermement appuyée contre son épaule. Il inspirait et expirait l'odeur familière de transpiration de maman, les bras détendus et confiants.

Son fils sentait la bave. La chaleur. Une odeur unique et universelle. « Je t'aime, murmura-t-elle d'un ton feutré dans ses cheveux en le tenant, tandis qu'elle se hâtait vers la chambre de sa fille. Je t'aime. »

Elle tira le loquet qui condamnait la chambre de sa fille en cas d'accès de somnambulisme, ouvrit la porte et entra. La fillette ronflait. Dans son esprit resurgit un souvenir de sa fille bébé, et elle et son mari en train d'étouffer des gloussements devant une série d'énormes pets, de ronflements tonitruants, tout cela émanant d'un nouveau-né si minuscule et angélique.

— Elle tient de son père, avait-elle chuchoté avec un sourire taquin.

Et son mari, ses mains posées sur ses hanches, avait émis un bruit de ronflement monstrueux et lancé :

— Je ne te le fais pas dire !

Elle avait failli réveiller le bébé en explosant de rire.

Elle s'assit sur le lit de la fillette. Avec son fils calé sur ses genoux, elle tendit la main et toucha l'épaule de la petite fille. Celle-ci roula immédiatement dans sa direction, se frotta rudement les yeux avec ses poings, comme à son habitude.

— Maman ?

— Chuuut, chuuut, mon ange, dit-elle en caressant les cheveux de sa fille trop vite, trop fébrilement. Tais-toi. S'il te plaît. Tu dois m'aider. On doit descendre. Par l'escalier de devant.

Sa fille leva le regard sur elle, écarquillant ses yeux confus et interrogateurs.

Aucun réconfort dans tes mains, ta voix. Tu n'y peux rien.

— Pourquoi, maman ?

Pourquoi, pourquoi, toujours pourquoi, ils n'arrêtent pas de demander pourquoi ? Pourquoi ne peuvent-ils pas juste faire ce qu'on leur dit ? Pourquoi ne peuvent-ils pas juste obéir ?

Elle eut une envie irrépressible de mentir. De protéger la fillette de la terreur. De la réalité. Mais elle se releva, cramponnant son fils, et s'entendit répondre :

— Il y a quelqu'un dans la maison. Quelqu'un de méchant. Nous devons nous cacher. Tout de suite.

Le visage de la fillette se déforma, comme sur le point d'éclater en sanglots.

— Non, non ! dit-elle en parvenant à saisir l'épaule de sa fille. On n'a pas le temps.

Sa fille hocha la tête et rejeta la couverture. Le dessus de lit avait relevé sa longue chemise de nuit rouge jusqu'aux cuisses et dévoilait des jambes malingres et des genoux protubérants. Les endroits où la dépigmentation avait blanchi sa peau, au niveau des pieds et des chevilles, paraissaient lumineux même dans le clair de lune assombri par la tempête. Lorsqu'elle se mit debout, la chemise de nuit retomba sur ses jambes. La fillette agrippa son lapin rose en peluche élimé et le serra contre sa poitrine.

Sa gorge se noua de peur devant la beauté de sa fille. Celle-ci possédait ce charme gracile qui plane sur le pont horrible et instable traversant la lisière de l'enfance.

C'est un problème.

Cette préoccupation n'était pas nouvelle, mais dans ces circonstances, elle était plus urgente, plus manifeste. Plus terrifiante.

Un gros problème.

Sa fille la suivit en traînant des pieds vers le palier, referma doucement la porte de la chambre derrière elle.

Elle n'empruntait quasiment jamais cet escalier, ayant très rarement besoin d'aller du bureau de son mari ou de l'autre pièce, devenue la salle de jeux, jusqu'à la chambre des gamins. Mais ses enfants l'utilisaient souvent pour se rendre de leur chambre à la salle de jeux, et il y avait des traces d'eux partout. À travers les vitres du palier et le vasistas au-dessus de la porte, la lune cachée par les nuages éclairait faiblement l'escalier. Un chevalier en Lego trônait fièrement sur la rampe. Un ours en peluche gisait face contre terre dans un coin, manifestement tombé d'un rebord de fenêtre. Un ruban était entortillé entre les barreaux de la rambarde. Ces détails lui entaillèrent le cœur comme si elle avait déjà perdu ses enfants, déjà échoué à les protéger, et que ces objets étaient tout ce qui restait d'eux.

Sa peau frémit dans le courant d'air froid qui traversait l'escalier. Le blizzard crachait des fragments glaciaux de sa violence par les interstices entourant les vieilles portes en bas. Elle se vit sur les marches, choquée de découvrir que dans les recoins de sa mémoire, se logeait chaque point faible de cet escalier rarement emprunté, chaque endroit vacillant susceptible de produire un craquement. Portant son fils, elle marchait sur la pointe des pieds, reliant les endroits les plus robustes du passage, une sorte de danse descendante où elle enjambait même parfois les degrés les plus bruyants.

C'est bizarre, tellement bizarre, comment fais-tu un truc pareil ? Tu n'es pas capable de faire ce genre de chose.

Mais le pied de sa fille atterrit franchement au beau milieu de la première marche. Le bruit que cela produisit les submergea, une malédiction en écho.

Avec les portes fermées des chambres donnant sur le palier, avec, en fond sonore, le vent qui s'infiltrait dans la demeure, peut-être que l'homme n'avait rien entendu ? À quelle distance se trouvait-il maintenant ? Était-il près d'eux ? Là-bas, de l'autre côté de la maison, il avait dû immédiatement remarquer les couvertures rejetées, les lits fraîchement vidés, le téléphone en train d'être rechargé.

Il se dirige déjà peut-être vers ici pour nous retrouver. Ou bien il fouille en bas, croyant que tu t'es endormie sur le canapé.

— Chut, fais doucement, tout doucement, marche sur les bords de l'escalier, sur la pointe des pieds, murmura-t-elle à sa fille. C'est bien, mon ange, tu peux y arriver !

— D'accord, maman.

La fillette descendit prudemment, en évitant le milieu de chaque marche.

Oui. Quelle adorable bambine. Quelle petite fille courageuse. La meilleure petite fille au monde.

En bas de l'escalier, ils tournèrent vers la droite et pénétrèrent dans le bureau de son mari. Il aimait son atmosphère sombre. Elle préférait son aménagement sous les plafonniers aveuglants de la chambre d'amis. Dehors, par chaque fenêtre, on apercevait la neige. Soufflant, dérivant, s'amassant.

Elle posa délicatement son fils dans le fauteuil du coin, et il se recroquevilla en une boule de chaleur, toujours endormi.

Dans la pénombre, elle tâtonna sur les murs autour de la cheminée à la recherche du panneau qui s'enfonçait quand on le poussait exactement là où il le fallait.

C'est là, n'est-ce pas ? Attends... plus bas. Bon, comment on fait, déjà ?

À genoux, elle palpa du bout des doigts autour du panneau jusqu'à ce qu'elle pousse exactement là où il le fallait. Il s'ouvrit en pivotant, découvrant un vide emmuré.

L'espace était irrégulier. Il commençait derrière le four à pain installé dans la cheminée du salon et finissait sous l'escalier. Elle s'efforça de le dessiner mentalement, mais ne se rappelait pas bien ses dimensions. Un peu moins d'un mètre de largeur. Haut à l'extrémité, bas près de l'entrée où le plafond était constitué par les marches de l'escalier de devant. Peut-être trois mètres de longueur.

Elle y était entrée une seule fois. Les propriétaires leur avaient montré l'endroit secret le jour où ils avaient conclu la vente. Ils avaient fait la démonstration de la manière d'ouvrir le panneau d'une pression ferme sur son coin inférieur gauche. Comment coincer son doigt sur une partie légèrement incurvée en haut à gauche pour le refermer d'un coup sec. Un talent spécial, secret.

La révélation de l'endroit secret l'avait soulagée. Son esprit mathématique avait calculé les pièces dans cette partie de la demeure vieille de presque trois cents ans, et hormis un petit affaissement, une déformation négligeable, chacune possédait les mêmes dimensions que celle immédiatement au-dessus ou en dessous. Les pièces étaient empilées les unes sur les autres de manière si identique, si égale que c'en était horripilant. Quelque chose d'inexplicable et difficile à définir avec exactitude faisait basculer cet excès de rationalité dans l'irrationnel.

Lorsque les propriétaires avaient ouvert le panneau, elle avait compris. La gigantesque cheminée centrale se prolongeait et se divisait en conduits chaotiques, efficaces comme les veines et les artères du cœur humain. Les constructeurs de la maison, décédés depuis longtemps, avaient déguisé cette anatomie inesthétique, vaguement animale, en emmurant les briques torsadées. Cela laissait à l'arrière une colonne satisfaisante et bien proportionnée… et un espace vide.

Elle se souvenait avoir appris en cours d'histoire que les premiers colons américains avaient déraciné tous ceux qui vivaient là avant eux, tout ce qui était organique, sauvage.

Ils respiraient les cendres des Pequot[1] et les percevaient comme un rappel de leurs propres institutions. Ils assistaient aux mutilations des sorcières, convaincus que leurs actes étaient vertueux, puisque Dieu leur en avait donné la permission. La vieille Nouvelle-Angleterre prêchait l'efficacité et l'épargne, mais ces idéaux étaient subordonnés à la pureté. Et la pureté requiert le rebut.

Aussi, derrière ces murs puritains, de l'espace vacant attendait. Elle frappa un coup contre le vieux panneau en bois et entendit l'écho du vide. Il lui suffirait de dégager un bout de plâtre, faire pénétrer un doigt et il se retrouverait à gigoter dans le néant. Et derrière ce panneau, sous l'escalier, autour des artères enchevêtrées de la cheminée, les constructeurs avaient laissé un espace étonnamment vaste, et mystérieux.

— À votre avis, pourquoi ont-ils ajouté cette pièce ? monté une porte secrète ? s'était enquis son mari.

— Le chemin de fer clandestin[2], ou peut-être un endroit pour se cacher des indigènes, avait supputé le propriétaire. Évidemment, nos mômes prétendent que c'est hanté.

Les yeux de son mari avaient brillé tandis qu'il s'imaginait les familles à l'abri, les assauts des indigènes, les fantômes épiant.

Elle n'avait rien dit, mais considérait les choses autrement. Ce genre d'accès permettait de reconsolider le mortier et les briques plus facilement le cas échéant.

---

1. Les Pequot sont un peuple amérindien qui vivait au XVIIe siècle dans la région du Connecticut au nord-est des États-Unis. Ils furent quasiment exterminés lors de la guerre des Pequot et notamment lors du massacre de Mystic qui les opposait aux colons anglais. [NdlT]

2. Le chemin de fer clandestin est un réseau de routes, d'itinéraires et de refuges sûrs utilisé par les esclaves afro-américains fuyant vers la liberté au-delà de la ligne Mason-Dixon et jusqu'au Canada avec l'aide des abolitionnistes qui adhéraient à leur cause, entre 1800 et 1860. Dans l'imaginaire américain, ce réseau s'apparente à un véritable chemin de fer souterrain. [NdlT]

La maison était antérieure au chemin de fer clandestin. Et les conflits avec les indigènes avaient déjà migré dans une autre partie de la Nouvelle-Angleterre bien avant la construction de la maison.

« Pourquoi le sceller ? demandaient les constructeurs originels dans son imagination. On ne sait jamais, cela pourrait nous servir, un jour. »

Après leur emménagement, son mari avait loué un aspirateur professionnel. L'espace était jonché de débris de plâtre, de papier roulé en boule, de gravats en tous genres et de quelques souris desséchées. Comme elle était la plus menue, c'était elle qui s'était faufilée à l'intérieur et avait aspiré ce foutoir tandis que son mari revissait plus fermement les chevilles du panneau. Elle se souvenait qu'elle ne pouvait pas se tenir debout, mais qu'elle s'était déplacée facilement à quatre pattes, vu la surface du sol entre l'ensemble grossier des conduits de la cheminée et le panneau en pin latéral fendillé.

Elle avait attiré l'attention de son mari sur un vieux radiateur électrique qui chauffait l'escalier par le biais d'un conduit, aux fils usés et à l'intérieur noirci, avec des dégâts visibles dus aux courts-circuits. Son époux avait forcé ses larges épaules dans l'endroit secret pour le débrancher et l'enlever, ronchonnant et pestant avec délice sur la dangerosité de l'objet. Comme toujours, la colère au sujet de l'irresponsabilité d'autrui. Comme toujours, le plaisir de réparer quelque chose, le rendre sûr. Puisque les protéger faisait somme toute partie intégrante de la façon dont il se percevait, n'importe quelle preuve tangible d'un tel objectif se révélait réjouissante et belle. Peu importait que ce soit elle qui trouvait les problèmes. Les diagnostiquait. C'était lui qui annonçait fièrement au téléphone à ses parents : « Vous n'imaginez même pas l'appareil déglingué qui aurait causé un incendie un jour ou l'autre que j'ai arraché du dessous de l'escalier. »

— J'ignore à quoi servira jamais cet endroit, avait cogité à voix haute son mari. Vu les températures que doivent atteindre ces briques quand on fait chauffer le four à pain, j'sais pas. On devrait juste le laisser tel quel.

Les autres endroits dissimulés autour de la cheminée encastrée avaient été remplis au fil des siècles par des éléments destinés à augmenter le confort. Des conduits, des câbles, des tuyaux pouvaient être aperçus entre les portes plus petites, moins cachées. Hormis cette exception, des agencements pratiques, tels que penderie, étagère, plomberie interne et placard technique, avaient grignoté les endroits cachés qui excitaient superstition, spéculation et imagination.

En cette nuit de tempête, l'endroit secret avait un aspect bien différent du jour ensoleillé où ils l'avaient nettoyé. L'embouchure à l'entrée était d'un noir d'encre. Tellement noir que même dans cette pièce au beau milieu de la nuit, elle la voyait comme un trou encore plus obscur. Une bouche morte avec une gorge plus compacte que du silex.

La profondeur de ces ténèbres rendait en quelque sorte le reste de la pièce plus visible. Elle voyait son fils qui s'agitait dans le fauteuil du coin. Elle s'élança, mais avant qu'elle l'ait atteint, le garçonnet se réveilla et éclata en sanglots. Elle plaqua sa main contre sa petite bouche. La surprise et le choc de son fils se manifestèrent en émettant des vibrations tangibles hors de son corps minuscule, et elle sentit son estomac s'imprégner de honte.

— Chuuut, tout va bien, mais nous devons nous taire, nous taire ! Regarde, ta sœur est ici, tu vois ? Nous devons tous être courageux, et nous taire.

Le visage du petit garçon continuait à se déformer.

Oh non, oh non.

Elle reconnut le début des cris, de la peur démonstrative et bruyante, des braillements. L'injustice de se réveiller, dans le noir, et maman qui me met la main sur la bouche, tellement méchante, j'ai froid, on est où ? Oui, elle lisait tout cela sur les traits du visage de son fils. Elle pressa sa main plus fort, et son fils attrapa son poignet et s'efforça de le dégager.

— On doit se taire, murmura-t-elle. On doit se taire ! Si on ne se tait pas, le monstre va nous attraper !

Les deux enfants réagirent comme si ses paroles leur avaient fait mal. Si elle avait dit cela dans d'autres circonstances, l'un d'eux aurait affiché un sourire et répliqué : « Mais non, maman, tu nous taquines ! Les montres n'existent pas ! » Mais les réveiller, les emmener en bas dans le bureau où ils n'avaient pas le droit de jouer, une main plaquée sur la bouche, leur demander de se taire, entourés de pénombre, de froid, de la tempête, sentir la pulsation de sa peur. La peur d'une mère. Tout cela composait une sorte d'horreur qui les fit se recroqueviller. Et rester silencieux.

Elle enleva sa main de la bouche de son fils, saisie, à cause de son silence et son immobilité, par la terreur irrationnelle qu'elle l'avait étouffé. Mais non, il reniflait tout bas.

Puis les deux enfants se mirent à gémir, à pleurnicher. Elle fut submergée de frustration.

Pas le temps pour ça.

— Non ! Non ! Regardez, il y a l'endroit secret, on va s'y cacher et on sera en sécurité.

Elle pointa le panneau de l'index.

— Voyez ? Regardez !

Elle attrapa à la hâte la couverture, le coussin du fauteuil et les brandit.

— Ce sera bien confortable, pas vrai ? Et on a le poupon, et le lapin rose, et on va se faufiler là-dedans et se cacher jusqu'à ce que le monstre s'en aille. Faire un câlin avec maman. D'accord ?

Agrippant la couverture, le coussin, elle baissa le regard sur leurs yeux écarquillés, leur visage effrayé.

Ça va être fichtrement dur de leur vendre un truc pareil.

Combien de temps s'était écoulé depuis qu'elle avait vu l'homme ? Des minutes ? Seulement des minutes. Mais c'était déjà beaucoup trop long. Que faisait-il en ce moment ?

Bouge. Bouge ! Il faut se cacher.

Chaque fois qu'elle trahissait son impatience, son sentiment d'urgence, les enfants réagissaient avec suspicion et lenteur. Elle se voyait à travers leurs yeux. Fébrile, murmurant, baignée de sueur, tremblant malgré elle, s'efforçant de les attirer dans un endroit sale et bizarre.

Tu te crois très forte parce que tu as un coussin ? Quelques peluches ? Feins d'être calme. Fais-les entrer.

Elle aperçut, derrière eux, l'ordinateur de son mari sur le bureau. Grimaça, pleine de rancœur, devant cette masse inutile. Il avait réussi à désactiver définitivement Internet sur l'appareil. Disait que sinon, il était trop tenté de surfer, se connecter au Wi-Fi, procrastiner, s'extraire de ce qu'il appelait « le mode travail ». Il n'apportait même pas son smartphone dans le bureau.

— Je veux pas aller là-dedans.

Sa fille fixait la gueule béante de l'endroit secret, qui semblait exhaler la poussière. La fillette croisa les bras sur sa poitrine, s'enlaçant et se réchauffant, protégeant ses parties délicates.

Moi non plus, je ne veux pas aller là-dedans, les enfants, doux Jésus.

Bougez, cachez-vous !

Sois patiente. Sois patiente et calme, et ils t'écouteront. C'est comme ça que ça marche.

— Je sais, chuchota-t-elle. Mais on va être courageux et se mettre à l'abri tous ensemble, d'accord ?

— Non, j'veux pas, refusa sa fille en reculant d'un pas.

— Non, dit son fils en se cachant derrière ses jambes.

Il jetait des coups d'œil à la dérobée vers l'embouchure comme si quelque chose pouvait en bondir à tout moment. Et l'engloutir.

Dans son désespoir, son impatience, elle comprit l'impulsion de la mère d'animaux de proie qui dévore ses petits pour les protéger, qui ressent le besoin atroce de les avaler tout entiers, les maintenir à nouveau dans ses entrailles.

Je vous aime tellement que je pourrais vous manger.

Alors, en même temps, tous trois levèrent les yeux vers le plafond. Du dessus leur parvenait le son clairement identifiable de pas. Un bruit familier dans la maison, mais biaisé. Parce que c'était un bruit ne provenant pas de la famille.

L'homme était dans la chambre de sa fille.

Ensemble, ils retinrent leur souffle. Ils épièrent, les têtes inclinées, sans ciller, comme s'ils voulaient percer le plafond de leurs yeux. Tous trois figés dans la réalité terrifiante de l'instant.

Elle savait bien que c'était impossible, mais en même temps que la poussière dégagée par les lattes du plancher dérivait vers elle la certitude que ces pas possédaient une personnalité. Ils étaient forts. Impatients. Furieux. Ils incarnaient le mouvement de celui à qui l'on a promis un contrôle absolu et qui se voit refuser ce qu'il perçoit comme son dû. Celui qui a l'intention de s'attaquer aux choses sérieuses. Qui désire jouer une partie à forts enjeux.

Ils entendirent le choc sourd de quelque chose qu'on lâche – *qu'on balance ?* – atterrissant sur la surface réduite du tapis. Ils l'entendirent rouler sur le plancher en bois avec un cliquetis métallique.

Puis, un rugissement, une furie gutturale.

Parce que la chambre de sa fille était vide. Parce que le lit de la fillette était encore chaud.

— Rentrez, souffla-t-elle, tout de suite.

Cette fois-ci, ils n'hésitèrent pas.

4

Elle jeta à travers l'embouchure obscure la couverture et le coussin, qui furent engloutis. Rampa dans l'endroit secret et étendit les mains à l'extérieur pour aider son fils, puis sa fille, à rentrer. Dit aux enfants qui pleuraient en silence de s'enfoncer plus loin, à coups de *chut* frénétiques, pour qu'elle puisse dégager et clore le panneau. Elle pivota pour se mettre à quatre pattes et le refermer. Mais elle se retourna trop vite et se cogna violemment la tête contre le coin d'un objet invisible. Le heurta suffisamment fort pour avoir l'impression qu'elle allait vomir. Suffisamment brutalement pour voir trente-six chandelles.

La colère, une colère battant dans ses veines, descendit dans son corps jusqu'à ses extrémités. Ses doigts furent saisis de spasmes et sa colonne vertébrale parcourue de profonds élancements comme cela arrivait toujours quand elle se cognait la tête. Ou un orteil. Ou recevait un coup dans le tibia. Elle ressentait le besoin d'accuser quelque chose, n'importe quoi, pour sa propre négligence. Pour la douleur. N'importe quoi qui ne soit pas elle.

Putain de... truc débile.

Tu dois te dépêcher. Tu dois le refermer. T'es-tu mordu la langue ? Non. Alors pourquoi as-tu mal aux dents ? Pourquoi sens-tu le goût de cuivre ?

Elle tendit une main devant son front pour se protéger, se déplaça plus lentement cette fois-ci, et ne heurta rien. Elle poussa le panneau et le referma. Dans ce noir complet impressionnant, elle glissa le bout des doigts le long du panneau pour vérifier qu'il était bien coincé, et sentit son sceau infaillible et régulier. Elle éprouva de la gratitude qu'il se soit révélé, contre toute attente, aussi facile à refermer. Se souvint que c'était très difficile de le faire de l'extérieur.

Maintenant, nous sommes invisibles.

Elle appuya le côté indemne de son front sur le bois rugueux de la porte secrète et expira de soulagement.

Un peu de répit.

Combien de temps s'était écoulé ? Le temps s'étirait, devenu élastique.

Reconstitue les choses. Tu l'as entendu, puis, moins d'une minute plus tard, tu l'as vu. Il est resté peut-être deux minutes sur le palier avant de s'éloigner de toi. Ensuite, tu as attrapé les gosses. Il s'est écoulé quoi ? encore deux, trois minutes, avant que vous descendiez l'escalier, puis que tu les fasses rentrer. En tout et pour tout. Ton univers a été détruit en moins de dix minutes.

— Où êtes-vous ? murmura-t-elle.

— Ici, maman.

Elle resta courbée, étendit la main et tâtonna à l'aveugle pour parer tout autre objet invisible susceptible de la blesser.

— Ne vous levez pas, chuchota-t-elle. Essayez de rester calmes. Pelotonnés. Vous n'avez pas envie de vous cogner la tête comme maman, pas vrai ? Voilà, on va se blottir dans la couverture moelleuse.

Pelotonnés. Moelleuse. Oui, voilà, des mots apaisants, rassurants. Comment peux-tu parler aussi bas et qu'ils t'entendent ?

Les enfants s'installèrent contre elle, de chaque côté. Elle les enlaça et les serra encore plus fort.

— Aïe, maman.

— Pardon, pardon.

Calme-toi, sois douce, tu leur fais peur.

Encore plus peur.

— Maman est là, maman est là, susurra-t-elle tandis qu'ils reniflaient.

Je suis là. Vous êtes là. C'est réel.

— Maintenant, on va arrêter de parler, même à voix basse, d'accord ? On va arrêter de pleurer. On doit être aussi discrets que des petites souris.

Elle repensa aux crissements bruyants – *cric-crac* – des rongeurs dans le grenier.

— Plus discrets que des souris, dit-elle.

Ensemble, enterrés derrière les murs, absorbés par l'endroit vide originel, ils s'assirent et épièrent.

Elle eut l'impression que les choses s'installaient autour d'eux. La poussière, la maison, l'obscurité. Au début, il n'y eut que les pulsations, *bam, bam, bam*, du sang dans ses tempes, du sang martelant la bosse tendre qui se formait sur son crâne. Elle cilla, désorientée par les étincelles qui pétillaient sous ses paupières, déroutée qu'il y ait plus de lumière quand ses yeux étaient fermés qu'ouverts. Cela lui rappela une fois où, enfant, elle avait visité une grotte avec sa mère, une attraction en bordure de l'autoroute. Le guide avait éteint sa torche dans ce genre de pénombre et prononcé un discours. Dans un laps de temps relativement court, avait-il dit, un tel manque de lumière provoquerait la mort de vos yeux, la rétine serait anéantie à force de ne pas être sollicitée. « Des conneries », lui avait chuchoté sa mère dans l'impassibilité absolue de cette obscurité. Cette profanité l'avait fait sourire, se sentir adulte, bien plus intelligente que le guide. Mais à cet instant précis, cet endroit précis, elle ressentait la perte de sa capacité à revoir un jour comme une certitude.

Trois souris aveugles, trois souris aveugles.

L'élancement aigu dans sa tête se propageait et elle résista à l'envie pressante de toucher sa bosse. Le silence s'épaissit autour d'eux tandis que le bruit de son propre sang refluait. Les hoquets des pleurs de ses enfants s'espacèrent. C'était difficile, tellement difficile, de résister au besoin de les serrer très fort contre elle, une fois de plus.

Bébés, mes bébés.

Il fait tellement froid là-dedans. Je dois enrouler mieux les couvertures autour des mômes. C'est quoi, cette masse ? La tasse porte-bonheur dans ta poche, mais oui, c'est ça. Peux-tu t'adosser quelque part ? Tâtonner alentour. Le sol est froid, mais avec la couverture...

Alors, les bruits de pas recommencèrent. À l'unisson, tous trois se raidirent et retinrent leur respiration.

Quand les pas ont-ils cessé ? Comment est-il possible que tu ne t'en sois pas aperçue ? Il a fait silence. Il écoutait ?

Son fils lâcha un « Maman ! ».

— Chuuuut.

Le garçonnet enfouit sa tête contre elle, vision chevelue et familière dans sa robe de chambre. Se fondit entre ses bras et son ventre pour ne plus rien entendre. Elle souleva la couverture et enveloppa gauchement ses épaules. Le fait que son petit garçon pense si manifestement, si incorrectement, qu'elle pouvait le protéger, que son sentiment de sécurité dépendait de la proximité de sa mère, lui entailla le cœur.

Comment est-il possible qu'ils n'aient que toi ?

Boum. Crac. Un long craquement se déplaça derrière eux, les atteignit, puis les dépassa au-dessus de leurs têtes. Oui, elle connaissait ces bruits. L'origine de chacun d'eux, chaque point faible, était claire dans son esprit. Ces milliers et milliers de sons du quotidien étaient de petits cailloux, collectés et stockés dans sa mémoire pendant ses innombrables trajets nocturnes vers la chambre des enfants ces deux dernières années.

Ne pas les réveiller. Éviter de marcher ici ou là, fermer la porte comme ça, attention à cette charnière, doucement avec le loquet. Si tu les réveilles, tu vas devoir les rendormir.

L'homme avait quitté la chambre de sa fille et se dirigeait vers celle de son fils. Il avait posé le pied sur le bout de plancher rafistolé en haut de l'escalier au-dessus du séjour, qui produisait toujours un écho fantomatique. Puis il avait marché sur la latte longue et fine qui parcourait quasiment toute la largeur de la maison. Chaque fois qu'elle la foulait dans le vestibule, elle l'entendait résonner à trois mètres à la ronde. Après leur emménagement, elle avait réveillé son fils un paquet de fois avant que la mémoire de ses muscles se déclenche. Formée par la maison à éviter les endroits sensibles.

Cela lui procurait du dégoût d'être capable de le suivre ainsi à la trace. Le sentir marcher sur des choses qui étaient à elle, qui activaient des souvenirs de faux pas et de grincements d'une maman au beau milieu de la nuit.

Sa fille s'affaissait à chaque bruit, comme une tortue rentrant progressivement la tête dans sa carapace.

Elle se pencha vers ce qui lui semblait, dans le noir, être l'oreille de sa fille et souffla tout bas : « C'est bien, tu es très courageuse. » La fillette l'agrippa. Elle papouilla les cheveux de sa fille, là où elle savait que le lustre du noir rencontrait le choc du blanc qui bordait un côté du visage de la fillette. Elle huma avec gourmandise le shampoing au miel préféré de sa fille, et dessous, le musc fort de bébé venant du scalp, de la graisse et de la peau, qui n'avait pas encore été éliminé par l'âge.

Quand cette odeur disparaît-elle ? Peut-être, pour une mère, jamais. Et il veut m'arracher ça.

Puis vint le piétinement feutré sur le plancher recouvert de moquette de son fils, vibrant comme un tremblement de terre au loin. Cet étrange mouvement dans l'air, était-ce lui ouvrant le placard ? Ce claquement... Il a dû heurter le bord de la table de chevet qui est bancale.

Tu grinces des dents.

Elle ouvrit la bouche pour détendre sa mâchoire douloureuse. Elle roula de la tête pour soulager la tension sournoise qui croissait dans sa nuque. Cela ne servait à rien, avec sa bosse battant à tout rompre qui lui donnait le vertige.

Un *wouuuch* distant. Un vague son de roulement. Elle n'arrivait pas à identifier ces bruits, et tendit l'oreille pour mieux entendre, pour comprendre.

Sa fille respirait plus lentement, maintenant. Plus calmement. Haut et bas, inspire, expire. Tout ouïe.

Elle se sentait envahie de gratitude, parce qu'ils étaient là, cachés dans ce petit repaire, plutôt que là-bas, avec l'intrus penché au-dessus de sa fille ou son fils, tel qu'il l'aurait été sinon à cet instant précis. En train d'utiliser cette drôle d'arme. D'autres armes.

Mais maintenant, vous êtes pris au piège.

Elle eut l'impression que sa poitrine était écrabouillée par une main gigantesque.

Tu les as mis dans un piège.

Les murs se resserrèrent.

Il n'y avait pas le choix. Pas d'autre choix que de se cacher.

Elle s'étira et s'efforça d'en entendre davantage.

Peut-être que d'une façon ou d'une autre, les choses n'ont pas tourné comme il le voulait et qu'il est sorti. Sorti de la chambre, sorti de la maison, parti, parti, parti.

Si les souhaits étaient des poneys, les mendiants les monteraient. Si les souhaits étaient des brochets, on les mangerait et ne mourrait jamais.

BOUM.

Tous trois sursautèrent comme des daims, leurs flancs se raidirent. La petite fille éclata faiblement en sanglots et enfouit la tête plus profondément dans la robe de chambre de sa mère.

L'homme était juste au-dessus d'eux. Le bruit était celui d'un pas sur la même marche qui avait fait un tel boucan sous le pied de sa fille seulement quelques minutes plus tôt. Une éternité plus tôt. À l'intérieur de l'endroit secret, c'était comme un coup de tonnerre après un éclair qu'on vient de louper, beaucoup trop proche et assourdissant.

Avait-il entendu sa fille pleurnicher tout bas ? L'homme s'immobilisa, ne fit plus aucun bruit.

Puis il y eut de la lumière. L'ampoule du petit chandelier solitaire qui se balançait en haut de l'escalier. Peut-être l'avait-il allumé pour éviter de se cogner à nouveau la tête. Peut-être que sans connaître l'escalier, avec le seul clair de lune tamisé par la vitre pour le guider, l'homme avait été dérouté par ce premier bruit fracassant, surpris par l'instabilité des marches.

La lumière s'infiltrait par les interstices entre les marches et les contremarches. Pénétrait à travers les fissures çà et là autour des nœuds du bois. Les submergeait le plus aveuglément à travers le conduit, celui autrefois connecté au radiateur dangereux et noirci que son mari avait fièrement dégagé. Le conduit qu'ils avaient laissé était logé dans une contremarche, et pourquoi pas ? Bien qu'il n'y ait pas de chauffage, bien que ce soit juste un orifice dans l'endroit secret, autant laisser l'air circuler. Autant s'assurer que cet espace inutile ne moisisse pas, ne devienne pas un problème. Ç'aurait été une plaie de le reboucher, de toute façon, et puis ce n'était pas nécessaire.

La lumière lui paraissait aussi atroce que la fin du monde. Cela lui faisait mal, à l'instar de la lumière fusant d'un rideau tiré d'un coup qui la réveillerait, dont elle se protégerait le visage d'un bras, comme dans un film de vampires en noir et blanc. Siffler et brûler.

Va-t-il comprendre maintenant que la lumière est allumée ? Va-t-il nous voir ?

La lumière jaillit du conduit, formant un rectangle sur le bord de la couverture. Lentement, en observant sa main qui tremblait si violemment qu'elle arrivait à peine à agripper son coin, elle tira la couverture vers elle pour que la lumière n'éclaire que la brique et la poussière. Le néant.

Elle sentait la peur de sa fille, les tressautements chaotiques que la fillette réprimait contre elle, contre sa robe de chambre moelleuse. Le cœur de son fils battait comme un petit oiseau qu'on aurait attrapé. Il pleurait. Mais discrètement.

Suffisamment discrètement ?

BOUM. BOUM. BOUM. BOUM.

Il descendait. Chaque pas était une pression sur son cœur, ses poumons. Son estomac se tordit, avec des gargouillis et des glouglous si sonores qu'ils ne pouvaient manquer de les trahir.

Il faut que tu ailles aux toilettes.

C'est ridicule. C'est urgent. Retiens-toi. De toute façon, as-tu le choix ?

BOUM. BOUM. BOUM.

De la poussière voleta sur eux par les interstices des marches de l'escalier.

N'éternue pas.

BOUM. BOUM.

Elle aperçut les tennis à travers la grille du conduit.

Ses pieds étaient si grands sur les marches étroites qu'il était obligé de marcher en biais, comme un vieillard qui descend une pente raide. Les tennis étaient jaunies et légèrement fissurées. Elle aperçut un drapeau britannique terni sur le côté. Des lacets élimés devenus gris.

La lumière pourrait être une bonne chose. L'aveugler à nouveau. Même s'il remarquait la grille du conduit, même s'il scrutait à travers, ce serait difficile d'apercevoir quoi que ce soit.

BOUM. BOUM.

Elle gardait les bras enlacés autour des enfants aussi gentiment que possible, frictionnant leur dos de ses mains si agitées que chacune d'elles semblait être un animal distinct. Avec la lumière, elle voyait ses enfants trembler, tendus et effrayés. Elle se pencha tout près d'une oreille, puis de l'autre et murmura imperceptiblement :

— Chuuuu….

BOUM.

L'homme était en bas de l'escalier. Elle distinguait des petits bouts de lui, hachés et fragmentés à travers la grille. Pantalon sombre. T-shirt sombre. Peau pâle. L'arrière de sa tête, châtain clair et décoiffée.

À nouveau il y eut une griffure dans les tréfonds de son cerveau, une bouffée de quelque chose de familier dans sa stature immense, sa morphologie, le sentiment que cet homme était quelqu'un qu'elle avait rencontré il y avait longtemps. La même sensation que lorsqu'elle croisait une personne dans la rue dont elle reconnaissait le visage, mais qu'elle ne parvenait pas à resituer dans un contexte.

Où est son manteau ?

Elle l'imagina en train d'ôter sa veste, la suspendre soigneusement au-dessus des bottes de neige qu'il avait retirées. Bien poliment.

Il se détourna de la grille, vers l'ancienne porte d'entrée à deux battants de la maison. Sa poche arrière formait une protubérance.

L'arme ?

Rose vif, rectangulaire.

Ton téléphone. Il a ton téléphone.

Elle passa ses doigts sur sa bouche, ses lèvres, pour tenter de l'ancrer dans la réalité.

Au moins, tu l'as vu. Au moins, tu sais. Parce que sinon, si tu avais essayé d'aller le récupérer, couru vers ton téléphone, pour te retrouver acculée dans ta chambre, sans issue de secours, sans moyen de joindre quiconque ?

Maigre consolation.

Il s'immobilisa. Probablement en train de remarquer que la porte à deux battants était verrouillée de l'intérieur par un loquet. Une porte obsolète, inusitée à cause de son caractère peu pratique, vu l'entrée plus grande à l'arrière dans l'extension moderne. L'homme tira le lourd loquet en acier avec un *clonk* sonore. S'acharna sur la vieille clenche. Poussa un juron en soupirant, d'une manière si normale et humaine que cela la dérouta.

Elle connaissait le problème, bien sûr. La demeure était pleine d'antiques serrures diverses et variées, chacune pénible à sa façon. Ces portes-là étaient maintenues fermées par un loquet verrouillé par une petite barre en acier suspendue à un clou. C'était toujours frustrant de la manipuler, cette barre mobile au bout du clou, car si on ne tenait pas la barre en haut d'une main tout en soulevant la poignée de l'autre, elle retombait, et interrompait le soulèvement de la clenche si bien qu'on ne pouvait pas ouvrir la porte.

L'homme émit un grognement sonore de frustration avant de comprendre son fonctionnement et d'ouvrir les battants à la volée. L'air glacial s'engouffra à travers la grille du conduit et les heurta dans l'endroit secret, faisant sursauter et frémir les enfants de choc.

Il se pencha vers l'extérieur dans la tempête tandis que les flocons tourbillonnaient autour de lui. Puis il se redressa et ferma les portes.

Clic, fit la clenche. *Clonk*, fit le loquet.

De son index, elle arracha d'un coup brutal la cuticule de son pouce, et son estomac se tordit de nausée.

Qui est-il ? Tu ne peux pas le savoir, car tu ne le vois même pas. Pas complètement. Tu n'as pas vu son visage, assombri par les ténèbres de l'escalier.

L'homme se déplaça, sortant du cadre de vision de la grille. Elle entendit et sentit qu'il ouvrait la porte du cagibi à côté de l'escalier et farfouillait dans ce qui y était pendu, quoi que ce fût, avec un bruissement. Lorsqu'il eut manifestement terminé, les bruits l'accompagnèrent en direction de la salle de jeux. Il y eut des cliquetis en cascade de Lego balayés par la porte qui pivotait. Le *clic* d'un interrupteur, et ils furent de nouveau plongés dans l'obscurité.

Elle reconnut le bruit de jouets balancés d'un coup de pied hors de son chemin. Ces deux derniers mois, détachée de tout, ayant du mal à se préoccuper de quoi que ce soit, sans mentionner l'état de propreté de la maison, elle avait cessé d'obliger les enfants à ranger régulièrement. Par conséquent, la salle de jeux avait allègrement franchi les limites de son désordre ordinaire. Elle connaissait l'agacement de marcher sur des jouets, de s'efforcer de slalomer dans cette pièce. Mais le passage de cet homme à travers cet espace des enfants était particulier. Pour elle, une irritation indifférente. Pour lui, une indignation bouillonnante.

Un fracas. Quelque chose éclatant en mille morceaux contre un mur. Autre chose écrabouillé contre le plancher dans un crissement.

— Mes créations ! souffla sa fille.

Oui, probablement.

L'homme avait sans doute détruit l'une ou plusieurs des constructions de Lego géantes que sa fille gardait achevées dans le périmètre de cette pièce. Le château qui s'élargissait à sa cime, le vaisseau peuplé de créatures fantastiques, l'escalier arc-en-ciel en colimaçon dont sa fille pouvait à peine atteindre le sommet, sur la pointe des pieds, perchée sur un escabeau.

Elle imagina les fruits de cette imagination réduits à néant. Ressentit un élan de colère, impuissante, en se rappelant les heures calmes que sa fille avait passées, la tête inclinée, se mordant les lèvres, construisant, agrandissant et façonnant les œuvres nées de sa fantaisie appliquée.

C'était une douleur qui ne fanerait jamais, savoir que ces choses ayant exigé tant de temps pour être construites avaient été, pouvaient être, détruites si facilement.

Elle pressa les enfants plus près d'elle.

— Ce sont des objets, et les objets peuvent être réparées, murmura-t-elle. Je t'aiderai à les réparer. Chuuuuut.

— Ce n'était pas papa, dit sa fille si bas que cela évoquait une pensée à voix haute. J'avais cru que ce pouvait être papa.

Sa gorge se serra du désir douloureux, de l'espoir irrationnel que son mari puisse d'une manière ou d'une autre revenir à la maison à travers la tempête pour les sauver.

Ne pleure pas.

— Ce n'est pas papa, concéda-t-elle.

— C'est un homme. Il est grand.

Le gouffre dans son estomac se creusa. Elle avait besoin d'aller aux toilettes urgemment, pour expulser tout, tout ce qui s'agitait dans ses tripes.

Tu croyais être l'unique témoin. Mais ce n'est pas le cas. Ce n'est pas le cas ! La façon dont ils fixaient le plafond, suivaient ces pas. Tu te souviens comment ils ont bondi, sans hésitation, dans l'endroit secret ?

Tu espérais que tu étais juste folle, pendant tout ce temps, une partie de toi continuait d'espérer que tu étais en train de disjoncter. Tu aurais fermé les yeux et ça aurait disparu.

— Tout va bien, susurra-t-elle. Maman est là. Chuuut.

Ce serait tellement chouette, d'avoir perdu la raison plutôt que d'avoir raison. Que tout ça soit une crise psychotique. Que son mari descende cet escalier. Elle surgirait de l'endroit secret, soulagée – exaltée ! – et lirait la confusion sur le visage de son mari. Elle verrait son expression se muer en horreur tandis qu'elle bégayerait des explications. Comment avait-elle pu enfermer ses enfants entre ces murs ? Les terroriser au beau milieu de la nuit ? Elle s'échauffait en visualisant les conséquences sur le long terme, dans son quotidien. La colère, et les psychiatres, et le divorce, et une chambre d'isolement. C'était tellement magnifique, tellement rassurant, de vivre l'espace d'un instant dans cette réalité alternative où son esprit en vie avait dérapé et le risque de violence ne provenait de personne d'autre qu'elle-même. Les enjeux étaient si dérisoires ! Si sublimement dérisoires.

La réalité peut être plus déroutante que les rêves.

— Maman ?

La voix de son fils était mouillée, elle chevrotait de larmes réprimées.

C'est un gentil petit garçon. Le meilleur petit garçon au monde.

— Maman, tu nous avais dit que les monstres n'existaient pas.

Elle baissa la tête, sentit un poids énorme l'écraser.

— Je suis désolée, murmura-t-elle. J'ai menti.

5

Ce n'était pas la première fois, emmurée ainsi dans sa propre maison, qu'elle avait été contrainte de s'acclimater à une nouvelle réalité, et avait souhaité que le problème vienne d'un truc qui clochait dans son esprit.

Près de deux ans auparavant, son mari avait raccroché d'une conversation téléphonique avec ses parents et lui avait dit :

— Ma mère a un cancer.

Elle avait eu l'impression de s'être absentée d'elle-même. Elle avait bêtement cillé vers lui.

Non, pas ce mot. Tu dois entendre des trucs. Imaginer des trucs. Un problème d'audition chez toi.

— Quoi ? Elle… quoi ?

Son mari s'était tu pendant un long moment, fixant le vide à mi-distance, avant d'ajouter :

— Ça va être l'enfer avec mon père.

— Ta… maman, la pauvre, parvint-elle à balbutier.

Son mari s'était pris la tête entre les mains.

— L'enfer. Il ne sait même pas utiliser une machine à laver.

Son père à elle vivait tout seul. Son épouse tirait une fierté de ne pas gaspiller, de réparer les appareils cassés, les ordinateurs et les vélos pour les amis et les voisins. Mais après qu'elle était décédée, il s'était consacré de manière obsessive à exaucer le mantra de feue son épouse : « ne rien jeter, ne rien désirer ». Il ramassait des objets cassés, en encombrant la maison comme s'il pensait que le bon objet, celui parfaitement imparfait, pourrait faire revenir sa femme du néant. Au fil des ans, ses murs de chaises en osier fendu, de haut-parleurs aux fils dénudés, de cartes-mères poussiéreuses, étaient devenus si impénétrables que quand elle venait lui rendre visite avec ses enfants, ils séjournaient à l'hôtel, rejetés de la maison par les monticules de ses mémoriaux chéris tombant en lambeaux.

Pourtant, même son père savait utiliser une machine à laver.

— Ton père était un avocat réputé. Il est compétent. Peut-être sera-t-il à la hauteur de la situation ?

Elle était bien consciente que c'était du pur déni, et sa voix avait flanché.

— Ce qui ne signifie pas qu'on ne devrait pas aider ta mère, évidemment, ce n'est pas ce que je dis.

Son mari avait secoué la tête.

— Il ne lèvera pas le petit doigt.

Elle avait acquiescé. Elle n'en doutait pas. Depuis des années, elle observait son beau-père en silence, s'efforçait de le comprendre, de comprendre les vicissitudes de ses humeurs. En zoomant, comme si le vieil homme était un spécimen sous un microscope, agissant et réagissant à tel ou tel stimulus. Elle l'avait gardé à l'œil de loin, espérant en obtenir une vision entière, télescopique. Elle avait mené des explorations au moyen de questions sur son enfance, ses croyances, comme si le vieil homme était le cœur d'une vache, l'embryon d'un cochon étalé sur une table métallique de laboratoire, en attente de dissection pour être déchiffré.

Quand son mari (à l'époque petit ami) l'avait présentée à ses parents en dernière année de fac, son cœur avait battu frénétiquement d'espoir.

Une vraie famille. Mère, père, enfant.

Physiquement, son mari, trapu et châtain foncé comme sa mère, ne ressemblait pas à son père élancé et blond. Mais lors de sa première rencontre avec celui-ci, elle avait remarqué de nettes similitudes.

Tous deux bavards. Athlétiques. Avec de l'assurance. Parlent fort. Rient facilement. Capables de soutirer un sourire de l'inconnu le plus fermé.

« Tu sais ce que j'apprécie chez toi ? Tu as de la conversation pour nous deux », taquinait-elle son mari au début de leur relation.

C'était pourtant la vérité. Aux côtés de son mari hypersociable, elle avait l'impression de faire partie du groupe, même si elle se taisait. Même si elle était désespérément incapable de parler de la pluie et du beau temps.

Sa belle-mère ne parlait pas non plus, n'intervenant que pour complimenter les plats. Commenter la météo. Inviter son mari et son fils à raconter leur journée.

Est-elle le contraire de toi ? Se tait-elle parce qu'elle est seulement *capable de parler de la pluie et du beau temps ? Ou bien est-elle comme toi, garde-t-elle instinctivement ses cartes serrées contre sa poitrine ?*

Quelques semaines après la présentation à ses beaux-parents, elle était en train de réviser dans la chambre de son mari lorsque celui-ci avait annoncé à son père par téléphone qu'il ne s'inscrirait pas en fac de droit. *Crac* ! avait fait le vernis superficiel, couleur rose bonbon, de sa première impression tandis que le vieil homme hurlait des avertissements au sujet d'attentes, d'argent gaspillé, son beuglement feutré par le téléphone.

— Tu te fous de moi ! Que diable suis-je censé dire aux gentlemen du club ?

Un mois plus tard, son mari avait annoncé à son père qu'il avait changé sa spécialisation universitaire de sciences politiques en photographie... Une décision concrétisée depuis des années au fil des UV en art qu'il avait obtenus et accumulés. Les appels étaient devenus incessants, le téléphone vibrait sous la fureur du vieil homme.

— Tu ignores ce qu'est le vrai travail. Tu veux te la couler douce dans... quoi... une espèce de milieu de l'art ridicule de chochottes ? Tu veux devenir célèbre ? C'est humiliant.

Pourquoi son mari continuait-il à décrocher systématiquement le téléphone ?

— Il s'en remettra. C'est un feu de paille qui va s'éteindre aussi vite qu'il a pris.

Mais le père de son mari avait refusé de payer les frais universitaires. Lorsque son fils ne s'était pas rétracté, n'avait toujours accepté pas d'aller en fac de droit, avait contracté un prêt pour financer lui-même sa dernière année universitaire, son père avait redirigé son venin.

— Je ne t'ai pas élevé comme ça. Nous avons préparé ton orientation vers des études de droit depuis que tu es tout petit. Tu ne t'es jamais comporté de la sorte avant d'avoir rencontré *cette fille*. Bon sang. Elle est défigurée !

Son mari lui avait raccroché au nez. Mais même là, fulminant et faisant les cent pas, il avait décroché le téléphone quand son père l'avait rappelé dans la seconde, au bord de la crise cardiaque.

— Tu oses m'interrompre ?

Si c'est ce que sa famille pense de toi, cela pourrait mettre fin à cette relation. Son père pourrait l'avoir à l'usure. Ou t'avoir à l'usure. Et veux-tu vraiment laisser quelqu'un entrer comme ça dans ta vie ?

— C'est ma famille. Je suis leur fils unique. Dès que je commencerai à gagner de l'argent, il se calmera.

Son mari devait avoir raison. La famille en valait forcément le coup. Qu'en savait-elle, après tout ? Il y avait eu les neuf années magnifiques pendant lesquelles sa mère était encore en vie, cristallisées, elle en était bien consciente, dans un état de perfection lustrée. Il y avait eu les années de stabilité quand mamie avait déménagé d'Alabama pour vivre avec eux, emplie d'un amour loyal et strict, et de limites claires. Mais depuis la mort de mamie, elle s'était retrouvée seule, puisque son père se consacrait entièrement aux débris abîmés de choses qu'il ne parviendrait jamais à réparer.

À son étonnement, le conflit avait redoublé l'engagement de son mari envers elle, comme si elle était le symbole de cette colonne vertébrale qui venait de pousser en lui. Et malgré ses propres réserves, elle avait fermé les yeux et préféré visualiser la famille évoluer en une spirale ascendante dans un avenir radieux.

Toute relation possède ses défis, s'était-elle dit, ce qui était vrai. *La famille, ça se mérite*, s'était-elle dit, ce qui, comme elle l'apprendrait plus tard, était plus compliqué.

Et puis, il y avait son mari. La façon dont il l'embrassait sur le front. S'essuyait le coin des paupières après avoir ri des blagues de sa femme. Plastronnait à propos des illustrations des brevets qu'elle avait effectuées pour ses clients, encadrant et accrochant aux murs celles qu'il préférait. Il l'enlaçait avec désinvolture par la taille quand ils entraient dans une fête bondée, et elle pensait : *Je fais partie du groupe.*

Son mari ne la jugeait pas parce que son père à elle construisait des forteresses de rebuts. Pourquoi devrait-elle rompre à cause de la volatilité fulgurante de son père à lui ?

À l'issue de son diplôme universitaire, le père et le fils avaient atteint un climat de détente qui exigeait que chacun fasse énergiquement semblant qu'il n'y avait jamais eu de conflit, une approche diamétralement opposée à ses disputes franches avec son propre père.

À chaque visite de ses beaux-parents, elle et son mari se vautraient avec gratitude dans des discussions banales au sujet de la pluie. Des compétitions de golf. Des produits d'entretien ménagers.

Elle avait fini par appréhender tacitement les limites du cadre de leur courtoisie. Appréhender pourquoi sa belle-mère semblait uniquement capable de parler de la pluie et du beau temps, se réfugiant dans cette mièvre sécurité. Les progrès de son mari en matière de photographie étaient exclus du cadre. Le fait qu'elle ait décroché un travail dans une grande entreprise en tant qu'illustratrice de brevets constituait également un sujet prohibé, le visage de son beau-père se crispait devant ce rappel que sa carrière était plus rémunératrice et plus intellectuelle que celle de son fils qui peinait à vendre ses photos. Des années plus tard, le succès de son mari, quand ses photographies aériennes étaient devenues leur principale source de revenus et avaient permis à son épouse de se mettre à son compte, d'aller chercher les enfants à l'école tous les jours, n'avait pas davantage été reconnu ; il représentait la preuve irrécusable de la faillibilité du vieil homme.

Parfois, ils trébuchaient par mégarde sur les marges non balisées du champ de mines conversationnel. Son beau-père était convaincu que quelque chose de non identifié lui était progressivement volé, imperceptiblement siphonné. À la mention la plus innocente des nouvelles, il se mettait à délirer sur certaines personnes qui avaient dépassé les bornes, étaient devenues trop tape-à-l'œil, trop zélées, trop coincées, trop perverses… une liste à n'en plus finir d'euphémismes souvent contradictoires accompagnés de force agitation.

Au moindre assombrissement du climat émotionnel de son époux, la voix de sa belle-mère se calait sur un registre d'apaisement. « Comme tu as raison, mon chéri. Tout à fait raison. »

Contrairement à sa belle-mère, son mari assistait aux colères de son père en silence, et attendait que ça passe.

L'ignorer est sans doute mieux que d'essayer de le contredire, n'est-ce pas ? De toute façon, ton mari s'est battu pour le principal. Sa compagne. Sa carrière. Sa vie.

À mesure des années, son désir de famille, d'acceptation, s'était graduellement usé, comme un rocher érodé par les vagues. « Parfois, le puits est tout simplement à sec, lui revenait en mémoire la voix de mamie avec son grasseyement du Sud. Il faut d'abord le remplir, mon chou. »

À la naissance de sa fille, la joie de sa belle-mère avait visiblement été ternie par l'irritation du vieil homme, provoquée par les pleurs du nourrisson, et du fait que la simple existence du bébé l'interrompait constamment. Au bout d'une demi-heure de visite à l'hôpital pour faire la connaissance de leur petite-fille, son beau-père avait quitté la chambre sans un mot, aussi cramoisi que le nouveau-né, tandis que sa belle-mère se hâtait à sa suite en s'excusant.

— On aurait dû lui réserver un meilleur accueil, avait insisté son mari.

Bon débarras. Ce puits est à sec.

Durant le goûter du troisième anniversaire de son petit-fils, le beau-père fixait le garçonnet à travers ses yeux mi-clos tandis qu'elle le câlinait dans ses bras, pendant qu'il suçait son pouce et gloussait devant les grimaces de sa mère.

— Un vrai fils à maman, hein ?

— Ben ouais, avait-elle lâché. Il est encore petit.

Son beau-père avait haussé un sourcil de connaisseur.

— Vous ne devriez pas le gâter comme une fille. Les garçons ne feront qu'une bouchée d'une chochotte.

Une rage incendiaire avait brûlé toute réponse dans sa gorge.

Son mari avait soupiré.

— On ne gâte personne, papa.

Elle avait perçu que les paroles du vieil homme étaient conçues pour lui planter un coup de couteau dans le flanc. Le triturer. Pire que ça, elle reconnaissait que son beau-père avait éventré une préoccupation au sujet de l'avenir qu'elle mettait sous le tapis, troublée de sentir cette pensée ronger insidieusement son cœur. Depuis sa naissance, son fils était d'un tempérament doux et docile. Il tétait facilement. Aimait les câlins. Lui jetait des regards d'adoration, avec ses minuscules mains tendues vers elle, un petit bras cramponné derrière son épaule en une étreinte, sa tête reposant en toute confiance contre son cou comme si c'était son habitat naturel. Il dormait avec l'une des poupées dont sa sœur s'était débarrassée. L'emportait partout avec lui. Sanglotait quand il sentait quelqu'un souffrir ou quand elle élevait la voix. Il pleurait tous les matins quand elle le déposait à la crèche, triste de la voir partir. Elle aimait cela, vraiment. Cette affection sans fard. Sa sensibilité. Son besoin spontané de proximité physique.

Mais elle se faisait du souci au sujet du monde.

Fils à maman. Chochotte. Ils n'en feront qu'une bouchée.

Elle ruminait cette part de vérité potentielle dans les paroles du vieil homme après s'être détournée de son visage décharné et anguleux.

Ne le laisse pas te leurrer.

Mais son beau-père avait trouvé un os à ronger. À chaque visite, elle enlevait son fils du vieil homme qui disait, de sa voix graveleuse, l'index menaçant : « Allons, sois un homme. Arrête de pleurer. »

Elle sentait la dégradation pourrissante de la haine se répandre dans son crâne.

Ne le laisse pas te transformer en quelqu'un de pire.

« Tu es mon petit garçon dur à cuir. Et tu es gentil, aussi. Tu peux être les deux à la fois », disait-elle à son fils quand il avait les yeux mouillés par les éviscérations de son grand-père.

L'intervalle entre les visites lui permettait de feindre que le vieil homme n'existait pas pendant des mois d'affilée, un soulagement qui détendait l'articulation de ses mâchoires, et asséchait sa haine. Mais impossible de feindre après avoir entendu : « Stade 4. Agressif, mais peut s'opérer. Encore des années à vivre, avec de la chance et un bon traitement. »

Elle avait ressenti une rancœur amère en apprenant la nouvelle. Car tout comme son mari, sa réaction spontanée n'avait pas été de s'inquiéter au sujet de la souffrance qu'allait endurer sa belle-mère, sa peur, voire sa mort. Non. Sa première pensée avait été qu'elle n'avait pas envie de gérer son beau-père, et la façon dont il se placerait inévitablement au centre de toute gravité.

Il ne s'agit pas de lui ici. Ni de toi.

Sous la pression de son mari, ils avaient cherché une propriété proche du lotissement privé de séniors où ses beaux-parents vivaient barricadés, dans une zone mi-périphérique, mi-rurale. Ils avaient déjà parlé de déménager – les gosses grandissaient, de bonnes écoles, plus d'espace pour jouer –, mais les pavillons standard des banlieues qu'ils avaient visités ne les avaient jamais convaincus de quitter la ville. Puis, chose pas si extraordinaire pour la Nouvelle-Angleterre, ils avaient découvert dans une rue sinueuse bordée de grands domaines parsemés de fermes du XIXe siècle, avec des extensions datant des années 1980 et des manoirs précédant la grande crise de 1929, une demeure de style colonial arborant une cheminée noircie en son centre, construite en 1722, située sur un pré sans clôture de plus de deux hectares cerné par les bois, une entité à part entière avec son propre cimetière.

Tout était proportionné, mais rien n'était carré. Des carreaux de vitraux boursouflés n'isolant pas les portes extérieures des torrents de pluie. Aucune latte de plancher de la même largeur ni longueur. Chaque contremarche de l'escalier possédant sa propre hauteur. Unique, belle, usée.

Bien sûr qu'elle te plaît. Elle est aussi marquée que toi.

Oui, la maison était pleine de grincements, pas pratique, difficile à chauffer. Oui, elle et son mari étaient tous deux nerveux à la pensée de s'occuper bientôt des beaux-parents. Mais la perspective de faire partie de l'histoire de la maison, de raccommoder ses endroits cassés, lui donnait une raison de déménager indépendamment de la maladie de sa belle-mère.

Alors ils l'avaient acquise. Ils avaient déménagé. Ils s'étaient consacrés au soutien de sa belle-mère tout en s'appropriant peu à peu la demeure.

Et maintenant, le bois, la brique et le mortier du refuge le plus intime de la maison étaient les seules choses qui se tenaient entre elle et l'intrus.

6

Après le cinglement de la porte, la destruction des créations de sa fille, les pas de l'homme s'estompèrent.

Une puanteur de vestiaire la suffoqua, et elle se rendit compte que c'était l'odeur de sa propre sueur. Le fait qu'elle transpire tout en tremblant pitoyablement de froid dans l'endroit secret ajoutait une touche d'irréalité. Ses enfants étaient la seule chose chaude au monde, avec leurs corps serrés contre le sien. Leurs cœurs vibraient comme de minuscules colibris dans leur poitrine. Sa bouche s'emplit de poussière et de terreur quand elle imagina l'homme avec une oreille collée à leur mur, en train d'épier.

Il est peut-être dans le bureau. Il est peut-être juste de l'autre côté du panneau.

Tu n'en sais rien, ne sois pas ridic...

Alors, lui parvint distinctement le craquement de la latte de plancher la plus fragile de la maison, si élimée au fil des siècles qu'à chaque fois qu'elle la foulait, elle songeait : *Il faudra vraiment la remplacer, ça ne va s'arranger.*

Cette latte se trouvait à l'entrée du bureau. La présence invisible de l'homme rampa à travers son cœur, ses veines.

Quelle est l'épaisseur de ce mur ? De simples planches de pin avec le panneau décoratif cloué par-dessus. Oui, le cadre de la porte secrète avait une profondeur de deux centimètres quand tu t'es faufilée à l'intérieur, peut-être un peu plus.

Deux centimètres entre nous et lui.

Encore un pas, puis plus rien. Elle s'efforça de visualiser ce qu'il était en train de faire. Observer les détails de la pièce. Chercher où ils pourraient se cacher. Farfouiller dans les tiroirs du secrétaire. Fureter dans les impressions que son mari conservait dans le meuble de rangement d'architecte en chêne, les plus grandes roulées dans le coin, les illustrations de brevet encadrées et les photos des autoroutes désertes, des villes vidées sur les murs. Peut-être était-il assis dans le fauteuil. Prenait-il ses aises. S'accordait-il une pause.

À travers le bois du mur tinta une légère vibration de corde, cristalline et chaleureuse. Il avait effleuré les cordes de la guitare de son mari, calée sur son support à côté du bureau. Pas par mégarde, non, mais plutôt comme le fait une personne qui sait jouer de la guitare quand elle en voit une. Elle imagina son pouce plat sur les cordes. Intime. Cette vision l'obligea à fermer les yeux. Des milliers de souvenirs heureux des mains fermes, robustes de son mari balayant ces cordes, les mêmes sons, et voilà cet homme qui se les appropriait et jetait toute cette beauté par-dessus bord.

— *Hello* ? dit-il.

Les enfants tressaillirent, étonnés, comme s'ils s'apprêtaient à répondre par habitude et résistaient. Elle s'étrangla de choc avec sa propre salive. Ses pensées tourbillonnaient dans des cercles paniqués et ses os se vidèrent de leur poids comme ceux d'un oiseau.

Il sait que nous sommes là !

— *Hello* ? répéta-t-il, plus fort.

Comment ?

— Chuuuuut, dit-elle aux enfants, si bas qu'elle n'était pas certaine qu'ils l'aient entendue.

— Je vous vois, dit-il d'une voix chantante.

Non, non, non.

Sa fille grogna dans sa robe de chambre, qui étouffa le son. Son fils se mit à pleurer en silence. Elle lui frictionna le dos, tout en chuchotant dans un souffle.

Évidemment qu'il nous a trouvés. Évidemment qu'il sait où nous sommes ! À partir du moment où il a vu l'escalier de devant, il a forcément compris que nous sommes descendus par là de la chambre des gosses.

Le désespoir se fracassa sur sa tête, ruisselant dans son cerveau.

Alors c'est fini, tout est fini. Ça va commencer maintenant. Tu ne les as pas sauvés.

— Je vous vois ! Il est temps d'arrêter de jouer à ce petit jeu.

Cette fois-ci encore, le gazouillis enfantin dans la voix de l'homme – *tout ça n'est qu'un jeu, tout ça pour s'amuser* – était si incongru dans sa misérable réalité qu'elle s'enfonça les ongles dans les paumes jusqu'à ce que ses cuticules pénètrent si profondément sa chair qu'elle en eut mal.

Ça, c'est réel. Tu es ici. Respire. Tu dois être prête. Tu dois te caler entre les briques et la porte secrète. Ce sera presque impossible pour lui de l'ouvrir. Et il est très grand. Il ne pourra pas entrer facilement même s'il détruit le panneau. Le repousser dehors aussi longtemps que possible. Lui foutre un coup à la tête. C'est ça, c'est tout ce qu'il reste à faire. Et s'il rentre... tu lui arraches les yeux.

Mais elle n'arrivait pas à bouger. N'arrivait pas à détacher les enfants agrippés à sa robe de chambre, n'arrivait pas à se forcer à prendre le risque de révéler où ils se cachaient. Pas avant qu'elle soit sûre qu'ils étaient perdus.

La voix de l'homme était douce et caressante, comme s'il s'adressait à un chien adoré.

— Je ne veux faire de mal à personne. Surtout pas ! C'est juste qu'un petit oiseau m'a dit que vous avez un coffre-fort, c'est tout. Je veux juste que vous ouvriez ce coffre-fort, me donniez un peu d'argent, et je m'en irai. Dacodac ?

Bien qu'elle désire de toutes ses forces que ce soit vrai – *juste de l'argent, voilà, c'est pour vous, et bye-bye* –, resurgit dans son esprit le souvenir d'une ancienne collègue de travail qui avait été cambriolée. « Quand on s'est réveillés, nos ordinateurs portables avaient disparu, racontait la collègue au groupe rassemblé autour d'elle pour écouter son histoire. Les portefeuilles, et même les ordonnances pour nos médicaments n'étaient plus là. Mais le truc le plus flippant, c'est qu'ils ont volé nos téléphones, le sien et le mien, tous deux branchés juste à côté de là où on dormait, sur nos tables de chevet. »

Oui, ils visualisaient tous cela. Les objets enlevés juste à côté des visages endormis, arrachés d'haleines en train de rêver. Aussi proche que ça. Aussi vulnérable que ça.

La collègue avait nerveusement enroulé une longue mèche de cheveux autour de son index et poursuivi : « La police nous a dit que c'était une bonne chose qu'on ne se soit pas réveillés. La police a dit que quand les gens qui habitent dans la maison se réveillent, c'est là que commencent les ennuis. Les cambrioleurs veulent prendre les choses de la manière la plus facile qui soit. Ils ne veulent pas de témoins. Vous imaginez ? Vous imaginez si on s'était réveillés ?

Les visages avaient pâli à cette perspective. Cette vision de la violence.

« D'une certaine manière, avait faiblement dit la collègue, on a eu de la chance. »

Il doit savoir qu'on l'a vu. Impossible qu'il n'en ait qu'après l'argent. Si c'était ce qu'il voulait, il dissimulerait son visage. Il n'aurait pas une arme prête. Et il a probablement aperçu le coffre-fort en haut. Il n'est pas particulièrement bien caché. Il prend juste ça comme excuse.

Menteur.

— Les petiots ? s'éleva la voix plaintive de l'homme, presque esseulée. Pourquoi vous ne sortez pas ? Je ne suis pas méchant. J'ai juste besoin d'aide. Je n'ai pas autant de chance que vous. Ma maman ne s'est jamais occupée de moi. Je veux juste que votre maman m'aide avec un peu d'argent et ensuite je m'en irai.

Ces paroles pénétrèrent son corps avec une vibration électrique. L'homme savait que son mari n'était pas à la maison… il s'adressait uniquement à elle et ses enfants. Mais les corps des enfants se relâchèrent imperceptiblement. Elle les imagina s'emplissant du même espoir qu'elle avait combattu, pensant que ce n'était pas un monstre après tout. Juste quelqu'un qui s'en irait s'il obtenait ce qu'il voulait.

— Chhhh, murmura-t-elle contre une oreille, puis l'autre.

Puis vint le grincement familier du vieux fauteuil en cuir dans le coin, ses ressorts gémissant sous le poids énorme de l'homme quand il s'assit.

Après un long moment, il dit d'un ton maussade :

— Cet endroit ne me plaît plus. Cette maison est sinistre quand elle est vide. Les pièces ont trop de portes, et les escaliers sont tordus. Il y a des voix, des bruits, et il n'y a personne.

Il attendit un moment avant d'ajouter plus fort :

— Je veux juste récupérer mon dû et m'en aller.

Après une longue pause en silence, elle perçut à peine l'homme dire, presque malicieux :

— Ce n'est pas censé se dérouler comme ça. Ça devrait se produire en ce moment.

Un autre soupir et craquèlement du fauteuil… l'homme en train de se lever. De légers crissements traversèrent le mur tandis qu'il arpentait la pièce.

— Vous ne voulez pas que je fasse appel au type méchant, pas vrai ?

Elle pouvait presque le voir incliner la tête d'un geste théâtral, en haussant les épaules de manière caricaturale, comme elle faisait quand elle expliquait aux enfants les conséquences de leurs actes. *Vous ne voulez pas être privés de sortie, pas vrai ?*

— Si je suis obligé, je peux faire appel au type méchant. Ce n'est pas ce que je veux, mais vous ne m'écoutez pas.

L'homme semblait éprouver de profonds regrets, comme si cela n'était pas de son ressort, mais le résultat inévitable de leur refus d'obtempérer.

Tandis que ses enfants tremblants enfouissaient leurs cils contre elle, son esprit fut lacéré par la pensée : *Il sait s'y prendre pour terroriser les enfants.*

Elle attira son fils et sa fille encore plus près d'elle, comme s'il était possible de les réconforter en prévention de ce qu'il pouvait dire ensuite. Elle attendit, tendant l'oreille dans le silence. Un laps si long s'écoula avant qu'il reparle que le temps s'enroula et la recouvrit comme un drap mouillé, s'accrochant et s'attardant au moindre grincement, au moindre gémissement du bois et de la brique, composant d'atroces anticipations et se cramponnant à l'espoir irrationnel qu'il soit parti.

Finalement, si proche de leur mur et si fort que les enfants sursautèrent comme des faons contre son corps, il s'écria :

— Sortez, sortez, où que vous soyez !

Sa voix avait dégringolé d'une octave, rauque d'impatience. Son timbre était si transformé, si surnaturel et empli de raillerie qu'elle dut lutter contre la conviction fulgurante que la voix provenait d'une personne complètement autre.

— Vous ne voulez pas sortir, petits cochonnets ? Loin de cette vieille schnock de sale truie ?

De peur, une boule compacte et simultanément molle de la taille d'un pois chiche força le passage de son estomac jusqu'au fond de sa gorge. Elle la ravala et sentit le goût de la bile.

Je vous en prie, je vous en prie, faites qu'ils se taisent.

Elle caressait légèrement les corps tremblotants des enfants de ses mains saccadées. Elle tentait de les protéger de cette nouvelle étrangeté en étouffant cette horrible voix de créature aux dents acérées, les étreignant de sorte que chacun ait une oreille pressée contre son flanc et son bras contre l'autre oreille.

— Espèce de vieille truie coincée, grinça l'éclat métallique réverbéré de la nouvelle voix. Comme toutes les autres. Incapables de voir ce que vous avez sous les yeux. Qui croient que rien ne vous observe des coins sombres. Un homme fort observe du coin. Il voit tout. Le petit cochonnet tendre. La vieille truie à taches marchant sur ses deux pattes.

Sa fille geignit à voix haute dans sa robe de chambre, comme si ces paroles la torturaient.

Puis un bruit pétaradant, haché, le son d'un rire dans des poumons infectés.

Des expressions de sa grand-mère, typiques du Sud, inondèrent son esprit.

Il a perdu la moitié de ses tuyaux. Il a plus de grains qu'un cake aux fruits de dix kilos. Fou à lier au poteau. Toqué comme un poulet mouillé.

Oui, l'homme doit être en train de disjoncter, les plombs explosant et dansant autour de lui.

— Un homme fort voit que les cochonnets sont délicieux. Il voit les autres tels qu'ils sont. Des hommes faibles avec de faibles désirs. Aux pulsions aliénées. Défaits. Civilisés.

Une langue crochue s'attarda sur le mot « civilisés ».

— Un homme faible pleurniche devant le moindre obstacle féminin. Il pense que la femme est davantage que le rien usagé qu'elle est vraiment.

Elle enfouit son visage en quête de réconfort dans les cheveux de l'un de ses enfants, puis l'autre.

Évidemment qu'il est fou ! Qui, sinon, serait ici, à faire ça ? Qui, sinon, nous aurait traqués, hormis quelqu'un qui n'a pas toute sa tête ? Tordu et déformé et bizarre.

— Mais un homme fort ? Il piétine. Il piétine toutes vos petites règles pudibondes. Libre. Un gentleman ? Il prend son dû. Ce qu'il mérite.

Sa tête pivota involontairement pour retracer le parcours de la voix. Le trajet frénétique, désincarné, pénétrait le mur ici, puis là, en haut, puis en bas, d'une façon qui lui donnait le vertige.

Il fait les cent pas, c'est tout.

Elle imagina la voix s'échappant de lèvres flasques, un rictus étiré incarnant la joie cruelle de son intonation donneuse de leçons.

— Tous ces trucs que vous faites pour essayer de m'adoucir, me transformer en mouton. Me faire avaler ma pilule et aimer ça. Non. Je piétine ça. J'ai piétiné ça.

Il a piétiné les règles. Moutons et cochons. Voilà ce que vous êtes pour lui. Oh mon Dieu.

Silence. Silence des enfants, silence de l'autre côté du mur. Le sang martelait douloureusement ses tempes, sa tête était noyée, désorientée ; les battements de son cœur résonnaient dans ses oreilles tandis qu'elle écoutait, luttant contre la certitude que l'homme s'était mué en une espèce de créature non identifiée susceptible de correspondre à l'horreur de cette voix et ces paroles étranges. Elle tenta de chasser la conviction qu'elle ressentait physiquement le monstre en train de les épier, elle et ses enfants, juste à côté.

Arrête. C'est juste un homme. Ne le laisse pas te terroriser. Il essaie de vous terroriser pour que vous fassiez du bruit.

— Petite fille ? Petit cochonnet ?

Les doigts de sa fille se resserrèrent autour de son bras jusqu'à lui faire mal en réaction à l'inflexion prêcheuse de la voix. À travers son instinct de protection piqué au vif, elle sentit la dépravation dans les intentions de l'homme, qui s'inscrivait comme du braille sous sa peau.

— Ignorez-vous que vous devriez être reconnaissants ? Une fois que ça va commencer, vous verrez. C'est dans votre nature. Ignorez-vous la vocation des petits cochonnets, qui consistent à être *délicieux* ?

Le mot « délicieux » fut expiré avec un tel sifflement élongé de désir profond que son cœur se contracta.

Elle plongea son visage dans la joue adorée de sa fille, inspira son odeur, étreignit ses os de bassin étroits qui tremblaient, pareils à des membres d'oiseau. Elle serra contre elle ce corps anguleux et tendre comme preuve que sa fille était présente, bien réelle, en sécurité, en vie.

Peut-être qu'il est fou. Peut-être que non. Il essaie de nous terroriser pour qu'on se trahisse. Ne tombe pas dans le panneau. Ce n'est pas un monstre. C'est un homme.

— Ça suffit, le silence.

Sa voix était devenue un grondement menaçant et bas.

— La femme doit recevoir l'instruction avec une entière soumission. Je vous trouverai. Vous êtes à moi, c'est tout ce que vous êtes. Je vous trouverai. Parce que vous le voulez bien.

Ces paroles étaient si assurées, si emplies d'une détermination prêcheuse qu'elle ferma les yeux pour s'en protéger.

Des pieds arpentaient lourdement le tapis. La latte qui devait être remplacée grinça tandis que l'homme quittait le bureau. Elle prit conscience de l'attention silencieuse, immobile, des enfants à côté d'elle.

Comment leur expliquer ça ? Comment les faire taire après ça ? Respire, respire.

Elle sentait l'espace où s'était tenu l'homme de l'autre côté du mur. Elle avait une vision claire de son sourire démoniaque. Flairait sa puanteur inhumaine.

Elle sursauta nerveusement en percevant à nouveau sa voix. Mais elle était distante : elle provenait d'une autre pièce. Elle s'affaissa de soulagement. Elle distingua le mot « petit cochon ». Le mot « délicieux ».

Arrête. Arrête de le considérer comme une espèce de créature. C'est un homme. Ce qui est pire. Il simule une voix. « Je t'aurai, ma jolie ! » « Pourquoi cet air si sérieux ? » « Mon précieux. » C'est tout. C'est ça. Il joue le rôle du type méchant. Ce qu'il est. Il est très, très méchant. Est-il dans la cuisine ? Serait-il possible qu'il n'ait jamais su que vous étiez ici ? Qu'il refasse la même putain d'horrible comédie dans chaque pièce pour essayer de vous terroriser ?

Oui. Car il ne sait pas où vous êtes. Tout va bien. Tout va bien.

Mais quand les murs se resserrèrent autour d'elle, quand elle sentit son esprit se disloquer de terreur, sentit à quel point elle et ses enfants étaient ligotés, acculés, sans issue de secours, la façon dont le temps se présentait, si atrocement long et étroit, devant eux, elle sut que rien n'allait bien.

Les choses n'iraient peut-être plus jamais bien.

7

Sa fille tira sur sa manche. Souffla dans son oreille : « Maman, il est quoi ? »

Dans son esprit se présenta une image distinctement formée de l'homme se retournant et révélant de la fourrure hirsute, des yeux jaunes et des dents aiguisées.

Arrête ça.

— C'est juste un homme, murmura-t-elle.

Elle posa sa joue contre un côté des cheveux de sa fille, attira son fils près d'elle, inspira leur familiarité chérie. Sentit que son fils essuyait son nez mouillé et morveux contre sa robe de chambre.

— C'était juste un homme qui a pris une voix pour faire peur.

— Mais je le connais, dit sa fille d'une voix suintant la détresse. Je connais cette voix. C'est l'homme dans le coin. De mes rêves.

Sa tête bourdonna. Elle avait beau rediriger ses pensées de toutes ses forces vers la raison, elle se sentait submergée par l'étrangeté cauchemardesque et le malaise physique. Le caractère surnaturel de la voix, décrivant ce qu'on lui devait, affirmant que c'était mieux, lui collait à la peau comme une pellicule huileuse.

— D'un rêve ? chuchota-t-elle. Que veux-tu dire ?

— C'est sa voix.

Sa fille lui agrippait vivement le poignet maintenant, tandis que la terreur se répandait par contagion dans les ténèbres.

— Il a dit qu'il observait du coin, maman ! Exactement comme l'homme dans mes rêves. L'Homme au Coin.

Des rêves, pas un rêve. Un monstre récurrent qui hantait sa fille.

— Moi aussi, je fais des cauchemars, dit-elle en pensant à ses propres rêves effrayants et aux ombres qui la traquaient. Tout le monde rêve parfois de trucs qui font peur. Mais ceci, c'est… il est… un homme.

— Non. Le Coin… il sonnait autrement.

Sa fille avait raison. La menace rocailleuse du Coin était complètement différente de l'inflexion de voix étrangement enfantine qui l'avait précédée.

Arrête, tu deviens dingue, regarde-toi, à te laisser absorber comme ça par les rêves d'une petite fille. Arrête de penser à lui comme le Coin. C'est une personne.

— Maman, pleura doucement son fils, maman, je n'aime pas ça. C'est un fantôme ?

— Chhhuuuut, mes amours, je vous en prie. On doit se taire. Les fantômes n'existent pas. Ce n'est pas un fantôme. Pas un cauchemar. Pas ce bidule de… Coin, de tes rêves. C'est juste un homme. Je suis tellement, tellement désolée que les choses se passent comme ça. Mais on est ici, ensemble.

— Tu as dit que c'était un monstre, renifla son fils. C'est un monstre.

Tu n'aurais pas dû dire ça. Pourquoi as-tu dit ça ?

Parce que c'est vrai.

— Je… Ce n'est pas un vrai monstre, dit-elle. C'est un homme méchant. Un homme monstrueux.

— Il se cache dans le coin, insista sa fille. Il l'a dit. Je le connais. Il me regarde du coin quand il croit que je dors. Quand je dors.

Comment ça se fait qu'elle ne t'ait jamais dit ça avant ? Ce n'est pas possible qu'elle le connaisse. Mais toi, tu ne le connais pas ? Il y a quelque chose de familier, quelque chose de... qu'est-ce que c'est ? N'y a-t-il pas quelque chose ?

Son sentiment que oui, elle avait déjà vu l'Homme du Coin auparavant, entendu cette voix, écorcha la base de sa nuque comme une épingle oubliée dans un vêtement.

Elle se sentait aliénée par l'horreur de la familiarité dans cette voix non identifiable, par la pièce noire, le fait d'être traquée, par l'irréalité de la situation. La façon dont les choses ressemblaient à ce qu'elles étaient, mais en même temps n'y ressemblaient pas, étaient familières mais profondément différentes, comme dans les rêves.

C'est comme un rêve. Mais c'est la réalité. Et ça t'arrive à toi.

Et tu dois les forcer à se taire.

— Je sais que ça fait peur. Je sais qu'on n'aurait pas dit que c'était la même personne qui parlait, mais ça l'était. Ce n'est ni un monstre ni un fantôme. Ni un rêve. Ni l'Homme du Coin. C'est une personne. Une personne en colère. Ça fait peur, comme les cauchemars, mais c'est juste lui qui a pris une voix pour faire peur.

— Pourquoi ? Pourquoi il a fait ça ?

— Mon chou, c'est juste un type méchant, comme il l'a dit lui-même. Il essaie de nous effrayer. Pour qu'on fasse du bruit. Et qu'il puisse nous trouver. On doit rester silencieux.

Délicieux.

— Est-ce qu'il essaie de nous faire du mal ? gémit sa fille.

Elle craignait, si elle leur disait la vérité, que les enfants se décomposent de peur, qu'ils pleurent, se trahissent, et dans le réduit noir d'encre, elle fut incapable de parler.

— Est-ce qu'il va nous faire du mal ? demanda de nouveau sa fille. Maman ?

Ça lui était toujours difficile de mentir aux enfants. Son mari s'était fâché contre elle quand elle avait expliqué factuellement ce qui était arrivé à sa mère après que sa fille lui avait demandé pourquoi ils n'avaient jamais rencontré leur « autre grand-mère ». Il avait été encore plus furieux quand ses enfants lui avaient rapporté en toute innocence la description détaillée de leur mère sur la façon dont venaient les bébés. Il ne comprenait pas pourquoi, sans en avoir discuté au préalable avec lui, elle avait répondu avec honnêteté à des questions directes et pris le risque que des enfants de cinq et huit ans aillent informer leurs camarades au sujet des oiseaux et des abeilles, de la mort brutale de la grand-mère, tout en perpétuant la farce du lapin de Pâques et du père Noël. Elle ne le comprenait pas non plus, mais était étrangement incapable de mentir à ces visages doux qui levaient des yeux vers elle tandis qu'ils lui posaient des questions sans détour sur des choses aussi fondamentales.

Elle s'essuya la bouche, d'une main couverte du gravier jonchant le sol poussiéreux de l'endroit secret. Les enfants se raidirent lorsque, provenant d'une autre partie de la maison, suffisamment loin pour qu'on ne distingue pas ses paroles, s'éleva à nouveau le grondement du Coin s'efforçant de les terroriser dans une pièce différente.

— Il ne va pas nous faire de mal parce qu'il ne nous trouvera pas, d'accord ? finit-elle par lâcher.

— Est-ce que l'homme du Coin parlait de moi, maman ? demanda sa fille d'une voix vacillante. Est-ce que la petite fille dont il parlait était moi ?

— Je crois bien, ma chérie.

Elle caressa le dos de sa fille.

— On doit rester silencieux et en sécurité tous ensemble, dit-elle en tentant de réprimer le sanglot dans sa voix. On forme une équipe.

Sa fille réfléchit pendant un instant, puis dit :

— D'accord, maman.

Quelle petite fille adorable. Et il parlait aussi de toi, n'est-ce pas ? Il a dit l'« obstacle féminin ». La « vieille truie ». C'est toi. Il a dit : « Je piétine. » Tu es l'un des obstacles qu'il piétine pour obtenir ce qu'il veut.

La voix de son fils était noyée de larmes.

— Je veux qu'il s'en aille.

— Je sais, mon chéri.

Elle balaya les cheveux de son fils d'une main aussi stable que possible.

Les fenêtres cliquetèrent dans leur encadrure. La tempête se durcissait. Un courant d'air glacial s'engouffra et descendit dans le conduit de la cheminée, projetant de la poussière autour d'eux par la maçonnerie. L'édifice entier semblait osciller et les envelopper des crissements de la brique sur le vieux bois.

Il observe des coins. Se cache dans les cauchemars. L'observe en train de dormir, a-t-elle dit. Bien sûr que c'est cauchemardesque pour elle. Bien sûr qu'elle est terrorisée. Tu dois être celle qui garde son calme. Pense à ce que tu vas faire maintenant. Ne le laisse pas gagner.

Tu dois aménager le plus de confort possible aux enfants pour qu'ils restent silencieux.

— Je vais déplacer la couverture pour vous envelopper tous les deux dedans, murmura-t-elle. Comme ça, vous pourrez dormir. Mais on doit arrêter de chuchoter. Arrêter de parler.

Elle les guida lentement, à l'aveuglette. À quatre pattes, elle traîna la couverture vers le bout de l'endroit secret, aussi profondément que possible, aussi loin que possible de la grille du conduit, avec une main vers le haut pour parer une autre blessure éventuelle sur son crâne endolori et pulsant. Elle étendit la couverture. Tâtonna alentour pour trouver le coussin et le positionner.

Le réduit se rétrécissait là où l'espace s'incurvait vers le plafond en forme de dôme du four à pain installé dans la cheminée du séjour. En palpant du bout de ses doigts, elle se rendit compte à quel point ils étaient coincés entre le mur du panneau dans le bureau, la courbe du four et le boisseau vertical de la cheminée.

Une cachette, pas un caveau. Une cachette, pas un caveau.

— Venez par ici, rampez, s'il vous plaît, attention, murmura-t-elle.

Elle étendit les doigts, les agitant dans le noir jusqu'à ce qu'elle sente un enfant, puis l'autre. L'un d'eux lui flanqua un coup de pied dans le sein, un autre lui mit le doigt dans l'œil tandis qu'elle les aidait à s'installer au centre de la couverture. Elle cilla de son œil meurtri. Massa le sein commotionné.

Elle ne pouvait s'empêcher de toucher ses enfants. Caresser leurs cheveux, presser leur main. L'un de ses bras autour d'épaules, ses lèvres sur un front. Le silence, l'obscurité totale absorbaient tout, les rendaient tellement invisibles que si elle ne les touchait pas, elle redoutait que ses enfants disparaissent. Soient engloutis. Une fois de plus, une citation de l'un des livres pour enfants qu'elle leur avait lus et relus jaillit dans son esprit.

Je vous aime tellement que je pourrais vous manger.

Elle replia la couverture autour d'eux, la balaya du plat de la main pour vérifier que tous leurs petits membres étaient bien recouverts, et que leurs têtes partageaient le coussin. Trouva le lapin rose, trouva le poupon à tignasse. Les dépoussiéra. S'assura que les enfants n'étaient pas trop près, pour ne pas se donner de coups par mégarde. Suffisamment près pour se réchauffer l'un l'autre.

— C'est une petite couverture-burrito. Pas si mal. Un mignon petit burrito moelleux, dit-elle.

Elle enroula son corps contre eux. Sentit l'air froid qui glaçait la partie exposée de ses jambes entre ses pantoufles et sa robe de chambre. Le sentit remonter insidieusement le long de sa nuque, redescendre dans son sternum, givrer sa transpiration.

Toujours et encore, elle se répétait que tout cela était réel, que ce n'était pas un cauchemar, qu'aucun homme au Coin griffu ne s'était échappé d'un rêve ou de l'ombre pour les dévorer.

C'est un homme réel. Une personne réelle.

Ce qui est bien pire que n'importe quoi d'autre.

8

— Je ne pourrais pas passer une nuit dans cette maison, avait dit le ramoneur.

Quelques mois après avoir emménagé, presque deux ans auparavant, elle avait engagé un ramoneur pour vérifier les conduits des six âtres qui se ramifiaient à partir de la cheminée centrale de la demeure. Il était grand, et bien qu'elle l'ait averti au sujet du plafond rabaissé de l'escalier, il s'y était cogné la tête, et ensuite à une encadrure de porte au premier étage.

— Les gens étaient plus petits il y a quelques siècles, lui avait dit quelqu'un, c'est pour cela que les portes sont si basses.

Elle avait vérifié cette information et trouvé que les tailles humaines n'avaient pas changé depuis les presque trois cents ans que cette demeure avait été construite, sans parler des deux cents ans depuis que l'extension datant du XIXe siècle – la cuisine au rez-de-chaussée et l'escalier bas de plafond menant à l'espace mi-pièce, mi-vestibule en haut – avait été ajoutée grossièrement à l'arrière de la maison. Vu que cette annexe était initialement destinée aux domestiques, les plafonds et les portes étaient probablement bas parce que c'était plus facile à construire et plus économique à chauffer.

Là-dessus, rien n'avait changé.

Elle supposait que la réticence du ramoneur venait du fait qu'il était beaucoup trop grand pour vivre dans cette maison à son aise. Mais il lui avait jeté un regard en biais et dit :

— Vous avez déjà vu quelque chose ?

— Genre quoi ?

— Vous voyez ce que je veux dire.

Il s'était frictionné les bras comme s'il avait froid.

— Des fantômes.

Il avait frissonné, frissonné de manière perceptible, et elle avait suivi son regard autour de la pièce, s'efforçant, sans y parvenir, d'imaginer ce que le ramoneur voyait parmi ses affaires. Une jalousie s'était ébrouée dans son crâne, à la pensée que le ramoneur était capable de croire que le mal, les revenants étaient subordonnés à tel ou tel bâtiment, la douleur scellée dans le passé plutôt que menaçant inéluctablement l'avenir.

Ce doit être réconfortant.

— En tout cas, la cheminée est en bon état, avait-il concédé.

Le ramoneur s'était enfoncé derrière la porte en fonte du four à pain, tandis que des bribes de lumière fusaient de sa lampe de poche autour de lui. Quand il s'en était extirpé, cela lui avait évoqué d'une manière gênante un accouchement par le siège, avec le four en utérus rond, et elle avait détourné les yeux de cette troublante intimité.

— Vous avez déjà utilisé le four à pain ? Il a été restauré à un moment donné. Ce sont des briques réfractaires modernes. Bonne qualité.

Le ramoneur l'agaçait. Il travaillait lentement, bavardait, et exigeait son attention tout en ignorant ses avertissements au sujet de l'escalier et des portes. Pis encore, sa visite qui s'attardait l'avait interrompue alors qu'elle était en train d'illustrer un élégant drone à pollinisation pour un client, avec son moteur minuscule qui s'inclinait pour effectuer des tonneaux, des plongeons et des lacets. Aussi n'avait-elle pu s'empêcher de l'aiguillonner en lançant :

— Pour être honnête, je n'ai rien vu. Mais *il y a* un cimetière au fond de la propriété.

— Un cimetière ? Pour de bon ?

— Pour de bon.

— Je ne pourrais pas, avait-il dit en secouant la tête d'un air désolé. Je ne pourrais pas vivre ici.

Pendant les quatre premiers mois aux confins de cette banlieue de Nouvelle-Angleterre, elle avait souvent repensé au ramoneur tandis qu'elle flottait dans l'appartement de ses beaux-parents, silencieuse et invisible comme l'un de ces fantômes. Chaque mot qu'elle prononçait était accueilli par la rancœur de son beau-père, comme si elle s'était infiltrée dans sa maison avec un « bou » indésiré.

Après avoir posté ses enfants devant la télévision afin qu'ils ne dérangent pas leur grand-père, elle s'occupait de la lessive de ses beaux-parents, cuisinait le dîner, préparait le petit-déjeuner et le déjeuner pour le lendemain, s'attaquait à des montagnes de vaisselle, s'assurait que le complément alimentaire à l'arôme chocolaté attendait, bien frais, au réfrigérateur, la seule chose que sa belle-mère pouvait avaler. Tout ça pendant que le vieil homme lisait son journal avec ostentation. Regardait du golf avec les pieds négligemment croisés sur l'ottoman. Évaluait ce qu'elle avait accompli d'un reniflement dédaigneux.

Elle ignorait les « Vous n'êtes pas obligée » et les « Je vais bien » de sa belle-mère. Car en dépit de ses protestations, la vieille femme s'assoupissait sur le canapé sous la lumière cathodique des dessins animés de ses petits-enfants, leurs membres délicats enroulés autour d'elle, et se réveillait en répétant : « Merci. Merci. »

Tandis qu'elle la soutenait dans des moments intimes – aller aux toilettes, se laver, les réactions physiques aux traitements –, son beau-père interrompait sa veille maléfique et s'enfuyait, révolté par l'aspect physique de ces tâches. En son absence, la vieille dame se débarrassait des banalités conversationnelles comme d'une peau morte.

« Ma chère, j'aimerais savoir ce qui est arrivé à votre mère », disait-elle. Ou bien : « Mon père était un homme malveillant, ce qui, bizarrement, a compliqué les choses à sa mort. Les problèmes irrésolus… ils s'accrochent. » Et : « J'ai toujours été une fille du genre "suivre le mouvement sans broncher". Quel gâchis. »

Lorsque les nouvelles atroces arrivaient l'une après l'autre à chaque consultation dans le cabinet du médecin, sa belle-mère restait assise et disait calmement : « Je vois. Je comprends. Ce n'est pas ce qu'on espérait, pas vrai ? Je sais que cela ne doit pas être facile pour vous d'annoncer ce genre de nouvelles, mais merci, docteur. »

Oui, la vieille dame regardait la Grande Faucheuse droit dans les yeux et ne montrait pas le moindre signe de peur, s'émerveillant simplement – « Vraiment ? Vous vous donnez cette peine pour moi ? » – tandis que celle-ci abaissait la fourche un peu plus près.

Elle admirait la résilience de sa belle-mère. Se posait des questions sur les profondeurs cachées qui l'avaient forgée. Sur ses propres regrets, ses propres forces potentielles, quand son heure à elle viendrait.

— Ta mère est sacrément coriace, avait-elle dit à son mari. Malade comme elle est, elle continue de penser aux autres.

— Ouais, je suis certain qu'elle souffre dignement et s'arrange pour le montrer, avait grommelé son mari. C'est une martyre chevronnée.

— Ou bien elle a du cran. Moi, tu vois, je serais en train de me vautrer et gueuler sur tout le monde. Ou alors, je sais pas, je chialerais tout le temps.

Il avait haussé les épaules.

— Tu verrais les choses autrement si tu avais grandi avec elle.

Elle avait pensé à son père resté dans l'Utah, qui s'accrochait à ses monticules de débris plus farouchement qu'il n'avait jamais tenu à sa fille. Pensé à la façon ridicule dont son mari insistait sur le fait qu'elle était trop dure avec son propre père, qu'il n'allait pas bien, que l'impact du décès brutal de sa mère l'avait peut-être, en ravageant sa vie, marqué plus profondément qu'elle.

— C'est possible, avait-elle concédé. La famille a une façon très spéciale de nous affecter.

Mais chaque fois que sa belle-mère l'étreignait pour lui dire au revoir, l'affection de la vieille dame était tellement authentique, enveloppante, remplissant le vide dans lequel son propre père n'avait jamais rien versé. Elle fermait les yeux, inhalait cette proximité, cette acceptation, et, pour la première fois depuis qu'elle était enfant, soufflait en silence : *mère, maman.*

Sa belle-mère adorait les récits au sujet de la maison, et gloussait des anecdotes telles que celle du ramoneur. Il y en avait des tonnes, des gens qui croyaient dur comme fer qu'il existait des fantômes dans le grenier, des esprits sous l'escalier, des antécédents de créatures griffues soulevant les lattes du plancher. La vieille dame acquiesçait de la tête tandis qu'elle lui racontait leur résolution de ne pas faire installer d'alarme après que le technicien leur avait expliqué que de fausses alertes risquaient d'être récurrentes dans la partie la plus ancienne de la demeure, déclenchées par le cliquetis des fenêtres dans l'encadrure. Ils auraient dû dépenser un fric fou, payer un service de télésurveillance, poser des caméras extérieures et faire des branchements externes pour qu'un système soit opérationnel. Puisque les rares intrusions survenues dans le coin depuis une dizaine d'années émanaient de gens qui cherchaient soit de la drogue soit une quelconque distraction, son mari avait décidé que tout cela serait un gaspillage financier.

— Il ne se passe jamais rien ici, avait-il rétorqué. Qu'est-ce qu'on pourrait nous voler ? On n'a même pas une belle télévision.

Elle avait froncé les sourcils dans sa direction, et pensé : *Et pourtant, tu refuses de te débarrasser de ce revolver.*

— Ce technicien pour l'alarme, avait-elle dit à sa belle-mère, était debout, dehors sur la pelouse, il a regardé la maison et, d'un ton hyper sérieux, a lancé un truc du genre : « La meilleure sécurité en votre faveur, c'est que cet endroit a l'air hanté et putain de flippant. »

Sa belle-mère avait fait rouler ses yeux.

— Je vous jure, les hommes qui ont les plus gros biscoteaux sont toujours les plus gros bébés.

Elle s'était tue un instant avant d'ajouter :

— Mais quand même, je ne sais pas si je pourrais vivre dans cette maison. Elle porte des marques de choses désagréables.

Pour les ésotériques convaincus, il y avait trop de surnaturel dans cet endroit. Pour les gens comme sa belle-mère, il y avait trop de réalité.

Les individus utilisés comme esclaves par la famille qui avait, en 1722, construit cette maison, avaient peint des fresques sur les murs du grenier, des dessins qui sapaient instantanément les leçons d'Histoire dont elle se souvenait de l'école primaire. Où seuls les procès en sorcellerie de Salem, Lizzie Borden avec sa hache, et d'autres foldingues féminines avaient troublé la trajectoire exemplaire de la Nouvelle-Angleterre, passée des pionniers aux révolutionnaires, puis aux soldats nordistes.

Son beau-père avait ricané devant les fresques, comme si elles constituaient une offense personnelle, plissant les narines comme s'il reniflait quelque chose d'aigre-amer.

Elle détestait les araignées et les guêpes, et l'odeur de renfermé du grenier laissé à l'abandon, le fait qu'il était invariablement soit atrocement glacial soit torride comme une étuve, mais elle s'arrêtait toujours devant les fresques murales. Son intérêt personnel était de l'ordre technique, mais elle trouvait que son approche lui conférait une appréciation particulière pour les lignes. Bien que les traits soient estompés par les siècles et légèrement endommagés par des coulures d'eau, tous les portraits – les dessins de visages noirs près du plafond qui semblaient flotter tel un jugement dernier, au-dessus des hommes pâles portant des perruques et de leurs épouses maquillées, peints près du sol – étaient retranscrits avec une personnalité, clairement basés sur des personnes réelles.

Malgré son impitoyable capacité à regarder la mort en face, sa belle-mère avait grimacé à la vue des pierres tombales affaissées au fil du temps dans le cimetière de la maison, chacune des plus anciennes surplombée d'une gravure d'un crâne flanqué d'ailes.

— C'est un peu glauque, ma chère, avec les balançoires des enfants installées juste à côté.

— Hmmmm, avait-elle marmonné, occupée à lire l'épitaphe du maître des esclaves d'origine.

IL A VÉCU UNE LONGUE VIE SANS REPROCHE.
LA VERTU ET LE LABEUR, IL A PROFESSÉS ET PRATIQUÉS.
À VOUS, LECTEUR, PUISSE CECI
PLAIRE À DIEU ET SERVIR L'HOMME,
FAITES DE MÊME.
1702-1778

Quelqu'un peut-il penser de lui-même qu'il est maléfique ? Ou le mal lui-même se considère-t-il toujours comme supérieur ?

Lorsque sa belle-mère avait perdu du poids, commencé à souffrir, était devenue somnolente et distante, les visites de son mari à l'appartement s'étaient espacées.

« Cette fille l'éloigne de nous, entendait-elle son beau-père ronchonner dans la pièce adjacente. Dieu sait ce qu'elle lui raconte. »

Les protestations de son mari, arguant qu'il allait faire les courses au supermarché chaque semaine, récupérait les médicaments de sa mère, la conduisait pour aller voir telle ou telle amie, manquaient de conviction. Il savait comme son entourage qu'il avait élu refuge dans le ciel, se penchant de son avion biplace Super Cub pour capturer la vision à hauteur démiurgique de la Nouvelle-Angleterre. Ses photographies différaient selon les saisons : des feuillages rutilants ; des centaines d'individus bariolés sur les plages, autour des piscines ; de minuscules points humains dévalant les pistes de ski. Des photos qui se vendaient bien auprès des décorateurs d'intérieur, en particulier imprimées en taille géante et livrées à des résidences secondaires tout aussi géantes près de la plage, dans la campagne ou en montagne.

« Regarde comme c'est facile de défier la mort, disait l'angle impétueux du menton de son mari. Je le fais tous les jours. »

Oui, elle voyait la terreur tapie derrière l'attitude fanfaronne de son mari. Le regard empli d'amour faiblissant de sa mère l'avait fait disjoncter. Voilà pourquoi son travail périlleux était devenu obsessionnel, si bien qu'il la laissait se rendre à l'appartement seule avec les enfants.

« Nous ne l'avons pas éduqué comme ça, tempêtait son beau-père dans la pièce à côté. Il est manipulé par cette fille. »

Lorsque le vieil homme n'avait rien reçu d'autre de la part de sa belle-fille que des hochements de tête brefs et muets en réponse à ses critiques impérieuses au sujet de sa cuisine (trop salée), sa façon de plier le linge (pas aligné), ou le fait qu'elle n'avait pas utilisé d'eau distillée dans le fer à repasser (désastreux), il avait commencé à s'en prendre à son petit-fils.

« Bon sang, petit, tu jettes le ballon pire qu'une fille ! Ta sœur sait faire ça. Ta sœur est davantage un garçon que toi ! » Et : « Quoi ? Tu es vraiment en train de *pleurer* ? Devant une émission à la télé ? Oh bon Dieu ! » Et, s'adressant à sa belle-mère épuisée qui câlinait son petit-fils de trois ans sur ses genoux : « Arrête de le gâter. Déjà que la fille est un garçon manqué. Tu vas en faire une chochotte. »

— Je ne veux pas retourner chez Papi, avait dit son fils dans la voiture.

— Pourquoi ?

— J'sais pas, avait répondu le garçonnet en regardant par la vitre, les lèvres tremblantes.

Elle avait engagé une baby-sitter et confié les enfants à l'adolescente pendant les soirées, et son fils avait recouvré sa bonne humeur coutumière, libéré des insultes quotidiennes de son grand-père.

— Je suis désolée, avait dit sa belle-mère en se tordant les mains. Il s'inquiète juste que je gâte trop le petit. Et il a raison, il a vraiment raison. Ce n'est probablement pas bon pour lui et…

— Je les amènerai quand vous le désirerez, avait-elle dit. Il suffit de me le dire.

— C'est génétique, avait-elle entendu le vieil homme marmonner d'un ton furieux à son épouse. Je l'avais averti… Je l'avais averti que ses enfants risquaient d'être des horreurs. Et maintenant, la gamine qui l'a sur la figure ! Pourquoi fallait-il que ce soit la gamine ? Sur un garçon, ça serait déjà assez terrible, mais sur une fille ?

Involontairement, elle avait caressé les taches blanches autour de son cou, les bandelettes pâles qui bordaient ses joues, les endroits où les perles de ses mains rencontraient la peau pigmentée de ses bras.

— Arrête, ne dis pas ça, avait susurré sa belle-mère, paroles qui avaient fait enfler la voix de son beau-père, et l'avaient fait basculer dans une indignation moralisatrice outrancière.

— Ne me dis pas ce que je dois faire ou pas faire dans ma propre maison !

— Mon cher, ce n'est rien, ce vitiligo. Juste un peu de couleur.

L'intonation de sa belle-mère se voulait apaisante, mais elle trahissait un élan de détresse.

— Moi, avait-elle poursuivi, je trouve que c'est… c'est beau.

N'est-ce pas beau ? N'est-ce pas beau, tout simplement ? avait résonné la voix de sa propre mère dans sa mémoire.

Elle avait senti ses yeux s'emplir de larmes et s'était réfugiée dans les toilettes pour les dissimuler.

Sa belle-mère, les yeux visqueux, l'estomac creusé, la peau jaunie, lui avait demandé si elle croyait en Dieu. Au paradis.

Elle savait ce qu'elle était censée répondre. Mais à la place, elle avait raconté à la vieille dame le moment où elle avait signé un chèque au ramoneur dans le jardin, impatiente de retourner à ses croquis de pollinisateur robotique.

— Bonne chance avec cette maison, avait-il dit, interrompant ses réflexions au sujet des ailes en céramique rabattables ultrafines activées par piézoélectricité. Je suis content que ce ne soit pas moi qui habite ici.

Lorsqu'il avait fini par partir, elle s'était détournée pour rentrer et avait remarqué les abeilles.

Elles s'enroulaient dans les pétales et autour des pistils des roses écarquillés. Volaient vers les lavandes, les pattes et le corps butinant le pollen de filaments invisibles. Elle avait écouté leur bourdonnement. Observé la perfection de leur conception. Un pollinisateur immensément efficace, infiniment adaptable, préprogrammé, entièrement biodégradable, autoréplicateur, qui produisait non seulement de la cire utile brûlant sans polluer, mais aussi du miel. L'élégance pure et absolue. Le pollinisateur robotique, aussi sophistiqué puisse-t-il paraître quelques minutes plus tôt, avait subitement été devancé par des millénaires, par une éternité.

Le ramoneur imaginait l'au-delà comme un endroit si étroit, avait-elle songé, où les âmes n'attendraient qu'une chose : effrayer les vivants. S'il existait quelque chose de plus grand après, la nature ne prouvait-elle pas que cela serait plus surprenant que ce que les gens étaient capables de concevoir ? Somme toute, si quelqu'un avait inventé un pollinisateur robotique, la nature, elle, avait élaboré l'abeille… une création qui surpassait toute capacité humaine.

— C'est charmant, ma chère, avait dit la vieille dame. Mais cela ne répond pas vraiment à ma question.

C'était elle qui avait trouvé sa belle-mère morte sur le lit inclinable tout neuf que ses beaux-parents avaient acheté comme contribution à la résidence pour séniors. Elle l'avait trouvée sur ce lit onéreux, dans l'appartement qui sentait encore la peinture fraîche, les lamelles de faux parquet tout juste imprimées pour ressembler à du bois. Pas un endroit où quiconque serait entré et aurait évoqué des fantômes. Mais dans cette chambre, sa belle-mère était froide, sa bouche ouverte mimant de façon grotesque un cri, les yeux fixés vers le plafond, leur blanc strié de veines rouges, la peau en train de devenir violacée.

Bien qu'elle ait tenté de fermer la bouche, les yeux, pour camoufler l'horreur des derniers instants de sa belle-mère, la rigidité s'était installée et elle n'avait pas réussi. La serviette molle qu'elle avait posée sur le visage de la vieille femme s'était enfoncée dans les cavités des yeux, la bouche ouverte, lui conférant un aspect si dérangeant qu'elle l'avait immédiatement enlevée. À la place, elle avait fermé la porte et appelé calmement l'entreprise de pompes funèbres que sa belle-mère avait présélectionnée. Son corps avait été dégagé sur un brancard roulant avant que son beau-père ne se réveille de sa sieste dans la chambre d'amis (« Je ne peux pas dormir dans la même chambre, pas avec tous ces gémissements »). Lorsqu'il l'avait vue bondir nerveusement du canapé, l'homme avait ignoré les signes indiquant qu'elle avait pleuré et commencé à se plaindre que le dîner ne soit pas prêt.

D'une voix brisée, elle lui avait dit qu'elle était désolée, que son épouse venait de mourir dans la journée, dans son lit, selon ses propres souhaits.

Il avait prestement fait deux pas vers elle et l'avait giflée à travers le visage, du plat de la main, si violemment qu'elle en était tombée sur le faux parquet en plastique.

— Vous, avait-il dit debout au-dessus d'elle, pointant un doigt accusateur, ne pouvez pas être celle qui m'annonce ça.

Elle s'était péniblement relevée, avait reculé jusqu'à la porte, saisi son sac à main tout en gardant les yeux dardés sur lui comme s'il était un serpent, un prédateur venimeux.

En partant, à travers la douleur, la honte, la rage, l'humiliation, elle avait seulement dit « Non ».

La colère de son mari avait explosé avec l'apparition de ses ecchymoses. Il s'était disputé avec son père au téléphone, qui prétendait sans scrupules qu'elle avait ricané du vieil homme, s'était montrée cruelle, avait l'air contente.

Les deux hommes ne s'étaient pas adressé la parole pendant les funérailles.

Ses ecchymoses s'étaient estompées. Son mari avait commencé à dire des trucs comme « Mon père n'a plus que nous maintenant » et « Tu penses vraiment que ma mère aurait voulu qu'il se retrouve tout seul ? ».

Mais ce puits est à sec.

Environ deux mois après la mort de sa belle-mère, son mari avait fixé un point par-dessus son épaule et dit :

— Je sais que tu as parfois du mal à… communiquer… avec mon père. As-tu fait quelque chose ? Aurais-tu dit quelque chose qui l'aurait fait réagir ?

Ses paroles avaient plongé en elle, tel un système fractal de racines sans fin, quasiment impossibles à arracher une fois plantées.

— Qu'aurais-je pu… Qu'aurais-je pu faire… faire pour mériter ça ? avait-elle bégayé.

— Tu as raison. Bien sûr. Mais… peut-être ?

Elle avait éclaté en sanglots et il s'était excusé. Mais son mari avait accordé à son père le bénéfice du doute, avait placé la satisfaction du vieil homme au-dessus de sa sécurité à elle. Et tandis que ses pensées tourbillonnaient dans la spirale de cette trahison, elle avait compris qu'elle aussi, s'accusait. S'accusait d'une façon qu'elle n'aurait jamais pu expliquer à son mari, car si elle l'avait fait, cela aurait produit une entaille irréparable.

Cela fait longtemps que tu vois ton beau-père tel qu'il est. Tu l'as tout de même laissé entrer dans ta vie. Et que s'est-il passé ? Exactement ce que tu as toujours pensé qu'il pourrait se passer. Par conséquent, c'est de ta faute. Ça l'est.

S'accuser imposait une relation de cause à effet rassurante, un sentiment qu'elle avait le pouvoir de prévenir toute violence future. Elle avait dit à son mari qu'elle n'adresserait plus jamais la parole à son beau-père. Que les enfants n'avaient plus le droit de le fréquenter.

Peut-être que ce sentiment satisfaisant de contrôle était la raison pour laquelle, tandis qu'elle était traquée dans les ténèbres glacées entre les murs de sa propre maison, ce qui s'agitait dans son esprit derrière chaque pensée, chaque geste, aussi frénétique qu'un rongeur coincé dans un piège, était la quête de la manière dont tout ceci pouvait être plus ou moins de sa faute. Ce qu'elle avait fait, ou aurait dû faire, ou devrait faire désormais, ce sur quoi elle ne réussissait pas encore à mettre exactement le doigt, un moyen d'appréhender finement cette situation pour empêcher toute souffrance.

Qu'as-tu fait ? Pourquoi cela arrive-t-il ? Pourquoi cela t'arrive-t-il, à toi ?

Et maintenant ? Et maintenant ?

9

Tu ne peux pas rester ici éternellement. Va-t-il partir ? Comment le sauras-tu s'il s'en va ?

Malgré le froid, l'inconfort du sol dur, malgré la peur qui crispait ses muscles, un poids immense tirait ses paupières vers le bas.

L'adrénaline doit s'estomper, ou bien peut-être que tu ne devrais pas t'allonger avec cet œuf sur le front.

Elle s'assit. Le sang descendit de son crâne bourdonnant. Après un moment où elle eut la certitude absolue qu'elle allait vomir, elle se sentit légèrement mieux.

Non, tu ne devrais pas t'étendre comme ça avec ta blessure à la tête.

Elle replia ses jambes sous sa robe de chambre pour les réchauffer. Son sein tout juste meurtri par le coup de pied de l'un de ses enfants lui faisait tellement mal qu'elle se demanda, comme toujours avec les commotions infligées par mégarde par ses enfants, comment quelqu'un d'aussi petit pouvait générer autant de douleur. Cela lui rappela les affres de l'allaitement, les tétons gonflés par la mastite. Elle s'appuya contre les briques de la cheminée, et du gravier ruissela le long de son dos.

Lorsqu'elle ferma les yeux, son esprit exténué distilla toutes ses critiques internes à travers la voix de son mari, avec une intonation évoquant celle de sa question : « As-tu fait quelque chose ? »

« Tu aurais simplement dû descendre au rez-de-chaussée, dit la voix, faire semblant d'être assoupie sur le canapé, et laisser les enfants dormir en haut. Peut-être que dans ce cas, il aurait pensé que personne ne l'avait vu, aurait juste pris tes affaires. Vous aurait laissés tranquilles. »

Mais tu sais ce qu'il veut. Ou veut peut-être. Non ! Non, pas peut-être ! Il l'a dit maintenant. Tu l'as entendu. Il est venu ici parce qu'il pense qu'il mérite d'obtenir ce et qui il veut.

« Tu aurais dû dévaler les escaliers immédiatement, aller récupérer les clés de la voiture en courant pendant qu'il était dans ta chambre, et chercher du secours. »

Mais, la neige. Tu te souviens de l'an dernier, la fois où on n'a même pas pu dégager les voitures, et où on a dû attendre le chasse-neige ? Si j'étais restée coincée, que se serait-il passé ? Il m'aurait ramenée, traînée par les cheveux, en train de hurler, dans la maison.

Elle repensa à cette arme non identifiée et tressaillit en se rappelant le bruit quand il avait frappé son poids massif dans sa paume.

« Toujours une bonne excuse, résonna la voix fantôme exaspérée de son mari. Alors qu'en fait, tu es juste trop effrayée, trop peureuse dans ce monde pour faire ce qu'il faut. Pour réfléchir. Réfléchis un peu ! »

S'il est venu ici en voiture, elle bloque peut-être le garage.

Elle imagina une voiture montant lentement la côte de l'allée tandis qu'ils étaient endormis. Elle le vit en train d'attendre dehors dans l'obscurité, les regarder à l'intérieur, vulnérables, ignorants. De petits acteurs éclairés sur une scène à travers les fenêtres. Une chose sauvage invisible tandis qu'il encerclait le feu de camp qui les aveuglait.

« Tu es bien *certaine* d'avoir fermé les portes à clé ? » demanda son mari.

Je... Je ne sais plus exactement ? Mais je ferme toujours les portes à clé. C'est toi qui oublies. Qui penses même que c'est inutile. C'est toi qui crois toujours qu'on est en sécurité, que je surréagis. Que je suis paranoïaque.

« Tu es paranoïaque. »

Si quelqu'un est suffisamment déterminé, si quelqu'un ne craint pas de faire des dégâts, prend son temps, il est impossible de le repousser. Pas vraiment.

« Tu sais bien que cela n'arrive quasiment jamais, un inconnu qui cible quelqu'un. Tu maîtrises parfaitement tes petites statistiques flippantes. La violence provient presque toujours de l'intérieur de la maison. »

Il est ici. C'est la réalité.

« La violence provient presque toujours de quelqu'un de connu. »

Elle se frictionna la joue, ressentant la longue et fine main fantôme de son beau-père.

« Et maintenant, tu les obliges à rentrer dans cet endroit horrible, tu n'as aucune patience avec eux, tu plaques ta main contre leur bouche, tu es irritable, incapable, tu te dis que c'est parce que tu les aimes. La violence dans la maison, c'est *toi.* »

Tu as laissé entrer ton beau-père dans ta vie. Et maintenant, tu as laissé entrer le Coin. Quelque chose que tu as fait. Quelque chose que tu n'as pas fait. Et tu ne te souviens pas de lui ? Il y a quelque chose à son sujet. Quelque chose de familier. N'est-ce pas ?

Elle frappa l'arrière de sa tête contre la cheminée pour déloger de son cerveau la voix contrefaite de son mari, pour interrompre le tourbillon vertigineux d'accusations et de confusion.

Arrête. Arrête. Ce n'est pas de ta faute. Tu voudrais que ce soit quelqu'un que tu reconnais, comme ça, il y aurait peut-être un truc atroce que tu aurais fait, une cause à tout ceci. Et tu sortirais de là et... quoi ? tu dirais : « Houhou ! Je me souviens de qui vous êtes et ce que j'ai fait et je suis tellement, tellement désolée, tout est de ma faute. » Et il dirait : « Waouh, merci, je n'ai plus besoin de vous tuer maintenant, parce que j'apprécie vraiment vos excuses. » C'est ridicule. Tu n'as rien fait. C'est sa faute à lui. Ce Coin.

« Et maintenant, tu penses à lui de la même façon que les gosses ? Tu l'appelles le Coin ? Si tu n'étais pas en plein délire avant, tu l'es probablement maintenant. Il faut tout de même envisager cette éventualité. »

Tu n'es pas en plein délire. Il essayait de vous faire peur. Et il a très bien réussi, parce que vous avez peur.

« Tu aurais dû saisir une arme », dit son mari.

Quelle arme ? Il n'y a rien, rien du tout.

« Le tisonnier de la cheminée. »

Son corps tout entier fut parcouru d'un regret mordant.

Pourquoi n'y as-tu pas pensé ? Tu es bête, tellement bête !

Elle se visualisa étendue dans l'endroit secret, tenant la tige recourbée du tisonnier d'une main, son bout en forme de L pointé vers la porte du panneau caché. Lorsque celle-ci s'ouvrirait à la volée, elle aurait un pied contre le L du tisonnier, ses mains sur la poignée. Elle serait forte, utiliserait en même temps ses bras et ses jambes. Boum, fracasser le crâne, raide mort.

Elle grogna à voix haute devant la beauté de la scène. Son impossibilité. Le tisonnier se trouvait juste de l'autre côté du mur dans le séjour. Mais le récupérer signifiait qu'il faudrait quitter l'endroit secret, traverser le bureau et le séjour, qui était visible de l'escalier, de l'entrée, de la salle de jeux, de la cuisine.

Donc voilà à quoi tu es réduite. Absorbée par un fantasme sur le meilleur moyen de balancer un tisonnier que tu n'as même pas sur le crâne de quelqu'un. Tu ne peux pas aller le chercher, pas sans risquer de te faire voir. Ne vaudrait-il mieux pas t'asseoir contre la porte ? Utiliser le poids de ton corps et tes jambes pressées contre la base de la cheminée pour le repousser dehors ? L'empêcher de savoir, même s'il appuie exactement là où il le faut, qu'il existe une porte ?

« Ça paraît logique, marmonna son mari. Ta solution est de ne rien faire du tout. De te cacher. »

Parfois, la chose la plus difficile à faire est de ne rien faire du tout.

Elle tressaillit, projetée dans le passé.

Mais parfois, la chose la pire à faire est de ne rien faire du tout.

En train de déverrouiller la porte de sa chambre de cité universitaire dans la faculté de Mid-Atlantic[1] après une longue soirée à bosser à la bibliothèque. Son petit copain de l'époque l'avait repérée du hall, s'était hâté à sa suite, et avait enroulé ses bras autour d'elle au moment où elle ouvrait la porte à la volée et franchissait le seuil de la chambre. C'était un geste pensé comme une étreinte affectueuse pour la saluer, mais elle ne l'avait ni vu ni entendu approcher. Elle avait seulement vu et senti des bras d'homme qui plaquaient ses mains contre ses flancs

---

1. Les États Mid-Atlantic, situés au bord de l'Atlantique, ou plus simplement le Mid-Atlantic, forment l'une des neuf divisions géographiques des États-Unis, avec une définition variant selon les instances, entre New York et la Virginie. [NdlT]

avant de se resserrer. Elle avait conscience de cette force, du hall vide, de la chambre déserte, de l'heure tardive dans la nuit, et avait été submergée par une vague d'impuissance absolue, la certitude que c'était arrivé, le mal primaire.

Elle n'avait pas crié. Ne s'était pas débattue. À ses grandes honte et horreur, elle s'était dissoute, recroquevillée en une minuscule boule fœtale pleurnichante et tremblante, fixant aveuglément le sol en linoléum de la chambre de cité U.

Tu ne peux pas rester paralysée comme ça cette fois-ci. Si on en arrive là. Si on en arrive à une confrontation.

Même maintenant, sa déception vis-à-vis de sa réaction était insondable. Elle s'était repliée pour protéger son ventre comme si l'attaquant n'avait pas été un homme, mais un ours. Comme si un être humain allait démontrer autant de pitié qu'un animal, la frapper à la gorge, à la tête, et tenter de mordre son centre moelleux, de la tuer rapidement. Certaine que c'était un homme venu la pousser dans sa chambre et la violenter, tout ce qu'elle avait pu faire était se disloquer de terreur et de faiblesse. En quoi était-ce différent de consentir ? Après tout, elle n'avait même pas réussi à prononcer « Non ». Crier au secours. Incapable de parler. Incapable de lui flanquer un coup de coude, ou de se battre ou de s'enfuir.

Dans sa tête retentissaient les trucs qu'elle avait tellement entendus, cette fois appliqués à elle-même : « Dehors aussi tard dans la nuit, toute seule, sans précautions, comment était-elle habillée ? »

Elle fit rouler sa tête contre les briques de la cheminée. Une vague d'épuisement profond la saisit et elle laissa ses paupières se fermer.

Au début, elle s'en souvenait, son petit copain s'était senti très mal. L'idée ne lui avait même pas traversé l'esprit que son étreinte inopinée puisse l'effrayer à ce point, qu'elle se sente en insécurité dans les couloirs des chambres universitaires à cette heure tardive, alors qu'elle se croyait seule.

Ça doit être cool, avait-elle pensé amèrement. *De vivre sa vie comme ça, en se sentant en sécurité.*

Bien qu'il se soit excusé, cela avait marqué le début de la fin de leur connexion. Car quand elle l'avait informé qu'elle avait décidé de prendre un cours de self-défense, la ligne pincée de ses lèvres lui avait tacitement dit : « Tu ne crois pas que tu surréagis ? Fais tout un drame pour rien ? »

Après ça, chaque fois qu'elle montrait une émotion – sursautait de peur quand un cafard rampait de sous le lit, était agacée parce qu'il était en retard, se plaignait d'une note qu'elle jugeait injuste –, il faisait rouler ses yeux. Soupirait. « Ces trucs ne piquent pas, tu sais. » « Je ne suis pas tant en retard que ça, calme-toi. » « Qu'as-tu fait pour obtenir cette note, au fait ? » « Relaxe. » Il était facile de lire à travers ses paroles. *Elle est surmenée. Elle est irrationnelle. Elle est exactement comme les autres, décidément, on ne peut pas se fier à ce qu'on éprouve. Hé, cocotte, baisse d'un ton, tu veux bien ?*

— Tu ne me prends pas au sérieux, lui avait-elle dit.

Mais ses pensées, aussi évanescentes que son souffle, ne fournissaient aucune preuve tangible.

— Que veux-tu dire ? avait-il répondu. De quoi tu parles ?

Ses reproches constituaient une surréaction supplémentaire.

C'était plus facile pour lui de penser comme ça, supposait-elle, que d'accepter qu'il avait été cruel par inadvertance. Plus facile pour lui de penser que c'était elle qui avait un problème plutôt que d'accepter qu'au lieu de la protéger, il l'avait terrifiée. Parce que ce genre de chose arrive. Pouvait arriver.

Ce genre de chose est en train d'arriver en ce moment.

— Pourquoi es-tu si déprimée ? Pourquoi es-tu autant de mauvais poil ?

Comme s'il n'avait rien à voir avec ses larmes, avec son irritabilité. Comme si les émotions étaient des trucs qu'elle ramassait au hasard avant de les accrocher à son cœur, entièrement indépendantes des petites méchancetés qu'il perpétrait dans sa quête pour se justifier.

Le cours de self-défense qu'elle avait suivi s'était révélé décevant. Elle s'imaginait du kung-fu. De chouettes mouvements qui transformeraient plus ou moins sa carrure fluette en un atout, comme dans les films où la petite bonne femme en bottes à talons défonce le grand méchant.

Mais cela consistait principalement à crier.

— Les femmes ont été conditionnées pour se taire, ne pas faire de bruit, avait expliqué le professeur. La plupart d'entre nous sommes trop bien éduqués pour parler fort. Attirer l'attention. Même en cas d'urgence.

Elle ne parvenait pas à crier assez fort, à être assez désinhibée, à satisfaire le professeur. Entourée de banshees triomphantes qui hurlaient à pleins poumons, elle avait émis un son qui était resté coincé dans sa gorge et sorti étranglé. Ils avaient appris un seul mouvement agressif durant le cours, un coup avec la base de la paume pour fendre un nez. Une approche censée (peut-être) provoquer la surprise et le choc chez l'adversaire pour permettre de s'enfuir en courant et en criant. Elle n'avait eu aucun mal à frapper le mannequin du cours de défense au visage aussi fort qu'elle le pouvait, si fort que sa main s'était couverte d'hématomes. La tête du mannequin avait à peine oscillé.

— Si j'étais toi, avait dit le professeur, si j'avais ta taille… je me concentrerais sur faire beaucoup de bruit.

Bon, alors. Ce prof était complètement à côté de la plaque. Imagine ce que faire du bruit, crier, quand tu l'as aperçu dans l'escalier, t'aurait apporté.

Mais le linoleum de la chambre de cité U resurgit, et ce sentiment momentané de supériorité, de revendication, s'évanouit.

Peu importe, tu ne peux pas te permettre de te disloquer comme ça de nouveau. Si ça arrive, s'il entre ici, tu lui fous un coup de pied, tu lui arraches les yeux, tu utilises tes ongles, tes dents... n'importe quoi. Tout ce que tu peux ! Sans quoi tu ne te le pardonneras jamais.

« Tu ne mériterais pas le pardon », résonna la voix de son mari.

— Maman ? dit la petite fille, ce qui la saisit si brutalement qu'elle lâcha involontairement un « Ho » et son corps entier sursauta.

Pendant qu'elle s'enfonçait, somnolente, dans les tréfonds de sa mémoire et ses conversations imaginaires, elle avait supposé que ses enfants dormaient.

— Maman, je dois aller aux toilettes.

— Numéro un ou deux ? demanda-t-elle en songeant « *Tu es en pilotage automatique* ».

— Un.

Typique, tellement typique. Tu prépares les gosses, ils sont prêts à partir. La ceinture de sécurité attachée. Ils ont leur doudou, un goûter, tu viens à peine d'entrer sur l'autoroute, et à cet instant, tu entends : « Maman ? Je dois aller aux toilettes. »

Bon, au moins, ce n'est pas un numéro deux.

— Maman ?

— Chhhh, je réfléchis.

Tandis qu'elle réfléchissait, elle prit conscience qu'elle aussi avait envie d'y aller. Urgemment.

— Bon, d'accord, murmura-t-elle. Mon petit gars, tu vas devoir enlever ta couche. Maman va t'aider, OK ?

Avant le confinement, son fils avait dormi plusieurs mois sans couche. Mais il avait recommencé à faire pipi au lit la nuit dans les deux premières semaines où ils étaient restés à la maison, ce qu'elle et son mari avaient attribué à sa sensibilité, son inquiétude au sujet de leur inquiétude. Le pédiatre avait balayé ça d'un haussement d'épaules. Leur avait dit d'être patients, que des régressions induites par le stress étaient normales, et de ne pas lui faire honte. Pendant l'été, apparemment acclimaté à ce nouveau monde étrange, les accidents nocturnes de leur fils avaient cessé. Mais en novembre, ils avaient repris, plus fréquemment que jamais auparavant. Elle lui avait remis une couche en s'efforçant de repousser le sentiment de culpabilité qu'elle éprouvait d'être incapable de protéger son fils perspicace quant à la cruauté du monde.

C'était une drôle de chorégraphie dans le noir, dérouler la couverture et aider le garçonnet à retirer son pantalon de pyjama, puis la couche.

— Beurk, dit la petite fille en enfilant la couche de son frère.

— Je sais, murmura-t-elle. Mais fais-le quand même.

Elle aida sa fille à enlever la couche quand celle-ci eut terminé. Ôta sa propre culotte. En serrant les dents, elle maintint la couche humide contre elle.

Bon, bon. C'est l'avantage d'être petite. Au moins une bonne chose pour l'occasion. Capable d'utiliser une couche de bébé, hourra. Et loin d'être aussi atroce ou dégoûtant que ce à quoi tu t'attendais. Presque pas utilisée. Pas la mer à boire. Il y a plus grave.

Elle eut du mal à remettre sa culotte, tant son corps était toujours trempé de sueur. Mais en se tortillant, elle y parvint, sans s'appesantir sur la raison pour laquelle cela comptait tant pour elle de la porter.

Elle posa une main légère sur l'épaule de son fils, puis celle de sa fille et les fit se pelotonner à nouveau dans la couverture. Le bras de la fillette s'enroula autour de son frère.

Un petit obstacle surmonté. Un problème mineur réglé.

Sa respiration s'était régulée. Son pouls battait presque normalement. Ses mains s'étaient débarrassées quelque peu de leurs soubresauts.

Cela l'avait calmée, le fait d'avoir une tâche physique à accomplir, un problème soluble à gérer avec compétence. Les remises en question, la voix critique de son mari – tranchante et plus cruelle qu'elle ne l'avait jamais été en réalité – se turent.

Elle ferma les yeux et observa les lumières lointaines derrière ses paupières, afin d'avoir simplement quelque chose à regarder. Un répit du noir complet. Épia un bruit éventuel susceptible de lui indiquer où se trouvait le Coin. Elle appuya l'arrière de sa tête contre la brique de la cheminée. Les seuls sons étaient les bruissements de ses enfants quand ils bougeaient et leur respiration, et le sifflement de la tempête à travers la maison.

Tu es en train de t'endormir, se dit-elle dans un accès de conscience. *Tu ne peux pas t'endormir. Tu dois aller chercher ce tisonnier ou de l'aide. Ou du moins les surveiller. Barricader la porte.*

Mais assise en tailleur, les pieds calés dans les creux derrière ses genoux pour les réchauffer, elle fondait enfin. Avoir soulagé sa vessie lui donnait la sensation d'être aux commandes de son propre corps pour la première fois depuis ce qui lui paraissait des semaines. Et la retombée de ces sommets culminants de terreur lui apportait une léthargie profonde, irrésistible, enveloppée de cette masse obscure qui ressemblait à de la sécurité.

Ce n'est pas de ta faute. Ce n'est pas de ta faute.

Tandis qu'elle s'abandonnait à l'épuisement, elle sentit vaguement un souffle sur sa joue, quelque chose évoquant le balayage d'une toile d'araignée.

« Délicieux », susurra la voix du Coin directement à son oreille, et elle s'étouffa bruyamment, s'étranglant en une inspiration paniquée d'haleine viciée.

10

— Maman ! Ça va ?

Elle arrivait à peine à parler, sa gorge nouée comme si une main invisible pinçait sa trachée. La main de sa fille agrippa son genou. Elle serra la fillette contre elle, pressa sa tête contre l'épaule minuscule.

— Tout va bien, maman, tout va bien !

— Je suis désolée, dit-elle, je suis désolée. Je me suis endormie. Juste une seconde.

Son fils pleurnicha tout bas.

— Viens ici, chuchota-t-elle. Viens ici, mon petit. Je suis désolée. Je vais bien. Je ne voulais pas te faire peur.

Le garçonnet tendit la main, toucha son bras et rampa pour se lover sur ses genoux. Comme d'habitude, son petit corps se fondit dans le sien.

Alors comme ça, tu t'inquiètes de leur comportement, qu'ils puissent faire du bruit, et tu fais un truc pareil ? Tu cries dans ton sommeil ? C'est quoi, ton problème ? S'il t'attrape, les attrape, ce sera de ta faute.

Son fils nicha sa tête dans son cou. Elle expira, inspira à nouveau, absorbant le réconfort de l'amour animal du garçonnet.

— Désolée, dit-elle. Vraiment désolée.

Son fils posa ses petites paumes chaudes sur ses joues. Elle visualisa ses yeux noirs aux paupières lourdes se darder sur les siens dans l'obscurité.

— C’est pas grave, maman, dit-il avec sérieux.

« Qu’est-ce qu’on va faire, disait souvent son mari, quand il grandira ? »

Ils se regardaient, horrifiés. Chacun d’imaginer l’amour pur de leur fils, son besoin constant d’être étreint par leurs bras, en train de s’évanouir. Car évidemment, ils allaient s’évanouir. Il le fallait. Ce type particulier de sensibilité et une affection aussi directe ne pouvaient survivre. L’ordre naturel des choses était de dissimuler la profondeur de son amour, de peur qu’autrui la considère comme une faiblesse. Et si cela ne se produisait pas spontanément, n’évoluait pas de manière organique, des gens tels que son beau-père s’efforceraient sans relâche de l’humilier afin que le garçon cache ses sentiments, pas seulement à eux, mais à tout le monde, aussi subitement qu’un livre qu’on referme d’un coup.

Elle pressa son petit garçon contre elle.

Tu dois faire quelque chose. Que convient-il de faire ?

— Je suis vraiment très fière de vous, murmura-t-elle à ses enfants. Vous êtes très sages et très courageux. Vous montrez à maman comment être courageuse aussi.

Comment peux-tu les aider ? Comment peux-tu solliciter de l’aide ? Il n’y a aucun moyen de savoir où il se trouve, sauf quand il est quasiment au-dessus de toi.

Tandis qu’ils étaient assis, fermement calés contre la maçonnerie grossière, les bras emmêlés et les yeux ne distinguant rien, elle fut certaine que si ses enfants avaient été légèrement plus petits, si cela s’était passé seulement quelques mois plus tôt, ils n’auraient jamais pu rester aussi silencieux. Aussi obéissants. Prêts à la réconforter. Capables d’accepter que des mauvais trucs puissent survenir.

Ils comprennent que la vie peut basculer en un instant.

— Qu'est-ce qu'on va faire, maman ? chuchota sa fille.

— Attendre. Écouter. Rester aussi silencieux que possible. Parfois, la chose la plus difficile à faire est de ne rien faire.

Son fils remua sur ses genoux, se pelotonna en boule contre sa poitrine. Les gravats par terre s'enfoncèrent dans sa chair là où sa robe de chambre avait glissé de ses jambes.

Délicieux.

Tu étais en train de t'endormir. C'était le stress. Bien sûr, c'était ça. Cette voix s'insinuant dans ton oreille. C'est tout à fait normal. Confusion normale, réaction normale, dans une situation anormale.

Malgré tout, elle introduisit et tortilla un doigt dans son oreille comme si elle voulait expulser la voix du Coin hors de ses cavités auditives.

Elle se concentra sur le mouvement délicat de haut en bas et de bas en haut de la respiration de son fils. Sa douceur, la lourdeur de sa tête contre son sein commotionné.

Sa fille rampa pour retourner dans la couverture. Elle entendit la fillette l'envelopper autour d'elle, se protégeant du froid et de la saleté.

— Réfléchissons, murmura-t-elle, à ce qu'on va faire. On va réfléchir. Pas parler. Juste réfléchir pendant un petit moment, et attendre en silence.

— D'accord, maman.

Combien de temps vas-tu attendre ? Combien de temps peut-on rester ici ? Analyse soigneusement la situation.

On a la tasse magique, pleine mais petite. On a la couche. La couverture. Les gosses vont peut-être s'endormir. Ce sera plus facile de leur imposer le silence plus longtemps s'ils dorment. Quand il fera jour dehors, s'en ira-t-il ? Combien de temps s'est-il déjà écoulé ?

Une rafale de vent s'engouffra dans la cheminée, faisant claquer la trappe. Elle frissonna.

« En raison de l'intensité prévue de la tempête, disait le message vocal de l'école, les cours en présentiel de demain matin et après-midi ont été annulés. La participation à la séance virtuelle est cependant obligatoire. Nous recommandons à tous les membres de notre communauté d'éviter de conduire. Ne prenez pas de risque. »

Les cours en présentiel du vendredi ont été annulés par l'école à cause de la tempête. Et les cours virtuels ? Même s'ils ne se connectent pas, les professeurs feront simplement ce qu'ils font dans ce cas-là : envoyer un courriel auquel ils n'attendent pas de réponse. Ensuite, ce sera samedi, dimanche. Personne ne nous attend nulle part avant lundi. Et ils sont en vacances de Noël à partir de jeudi. C'est possible – probable – que l'école suppose que nous nous sommes isolés juste avant les fêtes de fin d'année pour passer du temps en famille en toute sécurité. Ils pourraient téléphoner pour t'admonester, mais c'est tout. Ils n'appelleraient pas la police, ou un truc dans ce genre. C'est trop longtemps. Trop longtemps, ils finiront par avoir faim, soif. Faire du bruit. Le temps pour lui de fouiller la maison de fond en comble. Coller son oreille partout. Nous trouver.

Comme si elle avait appelé le Coin, elle entendit un poids feutré et étranger au-dessus. Des pas lents et réguliers traversaient la chambre de sa fille. Puis, un *ploc*.

Elle était certaine que le bruit avait été produit par la porte de l'armoire de sa fille. Celle-ci possédait des aimants hyperpuissants qui rendaient ses portes difficiles à tirer et ridiculement bruyantes quand on les ouvrait. Il y eut un silence, puis un *clic !* tinta, qui devait correspondre à lui en train de refermer l'armoire, l'attraction très forte des aimants qui arrachait presque la poignée de la main.

Un autre truc qui doit être réparé.

Son fils renifla dans sa poitrine.

Il vérifie tous les placards. Pas pour prendre des trucs. Plus de cris avec une voix pour faire peur. Il est en train de nous chercher. Chercher dans les endroits assez grands pour que quelqu'un puisse s'y cacher.

Les pas étaient mesurés. Méthodiques. Mais aussi discret qu'il s'efforce d'être, chacun de ses pas émit un martèlement assourdi quand il traversa le palier au-dessus de leur tête et se dirigea vers la chambre de son fils.

La fillette se rapprocha de son flanc et enlaça étroitement ses bras autour d'elle. Elle sentit les mouvements de la tête de sa fille quand celle-ci la posa sur son épaule, la façon dont elle inclina une oreille pour épier les sons du Coin.

Un souffle glacial de vent se diffusa par la grille donnant sur l'escalier. Avait-il ouvert une porte quelque part ?

Criiiiick ! Oui, il avait de nouveau foulé la longue latte dans le vestibule devant la chambre de son fils. Ce qui signifiait qu'il quittait certainement la partie originelle de la maison, en traversant la pièce superposée à la cuisine dans la vieille extension, en direction de l'annexe moderne qui contenait sa chambre à coucher, la chambre d'amis, la buanderie.

A-t-il déjà remarqué la porte du grenier ? Peu probable. Tu l'aurais entendu l'ouvrir.

Directement à l'extérieur de la chambre de sa fille, la porte du grenier était taillée dans le mur. L'agent immobilier l'avait appelée « une porte dérobée », une expression qu'elle avait recherchée, et elle avait constaté qu'elle n'était pas tout à fait appropriée. Les images de portes dérobées qu'elle avait trouvées sur Internet montraient des portes dissimulées intentionnellement et esthétiquement, coupées dans des moulures ou des bibliothèques.

Mais leur porte du grenier était néanmoins visible. Elle était construite avec les mêmes panneaux verticaux qui recouvraient le mur. Ce qui camouflait les bords latéraux de la porte dans celui-ci, mais l'incise en haut était aussi flagrante que pour une porte normale. Bien que, dans le reste de la demeure, les gonds possèdent des attaches en fer lourd, ceux de la porte du grenier étaient d'un autre type, et se voyaient uniquement du côté du grenier. Selon ses hypothèses, la porte avait possiblement été à demi cachée, car les propriétaires d'origine ne souhaitaient pas qu'elle leur rappelle la proximité d'individus qu'ils avaient réduits à l'esclavage dormant en haut, mais ils avaient été trop chiches pour prendre la peine de la dissimuler complètement. La porte n'avait pas de poignée, mais s'ouvrait et se fermait par un système de petit crochet et œillet à peine distinguables. La porte s'ouvrait toujours à la volée quand quelqu'un soulevait le crochet, catapultée brutalement par la pression bizarre qui régnait à l'étage supérieur. Il y avait une indentation dans le mur à l'endroit où le crochet métallique venait le percuter.

Il faut vraiment que tu mettes un bloc-porte pour empêcher qu'elle claque en s'ouvrant, et repasser un coup d'enduit sur le mur.

Des blocs-portes, des trucs à réparer, quelle importance ? Réfléchis à des choses importantes.

A-t-il déjà trouvé le sous-sol ? Probablement.

La porte menant au sous-sol sautait aux yeux dans l'entrée. Elle ne pourrait pas l'entendre ouvrir cette porte, pas de l'endroit secret.

Dommage. Tu pourrais l'enfermer dans le sous-sol. Il possède ce loquet robuste pour que les gosses n'y aillent pas. Tu ne peux pas l'enfermer dans le grenier. Le crochet volerait à la minute où il y flanquerait un coup d'épaule.

Elle se tança pour ces fantasmagories.

Réfléchis à des trucs réels. Un vrai plan. Il doit y avoir un moyen. Il y a toujours un moyen. Sauf quand il n'y en a pas.

Elle ferma les yeux et visualisa la maison.

Un rectangle. Un triangle. Quatre fenêtres sur sa gauche, quatre sur sa droite, une autre au-dessus de la porte au milieu. Les carreaux assemblés comme sur un plateau de jeu de morpion. Au centre du toit, la souche carrée de la cheminée. Une maison typique.

Oui, la maison ressemblait en tous points à un dessin d'enfant. Exactement comme devrait l'être une maison. Dans son esprit, elle voyait une petite volute de fumée s'échapper de la cheminée, dessinée au crayon gris. Pour ses enfants, pour elle, la maison était un endroit rassurant où ils se sentaient, d'une manière élémentaire, *chez eux.*

Elle effectua un croquis mental de la maison vue à hauteur d'oiseau, en annotant soigneusement chaque partie, le terrain, visualisant les étages en coupe transversale, puis s'envola plus haut, toujours plus haut en imagination, pour obtenir une meilleure perspective.

Le rectangle de la bâtisse originelle. Le carré de l'extension contenant la cuisine à l'arrière. Le rectangle de l'annexe moderne rattachée à la cuisine. La longue allée qui bifurquait de la route et contournait les arbres, longeait le bord latéral de la maison jusqu'aux portes du garage dans l'appendice tout au fond.

Elle s'envola encore plus haut, cligna des yeux plus fort, encadra et annota les distances.

Soixante mètres environ pour le tronçon de l'allée menant à la route. Après avoir tourné à gauche, il y avait des prés et des prés et des champs puis les bois puis, au bout de trois kilomètres, trois kilomètres et demi, une ferme. Si on prenait plutôt à droite à la sortie de l'allée, on suivait la route qui gravissait la colline, la rue sinueuse. À une distance d'un terrain de foot environ, après l'allée, se trouvait la première maison. Soixante mètres plus loin, une autre. Qui y habitait ? Dans la première maison, une infirmière. Elle vivait seule, et travaillait souvent de nuit.

Se rendre chez l'infirmière était risqué. À quelle distance se trouvait la maison suivante ?

Tu ne sais même pas qui vit là-bas ! Pourquoi ne les connais-tu pas ? Tu as eu largement le temps de faire connaissance avant le confinement. Tu as rencontré l'infirmière, et les autres voisins n'étaient pas chez eux. Pourquoi n'y es-tu jamais retournée ?

Trop timide, trop maladroite, trop nerveuse.

Concentre-toi.

Elle esquissa la géographie avec des traits imaginaires au crayon de papier.

Oui, les maisons se densifient dans cette direction. Mais même celle de l'infirmière n'est pas toute proche avec une telle météo. De plus, il faut grimper la colline. Et puis, s'il jetait un coup d'œil de n'importe quelle fenêtre à l'avant de la maison, il te verrait. Ou du moins les traces de tes pas. Serait capable de te suivre. Le chasse-neige n'est pas encore passé sur la route. Sur la neige, là-bas, tu serais totalement exposée.

Et si tu essayais de te déplacer comme le corbeau qui vole ?

Elle énuméra les dangers. Les congères profondes des champs. Les ronces enchevêtrées des bois, farcies des vrilles de vignes sauvages rampantes et enfouies, les salsepareilles emmêlées et hérissées d'épines. Les murets en pierre omniprésents en Nouvelle-Angleterre, s'élevant de manière chaotique à travers la forêt, extrêmement difficiles à escalader, car leurs rocs simplement empilés s'éboulaient. Il y avait aussi les ruisseaux, recouverts par les congères, mais qui coulaient toujours sous la glace et la neige, sans bruit, indétectables.

Impossible. Impénétrable. Impraticable.

Elle fit pivoter sa carte mentale. Derrière la maison se trouvaient le jardin, les balançoires et toboggans des gosses. Derrière ça, le cimetière, marquant la transition entre la pelouse et les arbres. Au-delà du cimetière, traversant les bois, le sentier.

Ça y est. J'ai trouvé.

Le sentier à travers les bois.

11

Au début du mois d'octobre de l'an dernier, peu de temps après la mort de sa belle-mère, elle avait demandé à son mari s'il avait utilisé le souffleur à feuilles sur le sentier traversant le bois derrière la maison.

— Non, pourquoi ?

— Nulle part sur le sentier ? Il n'y a quasiment aucune feuille dessus.

Il était allé vérifier de ses propres yeux. Les enfants gambadaient et bondissaient à ses côtés, brandissant des bâtons en guise d'épées.

Le sol de la forêt était jonché de feuilles mortes et d'aiguilles de pin. Mais le sentier était dégagé et propre. Il serpentait, brun et doux, à travers la forêt, comme un lieu souvent emprunté et soigneusement entretenu.

— Il y avait des feuilles ici avant, non ? Je n'arrive pas à me souvenir de la dernière fois où on est passés par là, avait dit son mari.

— Ça fait un bon moment. C'est bizarre. Tu penses que quelqu'un de là-bas l'a nettoyé ?

Elle avait esquissé un geste vague vers les quelque soixante mètres de chemin goudronné d'un cul-de-sac bordé de maisons qui commençait là où s'arrêtait le sentier, à trois mètres environ derrière la limite de leur propriété.

Leur demeure était à l'origine le siège d'une ferme de cent vingt hectares. Elle avait été sous-divisée dans les années 1980, et le gros du terrain avait été vendu par le propriétaire précédent à un promoteur qui l'avait reconfiguré en un lotissement de manoirs imposants construits au milieu des années 1990 sur des parcelles gigantesques.

Elle trouvait cela troublant de dépasser leur demeure ancienne et des acres de pâturage verdoyant, poursuivre par le cimetière, puis s'engager sur le sentier à travers la forêt avec des arbres centenaires, d'être ainsi paisiblement immergée dans une Nouvelle-Angleterre immaculée et révolue… et de débarquer subitement dans l'univers du cul-de-sac, si différent.

Elle lorgnait l'asphalte d'un noir profond comme si c'était un mirage. Il s'en élevait un panorama saisissant d'impostes, de porches à colonnes, de portes d'entrée et portes latérales, de garages pour trois véhicules, de faîtes de toit l'un à la suite de l'autre. Il y avait des caméras de sécurité rutilantes, des topiaires dans des urnes, du paillis noir, des piscines, de la pierre sur du bois sur du plastique sur du plâtre, des plaques noires et cuivrées : « PROPRIÉTÉ PRIVÉE. DÉFENSE D'ENTRER ». Elle ne pouvait s'empêcher de ciller pour chasser l'illusion que l'extrême lourdeur de ces manoirs était sur le point de les faire chavirer comme des navires mal gouvernés sur leur océan de gazon vert fluo.

Quelque habitant de l'un de ces immenses manoirs avait-il été dérangé par le sentier laissé à la dérive ? Il débouchait sur le trottoir étroit qui bordait le cul-de-sac et croisait ensuite la piste cyclable de la commune, aussi n'était-ce pas déraisonnable de penser que quelqu'un avait été agacé par son apparence sauvage, par la façon dont il ne s'intégrait pas vraiment. L'avaient-ils nettoyé avec un souffleur ? Tenté de le façonner hors de son état primitif, spontané, pour l'accorder avec leurs platebandes parfaitement définies ?

— Je ne pense pas qu'ils soient venus sur notre propriété, avait dit son mari. Je pense plutôt que c'est le vent.

— Peut-être que c'était des fantômes, avait lancé leur fille avec un grand sourire.

Elle avait souri à sa fille, remué des doigts de revenant.

— Mais ouais ! Des fantômes empruntant le sentier depuis le cimetière.

— Quoi, avec des râteaux ? Des balais ? avait demandé son mari, ce qui avait fait glousser leur fille.

— Les fantômes, ça n'existe pas ! avait dit leur fils d'un ton assuré.

Mais ensuite, il avait tiré sur sa main et levé sur elle des yeux écarquillés.

— Pas vrai, maman ?

— C'est vrai. Les fantômes n'existent pas. Je plaisantais.

— Des fantômes qui se chargent du jardinage, ça ne me dérangerait pas, avait dit son mari.

Elle lui avait flanqué un petit coup d'épaule affectueux sur son bras robuste.

— Quel drôle de truc, avait-il murmuré tout bas.

Environ un mois plus tard, elle avait découvert son mari qui observait le sentier tandis que les enfants dégageaient leurs balançoires et leurs toboggans de la neige tombée précocement.

— Qu'y a-t-il ?

— Il n'y a pas beaucoup de neige, comparé à partout ailleurs. C'est bizarre.

Effectivement, on pouvait distinguer le sentier même à travers la neige qui s'était accumulée. Un aplomb marquait sa hauteur, comme si quelqu'un avait pelleté juste avant que la neige cesse de tomber, en laissant une couche molle, mais clairement plus fine.

— Peut-être que les arbres reçoivent le gros de la neige ?

Ils levèrent de concert les yeux vers le treillis de branches arquées au-dessus du chemin.

— Mais la neige est plus épaisse partout ailleurs. Même dans les endroits les plus reculés de la forêt.

— D'accord, mais les branches doivent en filtrer pas mal, quand même ? À moins que ce soit le vent. Peut-être que la neige a l'air plus épaisse dans les bois à cause des rafales, qui la balayent du sentier.

— Ouais. Peut-être que le sentier fait l'effet d'un genre de couloir pour le vent ? La neige en est balayée. Ça pourrait aussi expliquer pourquoi il n'y avait pas de feuilles.

Ils observaient tous deux, les mains sur les hanches, les gosses qui jouaient derrière eux dans la neige fraîchement tombée, de l'autre côté du cimetière.

— Je veux faire une bonne *femme* de neige, avait insisté leur fille.

— C'est un bon*homme* de neige, avait dit leur fils, qui semblait sur le point de pleurer. Parce que j'ai un chapeau de *garçon* pour lui.

— Hé, vous deux, ne vous disputez pas, avait-elle dit, se retournant pour les gronder. Les bonnes gens de neige n'ont pas de sexe. Ils ne sont ni bonhomme ni bonne femme. Juste des bonnes gens de neige.

Elle avait instantanément regretté ses paroles quand elle avait aperçu le regard malicieux de sa fille.

— On n'a qu'à leur faire un sexe ! s'était-elle exclamée.

— Oh mon Dieu, s'il vous plaît, mes chéris, ne faites pas de sexe au bonsho… aux bonnes gens de neige.

Ils avaient gloussé. Elle savait que dans son dos, ils avaient déjà sculpté des organes génitaux en neige démesurément grands d'un type ou de l'autre. Elle avait décidé de ne pas s'engager plus avant dans cette bataille-là du moment que les gosses s'étaient mis d'accord.

— Deux ou trois centimètres de neige sur le sentier, presque trente partout ailleurs, avait dit son mari. Quelque chose m'échappe.

— C'est bizarre, avait-elle approuvé.

— Moi, je suis toujours persuadée que ce sont des fantômes ! avait crié leur fille dans leur direction. Pour Halloween, les fantômes avaient ces longues jupes. C'est ça qui balaye le sentier.

— Des jupes ?

— Ben oui, tu sais, comme des draps.

— Tu veux dire, quand les gens utilisent un drap pour faire un costume de fantôme ?

— Ouais.

— On sait que tu essaies simplement de faire peur à ton petit frère, l'avait réprimandée son mari. Ce n'est pas gentil.

— Est-ce que ça pourrait être les daims ? avait-elle hasardé. Je me souviens que quand j'étais gamine, ils traçaient des pistes à travers les tremblaies. Ils élimaient le sol des sentiers jusqu'à la poussière. S'il y en a assez, ça pourrait être ça. Ça pourrait même expliquer pourquoi il n'y a pas beaucoup de neige ici l'hiver. Parce que les daims la tasseraient.

— Je te parie que c'est ça ! avait dit son mari. Si on ne voit pas de daims dans le coin, c'est juste parce qu'on n'est pas assez attentifs.

— Je suis certaine que c'est ça, avait-elle abondé.

Cette nuit-là, son fils l'avait réveillée avec une tape énergique juste entre ses yeux.

— J'ai vu un fantôme, avait-il murmuré.

— Laisse-moi deviner, avait-elle dit en le bordant une fois qu'elle l'avait ramené dans son lit. Est-ce que ce fantôme était enveloppé d'un drap ?

— Non, avait dit le garçonnet en bâillant. Il voulait que je le suive en bas de l'escalier.

Son fils l'avait réveillée la nuit suivante, sa main minuscule était en train de serrer son cou. Il l'avait réveillée de nouveau la nuit d'après par un petit coup effrayant sur sa paupière close.

— Un fantôme. Il veut que je joue avec lui. Est-ce qu'on peut allumer la lumière ?

— Il t'empêche de dormir, avait dit son mari. Il faut tuer cette habitude dans l'œuf.

Sans surprise, son photographe de mari s'était tourné vers la photographie pour résoudre le problème. Il avait acheté une caméra animalière conçue pour être attachée avec un ruban Velcro autour d'un arbre. Elle se déclenchait par un capteur de mouvement, était protégée par un étui de camouflage, équipée d'une batterie à rechargement solaire, et résistait à la pluie. Son mari en avait fait tout un plat, avait emmené les gosses dehors pour l'aider à l'installer. Il avait incliné l'objectif de la caméra à l'endroit où le cimetière se muait en sentier. Le lendemain matin, ils avaient regardé la vidéo, collés l'un contre l'autre, sur le petit écran encastré à l'arrière de la caméra sous un clapet de protection rétractable. La vidéo avait démarré et montré une cohorte de daims passant à la file sur le sentier, sans son ni couleur, mais avec leurs yeux nyctalopes luisant à travers des volutes de neige soulevée.

Son mari avait tapoté l'écran.

— Vous voyez ? Le sentier doit agir comme un couloir à vent avec tous ces arbres aussi épais autour. Pas étonnant qu'il ait l'air si net.

— Des daims fantômes ! avait pleurniché leur fils en se couvrant le visage des deux mains.

Elle avait jeté un coup d'œil de biais à l'écran. Avec leurs yeux brillants et enveloppés de nuages blancs de neige, elle avait constaté avec stupeur que les daims possédaient un aspect troublant de créatures surnaturelles.

— Génial, avait-elle grommelé en appuyant d'un geste las son front contre l'épaule de son mari. Des daims fantômes. Est-ce que ça constitue néanmoins un progrès par rapport à un escalier hanté ?

— Regardez ! avait dit sa fille en désignant l'écran. Les fantômes ne font pas caca !

Effectivement, un mâle avait pris la pose juste devant l'écran, soulevé la queue et s'était soulagé.

Le visage de son fils s'était éclairé, puis il s'était mis à applaudir et rire.

— Caca ! avait-il crié. Les fantômes ne font pas caca.

Elle et son mari avaient discrètement échangé un pouce levé.

— Merci, lui avait-elle susurré.

Son mari avait replacé la caméra sur le tronc d'arbre, mais ils n'avaient plus jamais eu besoin de recourir à cette preuve anti-fantôme. Son fils avait cessé de la réveiller en se plaignant d'un méchant fantôme dans l'escalier, elle et son mari s'étaient satisfaits de l'explication selon laquelle le sentier était très emprunté par les daims et balayé par le vent glacial du nord-ouest, chronique dans la région, d'où l'étrange propreté du chemin et son apparence dégagée.

Ici, dans l'endroit secret, elle sentit l'idée du sentier et de son sol déneigé par le vent la traverser comme une révélation. C'était le choix évident. Tous ces manoirs artificiels représentaient la source d'aide potentielle la plus proche.

Reste sous les gouttières de la maison pour qu'il y ait moins de neige. Baisse-toi sous les fenêtres pour qu'il ne te voie pas. Trente mètres jusqu'au cimetière. Soixante mètres sur le sentier jusqu'à ces maisons. C'est un peu plus loin, mais bien mieux que la côte à grimper sur la colline jusqu'à la maison de l'infirmière. Tu seras derrière la maison. Quasiment aucune fenêtre ne donne de ce côté-là. Tu ne seras pas trop exposée aux regards.

« Bien que, évidemment, dit son mari, tu ne connaisses personne non plus qui vive là-bas. N'aies jamais pris la peine de les rencontrer. Te sois crue supérieure parce que tu trouves leur maison très moche. »

Elle s'ébroua pour chasser la voix imaginaire de son mari. Songea à combien elle était près, à une distance diablement alléchante, des portes battantes servant jadis d'entrée. Se représenta la barre se balançant sur son petit clou et se remettre en place une fois la porte refermée.

Cela t'enfermera dehors.

La pensée de franchir ce seuil, de la petite barre oscillant derrière elle et verrouillant la porte, l'enfermant loin de ses enfants, lui arracha un gémissement douloureux.

Il y avait la clé de secours dans la boîte à clé en plastique imitant une pierre. Extrêmement bien cachée maintenant avec la neige. Ce n'était donc pas impossible de revenir, mais presque, surtout si le Coin était toujours dans la maison.

Mais en pantoufles ? En robe de chambre ? Et en dessous, seulement une culotte et un vieux t-shirt trempé de sueur ? Pourrais-tu mourir de froid ?

Son cerveau parcourut le contenu du bureau. Rien là-dedans qui puisse l'aider à lui tenir chaud.

Mais il a poussé quelque chose à l'intérieur du placard de l'entrée quand il farfouillait pour nous trouver tout à l'heure. Quelque chose qui a fait un bruit de froufrou et cliquetis comme un vêtement sur un cintre.

Elle frictionna son cou au-dessus de l'endroit où reposait la tête de son fils. Sentit la morsure aiguë de l'air glacial sur sa peau.

Tu devrais juste attendre ! Être patiente. Il va laisser tomber. Le lever du soleil le fera fuir. Après tout, il peut penser qu'on aura de la visite demain. Il doit se douter que le type du chasse-neige verra sa voiture. Le verra, lui.

Mais s'il s'est garé ailleurs ? est venu ici à pied ? Et le type du chasse-neige n'appellerait pas la police, pas à cause d'une voiture inconnue. Il se rappellera peut-être la voiture plus tard. Une fois que quelque chose sera arrivé. Ce qui te fait une belle jambe.

Le week-end de trois jours qui se profilait lui paraissait aussi net et singulièrement vide que le sentier déblayé à travers les arbres. Puisque les cours avaient été annulés par l'école à cause de la météo, elle s'était préparée à un long week-end à la maison seule avec les mômes. Elle avait été galvanisée et tirée de sa récente léthargie par la tempête du nordet imminente. Elle s'était assurée qu'il y avait assez de gaz dans le groupe électrogène. Elle était venue à bout de la montagne de lessive au cas où il y aurait une coupure d'électricité quand ils seraient seuls à la maison, l'avait pliée et rangée d'une traite, pour la première fois depuis près de deux mois. Elle avait commandé et récupéré les courses au moment où la neige commençait à tomber. Elle avait balayé les cendres de l'âtre, du four à pain énorme dans le séjour, en se souvenant de son mari en train d'y faire cuire une pizza, tandis qu'ils étaient tous heureux, repus et bien au chaud. Elle avait apporté une tonne de bûches pour la cheminée, afin qu'ils puissent faire griller des marshmallows, et des sandwiches de biscuits au chocolat fondu comme petites gâteries. Elle avait annoncé que selon l'état des routes, elle irait chercher un arbre de Noël le samedi ou le dimanche.

Ce n'est pas comme si ton père allait remarquer ton absence ou s'inquiéter s'il n'a pas de nouvelles de toi. Pas comme si ton mari allait débarquer. Ni ton beau-père.

Oui, elle avait composé un week-end ne requérant la présence de personne d'autre, mais avec la ferme détermination de lui donner une apparence de vie normale.

Mais le Coin ne sait pas ça. Il ne sait pas que personne ne remarquera que tu as disparu. Comment pourrait-il le savoir ?

Il savait que vous étiez seuls tous les trois ici. Tu ne peux pas savoir ce qu'il sait. Depuis combien de temps vous observe-t-il ?

Elle toucha sa bosse sur le crâne. Cilla.

Et tu étais tellement contente de toi, à préparer tout ça pour le week-end. À faire de petites choses adorables pour les gosses après toutes ces semaines où tu en étais incapable.

Une autre rafale glaciale la percuta. Involontairement, elle dirigea son regard vers la grille du conduit d'où sifflait le vent.

Elle se figea, la gorge nouée. Il y eut une ondulation dans l'obscurité à l'extérieur de la grille. De vagues formes s'esquissèrent dans le faible clair de lune filtrant par les vitres des quatre petites impostes au-dessus de la porte d'entrée dans le vestibule. Des yeux ronds et jaunes, d'une largeur surnaturelle, la fixaient de l'autre côté de l'orifice.

Le Coin.

Son corps se raidit, mais son fils resta paisiblement allongé sur ses genoux, avec une respiration montrant indubitablement qu'il dormait. La tête de sa fille reposait sur son épaule, lourde et chaude. Étaient-ils tous deux endormis ? Elle ne l'avait pas remarqué, profondément occupée qu'elle était à concevoir toutes les possibilités de fuite dans sa tête. Elle n'osait pas bouger de peur de les réveiller. Gardait les yeux dardés sur la chose à l'extérieur de la grille.

Ce n'est rien, ce n'est rien. Du stress. Une illusion d'optique. Il n'y a pas de Coin. Et les gens n'ont pas d'yeux jaunes. Ce n'est pas lui. C'est ton imagination. Rien, rien du tout.

Mais il y avait quelque chose. Après un si long laps de temps dans l'obscurité, ses yeux ne parvenaient pas à distinguer grand-chose dans l'endroit secret, mais à l'extérieur de la grille, le minuscule rayon de lune lui permettait de discerner un visage avec une peau livide. Une tête chauve avec quelques cheveux clairsemés. Le bas du visage, la bouche, les dents, la mâchoire et le nez se fondaient dans les ténèbres.

Les yeux clignèrent, immenses et jaunes.

12

Lorsqu'elle était enfant, son école faisait tout un plat de la forme physique et la survie en espace naturel, et les sorties scolaires consistaient soit en randonnées éprouvantes soit en calvaires à ski de fond. Comme d'habitude, elle s'efforçait péniblement de suivre le rythme de ses camarades durant l'une de ces sorties en CM1. Les autres étaient constamment plus rapides, comme s'ils avaient été activés en mode accéléré par leur ingestion commune depuis toujours de sandwiches au pain de mie et à la gelée. À chaque virage du sentier de montagne, elle espérait apercevoir les autres gosses en train de l'attendre, cuisant, écarlates, sous leur chevelure blonde, engloutissant des poignées de granola aux fruits secs.

Elle avait senti une vibration dans l'air et s'était immobilisée. C'était exactement la même sensation que lorsqu'elle circulait en voiture et *bzzz*, elle tournait la tête et croisait le regard de quelqu'un en train de la fixer d'un autre véhicule. Cette fulgurance, cette certitude que quelqu'un vous observe, elle la ressentait même dans une voiture roulant à cent dix kilomètres-heure. Cette perception était davantage aiguisée depuis qu'elle anticipait la curiosité effarée suscitée par ces marques blanches récentes sur son visage ; celles qui étaient apparues peu après la mort de sa mère, comme si celle-ci avait laissé derrière elle leur lourde charge à sa fille.

Figée, elle avait cherché la source de son malaise, examinant le sentier et la forêt alentour jusqu'à ce que ses yeux croisent ceux, dorés, d'un puma. Il se trouvait à une dizaine de mètres de l'autre côté d'une rivière. À cause de la sécheresse, le cours d'eau coulait à la moitié de son débit normal entre des rochers dénudés que le puma pouvait aisément franchir et contourner. L'animal se tenait dans l'ombre des trembles, et la lumière qui scintillait à travers le feuillage ondulant conférait à sa fourrure jaune un halo verdâtre aquatique.

Bien qu'elle n'ait jamais vu de puma en vrai, elle savait que quelque chose clochait chez celui-ci. Il était émacié. Ses côtes ressortaient, proéminentes comme s'il avait avalé un baril. Sa fourrure était émaillée de taches rases bordées de sang coagulé. Ses oreilles étaient tendues et dressées, mais l'une était à moitié arrachée, visiblement déchiquetée. Sa longue moustache pendait sur sa tête baissée, qui se levait et s'abaissait lentement tel un cobra de film dansant au rythme d'une mélodie. Les hanches et les épaules saillaient vivement, étirant la peau d'une manière maladive.

Le plus troublant était la difformité du puma. Quand l'animal avait ouvert la gueule, sa longue langue rose s'était déroulée et avait pendu comme celle d'un chat domestique en train de bâiller. Il avait ramené sa langue en se léchant le museau, et elle avait balayé un ensemble de dents supplémentaires, hérissées et irrégulières, protubérantes, plantées sur un côté de la tête du puma comme une seconde gueule plus petite.

Pour la première fois depuis que les traces avaient commencé à blanchir sa peau, elle avait compris que l'étrangeté, la différence pouvaient être immatérielles. Car la seule chose qui comptait était la façon dont les yeux ronds et jaunes du puma révélaient qu'il mourait de faim.

Elle s'était souvenue de ce qu'on lui avait enseigné. Elle avait ôté son sac à dos et l'avait brandi au-dessus de sa tête. S'était efforcée de hurler et pousser des cris agressifs pour effrayer l'animal, mais la peur lui avait noué la gorge et elle s'était rendu compte qu'aucun son n'en sortait.

Alors, à la place, elle avait chanté, découvrant en l'occurrence que, bizarrement, cela se révélait bien plus facile que d'essayer de crier. Elle avait recommencé à marcher sur le sentier tout en bidouillant les paroles de la comptine qui avait surgi dans son esprit, remplaçant celles qu'elle avait oubliées par des improvisations.

— Un, deux, trois, tu es le plus joli félin qui soit !

Elle s'était dit qu'une créature dans un tel état – défigurée, exclue et (elle en était certaine) blessée par ses congénères – était susceptible d'apprécier de telles paroles. Serait peut-être contente de recevoir un compliment, pour une fois. Pouvait même, exactement comme elle, le désirer ardemment.

— Quatre, cinq, six, laisse-moi repartir, je te prie !

Elle avait reculé sur le sentier du mieux qu'elle le pouvait, luttant pour ne pas tomber, les yeux rivés sur le puma, surprise que sa voix s'affermisse, claire et puissante, en même temps que sa peur augmentait.

— Sois gentil et laisse-moi passer !

Le félin trottait sur la rive opposée et l'avait suivie si nonchalamment qu'elle avait pressenti, horrifiée, l'aisance avec laquelle la créature pouvait la rattraper. La facilité avec laquelle le puma pouvait l'attaquer.

Occupe le plus d'espace possible. Grandis-toi. Ne lui tourne pas le dos. Fais du bruit. Surtout, surtout, surtout, ne tombe pas.

La faim de l'animal lui ôtait le peu qui restait de sa beauté, de sa symétrie. Sa voix avait flanché quand elle avait chanté :

— Veux-tu donc me dévorer ?

Elle avait tiré sur son coupe-vent pour qu'il se gonfle et la fasse paraître plus grande.

Ne trébuche pas, ne trébuche pas.

Sa terreur, sa concentration étaient telles que c'était seulement au détour d'un virage du sentier, tandis que, chantant à tue-tête « S'il te plaît, chaton tout beau, ne mords pas, ce petit doigt à moi… », elle avait failli percuter trois de ses camarades, les yeux écarquillés et railleurs, qui avaient fait halte pour grignoter, qu'elle s'était rendu compte à quel point elle devait sembler ridicule.

— Oh bon sang, qu'est-ce que tu fiches ? avait gloussé une fillette.

Son visage s'était empourpré, sa honte l'emportait même sur son soulagement. Après tout, elle avait dix ans. Elle se sentait déjà dégingandée et gauche, et maintenant, son deuil récent l'ostracisait, lui attirant, selon les personnes, la pitié ou bien le soupçon d'une malédiction.

— Je suis suivie par un puma !

— Quoi ? Où ça ?

Elles s'étaient levées et avaient tendu le cou.

Elle avait désigné l'autre côté de la rivière, mais l'animal avait disparu. Il s'était retiré quelque part parmi les arbres. Elle sentait encore sur elle ses yeux jaunes.

— Je ne vois rien.

— Il est là ! Quelque part.

— Allez, arrête.

— C'est probablement ton imagination. Ils sont très rares dans le coin. Moi, je n'en ai jamais vu.

— Il était maigre. Il avait l'air malade.

— Malade ? Comment tu vois ça ?

— Y avait-il de la bave autour de ses babines ?

— Non, il était juste très maigre. Et décharné. Il avait du sang collé.

— S'il était malade, il t'aurait attaquée à coup sûr. C'est ce que dit mon père.

— Il était tout amoché, avait-elle insisté. Il avait des dents sur le côté de la gueule.

Ses trois camarades avaient échangé un coup d'œil avant d'éclater de rire.

— Quoi ? Des dents où ?

Elle s'était frotté la joue.

— Ici ! Il avait des dents supplémentaires qui dépassaient. Un truc dans ce genre.

Yeux roulant dans leurs orbites, regards lourds de sous-entendus, ricanements.

— Ben ouais, c'est ça. T'as vu un monstre.

— Pas un monstre, juste un… Je sais pas comment expliquer, un puma super amoché !

— Bon, si ça peut te faire plaisir.

Son cœur s'était fendu d'avoir survécu à un truc pareil, d'avoir tout bien fait, et que ce soit balayé d'un revers de main comme si ça n'avait jamais existé. Son imagination.

— Je m'en fiche si vous me croyiez ou pas, leur avait-elle dit, s'était-elle dit, en réprimant ses larmes. Je me fiche de ce que vous pensez.

Mais évidemment, elle ne s'en fichait pas. Pas du tout.

Des années plus tard, son père lui avait envoyé par courriel un article sur un puma tué dans l'Idaho. D'un côté de sa tête surgissait un jeu de dents supplémentaires et des moustaches. Un jumeau conjoint qui était mort dans l'utérus et était resté collé à son frère, ou possiblement un tératome – une tumeur remplie de poils, de dents et moustaches, postulaient les scientifiques. Un vrai mystère, disait l'article. Sans précédent.

Elle doutait que son puma soit encore en vie, et avait songé que ce n'était peut-être pas sans précédent. Elle avait visualisé d'autres félins de ce type hantant les Rocheuses, insaisissables et soumis à l'incrédulité de quiconque ne les avait pas croisés.

« Ton vieux copain ? » avait écrit son père avec un émoji qui souriait.

« Un puma est une chose, mais un félin avec deux gueules ? Illusion d'optique », avait-il dit à l'époque. Le stress. Impossible.

Enterrée sous son propre escalier, dans le faisceau jaune de ces yeux ronds prédateurs, elle entendit résonner la voix de son père.

« Illusion d'optique. Le stress. Impossible. »

Elle cilla vers la chose à l'extérieur de la grille, devant sa tête déplumée, hirsute. Ses yeux jaunes énormes.

Tu as disjoncté. Tu as des hallucinations.

La forme de la chose se tordit. Par ce mouvement, elle devint inanimée. Pendant un instant, elle ne parvint pas à comprendre ce qu'elle voyait. Ne pouvait appréhender les yeux du puma devenir sans vie tout en continuant à la fixer à travers l'orifice du conduit. Alors elle eut un déclic. Ce n'était pas un prédateur vivant qui la fixait, mais une image.

Sa peau se hérissa de chair de poule, ses poils minuscules s'érigeant de sa sueur de trac.

Elle était en train de regarder un dessin. Un dessin d'un crâne avec de pitoyables mèches grasses, et des yeux luisants. Le genre de truc imprimé sur un t-shirt. Elle était certaine que si elle avait pu en voir davantage au-dessus du crâne, des yeux luisants, il y serait inscrit « Black

Sabbath », « Metallica », ou le nom d'un autre groupe de rock qui affectionnait des illustrations macabres pour se la jouer cool et mieux vendre leurs albums.

Oui, maintenant, elle voyait ce qui se passait, quelle était l'explication.

Le Coin était assis sur l'escalier. Son dos face à elle. Elle avait aperçu un bout de son t-shirt plus tôt, des tranches de lui, à travers la grille du conduit tandis qu'il vérifiait la porte battante, mais ceci était une fraction de lui zoomée en gros plan. Tel qu'il était assis, les yeux du crâne, à l'arrière du t-shirt et à travers l'orifice, étaient rivés sur elle, et cillaient et clignaient à chaque pli, chaque mouvement du tissu.

Je t'en prie, chaton, ne mords pas.

Elle songea que les battements de son cœur étaient assez tonitruants pour réveiller son fils, toujours endormi sur ses genoux.

C'est impossible ! Comment est-il arrivé jusqu'ici sans que tu l'entendes ? Ou bien... te serais-tu endormie à nouveau ?

Elle ne le pensait pas, mais supposa que c'était possible. Sa peur, ses tempes qui tambourinaient, la manière dont elle avait survolé la maison pour réfléchir aux moyens de s'enfuir s'apparentaient tellement à un rêve.

Mais... tout le bruit qu'il a fait avant. Les jouets dans la salle de jeux, la latte grinçante à l'entrée du bureau ! C'est impossible qu'il ait emprunté l'escalier de devant. Même si c'était toi qui, avec ton entraînement, arrivais à le descendre si discrètement, cela produirait néanmoins un bruit assourdissant dans cet espace creux.

Elle essayait de comprendre. Émit l'hypothèse qu'il avait descendu l'escalier de la cuisine et traversé le séjour. Qu'il avait, par hasard ou intentionnellement, évité la latte bruyante à l'entrée du bureau. Qu'il s'était assis assez délicatement pour qu'elle n'entende pas craquer les marches de l'escalier.

Il apprend les bruits de la maison. Comment se fondre dans ce lieu.

Une fois de plus, son esprit trébuchait sur le sentiment de quelque chose de familier, quelque chose qu'elle aurait dû se rappeler.

Ça a un rapport avec son t-shirt. L'aurais-tu déjà vu quelque part ?

Bien sûr que oui. Les gens portent couramment ce genre de t-shirt noir d'un groupe de musique avec un crâne dessus, des yeux luisants et des os.

Si tu arrivais à t'en souvenir, ça pourrait t'aider.

Calme-toi. Concentre-toi.

Elle ferma les yeux, baignée de gratitude à l'idée que les enfants soient précisément endormis à cet instant. Ne soient pas en train de murmurer, n'aient pas permis au Coin de les surprendre au dépourvu. Sans le moindre doute, même des murmures étaient perceptibles par la grille, juste au-dessus d'eux. Un minuscule brin de hasard qui avait tourné en leur faveur.

« Cette maison est sinistre quand elle est vide, s'était plaint le Coin un peu plus tôt à voix haute. Il y a des voix, des bruits, et il n'y a personne. »

Oui, il avait entendu des voix. Et maintenant, il était en train de les chercher, elle et ses enfants, traquant la source de ces sons désincarnés. Le Coin était assis, à un mètre et demi, observant, épiant patiemment avec les oreilles dressées, à une proximité suffocante.

Il sait que vous êtes ici.

Arrête, arrête. Il est assis à cet endroit parce que de là, il peut entendre s'il y a quelqu'un dans la salle de jeux, le bureau, l'escalier, les chambres des gosses. Il attend que vous fassiez quelque chose, une erreur. Que vous vous trahissiez.

L'idée lui traversa l'esprit qu'elle et le Coin faisaient la même chose. Tous deux attendaient en silence dans ce présent surréel, en suspens entre leur vie passée et ce qui allait advenir, quoi que ce fût.

Respire. Réfléchis. Tu ne peux rien faire. Tu ne peux rien contrôler, sauf votre degré de calme et de silence. Et même ça, tu ne le contrôles pas. Pas vraiment. Des ronflements, des éternuements, des soupirs. Le moindre mouvement des mômes et il vous entendra.

Cette absence totale d'emprise sur son propre présent, son propre avenir, fit ralentir les battements de son cœur. Il n'y avait pas de décision à prendre. En tout cas pas pour le moment. Elle appuya sa tête contre la brique, sentit la chaleur des corps inspirant et expirant de ses enfants, et éprouva un sentiment étrange de répit, répit d'être temporairement absoute de toute responsabilité.

13

Elle se réveilla confuse, la bouche douloureusement sèche. Un son familier était en train de s'estomper aux confins de sa conscience. Elle ne voyait que du noir. Elle recouvra le sens de l'orientation et son cœur s'emballa au souvenir de là où elle était.

Ses yeux s'envolèrent vers la grille du conduit. Il n'y avait rien de l'autre côté. Ce qui ne signifiait pas que le Coin n'était pas là. Simplement qu'il n'était plus assis sur la même marche.

Idiote, idiote ! Céder au sommeil ! Tu t'endors juste maintenant ? Ici ?

Elle appuya délicatement un doigt sur la bosse de sa tête. Elle s'était stabilisée à la taille d'un noyau de pêche. Elle pulsait encore, mais n'était pas douloureuse jusqu'à la nausée comme elle l'avait été auparavant. Elle tâtonna prudemment de sa main libre, trouva la tasse magique et but un peu. Cela ôta légèrement la sensation cartonneuse dans sa bouche. Elle se retint de boire davantage.

Gardes-en pour les gosses.

Une crampe jaillit dans ses jambes quand elle les remua. Le poids de son fils avait coupé la circulation de son sang. Elle étouffa un gémissement de douleur, la sensation atroce que ses veines étaient comprimées du talon jusqu'à la hanche, et se força à rester immobile pour ne pas déranger le garçonnet.

À travers la souffrance, elle entendit quelque chose et se rendit immédiatement compte que c'était le même son qui l'avait réveillée, puis s'était tu.

Un chant.

La mélodie était joyeuse. Pas très loin. La cuisine ? Le séjour ? Certainement à cet étage. Il fredonnait, une vibration qui passait, basse et lourde, à travers le mur.

Il était proche maintenant. Le séjour ?

Puis le seuil du bureau craqua. Il y eut un *bonk* creux… le bruit de la guitare qui était saisie. Puis celui d'une main qui la grattait. Une pause. Un autre bruit. Il l'accordait.

Elle écoutait, les yeux écarquillés dans l'obscurité. Sa fille se réveilla et se raidit à ses côtés, ses petites mains l'agrippèrent, s'enroulant fermement autour de son bras, son poignet.

À travers le bois lui parvint le son d'une note montant et descendant, s'attardant, le glissando familier sur les cordes trouvant un timbre clair dans la gamme. Elle pouvait se représenter les doigts de son mari sur les chevilles argentées, avec la guitare gentiment posée sur ses genoux, qui semblait très petite contre son large torse. C'était toujours surprenant de voir un homme avec sa carrure de boxeur être si doux avec l'instrument, et en extraire tant de beauté. Lorsqu'il tenait sa guitare, cela lui rappelait la manière dont il berçait ses enfants dans ses bras quand ils étaient bébés.

— Vous êtes ici, les petits ? dit le Coin d'une voix rauque. J'ai une chanson pour vous.

Il joua, et une sonorité brillante s'éleva de l'instrument tout juste accordé.

Elle n'arrivait pas à resituer la chanson, mais savait que c'était une mélodie enfantine, un genre de comptine avec des paroles impossibles à se rappeler, son esprit vidé par le caractère irréconciliable de sa peur et du son apaisant de la guitare.

Il cessa de gratter les cordes.

Puis la voix du Coin, d'un timbre atone et empli de cliquetis d'ongles :

— Petits cochons, petits cochons, laissez-moi entrer.

Son fils remua. Elle bougea légèrement pour soulager ses jambes. Se mordit les lèvres en sentant les aiguilles et les piques qui torturaient sa chair.

Ne te réveille pas. Continue à dormir pendant tout ce temps, s'il te plaît.

Le garçon s'immobilisa et recouvra son calme.

La main de sa fille se resserra si vivement autour de son poignet qu'elle grimaça.

— J'en ai assez d'attendre. Vous entendez ? Fini de vous attendre habillé en pyjama de grand-papa. Ça n'était pas censé être barbant.

La voix de cafard du Coin crissait, dégoulinant de mépris.

Les ongles de sa fille s'enfoncèrent davantage dans sa chair.

— Pas de costume de mouton. C'est juste moi, les petits cochons.

Il se tut, épiant, avant d'ajouter :

— Vous savez, ce grand méchant loup qui a été brûlé. Il est descendu par la cheminée. Il se cramponnait aux briques, comment s'est-il faufilé ? Il a atterri dans un chaudron. Ébouillanté et mangé.

Il gratta de nouveau la guitare.

— Mais dans la vie, ce n'est pas comme ça, les petits. Les cochons, c'est ça qu'on est censés manger. Et je suis plus intelligent que ce vieux loup, dit le Coin. Je vais *mettre le feu* à la maison.

Elle sentit les murs l'enterrer vivante. S'imagina à quoi ça ressemblerait d'être ici, dans l'endroit secret, avec la fumée qui l'envahissait. En être chassés pour respirer et le trouver là, les attendant. Sa fille se mit à pleurer dans sa robe de chambre, gémissant « Maman, maman ! ».

— Chhhhhh, chhhhh !

— Brûûûûûûûûûler, fredonna-t-il. Ça vous fera sortir, vous, les trois petits cochons. Z'avez entendu ? Devrez sortir ou être asphyxiés, *siouplaît.*

Elle tressaillit, sa colonne vertébrale se raidit, ses doigts s'écartèrent comme si elle était en train de tomber et sur le point de rattraper le poids de son corps entier.

Siouplaît. Comment ? Comment sait-il ?

C'était l'expression de son fils. Il l'avait entendue dans un dessin animé, et depuis qu'il avait environ trois ans, « siouplaît » était sa façon de dire « s'il te plaît », et il l'embellissait en ajoutant différentes rimes.

Siouplaît-avec-du-lait, siouplaît-c'est-y-pas-parfait, siouplaît-au-sorbet, siouplaît-ouais-ouais-ouais.

Elle vit le petit visage de son fils s'esclaffer de sa propre espièglerie, ses propres petits poèmes, et ressentit la distance insoutenable entre ces moments de bonheur anodins et le moment atroce dans lequel ils étaient enfermés actuellement.

Comment sait-il, comment sait-il, comment sait-il pour ça ? Il nous connaît. Il connaît ton petit garçon, mais...

— Vous pensez que quelqu'un remarquera la fumée dans *cette* tempête ? À *cette* heure-ci de la nuit ? Alors que cette baraque flippante est loin de tout ? Nan. Vous êtes touuuuuuuut seuls.

Sa fille se blottit entre son bras et sa robe de chambre. Son fils dormait encore, bizarrement hermétique au bruit, à la menace, la musique et sa peur à elle.

Il se croit en sécurité. Parce qu'il est au chaud dans le noir, à dormir dans les bras de sa mère. Mais le Coin le connaît, il nous connaît, d'une façon ou d'une autre... Comment ?

— Même les briques deviennent brûlantes. Même les trous pour se cacher prennent feu.

Le Coin se délectait de ces mots, comme s'il visualisait une scène si splendide que c'était au-delà de la description.

— Un, deux, trois, et le meilleur pour moi. Z'entendez ? Z'entendez, petits cochons ? La vieille truie ratatinée à taches, les petits cochons mignons ? Je vais vous faire brûler. Vous et cette foutue baraque hantée. Sortez tout de suite, avant que je vous transforme en bacon. Et peut-être...

Le Coin s'arrêta, comme s'il réfléchissait, et quand il parla, l'humain s'immisça en filigrane :

— Et si vous êtes sages, peut-être... peut-être que le garçon sera épargné. Il n'aurait jamais dû être mêlé à tout ça.

De nouveau, un instant de silence, puis la voix du Coin bascula dans une furie destructrice et accusatrice :

— C'est de ta faute, vieille sorcière. C'est de ton fait. Encore quelqu'un qui va souffrir parce que tu n'acceptes pas les choses comme elles devraient être. Tu ne veux pas avoir davantage de sang sur les mains, n'est-ce pas ?

Les mots résonnaient si près de leur mur qu'elle se pressa de nouveau inconsciemment contre la cheminée froide, loin du Coin, loin de la créature qui semblait voir à travers le bois, décrire où ils se trouvaient, la langue léchant langoureusement les mots « briques » et « trou pour se cacher ». Le sang afflua et bourdonna dans ses oreilles tandis qu'elle se cramponnait à son fils et, l'espace d'un instant, elle crut que c'était le souffle du feu.

Davantage de sang ? Quel sang y a-t-il sur tes mains ? Respire. Tout va bien. Pour l'instant, tout va bien. Tais-toi. Il n'épargnera jamais ton fils. Jamais. C'est un menteur.

Le Coin marmonnait tout bas, pour lui-même, elle n'entendait que des bribes : « séjour, cuisine, sous-sol... placards, placards... Où ça ? Tu aurais vu... Tu connais ce... Où ça ? »

Elle comprit à ces marmonnements fragmentés qu'il était en train d'énumérer les pièces de la maison, les placards, les dessous de lit et les penderies. Elle le visualisait en train de compter sur ses doigts, un, et deux, et trois, tous les endroits qu'il avait déjà fouillés à leur recherche. Toutes les pièces qu'il avait passées au peigne fin, ouvrant vivement les rideaux, les portes, soulevant les couvertures. S'efforçant de penser à ce qu'il aurait pu louper. Scrutant la neige immaculée à l'extérieur de la fenêtre, en quête de traces de fuite.

Il arpentait le bureau de long en large, une bête sauvage en cage. Il s'assit, accompagné d'un soupir du fauteuil, puis recommença presque immédiatement à faire les cent pas. Elle restait clouée contre la maçonnerie, raide et immobile. Ses yeux, aveuglés par l'obscurité, effectuaient néanmoins des allers-retours, suivant la source des mots, les sons, tandis que son cerveau déroulait tout, tout ce qu'elle avait vu, entendu et tentait de comprendre.

Siouplaît, siouplaît, ça ne peut pas être une coïncidence. Réfléchis. Réfléchis ! Fais une liste. Ce n'est pas le premier truc que tu as pressenti comme familier.

Elle inspira et expira pour essayer de calmer son esprit affolé. Rangea les moments dans une chronologie et les souvenirs dans un schéma mental.

Quand tu l'as vu pour la première fois, avec sa taille immense, tu as reconnu un truc. Ton esprit a eu un blanc, comme quand tu croises quelqu'un que tu connais dans un endroit inhabituel et que tu n'arrives pas à te souvenir de son nom parce qu'il se trouve dans un contexte complètement différent.

Et puis... sa voix. Pas la voix horrible du Coin, mais la façon dont elle sonnait au début. Il y avait quelque chose de familier, quelque chose qui te titillait.

Ta petite fille. L'Homme au Coin dans ses cauchemars, a-t-elle dit.

Et quand il a dit qu'il voulait juste de l'argent, il a bien fait comprendre qu'il savait que vous étiez seuls dans la maison. Il vous connaît, d'une façon ou d'une autre.

Et les yeux jaunes. Ce t-shirt. Ça t'a rappelé quelque chose. C'est certain !

Siouplaît. Siouplaît.

Mais tous ces morceaux ne s'imbriquaient pas avec un *clic* satisfaisant ! Rien ne se fixait pour lui offrir un tout cohérent, une explication. Elle baissa la tête, oppressée par un vertige suscité par cette déception vague, ne sachant même pas si elle devrait être frustrée par l'incompétence de sa mémoire ou s'il n'y avait rien du tout dont se souvenir.

Un son de raclement, un grondement sourd qu'elle reconnut comme le bruit de la neige glissant du toit suscita les pas du Coin. Elle l'imagina se précipiter vers les fenêtres du bureau à l'avant de la maison pour appréhender l'origine de ce bruit inhabituel et voir une volute de neige se fracasser par terre après avoir dévalé la pente raide du toit.

— Oh, merde, dit le Coin, d'une voix sortant du registre grave et rocailleux et montant dans les aigus.

Que voit-il ? T'a-t-il vue ?

— Bordel de merde, répéta-t-il, se parlant clairement à lui-même, mais si excité, si ravi par la pensée qui venait de lui traverser l'esprit que ses paroles augmentaient de volume. Mais quel idiot, pendant tout ce temps. Tu n'y as même pas pensé ! Tu n'as pas assez fouillé. N'as pas fait ce que tu devais faire. La pente du toit. Il doit y avoir un grenier.

Il glapit bruyamment, battit des mains en signe de victoire.

— Ils se cachent dans le foutu grenier !

Plus tard, elle songerait que si l'on s'accroche fortement à quelque chose de fragile, on l'écrabouille. Et se dirait que la mémoire est une chose très fragile. En s'agrippant à la voix, au t-shirt, à la taille de l'intrus, à la façon dont il avait prononcé « siouplaît », à ces détails familiers, son esprit avait étranglé toute cohérence entre ses fulgurances disparates de reconnaissance.

Mais la joie du Coin lorsqu'il prit conscience qu'il devait y avoir un grenier, ce ton presque amical qu'il avait employé pour se gronder, le soupçon de cruauté dans cette allégresse, son anticipation de les tenir par la gorge eurent comme effet de recomposer tous les morceaux et d'illuminer son esprit.

C'est lui. C'est absolument et clairement lui.

La révélation qu'elle connaissait cet homme, qu'elle se souvenait de lui, jaillit, brûlante, dans ses veines. Elle ressentit un haut-le-cœur, réprima la réaction physique du mieux qu'elle le put, mais quelque chose d'infâme gonflait toujours l'arrière de sa trachée, et elle devait l'avaler.

C'est lui.

Elle savait que de nombreux prédateurs parmi les pires n'étaient pas complètement des inconnus. Certains d'entre eux trouvaient des moyens de rencontrer leurs proies et d'interagir avec elles avant de décider de les traquer.

Ce n'est pas de ta faute. Et tu ne pouvais pas l'empêcher.

L'impuissance la submergea. Le Coin était un éclair dans un jour de beau temps. Son choix de les traquer semblait autant hors de son contrôle que la mort de sa mère. Il n'y avait aucun soulagement dans tout cela, cette reconnaissance ne lui apportait pas le déclic qui lui permettrait de s'échapper.

À travers le torrent impétueux de ses pensées, elle entendit le fracas métallique dissonant de la guitare jetée par terre par le Coin. Il devait se précipiter maintenant, fébrile. La porte entre le bureau et le vestibule s'ouvrit à la volée avec un entrechoc brutal. *Clic !* La lumière faiblarde du vestibule s'alluma. Elle brillait à travers la grille telle une arme, et s'infiltrait par les fissures autour des nœuds des planches dans l'escalier. La lumière l'atteignit tel du feu.

BAM ! BAM ! BAM ! les pas grimpèrent les marches à toute berzingue, un bout de tennis jaunie passa brièvement par l'orifice, *BAM ! BAM ! BAM !*

C'était trop, ce bruit, tellement fort qu'elle avait la sensation d'être enfermée dans un tambour qu'on martelait.

Son fils se réveilla et éclata en sanglots.

14

Ils avaient emporté leurs sandwiches sur l'une des tables métalliques installées à l'extérieur du café, et balayé sommairement les miettes laissées par les occupants précédents. Bien que leur fille soit grande pour ses huit ans, elle arrivait encore à s'asseoir en tailleur sur sa chaise, et chantonnait la comptine traditionnelle d'école maternelle tandis qu'elle prenait place en se contorsionnant : « En tailleur, à vos cuillères, c'est l'heure ! »

Un homme était venu à leur table et s'était tenu sur le côté, obstruant les chauds rayons du soleil d'août. L'éclairant par-derrière, le soleil l'auréolait telle une icône de saint dans un halo.

— Je suis le manager, avait-il dit. Je voulais vous souhaiter la bienvenue.

Leur fillette avait incliné la tête vers l'arrière pour regarder sa taille impressionnante. Elle lui avait adressé son timide sourire de gamine.

— Une vraie princesse ! s'était exclamé le manager. Magnifique.

Quelque chose dans le corps surdimensionné du manager, sa tête large, sa pâleur, lui rappelait du sable mouillé. Cependant, dans l'intensité de ses yeux quand ils avaient balayé sa fille, elle avait perçu une énergie d'élastique tendu.

— Alors, on boit un cocktail ? avait-il demandé à la fillette en désignant sa limonade.

— Non, avait répondu leur fille. Je ne suis pas assez grande.

— Eh bien, je n'aurais jamais deviné !

La voix du manager feignait le choc exagéré typique des adultes qui plaisantent avec les enfants.

— Je sais que tu es assez grande pour conduire, pourtant, avait-il ajouté.

La petite fille lui avait lancé un regard sec, blasé, avant de mordre dans son sandwich en silence.

Bien que la bouche de l'homme soit cachée par un masque, elle était certaine d'avoir vu un froncement de sourcils s'esquisser sur son visage en réaction à la façon dont sa fille l'avait délibérément ignoré.

Le manager s'était raclé la gorge, et avait calmement dit à son mari :

— Vous allez avoir du fil à retordre avec ce bourreau des cœurs.

— Vous avez des enfants ? s'était enquis son mari.

— Pas encore.

Elle avait imaginé le manager, sous son masque, se pourléchant des lèvres trapues, gercées, et une barbe drue de quelques jours. Son corps, ses yeux baladeurs, ses paroles... tout en lui la révulsait. Elle était consciente que hormis sa taille, de manière objective, il était juste moyen. Des traits moyens, une couleur de cheveux moyenne, d'âge moyen. Cependant, un instinct ancestral, aiguisé, tourbillonnait dans son estomac et crispait sa nuque jusqu'à la raideur. Des avertissements l'interpellaient, clignotaient, et elle avait songé : *Sois raisonnable. Il ne l'a pas regardée comme... comme ça. Vous êtes en public. Tout va bien.*

— Et voyez-moi ce dur à cuire ! avait lancé le manager en mimant avec entrain un boxeur en train de cogner. Comment ça va, mon gars ?

— Super ! avait répondu son fils au manager en souriant à pleines dents comme il le faisait avec tous les adultes. Et vous ?

Elle avait fondu quelque peu devant la gentillesse de son fils. Son rayonnement solaire perpétuel.

— Ce sont les mômes les mieux élevés qu'on ait eus ici jusqu'à présent, avait dit le manager.

— Merci, avait répondu son mari en souriant. Vous avez ouvert quand ?

Le manager avait jeté un coup d'œil au café derrière son épaule et dit :

— Il n'y a pas longtemps. Une période troublée pour le faire, évidemment, mais tout avait été installé et remboursé avant… vous voyez ce que je veux dire… avant tout ça.

Le manager avait esquissé un geste de la main alentour comme pour englober le snack, la route derrière, la ville, le bourdonnement au loin de l'autoroute, l'infection invisible, les mois de confinement, la mort elle-même. *Tout ça.*

Ses yeux avaient à nouveau glissé sur leur fillette. Elle avait senti sa main tressauter en direction de sa fille, comme pour interrompre… quoi ?

Arrête. Ce n'est rien.

— Au moins, on a des sandwiches à emporter. Et puis, on a des tables à l'extérieur.

— Bien sûr, avait dit son mari en hochant la tête. Tout le monde veut manger dehors. Et l'emplacement est vraiment incroyable !

Elle avait été frappée comme toujours par l'effet de miroir entre la personnalité de son mari et ce dont elle se souvenait de sa propre mère. Débordant d'enthousiasme. Des hyperboles. Une sympathie naturelle. *Un emplacement incroyable !*

L'endroit entier était devenu laid à ses yeux, en tant que cadre de cet homme déconcertant. Les arbustes artificiels qui bordaient le vaste patio en béton du café cachaient seulement très partiellement la vue sur un parking criblé de taches. De l'autre côté du béton souillé du parking se trouvait la Route 23. Derrière la route très passagère, il y avait un magasin de téléphone Verizon, une boutique de vêtements Joann Fabric et un Taco Bell. Le café appartenait à un centre commercial incluant un Starbucks d'un côté et une vitrine de magasin vide en face, avec une bannière à moitié effondrée proclamant : « Ouverture prochaine d'un nouveau magasin ! » Les voitures filaient à toute allure. Les voitures attendaient au feu rouge. Les voitures crachaient du bruit et des gaz d'échappement.

Elle avait suggéré qu'ils mangent les sandwiches à la maison, mais son mari avait insisté pour le patio, saisissant toute opportunité de refaire partie du monde.

Tout est si moche. On pourrait être n'importe où, n'importe où aux États-Unis.

— Vous avez vraiment bien éparpillé les tables à l'extérieur. C'est très rassurant, avait lancé son mari.

Elle avait froncé les sourcils en remarquant combien sa fille paraissait minuscule dans l'ombre du manager.

Rassurant.

— Eh bien, si vous avez le temps, ce serait vraiment chouette que vous mettiez un commentaire sur Internet. Ce serait vraiment chouette que vous reveniez.

Le manager avait tapé dans ses mains.

— En attendant, puis-je vous apporter autre chose ?

— Non, rien.

C'était la première fois qu'elle ouvrait la bouche depuis que le manager était venu les rejoindre à leur table. Sa voix lui avait paru étonnamment forte, mais le manager n'avait pas eu l'air de l'entendre. La bretelle du débardeur de sa fille avait glissé, et pendait mollement sur le haut de son bras gracile.

Le manager avait crocheté d'un doigt la bretelle tombée et l'avait replacée adroitement sur l'épaule de la fillette. Celle-ci avait reculé dans un sursaut, répugnant intuitivement à ce contact. Il avait retiré sa main. Tout avait été fini en une seconde.

As-tu vraiment bien vu ? Est-ce que ceci vient effectivement de se passer ?

Ses entrailles s'étaient nouées, réduisant sa langue au silence. Son esprit avait trébuché sur de vagues souvenirs d'un geste similaire. À chaque fois, un petit copain, un mari qui avait replacé une bretelle qui avait glissé.

C'était intime. Ça l'est toujours, ça l'était toujours, à chaque fois.

Ne sois pas ridicule. C'était juste une seconde. Une simple petite réaction spontanée.

— Vous avez des trucs pour colorier ? avait demandé son fils au manager.

— Des crayons de couleur ?

— Comment on demande ? l'avait-elle corrigé par automatisme en lui adressant un clin d'œil.

— Siouplaît-avec-du-lait !

— On n'a pas ce genre de trucs ici, mon gars, désolé, avait répondu le manager en haussant les épaules. Et toi, princesse ?

Il s'était baissé comme pour croiser le regard de leur fille.

— Tu veux un second cocktail ?

Derrière ses dents, des mots emprisonnés bouillonnaient. *Ne t'approche pas de ma fille.*

Tu es irrationnelle.

Car après tout, qu'avait vraiment fait cet homme ? Rien, rien du tout. Juste arrangé furtivement une bretelle. Des mots pour plaisanter. Des yeux qui s'attardaient et rampaient. Les hommes et leurs yeux, ils croient toujours être tellement subtils.

As-tu déjà eu raison au sujet d'une telle situation ? Pas de façon tangible.

Elle s'était imaginée dire quelque chose. Mettre en branle une confusion qui, elle n'en doutait pas, serait feinte de la part du manager, et une véritable confusion de la part de son mari qui était, somme toute, un homme bien, et par conséquent immunisé contre l'intuition forgée par la peur. Ses lèvres se sentaient cousues par tous les courants souterrains et les implications et les conséquences. Dire quelque chose, n'importe quoi, transformerait le manager en victime. Laisserait son mari abasourdi, se confondant en excuses. Elle et son mari se disputeraient. Le genre de dispute qui prendrait un tour personnel et cruel, brûlant et scarifiant la peau tel un fer à marquer. Une dispute dans laquelle ils plongeraient très profondément, car le vrai problème était qu'en fin de compte, tous deux vivaient dans des réalités séparées et intraduisibles.

Oui, elle aurait l'air ridicule. Elle n'aurait pas le dernier mot dans cette dispute, siouplaît-avec-du-lait.

C'était une seconde. Tu l'as vu ? Ça pourrait être parfaitement normal.

Et donc, elle s'était tue. Sa fille aussi, qui mâchouillait sa paille recourbée dans sa boisson.

— Le chat a mangé ta langue ? avait demandé le manager à sa fille.

— Ma chérie ? était intervenu son mari. Tu veux quelque chose ? Le monsieur t'a demandé.

Leur fille avait secoué la tête et s'était recroquevillée encore davantage, sans regarder ni son père ni le manager.

— Oh, fais donc un sourire, que dirais-tu si je...

Ceci, enfin, l'avait décidée.

— Je pense qu'on a ce qu'il nous faut, l'avait-elle coupé avec une jovialité de surface, les yeux fixes et sombres. On ne vous retient pas davantage.

Le manager avait semblé se rendre compte de son existence pour la première fois. Une crispation avait déferlé, presque imperceptible, sous la peau de l'homme. Cela lui avait évoqué spontanément un pêcheur sur la berge d'une rivière, dont la perspective d'une prise délicieuse vient d'être arrachée parce que sa ligne s'est coincée dans un arbre qu'il n'avait pas perçu aussi proche derrière lui.

Elle avait pressé sa langue contre ses dents pour afficher un sourire forcé, lèvres pincées.

— *Mercibeaucoup*, avait-elle susurré. *Zêtesbienaimable.*

— Ah... euh... d'accord !

Le visage du manager avait soudain arboré une expression surprise et vexée qui lui avait paru exagérée.

— Bon appétit, alors.

Elle l'avait regardé s'éloigner vers le café. Comme les autres employés, il était habillé en noir, mais elle avait froncé les sourcils à la vue de son t-shirt miteux, du crâne lubrique à l'arrière, sous le nom d'un groupe de rock imprimé avec une police de caractères tellement gothique que c'en était illisible. Elle avait pris une énorme bouchée de son sandwich, feignant de ne pas sentir les yeux de son mari sur elle.

— Étais-tu vraiment obligée d'être grossière avec ce type ? lui avait-il demandé.

Elle avait fini de mâcher. Dégluti.

— Je lui ai dit qu'il était aimable.

— Allez, arrête.

— Il survivra.

— Il essaie juste d'être sympa. Pour que les gens reviennent. Une affaire qui vient de s'ouvrir, tu peux comprendre.

— Hmm-hmmm.

Son mari s'était affalé sur sa chaise.

— Je savais que ça te poserait un problème à la *seconde* où il l'a appelée « princesse ». C'est le genre de truc que tu ne supportes pas.

— J'avais juste pas envie de discuter avec lui alors que je peux discuter avec vous.

Son mari avait lâché un soupir ostentatoire.

Elle avait caressé les cheveux noirs de son fils. Puis sa nuque douce. Il avait blotti sa joue contre sa main tel un faon. Puis il avait mis ses doigts dans ses narines.

— Ne fais pas ça, lui avait-elle dit, c'est dégoûtant.

— Je peux pas m'en empêcher.

— Bien sûr que si.

Une femme était sortie du café avec deux gobelets à la main. Elle avait repéré le drapeau numéroté qu'on leur avait donné au comptoir et s'était dirigée vers leur table.

— Un café glacé et un chai latte glacé ?

— C'est ça, merci, avait-elle répondu tandis que la femme posait les gobelets en plastique couverts de sueur sur la table.

— Je mets votre addition ici, avait indiqué la femme en coinçant le bout de papier enroulé sous le socle métallique du drapeau numéroté.

— J'aime bien vos cheveux, avait dit sa fille en fixant une mèche rose sur la joue de la serveuse.

La fillette avait retenu sa respiration comme elle le faisait toujours après de telles révélations.

— Je vais te confier un secret, avait répondu la femme. Ce ne sont pas mes vrais cheveux ! Ce sont des extensions.

Elle s'était tue un instant, avait vu l'expression déçue sur le visage de leur fille, puis s'était baissée adroitement dans sa mini-jupe pour lui dire, les yeux dans les yeux, d'un ton de conspiration :

— Si j'avais des cheveux aussi beaux que les tiens, je n'aurais pas besoin d'y ajouter des faux trucs.

La serveuse avait observé le noir brillant de la chevelure épaisse de leur fille. Une marque de dépigmentation blanchissait la moitié du sourcil gauche de la fillette et avait décoloré une mèche de cheveux sur sa tempe.

— Sincèrement. C'est quelque chose de spécial.

Le visage de leur fille s'était éclairé et elle lui avait décoché un demi-sourire hésitant.

Elle avait remercié la femme, et échangé avec elle un regard appuyé signifiant sans ambiguïté qu'elle lui était vraiment reconnaissante. Remarqué que sa petite fille suivait la femme du regard, que ses yeux s'accrochaient à regret à la porte du café où avait disparu la serveuse. Rangé ça dans un dossier de son esprit.

Le visage de son mari était furieux.

— Quoi ? avait-elle soupiré.

— Je ne pige pas. Tu es polie avec la serveuse, mais pas avec le manager ?

Et c'est reparti pour un tour.

Depuis qu'il ne parlait plus avec son propre père, son mari n'avait jamais remis en cause son accusation selon laquelle elle avait pu mal interpréter la situation le jour du décès de sa mère, avait pu faire quelque chose de susceptible de déclencher l'ire de son père. Mais cette nouvelle habitude – son mari examinant son comportement, à la recherche de signes prouvant qu'elle était grossière en société, inconsidérée – pénétrait la surface par ailleurs paisible de leur mariage en lui rappelant : « C'est ça, il veut te blâmer. C'est ça, il a besoin de l'approbation de son père si désespérément qu'il est prêt pour cela à sacrifier ta fiabilité. Et c'est bien ça, c'est ta faute si tu as accepté cet homme, ce trou noir, dans ta vie. »

Elle savait qu'elle devait avoir l'air calme. Détachée. Elle devait réprimer le discours qu'elle sentait prendre forme dans sa gorge sur la façon dont elle avait ignoré son instinct au sujet de son beau-père, *et regarde ce que ça a donné*, sur sa fureur à elle parce que maintenant, son mari voulait balayer, sans le moindre motif, sa révulsion vis-à-vis de ce parfait inconnu. Une sortie pareille démontrerait qu'elle était tout ce qu'elle n'était pas autorisée à être. Amère. En colère. Emplie d'un regret impuissant.

Aussi avait-elle haussé les épaules et demandé :

—Pourquoi en fais-tu tout un plat ?

—Je ne comprends pas pourquoi tu es si bizarre avec les gens parfois.

—Écoute, je sais que tu m'as trouvée malpolie ou maladroite ou je ne sais quoi. Mais je ne suis pas obligée de faire semblant d'apprécier qu'il rôde autour de nous. Et cette femme était… gentille.

—« Princesse » est juste… Enfin… ce n'est pas agressif.

—J'aime pas les princesses, avait pépié la fillette. On vit en démocratie.

Elle avait esquissé un geste vers sa fille comme pour dire : « Tout à fait, elle a pigé, elle ! »

— Moi, j'aime les princesses ! avait dit leur petit garçon. Elles savent bien chanter.

— Bien vu, avait-elle commenté en interceptant la main du garçonnet en plein vol alors qu'il allait de nouveau fourrer ses doigts dans ses narines.

— C'est quoi, un bourreau des cœurs ? s'était enquise leur fille.

Son mari avait pivoté, surpris par le changement abrupt de sujet. Elle avait feint d'être absorbée, en train d'aider son fils à se moucher, et avait attendu avec curiosité la réponse de son mari.

— C'est quand… C'est quand tu n'aimes pas quelqu'un, mais que cette personne t'aime, avait dit son mari. On appelle ça un bourreau des cœurs parce que ça fait souffrir les cœurs.

— Alors un bourreau des cœurs donne du chagrin à la personne ?

— Parfois. Mais… c'est un compliment. L'homme a dit ça pour être gentil.

Elle avait entendu plutôt que senti ses dents grincer.

— Il a utilisé l'expression « bourreau des cœurs » pour dire « belle », avait-elle expliqué à sa fille, parce que les gens veulent des choses qui sont belles et ils sont tristes quand ils ne peuvent pas les obtenir. Mais personne ne doit être contraint d'aimer quelqu'un d'autre. Personne ne possède le moindre droit à ton amour ou ton attention.

Elle avait regardé sa fille si belle. Si unique, sortant tellement de l'ordinaire, comme disaient les gens ; ils voulaient une explication, mal à l'aise avec leur fascination, ils voulaient que leur besoin de différence soit défini. Ils la contemplaient, s'efforçant de réconcilier ce qu'ils voyaient comme une aberration et leur intérêt, troublés par leur attirance, troublés d'être incapables de classifier. D'appréhender sa beauté singulière.

La fillette avait jeté un coup d'œil vers la porte du café où la serveuse avait disparu.

— Tu comprends ?

— Ouais.

Comprend-elle vraiment ? Et toi ?

Tout en observant sa fille et son fils échanger leur garniture de sandwich, son mari avait admis :

— Bon, d'accord, ce gars était peut-être un peu bizarre.

Agréablement surprise par sa volte-face, elle avait lancé :

— Pas vrai ? Il avait quoi, trente ans environ, non ? « Princesse », « bourreau des cœurs », « mon chou ». Il n'est pas assez vieux pour que des trucs de ce style paraissent… je sais pas… inoffensifs. Et as-tu remarqué qu'il n'est allé à aucune autre table ? Est-ce que ce n'est pas… étrange ?

Son mari avait haussé les épaules comme pour balayer un détail anodin.

— Il avait probablement déjà fait le tour avant qu'on arrive.

— Peut-être.

Elle avait jeté un coup d'œil à ses enfants, occupés par leur conversation entre eux. Murmuré :

— Je n'ai pas aimé la façon dont il a arrangé sa bretelle. C'était… étrange.

Son mari avait tressailli et elle avait instantanément regretté ses paroles.

— De quoi tu parles ?

— Il a remis la bretelle de son débardeur en place. Sur son épaule.

Elle avait attrapé une bretelle invisible, l'avait remontée sur sa propre épaule pour lui montrer.

Son mari avait croisé ses bras sur son torse et incliné la tête.

— Allez, arrête. Il n'a pas fait ça.

— Tu ne l'as peut-être pas remarqué, mais si, il l'a fait.

La lèvre de son mari s'était tordue et ses sourcils s'étaient haussés, dans cette expression sceptique qu'il arborait toujours quand il pensait qu'elle percevait le monde de façon erronée. Cette mine lui avait indiqué qu'ils approchaient des confins de la dispute. Celle où elle n'aurait pas le dernier mot, siouplaît-petit-gervais, parce que le manager avait seulement prononcé des choses excusables. Parce qu'il la révulsait, l'effrayait d'une manière si complètement irrationnelle, si complètement viscérale qu'elle savait qu'elle était incapable de l'expliquer.

Elle avait tenté de l'aiguiller vers un autre différend :

— Écoute, franchement... je ne pige pas pourquoi ça te contrarie autant. Toi, tu as le droit d'engueuler le mec d'UPS, mais moi, je dois être sympa avec ce type. Je ne suis pas autorisée à être, genre, partiellement malpolie quand je trouve à l'occasion que quelqu'un est glauque ou lourdingue ou je ne sais quoi.

— Le mec d'UPS est un abruti, avait marmonné son mari.

Elle avait lâché un reniflement hilare.

— C'est vrai ! Tout à fait vrai ! Et ce type était trop familier. C'en était irritant.

Son mari avait écarquillé les yeux. Il avait relevé le menton pour désigner derrière elle.

Le manager se dirigeait vers eux en portant la plus grosse part de génoise garnie de crème pâtissière à la vanille qu'elle ait jamais vue. Il avait posé le plateau de manière théâtrale sur leur table, failli renverser le petit drapeau numéroté sur son socle métallique. Le gâteau était recouvert d'un glaçage d'une teinte magnifique. Il semblait si onctueux, les plis de la crème étaient si épais, sa couche supérieure si matte, qu'il paraissait trop parfait pour être vrai. Les enfants le dardaient comme s'ils assistaient à l'apparition de la Vierge Marie.

— Offert par la maison ! avait lancé le manager en posant ses mains sur ses hanches. Pour des mômes si bien élevés, évidemment.

Leur petite fille avait tendu la main vers le gâteau comme si elle voulait le toucher, s'assurer qu'il était bien là. Retiré la main. Elle avait levé un regard radieux vers le manager.

— Merci !

— Un beau gâteau pour une demoiselle belle à croquer, avait-il dit.

Le sourire de sa fille s'était fissuré.

— Il ne fallait pas, avait-elle dit au manager, d'une voix aussi cassante et glaciale qu'elle l'avait souhaité.

— Tout le plaisir est pour moi ! Il faut bien être un gentleman quand on reçoit une princesse.

— Merci, avait dit son mari, qui semblait aussi subjugué que ses enfants. Ça, c'est une sacrée part de gâteau !

Le manager avait disposé des assiettes et des couverts supplémentaires. Il avait attrapé le drapeau numéroté, si bien que l'addition que la serveuse avait coincée en dessous avait virevolté à l'autre bout de la table. Il avait empêché le papier de s'envoler pour de bon en le plaquant énergiquement de la paume.

— Je vais vous débarrasser de ça, avait-il dit en soulevant le drapeau. Voulez-vous que je jette ça pour vous ?

s'était-il enquis en agitant la copie de l'addition de son mari, calée entre deux doigts.

— D'accord, merci, avait dit son mari.

Le manager avait fourré le reçu dans la poche arrière de son pantalon.

— Parfait. Bon appétit alors !

Son être entier étincelait de gloire. Ses yeux avaient croisé les siens et elle était certaine que son masque dissimulait un sourire railleur, signifiant peu ou prou : « J'ai gagné ».

Le manager avait esquissé un mouvement obséquieux de courbette, puis était retourné dans le café.

— C'est genre un quart d'une génoise à la crème pour quoi, vingt personnes, avait-elle grommelé, et il n'a même pas demandé si ça ne nous dérangeait pas qu'il l'apporte ?!

— Non, mais sérieusement, ça te pose un problème qu'on nous serve gratuitement ? Un *dessert* gratuit ?

Son mari avait souri et secoué la tête, parfaitement conscient du faible qu'avait son épouse pour le sucre.

— Je ne pensais jamais voir ça de ma vie.

Son mari avait coupé des parts du gâteau. Quand il avait fait mine de lui en couper une, elle avait refusé d'un geste de la main.

— Non merci. Je n'ai plus faim.

— Pour de bon ? Tu dis non à un gâteau ?

— Ouais.

— Tu ferais peut-être bien d'envoyer les gens sur les roses plus souvent, l'avait taquinée son mari, toute son irritation évanouie, arborant maintenant une expression de revanche. J'imagine que c'est ça qui nous a valu un dessert gratuit.

— J'imagine, avait-elle dit.

Elle avait regardé sa famille manger la génoise. Le glaçage collait aux lèvres de sa fille. Elle en avait essuyé un bout sur le menton de son fils, avait balayé les miettes sur son t-shirt. Elle était allée à l'intérieur du café demander un carton pour le transporter, soulagée de ne pas avoir croisé le manager. Elle avait utilisé deux fourchettes pour soulever le reste de gâteau et le déposer dans la boîte. N'était pas parvenue à fermer le couvercle à cause de la taille du truc. Avait dû le trimballer avec le couvercle en polystyrène bringuebalant. Elle avait gardé le carton coincé entre ses pieds du côté passager dans la voiture jusqu'à la maison pour qu'il ne glisse pas, ne macule pas de glaçage les housses des fauteuils et la portière.

Le lendemain, tandis que ses enfants jouaient dehors, tandis que son mari survolait un port plein de bateaux, leurs voiles telles de minuscules ailes d'insectes dans l'objectif de son appareil photo, elle avait jeté le gâteau à la poubelle.

— On peut avoir des restes du gâteau pour le dessert ? avaient demandé les enfants à la fin du dîner.

— Je l'ai mangé, avait-elle dit.

— Tu m'en diras tant ! s'était esclaffé son mari. On ne résiste pas à la tentation d'un dessert gratuit, après tout.

La voix de sa grand-mère avait résonné dans sa tête.

« Rien n'est jamais gratuit dans ce monde », disait-elle.

15

Elle plaqua sa main sur la bouche béante de son fils.
— Chhhh, chhh ! Maman est là, murmura-t-elle. Chh-hhht !

Dans la lueur projetée par la grille, elle vit sa fille s'incliner près de son petit frère, lui chuchoter quelque chose à l'oreille, et presser son front contre le sien.

Elle se concentra à nouveau, dressa un bilan.

Il n'y avait pas eu le moindre flottement dans les pas du Coin, les deux dernières marches avaient résonné, *BOUM ! BOUM !* avant que le piétinement retentisse à travers le palier, suivi par son martèlement tandis qu'il traversait à la hâte la chambre de sa fille.

Aucune pause, aucune hésitation.

— Il n'a pas entendu, susurra-t-elle avec un soulagement si épais qu'il emplit l'endroit secret. Il ne nous a pas entendus ! C'était trop bruyant, ça va, tout va bien. Mon petit gars, je vais enlever ma main de ta bouche, d'accord ? Mais tu dois *absolument* te taire. On ne peut pas se permettre qu'il nous entende.

Elle retira sa main progressivement. Celle-ci était mouillée de salive. Et brûlante. Dans la lumière du lustre en haut de l'escalier qui s'immisçait dans l'endroit secret, elle vit que son fils lui avait mordu la paume.

— Maman !

Il plongea sa tête contre sa poitrine en sanglotant.

— Chhhh, je sais que tu as peur, dit-elle à son fils. Je sais bien, mais chhhh.

— Il va mettre le feu, dit sa fille d'une voix suraiguë et désespérée, tandis que ses mains tordaient la ceinture de sa robe de chambre. Il va nous faire brûler !

— Chhhh, chhhh. Il est encore en train de nous chercher. Il cherche la porte du grenier. On doit se taire.

À l'unisson, leurs yeux se levèrent vers le plafond de l'endroit secret. Des bruits de quelqu'un fourrageant, des piétinements. Oui, il était en train de chercher en haut. Il ne tarderait pas à trouver le grenier.

Quelque chose de chaud et mouillé ruissela lentement sur elle, une prise de conscience enrobée de terreur.

Ça y est. La première miette d'opportunité que tu as d'obtenir du secours depuis que vous êtes cachés. Tu sais qu'il dit la vérité. Tu sais qu'il veut vous faire brûler. Ou attendre assez longtemps pour vous avoir à l'usure.

Dans son esprit, elle revit le manager empocher négligemment leur addition au café. L'addition qui portait le nom de son mari. Se souvint de ses yeux balayant sa petite fille.

Il a planifié ça. Il le planifiait depuis quatre mois.

Elle visualisa le sol en linoléum de sa chambre de cité U, s'entendit gémir. Sentit à nouveau la honte qui envahissait son corps comme de la lave, et chaque cellule de son cerveau s'évaporer dans la peur.

Tu ne peux pas revivre un truc pareil, échouer comme ça. Tu as réfléchi à tout, tu sais ce que tu dois faire. La seule chose qui te perdra est l'hésitation.

Et en l'occurrence, il ne s'agit pas vraiment de toi.

Elle éprouva à nouveau la terreur de l'enfant de dix ans. Entendit la voix de cette enfant. *Sois gentil et laisse-moi passer. Veux-tu donc me dévorer ?*

Ce n'est pas pour jouer. C'est pour ce qui compte le plus. D'accord. D'accord.

Elle s'efforça de réprimer le tremblement dans sa voix.

— Le grenier est grand, dit-elle. Il va lui falloir un peu de temps pour le fouiller une fois qu'il l'aura trouvé.

Elle se tut un instant, attira les enfants contre son corps en une étreinte grossière et maladroite. Ils étaient tellement parfaits, avec leur peau, leur odeur, leur chevelure et leur mauvaise haleine.

— On va où, demanda-t-elle, s'il y a le feu ? Si on sent de la fumée ?

— Dehors, au gros rocher.

— Très bien ! Si vous voyez des flammes, si vous sentez ou apercevez de la fumée, vous devez sortir par la porte secrète. Puis aller aux anciennes portes d'entrée. Vous vous souvenez quand je vous ai montré comment fonctionne le verrou ? La petite barre en métal que vous devez soulever ?

— Oui, maman.

— Je m'assurerai que le loquet ne soit pas replacé, donc, si vous sentez de la fumée, si vous voyez du feu, tout ce que vous aurez à faire sera de soulever la barre. Ensuite, vous fermerez les portes derrière vous, et vous essaierez d'arriver jusqu'au rocher. S'il fait trop froid, vous vous cacherez sous les buissons près de la clôture. Ce n'est pas très loin et il ne devrait pas y avoir trop de neige là-bas. Vous avez compris à quel endroit je pense ? Vous vous tiendrez chaud mutuellement. Vous emporterez la couverture avec vous.

— Mais tu vas nous y emmener ?

— Non. Je dois… Je dois partir. Maintenant.

— Non, non !

Ils l'agrippèrent, en pleurs. Elle se rendit compte que même s'ils lui semblaient bruyants, leurs sons, chaque son qu'ils émettaient était étouffé comme si leur peur mettait leur voix en sourdine.

— Vous devez être courageux. Maman aussi. Moi, je vais aller chercher du secours, d'accord ? Sinon, le Coin… l'homme… va nous faire du mal. Il faudra refermer la porte secrète derrière vous. Restez silencieux. Évitez les endroits éclairés, et restez ensemble. Réchauffez-vous comme vous pouvez. Et ne sortez que s'il y a de la fumée, du feu.

— Non, maman, on peut y aller avec toi !

Leur détresse la percuta violemment à la mâchoire. Elle sentait qu'ils commençaient à se désintégrer.

— Vous ne pouvez pas venir avec moi. Il fait trop froid. Il y a trop de neige. Il nous rattraperait.

VLAM !

À ce fracas, tous trois se turent.

— C'est la porte du grenier, dit-elle avec une respiration devenue haletante. Il l'a trouvée. Je dois y aller. Tant qu'il sera dans le grenier, il ne m'entendra pas partir.

— Maman, non ! Non. S'il te plaît !

Elle était mue par une force d'électricité survoltée qu'elle reconnut comme le désir de vivre. D'assurer la survie de ses enfants. À nouveau, elle se vit de l'extérieur, se demanda : « Comment peux-tu être aussi lucide ? As-tu déjà été aussi lucide ? »

— Tout de suite. Je dois partir *tout de suite.*

Elle rampa vers le panneau à quatre pattes, capable de discerner où elle allait cette fois-ci grâce aux rais de lumière venant d'en haut. Les enfants la retenaient, la suivaient, se cramponnant à elle et gémissant doucement.

Elle s'assit et se tourna vers ses enfants, adossée à la porte. Ils étaient maculés de saleté. Elle les contempla, contempla leur beauté, les grands yeux sombres, la masse de leurs cils. Elle balaya doucement de la main un visage, puis l'autre, pour dégager leurs cheveux. Leurs mains étaient partout, s'efforçant de l'emprisonner ici. Elle se pencha vers eux, embrassa des joues, des nez, des paupières, mouvements furtifs et désespérés. Avide de chaque nouveau souvenir. Mais paniquée.

Tu n'as pas le temps pour ça !

— Je vous aime, dit-elle. Je vous aime plus que tout au monde. Maman va tout faire pour revenir vous chercher. Si vous sentez de la fumée, voyez des flammes, partez. Mais ne sortez pas d'ici pour quoi que ce soit d'autre.

Dans son esprit surgit la vision du Coin la torturant pour les attirer à l'extérieur. Sa voix prenait une intonation de plus en plus frénétique, désespérée.

— Même si vous entendez maman qui vous dit de sortir, ne sortez pas. Même si vous entendez maman qui a mal, qui pleure, ne sortez pas, c'est compris ? J'ouvrirai le panneau quand je reviendrai, toute seule, d'accord ?

Sa fille avait l'ourlet de sa robe de chambre fermement entortillé dans sa main. Son fils s'était enroulé autour de son mollet. Comme s'ils croyaient qu'elle s'évaporait en fumée, et que leur seul moyen de la maintenir en matière était de la cramponner de leurs petits membres.

— Promettez-le-moi !

— D'accord, maman, dit sa fille.

— Toi aussi, promets-le-moi !

— D'accord, dit son fils en hochant la tête.

— Vous êtes les meilleurs, les plus courageux des enfants, et je vous aime. Je suis tellement fière de vous.

Elle tenta de se détourner pour ouvrir le panneau, mais ils ne lâchaient pas leur prise. Les petites mains se resserraient, les petits bras l'agrippaient à mesure qu'elle bougeait. Des boas constricteurs, s'installant autour d'elle pour la suffoquer plus efficacement. En un instant, sa bouche se crispa, et sa vision faiblit.

Pourquoi ne peuvent-ils pas juste faire ce qu'on leur dit ? Pourquoi ne peuvent-ils pas juste obéir ? Tu n'as plus beaucoup de temps !

Un parent est un tyran, un parent est un dictateur. Si vous faisiez tout ce que j'ai exigé au moment où je l'ai exigé, la paix règnerait.

— Vous me l'avez promis ! Laissez-moi partir, dit-elle d'une voix flirtant avec la furie, celle qui les effrayait tellement en temps ordinaire qu'ils lui obéissaient, mais qui lui rappelait maintenant celle du Coin, de manière nauséabonde. Laissez-moi *partir* immédiatement.

Mais ils s'enroulaient autour de sa jambe, de sa robe de chambre, de ses poignets, la tiraient vers le bas et elle grogna de colère :

— On n'a pas le temps ! Arrêtez !

Elle s'ébroua pour les détacher, dégrafant brutalement les mains, tandis que les minuscules doigts se tordaient, et qu'ils fondaient en larmes, abasourdis. Mais ils ne la lâchaient toujours pas. Leurs mains revenaient se coller, et dans leur désespoir, ils trouvaient de nouveaux points d'accroche à la seconde où elle parvenait à s'écarter, tout en l'appelant de leur petite voix : « Maman ! »

Trop bruyants ! Vous êtes trop bruyants.

— Non ! siffla-t-elle. Non ! Arrêtez ça, c'est intolérable. Vous devez faire ce que je vous dis. Sinon le Coin va nous attraper.

Avec ses deux mains, elle évinça vivement son fils d'une pression sur la poitrine et il s'effondra sur le sol jonché de débris. Elle aperçut le choc sur son visage quand il tomba à terre. Entendit un crissement qu'elle espéra être le gravillon et la poussière de mortier dérapant sous lui.

Elle dégagea d'une tape les mains de sa fille de son bras, de sa robe de chambre, tint la fillette par les poignets et la repoussa sans ménagement vers l'arrière contre la cheminée en brique.

Toucher ses enfants avec violence était un acte si dérangeant, si irréel, que l'espace d'une seconde, elle crut qu'elle les avait tués.

Alors, tous deux se mirent à pleurer.

C'est pour leur bien, je le fais pour eux.

Ses dents grinçaient d'une panique frénétique, de révulsion pour ce qu'elle venait de faire, si bien qu'elle n'arrivait pas à parler.

— *Chut !* Ne pleurez pas, ne faites pas de bruit ! Sinon, le Coin va vous attraper.

Délicieux.

Ils avaient peur d'elle. Elle n'avait jamais levé la main sur eux auparavant, et leurs visages incrédules, égratignés, tentaient de réconcilier tous leurs souvenirs, tous ses discours sur l'amour et la sécurité et son retour, et sa façon de les brutaliser. Au lieu de se diriger vers elle, ils se relevèrent et rampèrent l'un vers l'autre, la regardèrent pousser le panneau, le regardèrent pivoter dans le bureau sombre.

Elle se hissa vers la porte, gauche dans sa robe de chambre et ses pantoufles. Se retourna à quatre pattes.

— Fermez-le !

Ils ne bougèrent pas.

— *Tout de suite !*

Sa fille se pencha vers l'avant et appuya sur le panneau pour le refermer, les yeux emplis de défiance. Elle regarda ses enfants disparaître, le panneau se remettre en place.

Juste avant qu'il se close, elle murmura un « Je vous aime ! » désespéré.

Pendant un instant, elle resta à quatre pattes. Elle avait le mal de mer, tourneboulée par la séparation, sa violence. S'efforça de refouler les visions d'eux s'asphyxiant dans la fumée, hurlant au milieu des flammes. Une terreur sournoise la submergea quand elle prit soudain conscience de tous les recoins obscurs de la pièce.

Elle n'arrivait pas à se stabiliser, ne pouvait empêcher le déroulement des images, tel un diaporama, jaillissant dans sa tête. Tant de choses pouvaient se passer en si peu de temps. L'idée de son absence. De leurs cris l'appelant. Des griffes du Coin. De cet instant comme leur dernier souvenir d'elle, transformée en monstre.

Respire, respire. Tu n'as pas le temps. Bouge.

Elle se releva et faillit trébucher sur ses jambes endormies. Elle battit des pieds pour réactiver la circulation du sang, et franchit en titubant le seuil de la porte du hall d'entrée. Après l'obscurité de l'endroit secret, la lueur de l'unique ampoule du lustre au-dessus de l'escalier était aveuglante.

Tu as fait ce que tu devais faire. Pour eux. Cesse de penser à toi. Personne, non, personne, ne va venir à votre rescousse. Tu n'as pas vraiment le choix. La souffrance et le danger sont imminents. Tu perds du temps !

Elle ouvrit la petite penderie du vestibule et cligna des yeux, espérant que le bruissement à l'intérieur produit par le Coin émanait de quelque chose de chaud, susceptible de l'aider.

Elle écarquilla les yeux.

— Merci, oh, merci ! dit-elle à son mari, à sa belle-mère. Merci !

Sur un cintre de la penderie, il y avait le vieux manteau en fourrure de sa belle-mère. Aux épaulettes droites, sentant la naphtaline, balayant la poussière au ras du sol, en vison. Ou en renard. Ou bien, si ça se trouvait (elle n'y connaissait rien en manteaux de fourrure), fait de lapinous.

— Je vais le donner, avait-elle dit à son mari en le brandissant.

Sa belle-mère le lui avait catégoriquement fourré entre les bras ce jour-là, jour qu'elle avait passé à s'occuper d'elle, en insistant que c'était un cadeau. Comme si c'était le genre de truc que les gens portaient encore, ou appréciaient encore.

— C'est… immoral.

— Bah, on ne l'a pas acheté, en fin de compte. Et est-ce que le jeter ne serait pas encore pire ? avait objecté son mari.

— J'ai l'impression d'entendre papa, avait-elle dit en songeant aux piles de vieux magazines, aux transats cassés, aux tapis décrépis et enroulés de son père.

Son mari avait soulevé le manteau et souri à l'objet, tandis que mille souvenirs illuminaient ses yeux, des souvenirs de sa mère dans ce manteau quand il était neuf et chic et chéri. Elle avait poussé un soupir. Le trouvait laid, pas pratique, démodé, pas seyant. Mais se savait impuissante face au plaisir potentiel de son mari.

— Peut-être qu'un jour, tu le porteras, avait-il dit.

— Bon… mets-le juste quelque part où il ne nous gêne pas.

Et donc, il était ici. Son mari l'avait pendu dans ce petit débarras étrange et inutilisé sous l'escalier de devant. La penderie était tellement petite que le bas du manteau sur son cintre cascadait en plis par terre. Attendant le jour où elle ne le détesterait plus. L'enfilerait.

Qui était aujourd'hui.

Elle tendit la main, hésita.

Mais il a regardé là-dedans. Tu l'as entendu farfouiller dans cette penderie. Ne risque-t-il pas de remarquer qu'il a disparu ?

Pas le temps. Pas le temps ! Le risque en vaut la chandelle. Parce que regarde-toi. En culotte et vieux t-shirt, couverte de sueur. Des pantoufles molletonnées. Une robe de chambre moite. Ça va pas être joli. Tu crois que tu as froid actuellement, que c'est inconfortable. Non, non. Ceci n'est rien du tout. Si tu n'enfiles pas ce truc. Hypothermie ? Engelures ? Ça arrive au bout de combien de temps ?

Elle se souvint d'une fois où elle et ses camarades avaient construit un igloo en hiver, elle toute transpirante par moins dix degrés, au crépuscule, et la sensation de son t-shirt trempé de sueur sous son manteau. Elle n'avait pas pu dormir, là-dedans, alors que sa première couche de vêtements mouillés évacuait la moindre chaleur.

— Ben évidemment, lui avait dit sa mère. Estime-toi heureuse de ne pas avoir fait une hypothermie, en gardant des habits trempés comme ça. Ils ne font donc attention à rien, ces instituteurs ? Ou bien sont-ils complètement ignorants ?

Elle se débarrassa de la robe de chambre, l'utilisa pour essuyer le filet de sueur entre et sous ses seins, son estomac. Réfléchit une seconde et ôta aussi son t-shirt dégoulinant. Ne garda que sa culotte.

Elle balança la robe de chambre et le t-shirt dans la penderie et la referma. Enfila le manteau, lourd et empestant la naphtaline. La doublure intérieure était soyeuse et collait à sa peau moite. Il était trop long pour elle, et dépassait ses pieds d'environ deux ou trois centimètres. Ses doigts étaient enflés de nervosité, elle tripatouilla les boutons à travers la fourrure drue, parvint à en agrafer trois. Elle s'arrêta un instant, rouvrit la penderie, en extirpa la robe de chambre et l'enroula autour de sa tête comme un turban, dans l'espoir que cela lui tienne un peu plus chaud. À la place, cela la déséquilibra. Elle jeta la robe de chambre à nouveau dans la penderie et en referma la porte.

Tu perds du temps !

« Le succès réside à quatre-vingt-dix pour cent dans la préparation, le reste n'est que transpiration », lui souffla la voix déterminée de sa grand-mère.

Plus aucun son ne lui parvenait de l'étage au-dessus.

Il doit encore être dans le grenier.

Elle regarda la grille, cilla. Elle n'apercevait pas les enfants. Elle se courba et colla son visage dessus.

— Chhhh, murmura-t-elle. Je suis désolée. Ne faites pas de bruit. Je vous aime !

Elle épia, mais n'entendit pas de réponse.

C'était plutôt bon signe, non ?

Une aiguille sillonnait un fil dans sa poitrine, cousant un message ensanglanté : « Tu leur as fait mal. Tu leur as fait mal. »

Non, tu ne leur as pas fait mal ! Pas beaucoup. Tout ce que tu as fait, c'était les repousser.

La panique continuait à pulser dans sa gorge.

Pas le temps, pas le temps !

— Je vous aime ! Je vous aime !

Il y eut un soupçon de mouvement.

— Ne dites rien. Ne parlez pas, dit-elle. Et ne sortez pas.

Elle jeta un coup d'œil en haut de l'escalier, tendit à nouveau l'oreille vers un indice de ce que le Coin faisait à cet instant.

Aurais-tu raté des bruits ? Il est en haut en ce moment, il fouille, mais pour combien de temps ? Combien de temps jusqu'à ce qu'il se mette en colère et commence à essayer de les chasser de leur planque ? Dépêche-toi.

Elle pivota vers la porte. Il y eut le grincement inévitable de fer contre fer quand elle dégagea le loquet. Puis elle souleva la petite barre servant de verrou d'une main, et la clenche de l'autre.

Quand elle ouvrit les portes battantes, elle fut cinglée par une bourrasque glaciale et des tourbillons de neige. Ses yeux en larmoyaient déjà. Immédiatement, sa peau fut endolorie et son corps trembla vigoureusement, choqué par ce froid insondable.

Elle ne pouvait se contraindre à avancer d'un pas dans cette tempête.

Vas-y, vas-y !

Son corps ne broncha pas. Elle agrippait son manteau tandis que ses pieds restaient cloués là.

Tu as déjà pesé le pour et le contre ! Tu n'as pas vraiment le choix pour tout ce qui va se passer. Tu n'as pas vraiment le choix pour la souffrance. La souffrance arrivera quoi que tu fasses, elle va empirer jusqu'à un degré atroce avant que les choses s'arrangent.

« Quel courage vous avez ! » lui avait dit l'infirmière, lui avait dit son mari, et elle se souvint avoir eu la certitude que ce n'était pas du courage, pas du tout.

C'était juste qu'elle n'avait pas son mot à dire dans l'histoire. Le bébé était en train de sortir, l'accouchement l'avait eue par surprise, c'était trop tard pour une péridurale, pour la fin. Elle se souvint d'avoir pensé : *Peut-être que le courage consiste simplement à endurer. Peut-être que le courage n'existe pas. Tout ce qu'il faut, c'est traverser le moment.*

C'est la même chose ! Pas plus dur qu'un accouchement. La balle a déjà commencé à descendre la côte. La loi de la gravité va te récupérer. Si tu restes, la souffrance sera encore pire. Il y a la violence. La mort. Pas seulement pour toi, mais pour eux. Eux ! Alors non, pas vraiment le choix dans tout ça. C'est pas une question de courage. Tu dois te forcer, tu dois t'infliger davantage de souffrance avant que la souffrance diminue.

Là, sur le seuil de la porte, les supplices susceptibles d'être commis par le Coin explosèrent dans sa tête, infinis. C'était quoi, comparé à ce qui l'attendait au-delà de cette porte ?

Elle inspira et expira, et finalement, accepta. Elle sortit de la maison. Tandis qu'elle refermait la porte battante derrière elle, ses yeux fixaient la grille du conduit dans l'escalier, jusqu'à ce que la porte soit close et que la petite barre revienne en place, la verrouillant à l'extérieur.

C'était le point de non-retour.

16

Debout, là, au milieu de la tempête, elle sut immédiatement que c'était impossible.

Tu te prends pour qui ?

Elle resta plaquée contre le côté de la maison.

Des anecdotes de mères superhéroïnes s'agitaient dans sa tête. Des mères qui avaient soulevé des voitures pour dégager leur bébé. Qui avaient combattu des ours, des tigres, des serpents. Extirpé des enfants de gueules d'alligators. Avaient tiré pour tuer. Hurlantes, vertueuses, victorieuses.

Quel fatras de conneries.

Bien des années plus tôt, elle avait sauté dans un endroit calme d'une rivière où l'eau était profonde et lisse. Sous un soleil de fin août, avec un air chaud et sec. Mais l'eau était de la neige fondue du mont Wasatch, et à son contact, elle avait ressenti un choc, inspiré, et seulement échappé à la noyade parce qu'elle avait touché le fond de la rivière, et involontairement poussé le rocher des pieds, suffisamment fort pour remonter à la surface de l'eau.

Ce froid était identique. Si douloureux, si soudain qu'elle suffoqua. Ses muscles furent saisis de spasmes, sa mâchoire l'élançait comme si du verre avait été enfoncé sous son oreille jusque dans ses os.

Et ça, tout ça, même avec le manteau.

Dieu soit loué pour le manteau.

La tempête faisait rage, la neige tourbillonnait et rendait les choses visibles invisibles, les choses sombres blanches.

Tu aurais dû prendre le tisonnier. L'attendre. Le frapper. Ça, c'est trop.

Elle baissa les yeux sur son corps tremblant, sur le manteau trop long qui avalait ses pieds.

Non. La probabilité est tout de même meilleure. Et tu es ici maintenant. Tu n'as pas le choix. Si tu ne bouges pas, quelque chose va te faire bouger.

« C'est ça, et juste ça, d'être adulte, dit sa grand-mère avec son accent du Sud grasseyant. Faire un truc que tu n'as pas envie de faire. Puis faire un autre truc que tu ne sais pas faire du mieux possible. »

Elle inspira l'air atroce, avançant avec précaution sur des emplacements proches de la maison et protégés par la gouttière. La neige poudrait dans ses pantoufles, et fondait sur ses pieds.

Lorsqu'elle tourna à l'angle, le vent diminua très légèrement. C'était le côté abrité de la maison, la neige y était moins profonde. Néanmoins, le froid martelait son visage, sa tête. Elle sortit une main de sa poche pour la presser contre sa joue, son nez. Fit de même avec l'autre, en alternance, pour se réchauffer des deux côtés tandis qu'elle se mettait lentement en branle.

Le manteau empestait de plus en plus à mesure que la neige l'atteignait, de moisissure combinée avec la puanteur de la naphtaline, de la saleté et du musc animal.

Elle devait rester attentive à ne pas trébucher sur l'ourlet du manteau trop long. L'air et la glace rampaient le long de ses jambes, soufflaient à travers les interstices entre les boutons, expiraient sur sa colonne vertébrale, givraient l'humidité toujours accumulée dans le creux de sa nuque.

La chaleur du manteau était surnaturelle. L'unique touche d'espoir dans ce monde sombre, atroce, injuste et glacial.

Elle regarda furtivement par une fenêtre du séjour. Aucun signe de vie. La pièce était si calme, si vide qu'elle semblait encore plus froide que là où elle se tenait dans la neige. Elle ressentit une solitude aiguë, sans les enfants. Elle dépassa les fenêtres à la hâte, avec l'impression d'yeux invisibles dardés sur elle.

Un pas, un autre, oui, c'est ça.

Elle se courba sous les fenêtres de la cuisine, tandis que le vent hurlait et l'humidité glacée s'immisçait maintenant par les semelles de ses pantoufles. Après être passée sous les fenêtres, elle jeta un coup d'œil à travers un carreau d'une vitre ancienne, boursouflée, dans la cuisine.

Le Coin descendait l'escalier, inclinant sa tête sur le côté cette fois-ci, là où le plafond était abaissé, pour ne pas se cogner de nouveau. Il lui parut, à travers le verre, comme sous l'eau, chaque partie de lui déformée et mouvante.

Son pouls tambourinait, assourdissant, dans ses oreilles, et elle se recula vivement de l'ouverture, s'aplatissant contre le mur.

T'a-t-il vue ? Il descend du grenier, déjà. Ils sont seuls. Seuls ! Il va allumer un feu. Les asphyxier. Seuls !

Elle gémit, l'élan d'impuissance avait extirpé une chose invisible de l'endroit où elle était logée dans ses os. La peur, les yeux révulsés tandis qu'elle imaginait ses enfants souffrir, rendaient le froid légèrement plus supportable, un tout petit peu moins douloureux comparé aux horreurs potentielles du Coin.

Bouge. Bouge ! Tu as dépassé les fenêtres maintenant, mais... s'il t'a repérée, il te suivra. Il te rattrapera. Tu dois y aller, maintenant. Si tu restes, tu ne te le pardonneras jamais. Personne ne te le pardonnera.

Tu ne mériterais pas le pardon.

« C'est ça, dit la voix railleuse de son mari dans son cerveau. Tu ne peux pas échouer. Tu n'en as pas le droit. »

Elle courut. Longea la façade latérale de la maison avant de plonger dans l'allée. La neige était épaisse, à cet endroit non protégé, si profonde qu'elle eut le souffle coupé, les cristaux coupant ses mollets, ses genoux. Elle devait avancer comme un faon à travers les congères, avec la neige qui soulevait le manteau, et la glace qui entaillait sa peau et envahissait ses pantoufles jusqu'à ce que chaque pas devienne congelé.

Ne perds pas les pantoufles. Garde tes mains au chaud dans tes poches quand tu peux. Ne perds pas l'équilibre.

Dieu soit loué pour le manteau.

La doublure en satin du manteau collait à sa peau, mouillée par la neige cinglante qui s'infiltrait le long de sa nuque, avec une sensation de claustrophobie. Elle nota une arythmie cardiaque qui lui comprimait la poitrine. Le cœur d'un animal de proie sous la peau animale du manteau.

Les arbres au-dessus et devant elle coupaient la tempête dans un bruissement. La torture du froid, ses poumons en feu, haletants, qui inspiraient l'air givré n'oblitéraient pas la terreur suscitée par la canopée sombre de la forêt. Celle-ci semblait la menacer, cacher des choses, trop vaste et vindicative pour la laisser passer.

Dans un coin de sa tête, elle remarqua qu'elle ne voyait pas de voiture, aucun signe manifeste indiquant comment le Coin était arrivé.

Tu ne fais jamais ce qu'il faut, tu les as laissés... laissés ! Tu aurais dû courir récupérer les clés, la voiture, le revolver.

Plus loin, il y avait les tombes, tordues et couvertes de neige.

Oui, oui ! Le sentier. J'y suis presque. Sur le sentier, ce sera plus facile.

Ses pieds étaient perforés par des milliers d'entailles, chaque pas exigeait, pour qu'elle le matérialise, sa volonté entière. Le froid pénétrait ses mollets, remontait à l'intérieur de ses cuisses, la saisissait dans ses parties intimes si violemment qu'elle avait l'impression que quelqu'un avait introduit une lame de ses genoux à son aine et arrachait l'écheveau des artères et des veines à travers ses muscles comme on arrache une mauvaise herbe, on retire l'entrelacs de racines emmêlées de la terre.

Insoutenable ! Tu dois t'arrêter, tu dois te réchauffer les pieds.

Non. Si tu t'arrêtes, tu ne te relèveras plus.

Elle atteignit les tombes, slaloma entre elles en reconstituant dans sa mémoire leur emplacement, de simples bosses dans la neige pour la plupart, complètement recouvertes.

Ne trébuche pas, ne trébuche pas sur elles !

Mais c'était trop tard. Elle tomba sur la plus petite, dissimulée sous une congère. Celle du bébé de huit mois, décédé juste avant la guerre de Sécession.

Elle se rattrapa, ses mains se cramponnèrent au crâne ailé saupoudré de neige sur la plus haute pierre tombale.

« Mère, Père, je vous retrouverai au paradis », disait l'épitaphe de la tombe sur laquelle elle avait trébuché.

Elle s'en souvenait. L'avait lu et relu bien des fois, les sourcils froncés tandis qu'elle se tenait devant cette minuscule inscription, s'efforçant d'imaginer ce qu'avaient vécu ce père, cette mère-là.

Tu vois ? Ce n'est rien. Rien comparé à ça. Tu dois traverser cette épreuve. Pour que cela ne se produise pas, précisément. Pas de minuscules tombeaux.

Ses jambes étaient en lambeaux. Ses pieds hors d'usage.

Toutes ces histoires, tous ces films, des mensonges. Des mensonges et encore des mensonges sur ce que les gens peuvent encaisser. Ce qu'une mère est capable de faire. Quelles souffrances le corps humain peut gérer. La fille à la fin qui défait des hommes armés, court plus vite que les monstres.

C'est comme l'accouchement. Pas le choix.

C'est ça. Et les femmes meurent en enfantant. Et toi aussi, tu mourras si tu ne bouges pas.

Elle se releva, avança, progressant plus lentement depuis sa chute. Elle s'était tordu certaines parties du corps, si bien que la douleur l'élançait de sa cheville jusqu'à ses molaires.

Ses pieds n'étaient plus que des moignons endoloris. Son corps tremblait comme si le froid avait pénétré sa moelle, blotti là, ravi d'avoir trouvé un foyer.

Tes pieds ne devraient-ils pas être ankylosés à ce stade ? Quand le seront-ils ? Comment est-il possible que tu arrives à peine à les contrôler, mais ressentes chaque bribe de supplice ?

Sa main était mouillée dans sa poche de gauche. Elle l'extirpa, la regarda. Dans l'obscurité, son sang était noir.

C'est juste une coupure. Tu t'es coupée en te rattrapant à la pierre tombale.

La quantité de sang la troublait. L'entaille barrait la partie arrondie de sa paume décolorée. Le sang en jaillissait, épais sur son poignet, là où les traces nacrées rencontraient la peau pigmentée. Le sang plaquait les poils de la fourrure de son manteau.

Elle fourra de nouveau sa main dans sa poche. Ferma son poing serré dans la doublure, collante et chaude au milieu, mais de plus en plus froide, glacée aux extrémités.

Ne regarde pas, ce n'est pas tant de sang que ça.

Dépêche-toi... Dépêche-toi ! Ça fait trop longtemps que tu les as laissés. Combien de temps ?

Elle continuait d'avancer, les yeux braqués sur le sentier devant elle. Les arbres étaient voûtés au-dessus, ployant sous la neige. Cela ressemblait à un tunnel creusé par une immense créature, rond et ténébreux. La maison des esprits malins et autres choses insaisissables.

Arrête ! L'esprit malin, c'est ce que tu as laissé derrière toi. La forêt est juste la forêt.

Il y eut un bruit de grattement dans l'air.

De la fumée ?

Elle fit volte-face pour regarder la maison, terrifiée à l'idée qu'elle soit en feu. Mais il n'y avait rien. Pas de flammes dévorant la bâtisse. Pas trace de la moindre fumée dans le ciel noir à travers la neige tourbillonnante. Pas d'odeur non plus.

C'est ton imagination qui te joue des tours.

Mais ce n'était pas ça. C'était le même sentiment d'être observée qu'elle avait éprouvé sous le regard jaune du puma amoché. Le même qui faisait pivoter ses globes oculaires vers une autre voiture roulant à toute berzingue sur l'autoroute, où elle croisait les yeux du conducteur rivés sur elle. L'aiguillon de quelqu'un la fixant, bouche bée.

Elle cligna des paupières à travers les volutes de neige, ouvrant et fermant son poing ensanglanté dans sa poche.

Au premier étage de la maison, une lumière brillait dans sa chambre à coucher, tamisée par la tempête.

Elle y discerna la silhouette du Coin.

Elle connaissait cette vue. C'était la seule fenêtre qui offrait un panorama dégagé sur l'allée, où les empreintes profondes de ses pas marquaient la neige. Cette fenêtre était l'unique endroit permettant d'apercevoir au loin jusqu'au début du sentier, là où elle se tenait actuellement, en train de fixer elle-même la maison.

La silhouette s'évanouit. La lumière s'éteignit.

Il t'a vue.

La peur ruissela dans sa gorge. Elle cria, mais aucun son ne sortit.

Pourquoi n'es-tu jamais capable de crier ?

Elle retroussa le manteau grossièrement dans ses bras, pivota et s'élança sur le sentier.

Ses yeux étaient brouillés par le froid, le vent, la vitesse. Étrangement, ses pieds continuaient à bouger, mais ils étaient déséquilibrés, l'un ne la portait presque plus quand elle s'appuyait dessus. Son cœur fendait ses côtes. Ses poumons se consumaient d'un feu glacé.

Ne regarde pas derrière, ne regarde pas derrière !

Il y a du sang sur tes traces.

Elle fixait juste devant elle, s'efforçant de distinguer dans la pénombre ce qui venait, ce qu'il y avait sous ses moignons de pieds trempés, enflés, endoloris, congelés. La couche de neige sur le sentier était mince, cette minceur singulière, comme toujours, qui suffisait juste à cacher les racines des arbres. À cacher les feuilles décomposées glissantes. Elle trébucha, fit une embardée. Ses jambes ne cessaient de chanceler sur le côté, de glisser vers l'arrière, et pourtant, elle maintenait son élan vers l'avant. Elle dérapa sur un rocher dissimulé par la neige et tomba. Elle se releva à grand-peine, souleva le manteau le plus haut possible pour dégager ses jambes et leur permettre de courir.

L'air était épais et bizarre, difficile à inhaler, son corps se trouvait dans une nouvelle dimension entre terre et eau.

Es-tu en train de bouger ? Es-tu en train de courir ? Tout est si lent. Pourquoi n'arrives-tu pas à te déplacer plus vite ?

Le tunnel du sentier se rétrécit, déformant la distance en amont comme si la fin du chemin s'éloignait encore.

C'est parce que le sentier est hanté. C'est pour ça qu'il a cette drôle d'allure. C'est tout. Tous ces fantômes avec leur robe qui font coaguler l'air. Continue d'avancer.

Quelque chose déchira son manteau si brutalement que son épaule émit un craquement, et sa bouche un halètement sonore quand son corps fut tiré vers l'arrière.

Ne regarde pas derrière ! Avance !

Elle força, et déchira quelque chose. Elle se dégagea violemment vers l'avant. Libérée. D'une branche ? D'une main ? Elle se remit à courir.

Puis elle sentit une gifle en travers de sa joue, son sourcil, son menton. De choc, elle recula d'un pas et s'effondra, abasourdie. L'un de ses yeux s'obscurcit, acide, ensanglanté. Elle essuya ce qui coulait de sa main indemne. Une forme noire était penchée devant elle, vague et sans profondeur, lorsqu'elle leva sur elle son œil qui fonctionnait encore.

Juste une branche. Tu as percuté une branche. Qui ployait sous la neige.

Non, non, c'est le Coin, c'est une griffe.

Elle planait au-dessus d'elle, acérée comme une serre, et quand elle se remit debout, cela devint à nouveau une branche.

Continue d'avancer. Ne le laisse pas t'attraper ! Il t'utilisera pour avoir les enfants.

« Délicieux », souffla le Coin.

Tout était bancal désormais, le sol incliné à angles inégaux. Les arbres tournaient. Les bois murmuraient.

Reviens, reviens, il y a du sang sur le sentier !

Tu as avalé de la neige et de la glace et il y a des coupures et du sang dans tes entrailles, c'est tout.

Ses poumons s'ouvraient comme des ailes de papillon, rouges et doux, tandis que du sang d'organes maculait la neige dans un halo de vapeur avant de geler.

Œil ensanglanté, mains ensanglantées, pieds ensanglantés. Quel mets exquis tu fais.

Délicieuse.

Elle eut la vague impression que son cerveau ne fonctionnait plus tout à fait normalement. Son œil non plus. Que ses pantoufles avaient disparu. Était-elle frigorifiée ? Elle baissa le regard. Non, ses jambes continuaient à se mouvoir. Elle s'essuya l'œil, aperçut, à travers les cils coagulés, la fin noire du sentier, soudain si proche, tout à coup !

Elle se rua hors de la canopée, pataugeant dans les congères qui devenaient plus profondes après la fin du sentier. Elle tenta de crier et du sang sortit. Elle l'expulsa en toussant dans la neige. Elle nageait, nageait à travers la neige.

Les maisons étaient sombres. Des géants endormis, à peine visibles maintenant dans ce blizzard de plus en plus dense, sans protection, à cause des arbres qu'ils avaient élagués, disséminés, plantés comme de petites choses modelables.

Où est-il ? Il est presque sur toi, c'est obligé, tu le sens. Ne regarde pas !

Le manteau était lourd, si atrocement lourd, coltinant toute la neige. Elle le retroussa à nouveau, se força à avancer, ses jambes piteusement sombres contre cette blancheur. Ses cuisses découvertes hurlaient de douleur.

Avec un œil ouvert mais voilé aux commissures et l'autre si gonflé qu'il était aveugle, elle zigzagua vers le contour sombre de la maison la plus proche.

Le temps était brisé. Il y avait quelque chose qui clochait dans l'espace ; il ne cessait de rouler et se transformer, et la maison fuyait.

Un projecteur.

— À l'aide ! prononça-t-elle en silence.

C'était comme dans ses cauchemars. Elle revit le sol en linoléum de sa chambre de cité U. Elle tenta de crier et aucun son ne sortit.

Quelle honte ! Appelle au secours, fais-le !

Elle exhala de l'air et du métal, un goût d'aluminium entre les dents.

Une porte, là-bas ! Il y a une porte, va jusqu'à la porte.

Le manteau était difficile à soulever, il glissait constamment, lui entravait les jambes, avec la doublure trempée et collante.

Par son œil indemne, elle vit qu'elle était à la porte, avec son heurtoir en laiton en forme d'ananas.

Elle tendit la main. Eut du mal à utiliser le heurtoir. Tellement lourd. Elle vit un boîtier blanc avec un bouton, le pressa, insistant par à-coups. Entendit une clochette sonner au loin.

Une lumière s'alluma à proximité. Elle appuya son front contre l'une de ces vitres oblongues qui encadraient la porte. Des choses vagues flottaient derrière le verre. Puis un visage scruta, blanc et pâle, avec des yeux qui s'écarquillèrent.

Elle vit son reflet dans la vitre, sombre, ensanglanté, méconnaissable.

Le visage disparut, puis revint regarder par la fenêtre.

Elle pressa la sonnette de la porte.

Quand la porte s’ouvrit, quand sa main retomba du petit boîtier blanc, elle vit qu’elle l’avait maculé de sang.

— Bonchoir, s’entendit-elle prononcer. Che suis votre voisine. Pouvez-vous m’aider ?

17

Elle n'avait que neuf ans, mais elle se souvenait distinctement que le meurtrier de sa mère perdait ses cheveux. La vision de l'arrière de sa tête tandis qu'il était assis face au juge était gravée dans sa mémoire. Il y avait un imperceptible tremblement dans sa joue, visible même quand il était légèrement tourné. Un gros ventre, des fesses plates, des bras qui paraissaient particulièrement décharnés comparés au centre du corps. Le peu de cheveux qui lui restaient étaient grisonnants. Il lui évoquait une tache blanche. L'homme d'âge moyen qu'elle voyait partout. Le policier, l'avocat, le médecin, le comptable, le politicien.

Elle le détestait. Fusillait du regard son corps ramolli. L'homme qui avait oblitéré sa mère, effacé son beau timbre de voix, sa peau laiteuse, les doigts qui tressaient ses cheveux, sa mauvaise haleine coutumière, sa voix trop forte… Il avait balayé tout ça de la surface de la terre. Il avait annihilé pour maintenant, et à jamais, la totalité de l'amour maternel qu'elle aurait reçu autrement, et avait laissé tout l'amour encore en elle étranglé avec nulle part où se déverser.

Néanmoins, elle avait du mal à se rappeler le visage du meurtrier. Il ressemblait trop aux autres. Même type sans visage, bouffi, qui pensait qu'il méritait les choses qu'il possédait.

L'ennui terrible qu'elle éprouvait durant le procès lui apparaissait comme une trahison de sa mère. C'était plus barbant que d'être enfermée dans ses cours de CE2, aussi laborieux que la messe de l'église qu'il imitait avec précision. Comme pour l'église, elle devait porter sa robe inconfortable avec ses souliers noirs vernis et les collants qui ne tenaient jamais entre ses jambes. Elle devait se lever en même temps que le grand type, s'asseoir en même temps que lui. Écouter son prêche. « Bla, bla, bla, pardon. Bla, bla, bla, justice. Au nom du, etc., etc. Lisons maintenant un extrait de. » Comme à l'église, elle gardait le regard fixé sur les statues. Vérifiait discrètement la pendule. Était assise près de mamie sur le long banc. Et exactement comme pour l'église, son père s'était défaussé à coups d'excuse, l'une après l'autre.

« Qu'il reste à la maison, lui avait dit mamie tandis qu'elles franchissaient la limite d'un État en voiture. Chacun réagit différemment au deuil. »

Elle décida qu'elle préférait l'église au tribunal. Au moins, à l'église, il y avait des chants pour la réveiller, et un goûter presque à la fin. Au moins, à l'église, chacun demandait pardon.

Les paroles qui résonnaient au sein du tribunal étaient encore plus obscures que les lectures de la Bible. Au lieu de meurtre, ils parlaient d'« homicide involontaire », même si l'homme, en l'occurrence, était une femme. Au lieu de dire simplement ce qui s'était réellement passé, au lieu de décrire l'immolation d'une vie entière en un instant entre les mains de ce petit homme ivre et son trop gros pick-up, au lieu de parler des endroits délicats écrabouillés, d'os durs transformés en bouillie, de choses précieuses brisées de manière irrévocable… au lieu de tout ça, on parlait de feux de signalisation. Minutage. De petites cartes, pointées çà et là avec un câble métallique extensible. Vitesse autorisée. Feu pour tourner à gauche. Taux d'alcool.

Elle regardait ces tableaux aseptisés d'un œil noir. À neuf ans, elle savait déjà dresser des listes, organiser, elle avait appris aux côtés de sa mère comment démonter des appareils, comment les réparer, épisser des fils électriques et utiliser un fer à souder pour fondre des bouts de circuit en des groupements prêts à l'emploi. Il y avait un temps pour la discussion technique, pour l'analyse *a posteriori.* Et puis il y avait ce lieu, qui aurait dû être empli, comme l'enterrement de sa mère, de visages frappés de stupeur, ou bouffis par les larmes. Avec des gens disant qu'ils ne comprenaient pas comment une chose pareille avait pu arriver, c'était injuste, atroce, tout en pétrissant leurs mains froides, touchant légèrement leurs bras, leur thorax, comme pour s'assurer que oui, pour une raison étrange, ils étaient encore vivants, bien que sa mère eût été éliminée brutalement du tableau.

Mais ici, les hommes bourdonnaient à l'avant de la salle tandis qu'elle grattait le caillou noir logé dans ses muscles et ses os, tellement lourd, qui lui pesait d'une manière insoutenable et se déplaçait de son cœur vers son estomac puis sa gorge et le noyau de son cerveau, et murmurait : « Tout cela n'a aucune importance parce qu'elle est partie, elle est partie, elle est morte. Certaines choses ne peuvent pas être réparées. Certaines choses sont irréparables. Le monde peut basculer en une seconde. »

Cela avait pris trois jours. Trois jours à regarder l'homme informe au tribunal, affalé sur sa chaise, s'efforçant d'avoir l'air contrit, mais qui paraissait surtout s'ennuyer comme elle, aussi agacé par les procédures qu'elle.

Il était désolé, tellement désolé, allait devoir vivre avec ça jusqu'à la fin de ses jours, quel fardeau épouvantable. Un citoyen bien comme il faut, se flagellant. Déjà enrôlé dans un programme. *Et*… circonstances atténuantes. Contribution. Qu'avait-*elle* fait ? À quoi pensait-elle ? Souvenez-vous, c'était une voiture de location. C'était une conductrice venant d'un autre État. Évidemment qu'elle était distraite. Une voiture qu'elle ne connaissait pas, elle devait regarder fréquemment les cartes pour se repérer. D'accord, elle avait un historique de conduite sans problème, mais regardons les choses en face. Là-bas, d'où elle venait, il y a davantage de vaches que de gens, ils sont tous abstinents, ils ont tous un historique de conduite sans problème. C'est vrai, le taux d'alcool de cet homme était élevé, mesdames et messieurs les jurés, mais… il est exactement comme vous. Votre mari. Votre père. Il est comme tous les gens de votre entourage. Pauvre type. À peu près votre âge, n'est-ce pas ? Il a seulement fait une petite erreur, pas eu de chance au niveau du timing. Pouvez-vous me certifier que vous n'avez jamais fait d'erreur ? Peut-être la même erreur, précisément. Et cette femme d'un autre État, celle avec le visage différent, il y avait un truc qui clochait ; une femme, ici, seule pour affaires ? N'est-ce pas un peu bizarre ? Celle qui, eh bien, avec une maladie pareille, était marquée comme ça, c'est légèrement suspicieux, tout de même, non ? Réfléchissez à ses actions. Ses erreurs. Son étrangeté. Pourquoi détruire la vie de cet homme ?

Mamie s'était présentée au procureur et à la police le premier jour, les avait remerciés de travailler si dur. Le lendemain matin, elle tapotait leurs épaules, *tac-tac-tac*, sa courtoisie du Sud s'était changée en acier.

— C'est de l'incompétence, voilà ce que c'est. Comment osez-vous ? Il recommencera. Peut-être avec quelqu'un que vous aimez, la prochaine fois. Vous avez vu ce qu'il a fait. À une jeune épouse. Une jeune mère de famille.

Mais de la police, du procureur, elle n'avait reçu qu'indifférence, de plus en plus opaque et insidieuse.

— Calmez-vous, madame, je vous prie. Nous travaillons à partir des faits que nous avons.

— « Calmez-vous »… quel toupet ! Ils sont censés parler pour ta mère, bouillait mamie. C'est ça, leur boulot. Si ça s'était produit dans l'Utah, je te parie que ça n'aurait pas été la même histoire. Je ne suis pas une grande fan des mormons, mais il y a certains trucs qu'ils comprennent, et l'alcool en fait partie.

Elle ne saisissait pas pourquoi sa grand-mère insistait sur le fait que les avocats et les policiers auraient dû éprouver une quelconque responsabilité vis-à-vis de sa mère. Sa grand-mère ne voyait-elle pas qu'il y avait des diodes, des condensateurs, des transmetteurs, chacun composant une partie essentielle du circuit dans ce lieu où sa mère était réinventée comme une femme irresponsable, coupable, suspecte, indigne de reconnaissance ?

Le meurtrier avait une fonction à responsabilités modérées dans cet endroit particulier. Et bien sûr, il était vivant, possédant, par conséquent, l'avantage d'être capable d'exister. D'être regardé, considéré. L'avantage qu'on puisse s'identifier à lui.

Et sa mère était un point sur un schéma. Sa mère était absence. Elle sentait ce néant. Il y avait un espace infini, creux, que l'amour de sa mère remplissait auparavant quand elle la portait, la bordait dans son lit, lui préparait son déjeuner pour l'école, la laissait pousser le chariot au supermarché, lui serrait la main tandis qu'elles marchaient – *boum-boum, boum-boum* –, comme un battement de cœur, un code secret pour dire « Je t'aime », sa mère qui disait : « Ma belle petite fille, quelle chance incroyable j'ai eue que tu sois à moi ! » Ces petites choses avaient pris des proportions immenses dans la perte, des souvenirs qui la faisaient se recroqueviller, les genoux contre sa poitrine, sous les draps, et s'enrouler autour de ses entrailles récemment évidées.

Quand le juge prononça son verdict, « non coupable », elle se demanda si le jury avait besoin de croire que sa mère avait fait quelque chose de mal, avait, d'une manière ou d'une autre, mérité d'être détruite violemment, dans la souffrance. Car alors, cela signifierait que ce qui était arrivé à sa mère ne pourrait pas, ne leur arriverait jamais, à eux. Par exemple, celui qui se grattait consciencieusement la raie au sommet du crâne, cet autre tripotant une cuticule, tous évitant de regarder dans leur direction, à elle et sa grand-mère, parce que quelque part à l'intérieur, ils entendaient une petite voix qui geignait : « Ça aurait pu être moi. Ça aurait pu être quelqu'un que j'aime. Quelqu'un qui m'aime. »

Le jury n'avait pas envie de voir, comme elle les voyait, ces fils invisibles, délicats et si faciles à déchirer, qui sous-tendaient tout. Le souffle lointain d'un hasard, un choix fait par un inconnu, pouvait les couper en deux, chaque bout flottant comme la fibre d'une toile d'araignée tandis que des choses précieuses dégringolaient dans l'obscurité, irrécouvrables.

Certaines choses ne peuvent pas être réparées. Certaines choses sont irréparables. Le monde peut basculer en une seconde.

« C'est de l'injustice, voilà ce que c'est », déplorait mamie.

Mais la justice n'était pas possible. La justice aurait exigé que le jury lui rende sa mère, intacte et vivante. L'unique possibilité, c'était la vengeance édulcorée, qui représentait une offre, mais même cela avait échoué.

Après le verdict, mamie l'avait attirée contre elle et étreinte, murmurant : « Les voies du Seigneur sont impénétrables. »

Mais il n'existait aucune raison pour qu'elle accepte un jour, aucun sens suprahumain possible dans l'horreur de la mort de sa mère. Pour y survivre, elle s'accrochait fermement au souvenir de la joie démonstrative de sa mère devant les éléments du quotidien. Le colibri à la mangeoire, la torsion précise d'un fil électrique, la neige qui tombait, un œuf dur parfaitement cuit, toutes ces choses simples à propos desquelles sa mère disait, sincèrement émerveillée : « N'est-ce pas magnifique ? N'est-ce pas juste magnifique ? »

Sous les draps, roulée en boule autour de son puits de chagrin, elle se remémorait les doigts de sa mère passant dans ses cheveux. La main de sa mère pressant la sienne, qui disait *boum-boum, boum-boum, je t'aime*. La courbe asymétrique de son sourire. Elle voyait que même l'angle étrange de la jointure supérieure de son petit doigt, sa manière de fredonner constamment dans sa barbe étaient spéciaux, importants, et qu'avec tous ces petits fragments magiques, elle pouvait façonner un échafaud de sens, la volonté de continuer. La vie devait être magnifique, parce que sa mère l'avait dit. La vie devait être précieuse, parce qu'elle était délicate, et pouvait si aisément disparaître dans le néant. Oui, elle devait survivre à la désolation, car bien que sa mère ne soit plus là pour témoigner de la magnificence du monde, de sa fragilité, elle, sa fille, le pouvait.

Elle contemplait la beauté magnétique, virevoltante, des grains de poussière qui dansaient dans les rayons du soleil du tribunal lorsque le juge avait annoncé le verdict de quinze mois à l'homme. Pas pour meurtre, pas pour homicide involontaire, mais pour la condamnation plus bénigne de conduite sous influence de l'alcool. De s'être enfui des lieux. Avec une période d'incarcération de douze mois. Le petit meurtrier inoffensif avait pu sortir en liberté conditionnelle au bout de huit mois. Moins de temps en prison que sa mère en avait mis pour créer sa vie ; créer son existence entière.

Certains s'attendent à ce qu'il leur pousse des cornes. D'autres pensent que le diable sait qu'il est diable. D'aucuns disent : « En fait, c'est un brave type. »

Mais non. Elle et mamie étaient assises aux premières loges pour attester que le diable peut ressembler à un petit rien du tout, un petit tout le monde, versant des larmes de crocodile. Le diable peut être un homme bouffi, affaissé, qui, quand le juge rend son verdict, ne peut réprimer la lueur de satisfaction dans ses yeux. Des yeux qui disent : « Si, si, vous voyez ? La justice ! Je ne suis pas si mauvais après tout. Je ne suis pas pire que tous les autres, exactement comme je l'ai toujours pensé. »

Quoique, évidemment, il fût pire. Un pire sans remords, inchangé, incapable d'appréhender l'immensité de ce qu'il avait pris, l'importance fondamentale d'une vie qui n'était pas la sienne. Le visage du diable était tellement oubliable dans sa banalité que pas même elle, pour qui cela comptait le plus, n'arrivait à retenir les traits de l'homme dans son esprit. Elle se souvenait juste de la tête presque chauve sur un corps potelé. Les cheveux raréfiés, grisonnants. Le sentiment de soulagement qui irradiait de lui après ce long et ennuyeux processus d'injustice.

Neuf mois après le procès, mamie l'avait fait asseoir. Elle avait eu un coup de téléphone. Cela faisait moins d'un mois que l'homme qui avait détruit sa mère était sorti de prison lorsque lui et sa femme avaient été tués dans un accident de voiture. Le taux d'alcool de l'homme, avait dit mamie, « était plus élevé qu'un lampadaire ».

« Dieu a remis les choses d'aplomb », avait insisté mamie.

Elle n'était pas d'accord. Bien qu'elle sache que cela décevrait sa grand-mère, elle ne considérait plus l'existence d'une entité supérieure comme une donnée incontestable, mais était plutôt certaine que la mort de sa mère sapait la légitimité de n'importe quel dieu. Après tout, si Dieu avait remis les choses d'aplomb, cela signifiait que Dieu avait dû au préalable mettre les choses de travers. Peut-être était-il carrément sorti du tableau. Peut-être n'avait-il jamais été dedans. Elle n'avait pas la prétention de le savoir.

« J'ai pitié de sa pauvre épouse, avait soupiré mamie. Je suppose qu'elle avait fait ses choix, mais elle ne méritait pas une fin pareille. »

L'épouse, qui était assise juste derrière le meurtrier pendant ces trois jours. L'épouse, qui s'agitait et se tortillait sur sa chaise sans arrêt. La femme qu'elle avait surprise à plusieurs reprises en train de la fixer avant de détourner prestement le regard. La femme à la coiffure de Krystle Carrington, avec des bijoux et des robes à fleurs aux manches longues. Le visage fébrile de cette femme, maintenant morte, elle se rappelait parfaitement.

18

L'homme pâle aux cheveux gris qui se tenait dans l'embrasure de la porte portait un pantalon de pyjama et un t-shirt. Il ne l'invita pas à entrer, et la fixait bouche bée.

— Chéri ? C'est quoi ? appela la voix d'une femme.

— Une dame ! cria-t-il en réponse sans détourner le regard.

— Quoi ? hurla la femme.

— Bonchoir, répéta-t-elle avec sa bouche emplie de métal. Che suis votre voisine. Pouvez-vous m'aider, s'il vous plaît ?

— Merde, lâcha l'homme dans une grimace. Que vous est-il arrivé ?

Elle faillit tomber, se rattrapa à la brique du mur extérieur.

— Désolée, lui dit-elle en voyant la trace ensanglantée laissée par sa main. Vraiment désolée.

— Bon Dieu… entrez !

Elle franchit le seuil de la porte et dérapa sur ses pieds nus, petites choses gélatineuses, mouillées et glissantes sur les carreaux. La chute fut brutale. Le voisin tendit les mains comme pour l'aider à se relever, puis se ravisa et replia les bras contre son torse. Elle se traîna vers l'avant avec ses mains, ses pieds devenus inutiles et ses genoux enserrés par le manteau en fourrure, rampa comme un bébé jusqu'à ce que le voisin puisse fermer la porte à la tempête. Il se frotta les mains, frigorifié par cette brève exposition.

Elle pressa sa joue contre le carrelage du sol.

Juste une petite sieste. Voilà ce dont tu as besoin, une petite sieste de petit chaton.

— Que s'est-il passé ? Vous allez bien ?

Il y eut du mouvement un peu plus loin dans la maison, une femme dévalant l'escalier.

— Doux Jésus ! s'exclama la femme. C'est quoi ce bordel ?

— J'sais pas, dit le voisin. Appelle les secours, elle est blessée.

— Elle est peut-être… *dangereuse* ? prononça la femme comme si seul l'homme pouvait la comprendre.

— Elle n'arrive même pas à se relever. Appelle les flics, voyons !

La bouche de la femme se pinça en un O rouge.

L'électricité de la maison brûlait son œil indemne. Le carrelage était tellement blanc. Le tapis derrière, grège. Un énorme lustre en cristal suspendu au-dessus de l'escalier éclairait violemment l'entrée. Des meubles en bois clair se dessinaient dans la maison sombre. Des miroirs dans le vestibule, dans les autres pièces. Tout était lumineux et réfléchissant. La femme portait une longue robe de chambre rose qui flotta derrière elle quand elle se hâta pour remonter l'escalier. De la soie.

— Que s'est-il passé ? répéta l'homme.

— Il y a quelqu'un dans ma maison, dit-elle. Il essaie de me tuer. Il essaie d'avoir mes enfants.

Le voisin venait de remarquer sa peau, et il lorgnait les marques blanches de dépigmentation.

— Êtes-vous contagieuse ?

— Non. C'est… génétique. S'il vous plaît, il essaie d'avoir mes enfants.

— Quoi ? fit le voisin en lui jetant un regard en biais.

Peut-être que ta voix ne fonctionne pas. Peut-être qu'on ne t'entend pas à travers tes lèvres, ta bouche remplie de sang.

— Arrivez-vous à vous asseoir ? demanda le voisin. Comme vous parlez contre le sol, j'ai beaucoup de mal à vous entendre.

Il tendit une main pour l'aider et elle étira la sienne, mais il la retira à nouveau. Elle se demanda vaguement s'il était plutôt effrayé par le sang ou par les taches blanches sur ses mains et ses poignets. Elle se repoussa pour se redresser jusqu'à ce qu'elle soit adossée au mur. Elle essuya ses lèvres enflées pour les nettoyer. Toucha son œil et écarta aussitôt vivement la main pour ne plus s'infliger cette douleur atroce.

— Quelqu'un est entré par effraction dans ma maison. Mes enfants se cachent là-bas. J'ai besoin d'aide.

— J'ai la police au bout du fil ! s'écria la femme en descendant à nouveau l'escalier et désignant le smartphone dans sa main. Ils disent qu'ils arrivent. Ils veulent savoir qui elle est.

La femme s'arrêta net.

— C'est quoi le problème avec sa peau ?

— Abîmée, souffla-t-elle.

— Elle dit que quelqu'un est entré par effraction dans sa maison. Que ses gosses y sont encore, dit le voisin.

— Oooooooooooh ! lâcha la femme en haussant les sourcils.

Elle le répéta dans le téléphone.

— Mon chou, pourrais-tu me donner ton adresse, s'il te plaît ?

Elle donna son nom, son adresse.

— Je crois… Je crois qu'il m'a suivie.

— Quoi ?

Les deux voisins la contournèrent en toute hâte, l'homme verrouilla la serrure de sécurité avant que tous deux bondissent chacun à l'une des fenêtres oblongues qui encadraient la porte d'entrée, en plaçant leurs mains en coupe autour de leur visage pour scruter dans la tempête à l'extérieur.

Ses pieds ressortaient à des angles bizarres de son manteau. Leur peau ressemblait à la fourrure du puma, en partie déchirée, ensanglantée aux endroits exposés.

Elle s'appuya contre le mur pour avoir plus de soutien et pouvoir parler plus fort et plus distinctement.

— Il faut qu'ils aillent chercher mes enfants, ils sont cachés, il faut qu'ils aillent dans la maison, je vous en prie !

— Elle dit que l'intrus l'a peut-être suivie jusqu'ici, dit la femme dans le téléphone. Mais je ne vois personne. Tu vois quelqu'un ?

— Non, confirma le voisin. Personne.

— Il y a quelqu'un dans ma maison, répéta-t-elle.

— On ne voit personne, dit la femme dans le téléphone. Mais c'est difficile de voir quoi que ce soit dans l'obscurité avec toute cette neige.

Ils semblaient tellement près ; leurs voix meurtrissaient ses tympans.

— T'a-t-il… fait… ça ? s'enquit la femme en la regardant.

— Il va allumer un feu, dit-elle. Il va les asphyxier…

— Est-ce que l'homme entré par effraction dans ta maison a fait tout…

La femme la désigna de l'index, puis esquissa un mouvement circulaire.

— … *ça* ?

— Je vais chercher la trousse de premiers secours, dit le voisin. Cherche « hypothermie » sur Internet, OK ? Regarde ce qu'on devrait faire.

— Je vous mets sur haut-parleur pour pouvoir chercher « hypothermie », dit la femme dans le smartphone. Pour voir si elle fait de l'hypothermie.

Elle lécha ses lèvres et goûta l'iode. L'énergie frénétique des voisins, leur confusion excitée augmentaient son sentiment d'épuisement, son besoin de dormir.

— J'ai caché mes mômes, dit-elle à la femme. Je les ai cachés du Coin. De l'Homme au Coin.

— Vous entendez ? dit la femme au téléphone sur lequel elle pianotait simultanément. Elle est complètement à l'ouest. Elle dit n'importe quoi. Et son visage est totalement amoché, comme si quelqu'un l'avait frappée. Et elle est pieds nus. Dans un manteau de fourrure.

— Un manteau de fourrure ? s'éleva une petite voix du haut-parleur.

— Oui, répondit la femme à la voix. Elle a juste débarqué en manteau de fourrure, mais pieds nus dans la neige, et salement tabassée.

— D'où venait-elle ?

— De chez moi.

Sa voix n'était plus qu'un fil lointain.

— De chez moi ! répéta-t-elle.

— Vous entendez ? Elle dit qu'elle vient de chez elle, transmit la voisine dans le téléphone.

Puis elle s'adressa de nouveau à elle :

— Quelle est l'adresse, mon chou ?

Elle la marmonna et la femme la répéta à voix haute dans le haut-parleur du téléphone. Le voisin revint avec une trousse de premiers secours, des serviettes et une tasse fumante. Il arracha le smartphone des mains de son épouse.

— Écoutez, dit-il. On a du mal à comprendre ce qu'elle dit. Mais apparemment, elle pense qu'il y a quelqu'un dans sa maison, et que cette personne en veut à ses enfants, qui sont toujours là-bas.

Il écouta. Demanda :

— Quel âge ont-ils ?

Elle le lui dit, et le voisin le répéta au téléphone.

Il avait disposé la trousse de secours, les serviettes et la tasse par terre à côté d'elle. Elle enroula maladroitement une serviette autour de sa main gauche entaillée. Les doigts de cette main étaient épais et ne se repliaient plus. Elle ne parvenait pas à ouvrir la fermeture Éclair du kit de secours.

Le voisin avait l'air tellement grand, debout, à côté d'elle, tandis qu'il parlait au téléphone. La femme fouillait à nouveau du regard à travers la nuit, arrondissant ses mains et scrutant par différentes vitres comme si la vision pouvait changer de l'une à l'autre.

Elle posa sa main indemne sur la tasse que le voisin avait mise à côté d'elle, et sa chaleur lui parut miraculeuse. Elle avala une gorgée qui lui brûla la gorge, et fut baignée de gratitude de sentir quelque chose de chaud, sentir enfin quelque chose, quoi que ce fût, de réconfortant.

— Je ne vois toujours personne, dit la femme.

Elle se força à prononcer distinctement.

— Je. Vais. Leur. Parler.

— Elle veut vous parler, dit le voisin au téléphone. Je vais poser le téléphone par terre à côté d'elle pour que vous l'entendiez mieux.

— Mes enfants, grogna-t-elle d'une voix rauque. Cinq et huit ans. Je les ai cachés de lui. Il a dit qu'il allait mettre le feu. Nous asphyxier. Il faut que vous alliez chez moi. Il faut les secourir.

— Madame ? Allô ? Vous sentez-vous en sécurité là où vous êtes maintenant, madame ?

Prise d'un accès de vertige, elle dit au téléphone :

— Il va les asphyxier, le Coin.

Elle flottait, loin de la pièce. Les voisins étaient idiots, à courir dans tous les sens. Elle but une gorgée de la boisson fumante, puis une autre. Le liquide avait un goût si présent. Il était si chaud.

— Je suis désolé, madame, je n'ai pas compris ce que vous avez dit. Vous allez bien ?

Non. Je suis brisée, j'ai un œil aveugle et mes pieds vont devoir être amputés, et je n'arrive pas à respirer, et le Coin attend pour les manger tout crus et ma peau va se détacher et mon cœur ne bat pas régulièrement et mon cerveau est plein de boules de coton, et je suis en train de mourir.

Mais depuis quand cela importe-t-il ? Tu connais la chanson, tu es déjà passée par là. Dans l'avion, c'est le seul endroit où ils disent : « Mettez votre masque à oxygène avant de porter secours à autrui. » La plupart du temps, tu es sur ce lit et ils ont un scalpel et la bonne réponse est toujours : « Faites ce qui est le mieux pour le bébé. » Et si tu dis : « Hé, pourriez-vous m'épargner pendant une minute, m'épargner un peu de douleur, j'ai quelques questions », ils froncent les sourcils et disent « Ah bon ? », puis « Ce n'est pas recommandé pour le bébé, le bébé, le bébé ».

— Allez chercher mes enfants, dit-elle.

Le liquide brûlant était la seule chose chaude au monde. La seule source de réconfort. Elle ferma les yeux pour se reposer un instant.

Délicieux.

Le voisin lui arracha le téléphone de la main.

— Vous feriez bien d'envoyer aussi une ambulance. On dirait qu'elle s'est baladée dans la neige après avoir servi de punching-ball.

Baladée. Juste une petite promenade, une charmante escapade. Le Petit Chaperon rouge qui suit le sentier de la forêt, tralala.

La femme n'était plus contre les vitres, mais se penchait maintenant sur elle, les bras emplis de serviettes de plage.

— Sur Internet, ils disent qu'on est censés t'enlever tes vêtements mouillés et t'envelopper dans du sec, d'accord, mon chou ?

Lorsqu'elle secoua la tête, celle-ci était pleine d'eau, qui glouglouta d'un bord à l'autre.

Elle voulut reprendre le téléphone, mais s'aperçut que sa main était enroulée dans une serviette. Le sang était tellement éclatant dans cet endroit au carrelage blanc immaculé. Il perçait, rouge, à travers le tissu. Le sang le long de son bras avait séché en petits sillons couleur brun terreux. Elle tourna son bras de droite et de gauche, abasourdie.

— Je vais juste dormir un tout petit peu, dit-elle à la femme.

— Oui, elle saigne. Tout enflée, dit le voisin.

Puis il écouta avant d'annoncer :

— Ils disent qu'ils arrivent.

— Où ?

— Ici.

— Mon chou, laisse-moi t'envelopper dans du chaud, d'accord ? proposa la femme. Ton manteau est trempé.

— Non ! Non ! Ils doivent aller chez moi.

Sa voix était lointaine.

— Elle veut que vous alliez chez elle, dit le voisin dans le téléphone.

— Ils vont aux deux, reporta-t-il après avoir écouté l'interlocuteur distant. Ici et votre maison.

— Mais la neige ? s'enquit la femme. Parviendront-ils jusqu'ici ?

— Ah oui… c'est vrai ! Et la tempête ? Nous vivons dans une communauté de résidences sécurisée et le chasse-neige n'est pas encore passé sur la route privée.

Même au milieu de la panique du voisin, de sa fébrilité, elle entendit une once de fierté lorsqu'il prononça « communauté de résidences sécurisée ». Quand il prononça « route privée ».

La voisine triturait les boutons de son manteau, et elle lui assena une petite tape pour la repousser. Renversa un peu de liquide bouillant de la tasse sur le sol.

— Bon, dit la femme en levant les mains en signe de capitulation.

Puis elle dit au voisin :

— Elle refuse que je l'aide.

Les lumières clignotaient encore plus vivement maintenant, et elle ferma son unique œil qui fonctionnait encore afin de réduire ces gens à l'immobilité, de s'offrir un bref répit de leur présence et leur rayonnement écrasants.

— Ils ont dit qu'ils passeraient sans problème à travers la neige, lui transmit le voisin. Ils ont dit qu'ils savent où se trouve votre maison. Ils ont dit qu'ils y sont déjà allés.

Évidemment qu'ils se souviennent de cette maison. Bien évidemment.

— Pourquoi y êtes-vous déjà allés ? s'enquit discrètement le voisin au bout du fil.

Il fit une pause.

— Bon. Peu importe, ça ne fait rien, ne me le dites pas. Je pensais juste que ça pouvait être pertinent que je le sache.

Le sol était tellement confortable. Elle suivit de la main la ligne des joints, tous ces carrés disposés avec une régularité si rassurante.

Attends. Ce n'est pas ici que tu es censée être. Tu dois te lever, retourner à la maison. À cause... À cause de quelque chose.

Elle reposa la tasse. S'efforça de se redresser. Ses pieds ne la portaient pas. Le manteau était tellement lourd. Il s'enroulait autour de ses jambes.

— Hé ! s'écria le voisin. Calme-toi ! Détends-toi.

Ses paroles l'aiguillonnèrent à la base de la nuque, dans un endroit sensible où était nichée une colère qui la fit se débattre avec davantage de véhémence, ses pieds pleins de sang coagulé sur le carrelage.

— Assieds-toi !

— Je dois...

Que dois-tu faire, déjà ? Quelque chose d'important. En retard, en retard, j'ai rendez-vous quelque part.

Elle essaya d'avancer d'un pas. Ses jambes chancelèrent.

Le voisin tendit le bras pour la soutenir. Le téléphone dégringola par terre.

— Un coup de main, s'te plaît ? lança le voisin à son épouse en grimaçant.

La femme se hâta de son poste de guet à la fenêtre et aida son mari à la rasseoir.

— Je ne vois rien là-bas, d'accord ? lui dit la femme. Pas de fumée, pas de feu, personne qui te suit, OK ?

Elle s'affaissa contre le mur. La femme lui tendit la tasse et elle la but jusqu'à la dernière goutte.

Si chaud que cela la brûlait.

Tu es en vie. C'est la réalité.

— Ohé, l'interpella la femme en claquant des doigts devant son visage. Ohé ! Je ne crois pas que tu devrais t'endormir.

— Ohé, ohé, du bateau, c'est pour les matelots, grommela-t-elle avec la voix de sa grand-mère.

Le voisin ramassa le téléphone.

— Ouais, je suis toujours là, désolé. Fait tomber le téléphone. Elle part en vrille. Veut sortir dans la neige pour récupérer ses gosses. Du genre hystérique, voyez ?

— Webdoctor dit qu'on est censés te réchauffer, dit la femme. Laisse-moi au moins te couvrir les pieds.

Elle hocha la tête. *Slush, slush,* fit l'eau dans son crâne. La femme eut un furtif moment d'hésitation avant de toucher sa peau déchiquetée et tachetée, puis entortilla ses pieds dans une serviette de plage, aux motifs de fleurs hawaïennes roses et orange.

Elle balaya du regard le carrelage blanc, les murs blancs, les visages blancs. Le sang rouge qui brunissait.

— C'est un hôpital ici ? demanda-t-elle à la femme qui enveloppait quelque chose autour de ses pieds.

— Non, dit la femme. Nous sommes tes voisins. Tu es venue demander de l'aide ici.

— Non, souffla-t-elle. Je ne vous connais pas. Je ne vous connais absolument pas.

19

L'homme et la femme étaient alternativement rouge-bleu-rouge-bleu, sous les lumières colorées qui clignotaient à travers la fenêtre. Elle entendait des voix fébriles, voyait des mains qui battaient comme des oiseaux. Elle buvait par petites gorgées sa tasse, qu'on lui avait de nouveau remplie, et la chaleur de la boisson lui paraissait incroyablement belle.

— Et *puis*, elle a dit qu'il l'avait suivie, mais on n'a rien vu.

— Et *puis*, elle a dit qu'il y avait de la fumée, mais on ne voit pas de fumée.

— Elle a dit que ses enfants se cachaient, qu'elle les avait cachés.

— Elle ne nous a pas laissés lui enlever son manteau bien qu'il soit mouillé. Elle ne nous laisse pas l'aider. Elle est probablement en hypothermie.

— Au téléphone, ils ont dit que vous étiez déjà allés chez elle.

— Regardez ! On ne dirait pas que quelqu'un l'a frappée au visage ? Avec son œil tout enflé ?

— Peut-être que c'était son mari. N'est-ce pas toujours le mari ?

— Ce n'était pas son mari, dit une nouvelle voix.

Elle tourna légèrement la tête pour voir le policier. Il s'accroupit à côté d'elle.

— Ça va, madame ? Comment vous sentez-vous ?

Il était jeune, et elle cilla pour essayer de le vieillir.

— J'ai un truc dans l'œil, lui dit-elle.

Le policier au visage de gamin acquiesça.

— Ouais, vous êtes bien amochée.

— Et mes enfants ?

Un autre policier surgit de la lumière vive de l'entrée, le clignotement bleu-rouge-bleu-rouge dans son dos et, à son tour, s'accroupit à ses côtés. La même chose qu'elle faisait avec les enfants. « Se mettre à leur niveau », comme l'appelait l'ouvrage d'éducation à la parentalité.

— Vous vous souvenez de moi, madame ?

Elle regarda les yeux bleus calmes au-dessus du masque en papier bleu. Observa les cheveux blonds grisonnants.

— Le brigadier, dit-elle.

— Une ambulance arrive.

— Je dois aller chez moi, marmonna-t-elle.

— Vous pouvez essayer de parler un peu plus fort ? dit le brigadier en se penchant vers elle.

— Mes gosses.

— Ouais, j'ai une voiture chez vous en ce moment même. Vous avez dit que quelqu'un était entré par effraction, c'est ça ?

Les voisins réagirent en même temps.

— C'est ce qu'elle a dit ! Que quelqu'un était entré par effraction et...

— Elle a dit que quelqu'un voulait s'en prendre à ses gosses et qu'elle les avait cachés parce qu'il allait...

Le brigadier leva la main avec un geste rodé signifiant « stop », comme s'il régulait la circulation.

— Madame, laissez-la parler. Alors, donc, dit le brigadier, impassible, quelqu'un est entré par effraction, c'est ça ?

Elle hocha la tête.

— Un homme. J'ai caché… Je me suis cachée avec les enfants.

— D'accord. L'homme était-il armé ?

— Il avait quelque chose. Environ…

Elle posa la tasse à côté d'elle et écarta les mains d'une quinzaine de centimètres.

— … grand comme ça. Il…

Elle mima le geste du Coin, la façon dont il avait frappé sa paume avec l'arme.

— Ça a fait du bruit. C'était… mobile.

— Comment une arme peut-elle être mobile ? demanda la voisine.

Son mari lui murmura :

— Chhhhut.

— Un revolver ?

— Hein ?

— L'homme avait-il un revolver ?

— Non. Je n'en sais rien.

— Vous n'avez pas vu de revolver ? De couteau ?

— Non.

— Et y a-t-il un moyen pour mes gars d'entrer dans la maison ? Une clé sous un paillasson ou un truc de ce genre qui pourrait faciliter les choses ?

— Dans la pierre, dit-elle.

— Quoi ?

— La pierre. Mais il y a de la neige partout. Enneigé.

— Je ne comprends pas, madame ? dit le brigadier.

Sa tête était lourde. Elle ferma son œil.

— Madame ?

Il y eut un craquement sonore dans la radio, un bip, des mots brouillés.

Si fatiguée, juste si froid et si fatiguée.

— Vous avez une couverture qu'on pourrait utiliser ? demanda le brigadier aux voisins. On doit lui enlever ces trucs mouillés et la réchauffer. Il y a plein d'accidents graves en ce moment. Et avec la crise, on est tous en sous-effectif. L'ambulance ne devrait pas tarder à arriver.

— J'ai essayé de l'aider à se changer, mais elle m'a repoussée.

— C'est bon. Maintenant, on va essayer, d'accord ?

— On lui a fait boire une boisson chaude, là, lui dit le voisin.

— Très bien. Vous n'auriez pas une couverture chauffante, une bouillotte, ce genre de choses ?

— Je crois qu'on a une bouillotte quelque part.

— Allez la chercher. Avec de l'eau chaude, mais température maximale du robinet, pas bouillante. Il ne faudrait pas l'ébouillanter, OK ?

— OK.

— On va vous enlever ce manteau.

Elle sentit des doigts sur elle, s'acharnant sur les boutons du manteau, et ces gestes non sollicités la forcèrent à repousser par des tapes, des coups de pied, les mains qui pressaient sa poitrine, ses jambes, ses hanches.

— Non… Non !

— Calmez-vous, nous essayons de vous aider, on ne peut pas vous réchauffer si vous gardez ce manteau mouillé. Madame. Calmez-vous.

Elle se débattit en tous sens à l'aveugle.

— Zut… Bon… tenez-lui les mains, d'accord ?

L'air rampa le long de son torse tandis qu'ils déboutonnaient son manteau. Les policiers écartèrent les pans du manteau, puis dégagèrent leurs mains quand ils aperçurent ses seins dénudés, son ventre, ses jambes, les formes symétriques dépigmentées blanches qui s'étalaient comme un papillon de son entrejambe à son nombril. Elle balança coups de poing et de pied, tenta de crier, mais suffoqua, désespérément avide d'air, sans parvenir à reprendre son souffle.

Elle vit le linoléum. Essaya de replier ses bras et ses jambes pour protéger les endroits vulnérables.

Tu as couru toute cette distance, tu as fait tout ça, et ça t'arrive quand même. Il a réussi à t'avoir, c'est ça qui est en train de se passer.

Elle se mit à pleurer, à sangloter, et le sel la piquait.

C'est une morgue. Carrelage blanc et étincelant, et tu es sur la table et ils t'ont découpé la peau pour voir à l'intérieur pourquoi ton cœur a cessé de battre.

— Que… Que faites-vous ? demanda la voisine d'un ton choqué.

Les mains la libérèrent, et enfin, elle put se rouler en boule, le front contre les genoux, sur le côté, par-dessus le manteau grand ouvert.

— On essaie juste de l'aider. Lui enfiler quelque chose de sec. Lui ôter son manteau.

— Tenez, dit la femme. Couvrez-la, doux Jésus.

À voix basse, préoccupée, la femme ajouta :

— Elle n'a que la peau sur les os.

Du tissu recouvrit son corps nu, balaya son visage. Elle ouvrit l'œil et vit une couverture rose, les carreaux blancs.

— Hé, pourriez-vous nous laisser seules toutes les deux ? Vous voyez bien qu'elle a peur. Laissez-moi l'aider, d'accord ?

— Nous sommes en train de l'aider. Nous devons parler avec elle.

— Bien sûr, je suis désolée, ce n'est pas ce que je voulais dire. Mais simplement que… peut-être, elle serait plus… à l'aise ? Si c'est une femme qui l'aide ? Juste une minute ?

— Bien. Une minute.

La femme s'assit à côté d'elle, tandis que le sang imprégnait la soie rose de sa robe de chambre.

— Hé, dit la femme. Ils sont partis. On est juste toutes les deux, d'accord ? On va t'habiller, hein ?

— Votre… Votre robe de chambre. Le sang.

— Oh, c'est pas grave.

La femme détourna le regard.

— Les hommes, dit-elle. Ils comprennent rien. De l'aide ! pouffa-t-elle. Je serais aussi terrifiée que toi s'ils m'avaient déshabillée comme ça. J'aurais préféré que tu me laisses t'enlever ce manteau dès le départ. J'ai un sweatshirt, un jogging et des chaussettes pour toi. Ça va t'aider. Tu gagneras pas un concours de beauté, mais ça devrait te réchauffer.

Elle laissa la femme l'aider à s'asseoir et boutonner un sweat géant. La femme fit délicatement remonter sur ses jambes un jogging ceinturé par un cordon, enfila de grosses chaussettes à mailles chenilles sur ses pieds gonflés. Elle ne sentait rien, la peau finalement anesthésiée, comme morte.

— Tu es malade ? s'enquit la femme, le visage tendu d'inquiétude.

— Non.

— Tu es juste… Mon chou, tu es si maigre. Et ta peau ! Est-ce que…. enfin… As-tu envie de me dire quelque chose ? Tu te sens en sécurité chez toi ?

Elle s'étouffa sur un gloussement, et goûta à nouveau le sang dans sa bouche.

— Vous avez fini ?

— Pourquoi étais-tu nue sous le manteau ? murmura la femme.

— Pour rester au chaud, dit-elle.

Les yeux de la femme la balayèrent, emplis de pitié.

Les policiers refirent leur apparition, la soulevèrent par les coudes pour la déplacer sur une chaise qui n'était pas là auparavant. Il y avait de la gaze autour de sa main, une bouillotte sur ses genoux. Une couverture enveloppait ses épaules. Elle avala les dernières gouttes de sa boisson chaude et se souvint qu'ils étaient en train de perdre du temps.

— On doit y aller, souffla-t-elle.

La radio grésilla. « On est dans la maison, brig. Pas de véhicule. Pas de traces de pneus. Pas de traces de pas sauf ceux qui traversent l'allée menant au garage derrière la maison. Sûrement ceux de la femme, parce qu'ils vont dans votre direction. La maison est sombre. On a l'autorisation d'entrer ? »

— Une minute, dit le policier au visage de gamin dans la radio.

— OK, dit le brigadier. Vous vous sentez un peu mieux maintenant, nan ? Z'avez meilleure mine. Pardon si on vous a fait peur. On voulait juste vous aider pour vous réchauffer, d'accord ? Vous étiez en train de nous claquer entre les pattes, là. Vous vous sentez d'aplomb ? Pensez pouvoir nous aider là-bas ?

Elle acquiesça.

— Bon, alors, y a-t-il une clé cachée quelque part ?

— Dans la pierre, sous la neige.

— Madame, vous avez déjà dit ça, mais c'est absurde, comprenez ?

— Vous savez, je parie qu'elle parle de ce genre de truc pour cacher les clés ! intervint la voisine. Ça ressemble à une pierre, mais c'est du plastique… Il y a une espèce de petit rangement… dans lequel on cache les clés.

— C'est ça que vous voulez dire ? lui demanda le policier au visage de gamin.

Elle hocha la tête, tellement lourde avec son cerveau liquéfié.

— Où est-ce ?

— Près de la porte d'entrée. Côté gauche.

— D'accord, madame, dit le brigadier.

— Il y a trop de portes, marmonna-t-elle. Chaque pièce a tant de portes, et il n'aimait pas ça.

Le brigadier s'éloigna, entrant dans la zone vivement éclairée de la maison, tout en parlant avec son interlocuteur, quel qu'il soit, à l'autre bout de la radio.

— Hmmm, pas de traces de pneus ? dit le voisin au policier au visage de gamin. Pas de traces de pas sauf les siennes ? Vous en pensez quoi, de tout ça ?

Le policier au visage de gamin l'ignora.

— Est-ce l'intrus qui vous a blessée ? s'enquit-il.

Elle secoua la tête.

— Comment avez-vous été blessée ?

— La neige, la glace.

Elle se lécha délicatement les lèvres.

— Je crois que j'ai mangé du sang.

Trois paires d'yeux se dardèrent sur elle. Chaque fois qu'elle cillait de son œil indemne, celui amoché essayait de ciller aussi, et la douleur fulgurait si violemment dans son visage qu'elle était certaine d'être irrémédiablement brisée.

Le brigadier reparut, et se posta aux côtés du policier au visage de gamin.

— Madame, mes gars sont dans votre maison. Ils ont effectué une première fouille. Il ne semble pas y avoir d'intrus.

— Du feu ?

— Pas de feu.

— Mes enfants ?

— Ils ne les ont pas encore trouvés. Mais vous avez dit qu'ils se cachaient. Où sont-ils ?

— Derrière le mur, dit-elle.

— Vous… avez mis vos enfants derrière un mur ?

— Oui. Dans l'endroit secret.

Cette information produisit le silence. Elle avait résonné comme dans un canyon, et maintenant, tout le monde était si muet et immobile que ses oreilles en bourdonnaient.

— Je ne comprends pas, dit le brigadier.

— Derrière la cheminée. Dans le bureau. C'est là que je les ai laissés.

— Ils vont bien ? demanda le brigadier.

Elle sentit qu'elle fondait en larmes et s'efforça de les réprimer, mais celles-ci brûlaient à travers sa paupière ensanglantée et boursouflée, et suintaient à travers les fissures de son crâne. Elle les essuya avec sa main non enveloppée de gaze.

— Ils sont tellement petits, balbutia-t-elle.

— Ils allaient bien quand vous les avez laissés là-bas ?

Elle repensa à la joue tendre de son fils heurtant le sol, à la tête de sa fille contre la brique. Les petits doigts qui avaient dû être décrochés de force. Elle s'étrangla sur ce souvenir, sur sa propre morve et ses larmes.

— Ils avaient peur, tellement peur !

Le visage du brigadier était maintenant au niveau du sien. Il s'appuyait sur un genou, comme un joueur de foot délibérant avec son équipe.

— J'ai besoin que vous vous concentriez, dit-il doucement. Il faut que je sache exactement où sont vos gosses.

— Ma tête, lui dit-elle. Il y a un truc cassé.

— Dites-moi ce que vous pouvez, dit le brigadier.

— Il est grand, très grand, le manager du café. Il a dit qu'on était délicieux. Dit qu'il nous trouverait.

— OK, d'accord. C'est… Ça peut aider. Maintenant, où sont vos enfants ?

— Dans le bureau. Le panneau en bas à droite. Il s'ouvre si l'on presse exactement là et comme il faut. Une porte secrète.

— Dis-leur, ordonna-t-il au policier au visage de gamin.

Celui-ci transmit le message par la radio qui craquela et bipa des instructions de part et d'autre.

Même sur un genou, la posture du brigadier était précise. Elle se demanda par quel miracle les arêtes de son uniforme rigoureusement repassé restaient si rigides sous son manteau. Ses yeux étaient bleus et neutres, fixés sur elle jusqu'à ce qu'elle referme son bon œil et se laisse dériver.

Le policier au visage de gamin murmura quelque chose au brigadier.

— Madame, dit le brigadier en la secouant légèrement par l'épaule comme pour la réveiller. Ils ne trouvent pas l'ouverture. Pas de pièce secrète. Ils ont appelé les gosses. Rien. Où sont-ils ?

Oui, c'étaient des enfants sages, des enfants courageux. Ils se cachaient encore. Se cachaient encore de toutes ces voix masculines qui les appelaient. « Ne sortez même pas pour maman, même si vous entendez maman crier et être tuée. Ne sortez pas, sauf s'il y a de la fumée, du feu. Maman viendra vous chercher. C'est maman qui ouvrira le panneau. » N'était-ce pas ce qu'elle avait dit ?

C'est forcément ça, parce que sinon…

Elle eut un haut-le-cœur de panique.

Et si ? Et s'ils ne les trouvent pas parce qu'il les a pris ?

Le brigadier tamponna gentiment son visage avec une serviette. Sa voix était implacable quand il demanda doucement :

— Madame, les avez-vous maltraités ?

Ses pensées s'épaissirent. Elle avait écarté leurs petits doigts de ses bras, de sa robe de chambre. Percuté et projeté son fils dans les débris. Sa fille contre le mur. Brique et crac.

Comment sait-il ? Comment le sait-il ?

— Je ne…

— Les avez-vous maltraités ?

Elle palpa sa lèvre enflée et son doigt imprima un creux. Elle sentit qu'il se regonflait lentement, comme si son visage était fait de sable et d'eau de mer.

Ce brigadier avait-il des enfants ? Quand tu l'as rencontré pour la première fois, n'avait-il pas dit qu'il avait des enfants ? N'avait-il pas servi ça ? N'avait-il pas dit : « Je suis désolé, vraiment désolé, moi aussi, je suis papa » ?

S'il était papa, il savait combien cette question était ridicule. Bien sûr qu'elle les avait maltraités. Pas seulement cette nuit, enragée et terrifiée qu'ils l'empêchent de les aider, non. Elle les avait maltraités de mille façons, par accident, par erreur, par impatience.

Tu es une mère horrible.

La fois où elle s'était éloignée de sa fille sur la table à langer et le bébé avait glissé, s'était coupé à la tête, imprimant une cicatrice juste au-dessous de son sourcil. La fois où elle avait marché sur le petit orteil de son fils et l'avait cassé, avait dû le coller à l'orteil voisin pour qu'il guérisse. La fois où elle était en train de câliner sa fille, s'était levée et avait arraché une touffe de cheveux de la toute petite fillette qui s'étaient accrochés, Dieu seul savait comment, au bouton de sa chemise. Elle entendait encore son hurlement.

Une mère horrible, horrible.

Et puis, il y avait leurs innombrables maltraitances, à eux. L'ongle du bébé qui avait gratté sa rétine si profondément qu'elle avait vu flou pendant des mois. Le coup de pied dans sa mâchoire qui avait coincé sa langue entre ses dents si brutalement qu'elle en avait perdu un petit bout. La grossesse, les mois de nausée, de constipation, de crampes. L'accouchement, être découpée et recousue, et finir avec des muscles si déchirés qu'elle ne contrôlait plus ses intestins, si cassée que son colon formait une bosse sur son estomac, ronde et molle, et qu'ils avaient dû la redécouper et refourrer correctement l'organe à l'intérieur. Le manque de sommeil qui lui faisait dire : « Maintenant, je comprends pourquoi le manque de sommeil est considéré comme une torture. Maintenant, je comprends pourquoi les gens deviennent dingues. »

Etc., etc.

Tu n'es pas une bonne mère.

— Je ne les ai jamais maltraités exprès, dit-elle en sanglotant en silence.

— Évidemment, dit le brigadier à voix basse d'un ton cassant. Mais vous les avez cachés ? Dans le mur de votre maison ?

— Oui. Oui !

— Écoutez, dit-il, voilà ce que je vous propose : on vous porte jusqu'au pick-up, on va tous ensemble chez vous, et vous nous montrez où ils sont ? Et ensuite, on vous emmène à l'ambulance ? Qu'en pensez-vous ? Est-ce envisageable ?

Elle se sentit inondée de soulagement.

— C'est tout ce que je voulais.

— Derrière le mur ? murmura le voisin à son épouse pas très discrètement.

En un seul mouvement, le brigadier la souleva de la chaise. Un bras calé sous son genou replié, l'autre derrière ses épaules. Instinctivement, elle enroula ses bras autour de la nuque du policier pour se soutenir, avant de les remettre sur sa poitrine d'un geste protecteur, comme si cette posture lui paraissait incongrue, trop romantique.

Les voisins reculèrent et s'enfoncèrent dans leur maison, visages renfermés et livides.

— La porte, dit le brigadier, et le policier au visage de gamin la lui tint ouverte.

— Merci, lança-t-elle en direction des voisins quand le brigadier pivota de biais pour qu'ils puissent passer tous deux par la porte. Merci.

Le policier au visage de gamin les suivit dehors dans la tempête.

— Oh mon Dieu, dit la femme, sa voix s'estompant derrière eux quand le policier referma la porte. Oh mon Dieu.

20

Le véhicule n'était pas une voiture de police, mais un gros pick-up blanc avec un gyrophare sur le tableau de bord, qui déversait sur la neige des couleurs alternées, jusqu'à ce que le brigadier finisse par l'éteindre. La route n'avait pas été déblayée et les pneus projetaient de la neige jusqu'aux vitres tandis qu'ils roulaient. Presque immédiatement, ils atteignirent l'allée de sa maison, avançant très lentement entre les balises réfléchissantes qui se dressaient à travers la couche de neige, avant de s'arrêter près du garage.

Cette fois encore, le brigadier la souleva comme un marié sur le point de franchir le seuil de la maison, sa jeune épouse dans les bras. Elle avait le vertige tandis qu'il la portait jusqu'à la porte d'entrée, avec le policier au visage de gamin marchant derrière eux. À l'intérieur, il y avait deux autres policiers, qui les attendaient dans le vestibule.

Tant d'yeux.

— Par ici, dit l'un des nouveaux policiers.

Elle fut transportée à travers la maison. Lorsqu'ils dépassèrent l'escalier raide de la cuisine, elle sentit que le brigadier hésitait, et faisait une grande enjambée pour éviter un endroit en bas de l'escalier, comme les visiteurs qui contournaient les parcelles où les cadavres avaient dû pourrir sous la terre du cimetière.

— Vous avez besoin d'aide, brig ?

— Nan, elle est plus légère qu'une plume.

Toutes les lumières de la maison étaient allumées, celle du séjour l'aveugla quand ils le traversèrent. Mais il n'y avait que la petite lampe du secrétaire dans le bureau. Son mari aimait travailler dans une semi-pénombre, il disait que les images sur l'écran lui paraissaient plus claires. Son œil roula vers les ombres aux extrémités de la pièce, épiant le moindre mouvement dans ses coins. Son champ de vision était si aplati, si limité que chaque bribe d'obscurité au-delà de la faible portée de la lampe vibrait, vivante et menaçante.

— Voyez ? Vous voyez ici ? Rien du tout.

L'un des hommes avait une lampe de poche, il pressait sur différents panneaux du mur, grossièrement et impatiemment.

— O... K... madame.

Le brigadier la déposa près du mur, et ses genoux se ramollirent, se pliant doucement jusqu'à ce qu'elle soit assise par terre. Le brigadier hocha la tête vers un policier qui tenait un téléphone en hauteur. Sa lumière était si vive pour son œil indemne qu'elle eut un mouvement de recul.

— Vous avez déjà regardé là, les gars ? Ouais ? Bon, d'accord, madame, pourriez-vous nous montrer où vous avez mis ces gosses ? S'il vous plaît ?

Elle se déplaça gauchement pour se positionner en face du panneau. C'était difficile de trouver le point exact avec ses doigts encore ankylosés et sa main blessée bandée. Elle secoua sa bonne main et tenta à nouveau. Fit courir le bout de ses doigts le long des bords jusqu'à ce qu'elle sente l'indentation caractéristique dans le bois. Elle appuya.

La porte de l'endroit secret pivota vers l'intérieur. Les policiers se bousculèrent derrière elle, l'un dit tout bas :

— Eh ben, on aurait pu chercher longtemps !

Elle enfonça la tête dans le néant noir.

— Mes amours ? Tout va bien, vous pouvez sortir, la police est là, venez…

Avant qu'elle puisse finir sa phrase, elle fut écartée, et un couinement de douleur et de surprise s'étouffa dans sa gorge. Tout à coup, le brigadier et le policier avec le téléphone allumé furent entre elle et le panneau, et elle tomba à la renverse, sentit son mollet écrasé sous la pression de l'une de leurs jambes quand ils se mirent à quatre pattes pour regarder à l'intérieur derrière la porte secrète. Elle utilisa ses avant-bras pour traîner son corps loin de l'enchevêtrement de pieds bottés et de membres robustes. Le brigadier tenait une grande lampe torche noire, balayant les alentours et à l'intérieur de l'endroit secret.

Puis vint un *clic* qui recomposa tous les petits morceaux dans son cerveau enflé.

Ils pensent que tu les maltraites. Ils pensent que tu les as enterrés entre ces murs.

Elle ferma les yeux. Déglutit péniblement.

Mais tu ne les as pas enterrés. Ils vont être là, et ils vont être indemnes. Pas vrai ?

Sa tête grésillait ; son cerveau était en bouillie. Le faisceau de la lampe de poche effectuant des allers-retours la torturait.

Ils t'ont écartée pour que tu ne laisses pas d'empreintes sur les lieux. C'est ce qui est en train de se passer, n'est-ce pas ?

Mais les enfants vont bien, c'est obligé. Tu les as vus, et ils allaient bien ? Le visage de ton fils dans les graviers, la tête de ta fille sur la brique, mais ils se sont redressés.

Peu importe le nombre de fois où tu as perdu patience, où tu les as remis dans leur berceau et as quitté la pièce en te couvrant les oreilles pour avoir un peu de répit, jamais tu n'aurais...

Elle ne voulait pas sortir de cet instant. Ne pas savoir. C'était tellement mieux de ne pas savoir. Fermer les yeux, s'enfoncer profondément dans le fredonnement de son cerveau épuisé. Ne pas savoir si elle avait commis quelque chose d'irrévocable. Ne pas savoir qu'ils étaient morts suffoqués par le poids du Coin. Disparus, blessés, souffrant en ce moment même, parce qu'elle les avait abandonnés. Ou maltraités.

C'est de ta faute.

Le brigadier pénétra plus avant dans l'endroit secret, seules ses jambes étaient encore visibles.

— Hé, tout va bien ! Vous pouvez sortir ! Tout va bien. C'est la police.

Faible et lointaine, s'éleva la voix de sa petite fille :

— Maman ?

Le soulagement agit sur elle comme une drogue si puissamment euphorique qu'elle crut s'endormir dans la seconde, heureuse pour l'éternité.

Le brigadier se recula et s'assit sur ses hanches. La regarda.

— Peut-être qu'ils sortiront, dit-il, s'ils vous voient.

Elle n'arrivait pas à parler, ses lèvres étaient trop flasques. Sa peau lacérée lui piquait à cause des larmes qu'elle n'avait pas conscience d'avoir versées.

Le brigadier tendit une main. Elle la refusa, et parvint à ramper vers l'avant toute seule.

Les policiers s'écartèrent, formant deux rangées, pour la laisser passer. Elle pencha la tête dans l'endroit secret. Elle n'avait pas de lampe de poche, et ne distinguait rien.

— Il est temps de sortir, d'accord, mes amours ? On est en sécurité maintenant.

— Maman ! Maman !

Elle s'assit à nouveau dans la pièce et attendit. Ils sortirent en rampant, le visage couvert de poussière. Sa fille magnifique et radieuse dans sa chemise de nuit rouge. Son fils au ventre dodu et doux, se fondant en elle.

— Hé, coucou, dit-elle. Tout va bien maintenant. C'est bon.

— Maman, dit sa fille en se reculant pour la regarder, tu as vraiment une *sale tête*.

Elle se détourna d'eux et vomit sur le plus beau tapis de la maison.

21

Deux mois plus tôt, son fils s'était déguisé en chauve-souris, sa fille en sorcière. Pour Halloween, la chasse aux bonbons dans le voisinage avait été interdite au niveau national à cause de la pandémie, aussi s'était-elle inspirée de Pâques : elle avait caché des friandises dans le jardin. Elle et son mari observaient les gosses courir à droite, à gauche avec leur seau en plastique en forme de citrouille. « Regarde, maman ! Regarde, papa ! » criaient-ils à chaque fois qu'ils trouvaient un bonbon.

Son fils battait des bras pour déployer ses ailes de chauve-souris tandis qu'il gambadait.

— Je vole !

Leur fille traînait son balai de sorcière entre ses jambes.

— Moi aussi ! Je vole ! On vole ! Comme papa ! Regardez !

Après le dîner, les enfants avaient farfouillé dans leurs seaux, et s'étaient échangé les friandises trouvées en engloutissant les bonbons aussi vite qu'ils le pouvaient.

— Est-ce qu'on pourrait faire la chasse aux bonbons comme ça chaque année ? avait demandé leur fillette.

— Pourquoi ?

— On n'a pas besoin de dire « Des bonbons ou un sort ». On n'a pas besoin de dire merci.

— Ce ne sont pas de bonnes raisons, la tança son mari. Tu dois t'habituer à être à l'aise quand tu parles aux gens.

— Je croyais qu'on n'était pas censés parler aux inconnus, avait relevé leur fille.

— Eh bien… c'est vrai. Mais tu es toujours accompagnée d'un adulte quand tu fais la chasse aux bonbons pour Halloween, n'est-ce pas ? C'est important d'apprendre à parler aux adultes. Ce n'est pas bien d'être trop timide.

— *Maman* est timide, avait grommelé sa fille.

Elle avait ressenti un frémissement de rancœur.

— Je sais parfaitement parler aux adultes, merci bien.

Évidemment que sa fille avait mentionné qu'elle était timide. Évidemment que les commentaires de son mari au cours de l'année écoulée avaient imprégné la façon dont la fillette percevait sa mère. La gamine avait enregistré le hochement de tête de son père empli de jugement quand il disait : « Te rends-tu compte que tu as interrompu ce type ? » « C'était plutôt maladroit de ta part de ne pas… » « Pourquoi es-tu si nerveuse avec… ? » De petites piques qui pointaient l'inaptitude sociale de maman, une collection déformée de preuves qu'elle ne comprenait pas son beau-père, qu'elle avait mal interprété la situation, réagi de manière inadéquate, car c'était ce qu'elle venait justement de faire, avait justement fait, ne le voyait-elle donc pas ?

Son père l'abandonne régulièrement tout seul dans la forêt et il continue d'essayer de retrouver son chemin jusqu'à la maison grâce à des miettes de pain.

Quand elle avait rencontré son mari dans un cours de croquis avec modèle vivant durant la dernière année de fac, elle avait immédiatement remarqué sa convivialité sans fard, sa spontanéité. Il se sentait tellement à l'aise, à dessiner les courbes douces des corps nus, que l'enseignant lui avait reproché de plaisanter si fréquemment avec les modèles. Elle, en revanche, n'avait jamais réussi à juguler sa gêne, elle devait imaginer les sujets comme des objets aussi inanimés que les mains en bois qu'ils avaient esquissées durant la première semaine de cours. Mais sa concentration calme semblait le fasciner.

Son sourire asymétrique était magnifique tandis qu'il l'observait travailler.

« Je pense que je n'arriverai jamais à dessiner quelque chose d'aussi bon, loin de là. »

Elle n'avait jamais rencontré un homme capable d'admettre, avec une telle facilité, qu'elle le surpassait dans quelque domaine que ce soit, sans parler d'un homme qui avait l'air d'en être heureux. Son aisance, son appréciation lui rappelaient tellement la manière dont sa mère l'avait fait se sentir – intelligente, spéciale, compétente – que tomber amoureuse de lui s'apparentait au destin, une connexion à quelque chose d'essentiel qu'elle pensait disparu à tout jamais. Et puis, il y avait la stabilité de ses yeux dans les siens. Son regard ne sautait pas d'une marque blanche à une autre comme elle y était habituée. Lorsqu'il suivait leurs contours du regard, il les qualifiait – *la* qualifiait – de belles.

— As-tu fait quelque chose ? avait-il demandé, et elle avait ressenti la première fissure dans leur mariage.

Désormais, chaque fois qu'il critiquait son comportement, cherchant désespérément l'approbation, l'amour, la légitimation de son père, elle avait l'impression qu'un burin ciselait légèrement, *tac-tac-tac*, des fêlures fragilisant dans l'ombre la pierre angulaire de respect qui tenait tout ce qu'ils avaient construit.

— Vous savez ce qui me manque cette année pour Halloween ? avait-elle demandé aux enfants.

— Quoi ?

— D'admirer les costumes des voisins ! Et aussi les maisons décorées. Peut-être qu'on pourrait faire un tour en voiture dans le quartier pour voir ce que les gens ont préparé pour Halloween ?

— Oui, maman ! Tu crois qu'ils auront mis les squelettes dans le jardin ?

— Mais oui, vous vous souvenez ?

— Et le dragon flottant !

— C'est vrai. Il y avait cette maison qui avait un dragon gonflable.

Ils s'étaient entassés dans la voiture et avaient lentement circulé dans les rues du quartier le plus populaire pour Halloween dans le coin. Avaient pris leur place dans la file de voitures remplies, comme la leur, d'enfants déguisés collés aux vitres, lorgnant les décorations.

Le chapeau de sorcière de leur fille effleurait le toit du véhicule. Leur fils souriait de toutes ses dents de chauve-souris vampire. Ils saluaient de la main les gens en costume assis en grappe sur des transats, qui regardaient défiler les voitures avec des mômes.

— C'était une bonne idée, avait dit son mari, heureux de pouvoir toucher le monde extérieur, même de manière tangentielle. Comment savais-tu que ça avait lieu ?

— Je ne le savais pas. Mais qu'est-ce que les gens auraient bien pu faire d'autre ?

— Bien vu, avait-il dit en lui adressant un sourire

Et elle s'était souvenue que la plupart du temps, c'était ainsi. La plupart du temps, comme avant, lorsqu'il la regardait, elle savait qu'il la considérait comme intelligente, dotée de cette faculté à égayer le quotidien grâce à sa créativité.

Leur fille avait désigné un petit clan de sorcières-épouvantails aux chaussettes rayées et aux chapeaux pointus placées autour d'un faux feu de camp, avec du brouillard fumigène s'élevant à leurs pieds.

— Regardez ! Des sorcières comme moi.

— Oh ouais, avait dit son mari. En voilà, une équipe très cool ! Tu les connais ?

En lâchant un reniflement ironique, elle avait taquiné son époux :

— Pourquoi penses-tu que toutes les sorcières devraient se connaître ?

— Papa, est-ce que les sorcières existent vraiment ? s'était enquise leur fille.

— Non, mais les gens, avant, pensaient qu'elles existaient vraiment.

— Et les chauves-souris ? était intervenu leur fils.

— Oui, elles existent.

— Et les chauves-souris vampires ?

— Oui. Mais elles ne vivent pas par ici. Et elles boivent du sang d'animaux, pas de gens.

— C'est dégueu !

— Ouais.

— Et les licornes n'existent pas vraiment, mais les licornes de mer, si.

— C'est exact.

— Et le père Noël, il existe ?

— Hmmmm, avait fredonné son mari d'un ton indéchiffrable.

— Mais les fantômes n'existent pas.

— Tout à fait.

— Les dragons existent ?

— Non, les dragons n'existent pas.

— Mais les dinosaures existent !

— Ils ont existé.

— Et ils ont laissé leurs squelettes.

— Oui.

— Mais il n'y a pas de squelettes de dragons.

— Effectivement.

Les enfants avaient cogité là-dessus.

— On s'y mélange, avait dit leur fille.

— C'est vrai, avait approuvé son mari. J'ai toujours pensé que peut-être, il y a très longtemps, les gens ont trouvé des squelettes de dinosaures et inventé les dragons comme explication.

— Je serai un dragon l'an prochain, avait dit leur fils. Je veux cracher du feu.

Le garçonnet avait rugi, feignant de lancer des flammes invisibles.

— Beurk, maman, il me crache dessus !

— Ne crache pas sur ta sœur. Et de toute façon, pour l'instant, tu es une chauve-souris, pas vrai ? Les chauves-souris ne peuvent pas cracher.

— Ah bon ?

— As-tu déjà vu une chauve-souris en train de cracher ?

— Non.

— Ben voilà.

— C'est pas pa'ce qu'on n'a pas vu quelque chose que ça veut dire que ça n'existe pas, avait dit sa fille.

— Très vrai, avait-elle admis. Tu es trop intelligente pour moi.

— On ne voit pas la gravité, avait dit sa fille.

— Ou l'air ! s'était écrié son fils.

— Absolument. Et on ne voit pas l'amour non plus, avait dit son mari.

— Bien sûr que si, avait-elle rétorqué.

Et quand il lui avait souri, elle avait pressé sa main. Senti une petite fissure se ressouder.

Tandis qu'ils rentraient à la maison en voiture, dans l'obscurité précoce de l'automne, il avait commencé à neiger. Maintenant, c'était son mari qui était collé contre la vitre, tout excité.

— Regardez-moi ça ! Regardez ! Tous les érables sont rouges maintenant, et avec la neige dessus ? Si j'arrive à prendre des photos de ça… eh bien ! Ça fait toujours un carton, le truc des feuillages d'automne. Surtout si le soleil sort et les éclaire comme il faut ! Qu'est-ce que tu en dis ? Tu es d'accord pour t'occuper des gosses demain toute seule ? Parce que je dois partir avant 5 heures pour être en l'air pour le lever du soleil.

— Bien sûr ! Pas de problème. Il est censé faire beau demain.

— Je croise les doigts !

Son mari avait levé ses doigts croisés devant le rétroviseur arrière, souri aux enfants qui faisaient de même et les brandissaient pour que leur père les voie.

Lorsqu'ils étaient arrivés à la maison, son mari avait chargé sa voiture des appareils photo, des équipements et de nourriture, en vue de son départ avant l'aube. Il était au lit avant qu'elle ait réussi à faire enlever leur costume aux enfants.

Lorsqu'elle dit à sa fille qu'il était temps d'ôter son chapeau de sorcière, temps de prendre son bain, la fillette avait hurlé « Je ne veux pas ! », balancé une petite main ouverte et l'avait frappée en bas de la mâchoire.

Elle l'avait sermonnée, abasourdie de la ressemblance de sa fille avec son grand-père à cet instant.

— C'est difficile quand les choses chouettes se finissent, avait-elle dit à sa fille tandis que celle-ci reniflait, emplie de remords, et frottait son front contre l'épaule de sa mère. Ce n'est pas facile quand on s'amuse et qu'on doit s'arrêter. Mais ce n'est pas une raison pour s'en prendre à quelqu'un. En particulier ta maman. Ta famille. Ta famille, c'est ton équipe.

— Pardon, maman.

— Je sais, mon ange.

Elle leur avait lu quelques pages du *Petit Monde de Charlotte.*

— Ils vont vraiment tuer le cochon, maman ? Ils vont vraiment le manger ?

— On mange du cochon.

— On ne mange pas des cochons qui parlent.

— C'est très vrai.

— Mais ils vont manger Wilbur, maman ?

Leur overdose de sucre s'était résorbée, l'hyperactivité liée aux festivités s'était transformée en fatigue. Ils la regardaient avec de grands yeux, inquiets pour le cochon si charismatique, si génial et humble.

— Oh non, mon chou, je suis certaine qu'ils ne mangeront pas le cochon.

— Charlotte ne laisserait pas faire un truc pareil, avait insisté sa fille. Charlotte l'aidera à vivre pour toujours.

— Rien ne vit pour toujours, leur avait-elle dit. C'est ça qui rend les choses vivantes si spéciales. Mais Charlotte est rusée. Elle fera en sorte qu'ils ne mangent pas Wilbur.

— Wilbur-bipur-wildur-sissur, avait chantonné son fils, déjà somnolent. On pourra avoir un cochon qui parle, maman ?

— Je vais vous confier un secret. Si vous en trouvez un, on le gardera.

Après les avoir bordés, elle avait descendu l'escalier pour verrouiller la porte et éteindre les lumières. Dans la pénombre, elle avait vu que la neige avait cessé de tomber, que les teintes jaunes et rouges des feuilles automnales étaient saupoudrées d'une fine pellicule de blanc. La température était en dessous de zéro. Elle avait croisé les doigts, comme l'avaient fait les enfants dans la voiture, pour que la météo perdure.

Dans le lit, elle avait bougé ses pieds de quelques centimètres pour qu'ils soient dans le rayonnement de chaleur que le corps de son mari créait toujours, pressé son front à l'endroit entre ses omoplates qu'elle affectionnait. Quand il dormait, quand sa chaleur et son odeur l'enveloppaient comme ça, elle arrivait à croire qu'un jour, les coins de la blessure qu'il lui avait infligée s'arrondiraient. Qu'un jour, il comprendrait à quel point il avait fracassé les choses, expierait avoir soupçonné que d'une manière ou d'une autre, elle avait suscité la violence de son beau-père, que celle-ci était de sa faute.

Après tout, elle était pleine de morceaux brisés qui s'étaient ressoudés. Même s'ils s'étaient recollés avec des angles bizarres. Même s'ils étaient encore fragiles. Contrairement à ce qu'affirmait le vieux dicton, ses endroits brisés n'étaient pas devenus plus forts en guérissant. Mais jusqu'à présent, ils avaient tenu suffisamment pour lui permettre d'être fonctionnelle.

Et son mari ne parlait toujours plus avec son père. Ça voulait forcément dire quelque chose. C'était forcément un bon début.

Ce qui l'avait le plus torturée, après coup, c'était à quel point elle avait été contente d'entendre son mari partir avant l'aurore, ce matin-là.

Tous les jours, son mari avait besoin de sentir qu'il avait accompli des choses. Sinon, il était incapable d'être de bonne humeur ; cependant, les tâches quotidiennes – la lessive, la vaisselle, ramasser les affaires derrière les enfants – ne comblaient pas sa soif d'« accomplir des choses ». Non, chaque projet devait être quelque chose de fini et montrable et, le plus irritant dans tout ça, devait également être le centre de sa journée à elle. Si elle ne l'aidait pas à déplacer les fagots de bois d'ici à là-bas, réparer cette porte, remplacer un carreau fendu, ne lui prêtait pas main-forte avec les parties les moins gratifiantes de son travail, comme traquer les défauts sur les impressions des clichés qu'il venait de recevoir, si elle ne signait pas ses photographies à sa place (il lui disait, enjoué : « Tu refais ma signature mieux que moi ! »), il boudait... Une humeur qui pouvait durer des jours et des jours et suinter dans la moindre interaction. Elle le soupçonnait de désirer en réalité davantage sa présence à ses côtés que son aide. Mais elle lui en voulait d'être obligée de se charger toute seule des tâches quotidiennes encore en souffrance une fois qu'il pouvait enfin se relaxer, ses choses à lui dûment accomplies.

Aussi, là, dans l'obscurité, s'était-elle confortablement blottie dans le lit, sachant qu'elle organiserait sa journée à sa guise. Elle pourrait se débarrasser du travail ingrat avant le coucher du soleil.

Elle avait relevé la couverture sur sa tête, emplie de contentement, et marmonné « Bon vol » tandis qu'il refermait la porte de la chambre à coucher. Il y avait eu un bruit de choc sourd provenant du bas de l'escalier et elle avait légèrement froncé les sourcils à l'idée qu'il ait claqué la porte aussi vivement, en se souvenant des sempiternelles récriminations de son mari envers les enfants : « Hé, arrêtez donc de claquer les portes, arrêtez d'être si bruyants, pourquoi êtes-vous aussi brutaux avec les choses ? »

Lorsqu'elle s'était réveillée, il faisait jour dehors. Elle avait saisi son téléphone, vu qu'il était plus de 7 heures du matin. Combien de temps s'était-elle rendormie ? Du lit, elle avait admiré, à l'extérieur, cette magnifique journée qui commençait, baignée de soleil et chamarrée de neige. Elle avait imaginé son mari tournoyant dans le ciel avec son petit avion. Elle avait songé à l'air qui devait être violemment glacial dans cette autre dimension et s'était recroquevillée encore plus confortablement dans le lit. Elle s'était laissé absorber par son smartphone, se délectant du luxe de perdre du temps. Finalement, elle s'était levée. S'était lavé les dents, avait pris une douche, s'était habillée, avait rassemblé du linge sale pour la machine. N'avait pas osé jeter un coup d'œil dans la chambre des enfants de peur de les réveiller.

Depuis que le confinement avait débuté, sept mois plus tôt, se prolongeant dans un été sans projets, suivi de la reprise partielle des cours à distance, être seule était devenu une chose rare et précieuse. Désormais, elle savourait la moindre bribe de silence. Il n'y avait quasiment pas un moment, récemment, où elle se souvenait avoir été effectivement, physiquement, seule. Quasiment pas une heure diurne où sa famille n'était pas en train de lui demander quelque chose, de la tirer par la manche, requérant son aide pour « accomplir des choses » ou être rassénérée, nourrie, divertie, soutenue ou éduquée. Depuis sept mois, elle descendait l'escalier et tous les yeux se tournaient vers elle, disant : « Qu'as-tu pour nous aujourd'hui ? J'ai besoin, j'ai besoin, j'ai besoin. Je veux, je veux, je veux. »

Exténuée par la violation permanente de son intimité, jusqu'au dernier vestige, elle avait posé un loquet sur la porte de la salle de bain, suffisamment haut pour que les enfants ne puissent pas l'atteindre et s'enfermer dedans par accident. Même quand ils grattaient à la porte

– « Maman ? Qu'est-ce que tu fais là-dedans ? » –, elle se prenait la tête dans les mains et répondait : « Qu'est-ce que vous pensez que je fais dans la salle de bain ? » Elle les entendait s'éloigner à pas de loup, puis son mari frappait d'un coup sec. « Chérie, tout va bien là-dedans ? » Elle regardait son téléphone. Il ne s'était jamais écoulé plus de quatre minutes. Les yeux fermés, elle répondait : « Tout va bien. Je sors. »

Tout en se dirigeant vers l'escalier, elle s'imaginait disposer de la cafetière pour elle toute seule, ranger la vaisselle propre du lave-vaisselle tout en regardant le genre d'émission télévisée qui lui procurait un plaisir coupable, de celles qu'elle n'osait jamais visionner quand son mari était à la maison. Elle se demandait si elle les aurait autant appréciées sans la désapprobation de son mari, qui leur conférait un parfum d'interdit.

— Comment peux-tu supporter ce genre d'idioties ?

— Juste un truc à regarder pendant que je plie le linge, disait-elle en haussant les épaules.

Elle était incapable d'expliquer à son mari pourquoi elle était fascinée par les femmes de ces émissions. Elles avaient appris très jeunes la valeur monétarisée exacte de leur beauté, pourtant, leur surface entretenue avec soin démontrait l'impossibilité d'être toujours la version de soi la plus attirante, la plus captivante. Conscientes de l'envergure de leur scène, elles se cabraient à la plus légère critique, explosaient de manière spectaculaire et étaient alors acclamées par le public qui vivait par procuration à travers ces pétages de plomb divertissants, tandis que les téléspectateurs pouvaient uniquement rêver d'être autorisés à exprimer une telle colère. Et quand ces femmes devenaient riches, célèbres, adulées, quand elles étaient certaines d'avoir atteint le Graal, leur mari, leur petit ami, leur compagnon les quittait. À chaque fois. Après tout, ces hommes n'avaient jamais appris à prodiguer du soutien.

Plus tard, le fait qu'en descendant l'escalier, elle songeât à ces maris – ces maris des émissions de téléréalité dans le besoin – la rongerait.

La scène en bas de l'escalier de la cuisine sortait tellement de l'ordinaire qu'elle s'était arrêtée à mi-chemin, confuse.

— Mon amour ?

Son mari était par terre près de la grande table en pin qu'ils utilisaient comme îlot de cuisine. Il était sur le côté, en position fœtale, les mains serrées fortement et calées sous son menton. Exactement comme dormait toujours leur fils, tel un ange minuscule en train de prier.

— Tu vas… Tu vas bien ?

Il était étendu sur une couverture qu'elle n'avait pas reconnue immédiatement. Elle était si lisse, reflétait de façon si pure la lumière filtrant par les fenêtres de la cuisine qu'elle avait cru que c'était de la soie. D'une belle couleur, plus sombre aux bords qu'au centre où il gisait. Juste à côté de son périmètre, elle avait aperçu son téléphone par terre.

L'écran était brisé. En voyant la destruction dentelée du verre, elle avait enfin compris.

Elle avait appelé les urgences. Dit « mari », dit « escalier », dit « saignement ». Ils lui avaient ordonné de ne pas le déplacer. D'endiguer l'hémorragie si elle le pouvait. Le sang qui le baignait dans cette couverture brillante venait d'un point entre son crâne et le sol, mais elle redoutait de lui causer une blessure irréparable en lui soulevant la tête. Elle avait pressé une serviette sur ses cheveux et s'était allongée à côté de lui. Avait posé son bras sur lui quand la serviette était devenue rouge. Lui avait dit que tout irait bien, mais oui, tandis qu'elle sentait le faible mouvement ascendant et descendant de ses poumons sous sa paume.

Les ambulanciers avaient placé son mari sur un brancard en plastique blanc. La police lui avait posé des questions. Leurs voix lui parvenaient déformées, comme à travers un tunnel.

— Non, leur avait-elle dit. Je ne l'ai pas vu tomber. Je dormais. Ou prenais ma douche. Ou m'habillais. Je ne pensais pas qu'il était encore à la maison.

Elle avait marché à côté de son mari lorsqu'ils avaient soulevé le brancard et s'étaient mis en route vers l'ambulance.

— Madame, nous sommes désolés, mais vous ne pouvez pas venir avec nous.

— Mais...

— Ce sont les ordres. On ne peut même pas accepter la famille dans l'ambulance. Ils ne vous laisseront pas rentrer non plus à l'hôpital. Pas de visiteurs.

— Puis-je...

— On doit y aller.

— Je vous en prie. Laissez-moi lui dire au revoir.

Elle avait tendu la main vers celle de son mari, douce, pâle, attachée à la civière. L'avait pressée.

— Je t'aime, avait-elle dit. Je t'aime !

Son mari avait expiré une petite bulle de salive ensanglantée qui avait explosé comme un chewing-gum. Après quoi, il avait disparu.

22

Elle se réveilla dans une chambre jaunie. Tout était terne et maussade.

Quelqu'un lui dit qu'elle était en sécurité. Elle sut, à sa douleur, que c'était un mensonge, et ferma les yeux.

Il y avait les rayons du soleil par la fenêtre, et le calvaire. L'homme qui lui parlait portait une blouse bleue recouverte d'une camisole en papier jaune, son visage protégé par un masque et une visière en plastique. Lui, ou quelqu'un qui avait sa voix, n'arrêtait pas d'arpenter la pièce en répétant les mêmes choses, des mots qui ruisselaient sur son corps et s'écoulaient par un sillon, faciles à oublier. *Fracture orbitaire, basale, gonflement, chirurgie, drainée, œdème, engelures, points de suture, cicatrice, nutrition, entorse.*

La pièce vacillait d'une extrémité à l'autre.

— Où sont mes enfants ? s'entendit-elle dire d'une voix pâteuse.

— Je n'en sais rien.

— Puis-je les voir ?

— Aucune visite n'est autorisée actuellement.

Elle tira sur le tuyau dans sa main.

— Hé, madame… hé ! Ne faites pas ça !

— Je dois les trouver, tenta-t-elle de prononcer.

— Madame, arrêtez ! Vous allez vous faire mal.

— Où sont-ils ?

Tire, tire, plop, plop.

Puis il y eut des mains, et des bips, et l'obscurité.

*

Elle se réveilla et vit le brigadier assis sur une chaise à côté du lit, en train de regarder la télévision murale en mode muet dans le coin. Elle agrippa la couverture et la releva au-dessus de sa poitrine, sentant encore les mains du policier sous le manteau de fourrure.

— Où sont-ils ?

Il tressaillit en entendant sa voix. Elle aussi. On aurait dit qu'elle s'était mise à fumer un paquet de cigarettes par jour et que des années s'étaient écoulées depuis qu'ils s'étaient vus pour la dernière fois.

— Qu… Hein ?

— Où sont mes enfants ?

— Ils m'ont dit que vous vous étiez réveillée. J'espérais pouvoir discuter de l'effraction avec vous.

— Mes enfants ?

— Ils sont avec votre beau-père.

— Non, croassa-t-elle. Non !

Elle tenta de se repousser, se redresser sur le lit. Chercha son téléphone du regard pour appeler quelqu'un, n'importe qui, mais pas lui.

— Hé, calmez-vous. Tout va bien. Une assistante sociale les suit.

Elle tira sur les tuyaux, entendit un bip se déclencher.

— Je pense que vous ne devriez pas… Madame, arrêtez !

Tire, tire, plop, plop. Mains, vertige et obscurité.

*

Elle était seule dans une chambre mi-éclairée. Ne savait pas où elle se trouvait.

Va-t'en en lévitant et trouve-les.

Elle s'assit, balança les jambes par-dessus le bord du lit. Elles étaient bandées de gaze, ses pieds dans un énorme cocon blanc. Elle se leva, puis partit en apesanteur. Sentit sa joue heurter le sol avec un craquement vague, lointain.

*

Lorsqu'elle rouvrit les yeux, elle comprit qu'elle se trouvait dans un lit d'hôpital. La douleur était une chose dotée de vie, qui se tortillait et se déplaçait. Son visage était devenu une crevasse gonflée. Elle essaya de lever sa main pour toucher sa tête, évaluer les dégâts, et découvrit qu'elle était ligotée. Des menottes capitonnées en velcro maintenaient ses poignets au lit. Une main était amochée. Des tuyaux sortaient d'un bras, enchevêtrés comme une toile d'araignée stérile. Elle ne pouvait pas les atteindre pour les enlever. Elle pouvait à peine atteindre un bouton sur lequel était imprimée une dame vêtue d'une robe.

— Oui ? s'enquit la voix désincarnée.

— À l'aide !

— Vous avez besoin de quelque chose, madame ? Vous avez pressé le bouton de l'infirmière.

— Je suis attachée. Aidez-moi, s'il vous plaît !

— C'est pour votre sécurité. Vous êtes tombée du lit. Vous avez tiré sur vos perfusions. Essayez de vous reposer.

Elle se débattit.

— Arrêtez, madame…

La voix se tut. Elle s'agita en tous sens dans le lit et s'épuisa si rapidement que lorsque les infirmières débarquèrent, elle était inerte et affaiblie.

— C'est normal, madame. Vous essayez constamment de marcher et enlever les perfusions. On a fait ça pour que vous ne puissiez pas vous blesser.

— Mes enfants ?

— Oui, on vous l'a déjà dit, ils sont avec votre beau-père.

— Non, non.

Elle commença à gigoter de nouveau, pour transformer la douceur de la contention en douleur. Puis il y eut un visage masqué qui disparut sous ses paupières.

*

Lorsqu'elle émergea de nouveau à la conscience, elle resta calme. Elle sentait qu'elle était gravement blessée. Se rappela vaguement le mot « opération ». Le mot « fracture ». Elle pressa le bouton d'appel urgent et quand l'infirmière arriva, grogna péniblement :

— J'ai mal.

— D'accord, mon chou, vous n'avez qu'à appuyer ici. Voyez ce petit dispositif que je mets dans votre main ?

Elle appuya sur un bouton rond et rouge, et il y eut un renflement dans l'un des tuyaux de perfusion. Ce n'était pas à proprement parler du soulagement, mais une sorte d'indolence par vagues qui atténuait légèrement la sensation de souffrance.

— Je pourrai partir quand ?

— Ce n'est pas pour tout de suite, mon chou. Mais vous allez beaucoup mieux. Vous pouvez déjà reparler, vous avez les idées en place, je le vois bien. Ce qui compte à présent, c'est de vous reposer.

Les lumières, à l'hôpital, n'étaient jamais tout à fait éteintes. Les jours et les nuits se confondaient. Des jours, ou des heures plus tard, elle demanda à une autre infirmière :

— Je suis ici depuis combien de temps ?

— Un peu moins de quarante-huit heures.

— C'est tout ?

— C'est tout.

L'infirmière pencha la tête. Son expression était cachée derrière un masque et une visière. Mais sa voix était emplie de curiosité.

— J'ai entendu dire que vous avez été blessée lors d'une intrusion dans votre maison ?

Voilà, c'est ça dont je dois leur parler. Je dois leur parler du Coin.

— Pourriez-vous… Pourriez-vous faire venir la police ? Il faut que je leur dise qui c'était.

— C'était qui ? s'enquit l'infirmière. Qui vous a fait ça ?

Elle secoua la tête, incapable d'extirper complètement ses pensées agitées du tourbillon de vidange de son cerveau fendu.

Rappelle-toi, rappelle-toi. N'oublie pas.

*

Le brigadier était revenu, assis sur la chaise à côté du lit. Il regardait encore la télévision murale en mode muet dans le coin. Elle s'efforça à nouveau de relever la couverture, mais cette fois-ci, ne put bouger ses bras pour le faire, les poignets gigotant en silence dans leurs menottes. La minceur de sa chemise de nuit d'hôpital, l'entrave ferme de sa contention lui donnaient le sentiment d'étouffer tout en étant exposée.

Le poing du brigadier était serré autour d'un bouquet de fleurs jaunes flétries.

— Pour moi ? dit-elle.

— Oh ! Hein ? Ça ? Ouais.

Il plaça les fleurs sur la table à côté de son lit.

Le brigadier avait l'air de ne pas savoir où poser le regard, et elle non plus. Elle résista à l'envie de presser le bouton rouge, craignant de se rendormir avec la sensation vaseuse que lui procuraient les médicaments. Son œil la démangeait terriblement, bandé avec une compresse de gaze enroulée autour de la tête qui recouvrait ses cheveux.

Avec sa nouvelle voix éraillée de vieillarde, elle demanda :

— Mes enfants… sont-ils en sécurité ?

— Oui.

— Le Co… Désolée, cet homme… il risque de traquer ma fille. Il risque de…

— Madame, s'il vous plaît, calmez-vous, dit le brigadier. Vos enfants sont en sécurité. Personne ne les traque.

— Mais lui, l'homme qui a pénétré chez moi par effraction, il traquait ma fille. Comment pouvez-vous être certain qu'elle est en sécurité ?

Le brigadier poussa un profond soupir, et elle se vit telle qu'il devait la voir. Un œil hagard de terreur, l'autre commotionné et défoncé. Enchaînée au lit. Son énonciation gutturale et pâteuse.

— Ce n'est pas comme à la télé, madame. Les criminels ne retournent pas chez les victimes qui leur ont échappé.

Il fit une pause, sembla reconnaître en son for intérieur que ce n'était pas toujours vrai.

— Sauf si cette personne avait une sorte de… lien familial ? ou amoureux ?

Elle secoua la tête à l'idée qu'elle puisse avoir un lien de parenté avec le Coin, ou eu une aventure avec lui, et l'intensité du mouvement envoya une douleur fulgurante le long de son crâne et de sa nuque.

Peut-être qu'il a raison. Peut-être qu'ils sont en sécurité. Mais...

— Est-ce que mes enfants sont encore avec cet homme ? s'enquit-elle.

— Votre beau-père ? Oui.

— Je vais solliciter quelqu'un d'autre. Appeler quelqu'un d'autre. Vous voyez mon téléphone quelque part ?

— Votre téléphone est gardé pour les preuves. Leur grand-père est le seul membre de la famille que nous avons pu trouver dans les parages.

— Vous... Je vous ai dit ce qu'il a fait, pas vrai ? Quand on a parlé du cas de mon mari ?

— Oui.

— Et vous lui avez tout de même confié mes enfants ?

— L'autre option, ce sont les services sociaux d'aide à la famille.

— Quoi ?

— Ils seraient placés avec des inconnus. Ou dans une maison d'accueil pour enfants. Sans doute séparés l'un de l'autre.

Elle vit son beau-père ricaner, entendit sa voix lancer : « Arrête de le gâter. Déjà que la fille est un garçon manqué. Tu vas en faire une chochotte. »

— Je trouverai quelqu'un, dit-elle.

— Avez-vous d'autres membres de la famille dont j'ignore l'existence ?

Elle imagina ses enfants coincés parmi les montagnes d'objets détruits de son père.

— Dans l'Utah. Mais... je vais trouver quelqu'un d'autre.

Elle avait des amis, bien sûr. Mais elle n'avait pas entretenu la communication au cours des deux dernières années, accaparée comme elle l'était par leur déménagement, la maladie de sa belle-mère, puis la maladie du monde entier, leur isolement. Et aucun des amis qui lui restaient ne vivait dans les environs.

Pourquoi ? Pourquoi les as-tu laissés s'éloigner de toi comme ça ? Y a-t-il quelqu'un, en réalité, dont tu sois suffisamment proche ? Qui soit suffisamment proche pour les prendre en charge ?

N'importe qui serait mieux que lui.

— Un membre de la famille est préférable, dit le brigadier.

— Pas s'il est dangereux.

Une fois de plus, le brigadier soupira d'une façon qui sous-entendait qu'elle s'affolait inutilement, ne comprenait pas correctement la réalité.

— Madame, il nie vous avoir fait quoi que ce soit. Vous n'avez pas porté plainte. Et un homme qui vient d'apprendre le décès de son épouse ? On peut comprendre qu'il ait réagi… d'une manière qui ne lui ressemble pas.

— D'une manière qui ne lui ressemble pas… répéta-t-elle, sentant l'aiguillon de la minimisation du brigadier, son corps écarté, repoussé par le policier exactement comme il l'avait fait après qu'elle avait ouvert le panneau.

La confusion sournoise de cette prise de conscience resurgit… *Ils pensent que tu as maltraité les enfants*. Et la compréhension. *Il ne te croit pas. Il croit ton beau-père. Pense que tu mens. Ou en tout cas exagères. Hystérique.*

Sa tête la lancinait, et sa mémoire se déforma. Tout s'emmêla, se superposa. Le brigadier bascula dans le passé, devint l'un de ces hommes en costume dans la salle d'audience d'antan, l'une des diodes du circuit qui disait : « Ce que nous devons prendre en considération est la contribution, la faute active de cette femme. »

— Rassurez-vous, poursuivit le brigadier, d'une voix désormais indulgente, nous sommes bien conscients de vos allégations, et vos enfants font l'objet d'un suivi régulier. Et pour ce qui est de les transférer ailleurs…

Il se racla la gorge et détourna le regard.

— Maintenant qu'ils sont avec leur grand-père, il ne sera peut-être pas d'accord pour les confier à quelqu'un d'autre.

Elle bougea sa main indemne dans sa menotte pour se concentrer.

— Il ne s'est jamais intéressé à eux. Il sera ravi de s'en débarrasser.

— Non, madame. Il tient beaucoup à eux.

Il veut le contrôle. Ton mari est parti, ta belle-mère est partie. Ses petits-enfants sont tout ce qui lui reste. Il veut t'évincer et les garder pour lui. Peut-être que tu devrais prendre un avocat. Mais non, tel que je le connais, il s'est déjà probablement lassé des mômes.

— Je les ai vus moi-même ce matin. Ils vont bien. Sont contents. Comment vous sentez-vous ?

Ses jambes étaient en feu. Son œil irrigué de sang. Elle n'arrivait pas à fermer son poing gauche.

— Super, croassa-t-elle. Mais… et l'école ?

— Il a engagé une baby-sitter pour l'aider et gérer tout ce truc de cours à distance. De toute façon, on est presque aux vacances de Noël. C'est pas très grave. Il a tout mis en place.

Il y avait une démangeaison dans sa tête, à un endroit inatteignable. Elle tenta néanmoins de la gratter. Sentit sa main stoppée net dans la menotte.

Sois un homme. Arrête de pleurer.

— Bon, venons-en à la raison de ma visite. Ils m'ont appelé. Ont dit que vous pouviez donner l'identité du type.

Elle se lécha les lèvres. Celles-ci lui donnaient l'impression d'être constituées de chewing-gum légèrement mâché. La pièce chancelait et se rétrécissait.

Tu as intérêt à sortir d'ici le plus vite possible pour qu'ils soient en sécurité. Intérêt à ce que la police l'arrête, pour que tu sois en sécurité. Et que tu puisses les retirer de chez cet homme. Concentre-toi.

— Madame ?

— Désolée, c'est… mon visage, dit-elle. J'ai mal.

— Que pouvez-vous me dire au sujet de la personne qui a commis une effraction dans votre maison ?

Elle s'efforça de mettre le doigt sur ses pensées, brouillées par l'inquiétude au sujet de son beau-père.

Concentre-toi.

Un crâne jaune. Des chaussures usées. De longs lacets. Grand.

— Il vient de ce nouveau café.

— Lequel ? s'enquit le brigadier en se penchant plus près.

— De ce snack qui fait des sandwiches. Et boulangerie. Sur la Route 23, près de Starbucks… qui a ouvert récemment.

— Ouais, je vois. Vous l'avez reconnu de là-bas ?

— C'est le manager.

— Donc vous le connaissez.

— Non.

— Excusez-moi, c'était ce manager, oui ou non ?

— C'était lui.

— Donc vous le connaissez.

— Je ne l'ai rencontré qu'une fois.

— Une seule fois ?

— Une seule fois, répéta-t-elle.

— Quand ?

— C'était en août. En août dernier.

— D'accord. Mais vous l'avez reconnu ?

— Oui.

— Pourriez-vous le décrire ?

Son cerveau suintait, pourtant, ses yeux étaient desséchés, aspirés de l'intérieur dans son crâne.

— Grand, s'efforça de dire sa bouche.

Elle secoua son poignet dans sa menotte. Ferma les yeux pour mieux distinguer le Coin dans sa mémoire.

— Blanc. Cheveux châtain clair. Très grand.

— Quelle taille ? Madame ?

Il grésille trop pour que tu puisses lui parler. Attends qu'il trouve la bonne fréquence.

— Madame ?

— Il portait du noir, dit-elle. Il avait de vieilles tennis Reebok, blanches. Des gants. Un t-shirt avec un crâne dessus.

— Un crâne ?

— Un crâne jaune. Des chaussures jaunies, un crâne jauni. Grand. Costaud. Immense. Il s'est cogné la tête. Pourriez-vous… Pouvez-vous appeler mes enfants ? Je veux leur parler.

Elle sentit qu'elle se dissolvait, son corps était tiré physiquement dans le sommeil, mais elle se souvint d'un truc important et dit :

— Vous pensez qu'il va la traquer à nouveau ? Il voulait s'en prendre à ma fille. Vous devez la surveiller, il pourrait l'avoir maintenant, il pourrait…

Lorsqu'elle rouvrit son bon œil, l'existence du brigadier avait été balayée de son champ de vision.

*

Une infirmière aux contours anguleux enfonçait un doigt ici, enroulait quelque chose sur l'un de ses membres là, retirait une compresse, ôtait la protection sur son œil, changeait quelque chose sous la couverture.

— Est-ce qu'il y a eu… La police était-elle là ?

— J'sais pas, mon chou.

Puis elle aperçut les fleurs jaunes flétries sur la table de chevet. Le brigadier ne les avait pas mises dans un vase.

De soulagement, elle relâcha ses mains, qu'elle avait serrées en poings dans leurs menottes.

Le brigadier était là. Il est probablement en train d'arrêter le Coin en ce moment même. Et ensuite, tu reprendras les enfants à ton beau-père, et ça ne fait pas longtemps qu'il les a, tout ira bien…

Ce fut la douleur qui la réveilla ensuite. Elle pressa le petit bouton rouge et rien ne se produisit. Il n'y avait pas de lumière par la fenêtre, mais comme toujours, la pièce était éclairée, la porte ouverte sur le hall. Elle appela l'infirmière et lui dit que le bouton rouge ne fonctionnait pas.

— Désolée, ma jolie, ça signifie que vous allez devoir attendre. Ça fonctionnera à nouveau quand ça ne sera pas dangereux. Mais ça tombe bien, une prise de sang est prévue pour vous.

Fiole après fiole. Elle détourna le regard.

— Pourriez-vous me détacher ? demanda-t-elle à l'infirmière.

— Désolée, ma jolie. C'est pour votre propre sécurité. De toute façon, cette décision ne relève pas de mon échelon hiérarchique.

— Pouvez-vous m'aider à appeler mes enfants ?

— On est au beau milieu de la nuit, ma belle. Et puis, je pense que c'est un faux numéro. L'homme qui décroche raccroche immédiatement à chaque fois.

Il y avait une fissure dans le plafond. Peut-être que le souvenir des appels s'était glissé à travers une telle fissure. Elle la contempla en songeant à l'homme en blouse bleue qui apparaissait et disparaissait pour lui dispenser des leçons sur les blessures de sa tête. Fracture de l'orbite. Il répétait les mots, mais ne les expliquait jamais. Elle visualisait un chat de dessin animé assommé sur le crâne, avec les étoiles tourbillonnant autour d'une bosse monstrueuse, le chat titubant avec un œil au beurre noir. *S'il te plaît, chaton tout beau, ne mords pas !*

C'est ça. C'est exactement ça. Les étoiles de dessin animé. Fracture de l'orbite.

On enfila un bracelet de tension autour de son bras.

— On pourrait peut-être vous asseoir ? Vous avez meilleure mine. Vous avez bien dégonflé.

L'infirmière rejeta la couverture de ses jambes, et déroula lentement le bandage.

Des lambeaux de peau étaient arrachés de son pied, sa cheville et son mollet. Il manquait des ongles à ses orteils. À la place, il n'y avait que de la peau à vif couleur charbon.

Elle secoua ses jambes amochées.

— Qu'est-ce que vous avez fait ? Qu'est-ce que vous m'avez fait ?

Ceci n'est pas un hôpital.

Une autre infirmière débarqua à la hâte, et prit gentiment sa bonne main ligotée dans la sienne.

— Mon chou, arrêtez maintenant. On change vos pansements, d'accord. C'est pour vous aider, pour que vous guérissiez. Je sais que vous voulez guérir, revoir ces gosses dont vous n'arrêtez pas de parler, pas vrai ?

Elle cessa de bouger. Leva les yeux sur les infirmières. Toutes deux étaient cachées derrière leur masque et visière en plastique. Sur leur blouse était accrochée une photo de ce à quoi elles ressemblaient en dessous. Des visages souriants qui n'avaient rien à voir avec ces silhouettes.

— Qu'avez-vous fait ? À mes pieds ?

— C'est dû aux engelures. Les docteurs ont enlevé la peau morte et nettoyé les plaies. Mais ça devrait repousser sans problème. Ça risque d'avoir une allure un peu bizarre, mais ça devrait repousser. Et les ongles de vos orteils aussi, ils devraient repousser. Ça prend un peu de temps.

Elle détourna le regard tandis qu'elles changeaient son bandage gauche, puis le droit.

— Je m'excuse de vous avoir donné un coup de pied.

— Non, mon chou, je comprends. Vous avez eu un choc, c'est tout.

— Où est le policier ?

— Oh, il reviendra.

La voix de l'infirmière adopta un ton faussement badin tandis qu'elle demanda :

— Tout ça s'est passé pendant une effraction ?

— Hmmm. J'ai marché à travers la neige pour m'enfuir. Aller chercher de l'aide.

— Eh bien, vous êtes sacrément courageuse ! Visiblement, vous ne vous êtes pas ménagée.

— Mes gosses étaient dans la maison. Il était à leurs trousses.

Les infirmières retirèrent leurs mains d'elle, comme si un tel sort pouvait être contagieux.

— L'homme qui a commis une effraction... vous le connaissiez ?

Elles veulent que ce soit de ta faute.

— Un inconnu, dit-elle. Quelqu'un que je n'avais vu qu'une fois auparavant.

— Qui peut faire un truc pareil ?

Un monstre.

— Juste un homme.

— Pourquoi l'a-t-il fait ? Vous a-t-il pris quelque chose ?

Elle sentit vibrer, tels des colibris, les cœurs de ses enfants, ferma les yeux et répondit :

— Il a essayé.

23

Elle s'était assise à côté de la porte d'entrée que les urgentistes avaient fermée derrière son mari. Elle avait enveloppé ses genoux de ses bras et s'était balancée d'avant en arrière. Le monde alentour était devenu aussi instable que son esprit jusqu'à ce que son mouvement se synchronise avec lui, mettant tout sur le même plan.

Ses mains, ses joues, poissaient de sang.

« Je ne sais pas ce qui s'est passé, disait-elle en boucle à la police qui se tenait au-dessus d'elle. Il avait dit qu'il voulait être dans le ciel pour l'aurore. »

Elle avait piteusement obtempéré quand la police avait pris des photos d'elle. Debout dans la salle de bain avec une policière. Ôté couche par couche ses vêtements imprégnés de sang, les avait placés dans des sacs en plastique que la femme lui présentait ouverts. Avait ressenti une honte furtive devant l'état pitoyable de ses sous-vêtements quand la policière avait adroitement refermé le zip du sac.

Ils lui avaient accordé l'autorisation de se doucher, de s'habiller, de partir pour l'hôpital où tous savaient qu'elle ne serait pas admise.

À la réflexion, elle avait dû donner une explication, même partielle, aux enfants. Elle avait dû les préparer, s'en aller par l'escalier de devant et par l'ancienne double porte battante pour que les enfants ne voient pas le sang sur le sol de la cuisine. Elle avait dû rouler en voiture.

Elle savait qu'elle avait dû faire tout ça, puisqu'elle se trouvait sur le parking de l'hôpital avec chaque main dans l'une de ses enfants quand on leur avait annoncé qu'ils ne pouvaient pas entrer.

— S'il vous plaît. Pourriez-vous au moins me dire comment il va ?

Elle avait fait les cent pas, les mains des enfants cramponnées aux siennes, jusqu'à ce qu'un homme sorte et se présente comme un docteur.

La première chose qu'il avait dite était « Je suis désolé », et cela lui avait coupé les jambes si bien qu'elle avait dû lever les yeux sur lui du macadam, avec le *woush* des portes automatiques de l'hôpital qui s'ouvraient et se refermaient et se rouvraient, actionnées par son poids.

Le docteur s'était assis à côté d'elle, comme si être assis par terre constituait une chose parfaitement normale.

— Nous aimerions vous parler à propos du don d'organes, avait-il dit.

Pour ça, ils avaient été admis à l'intérieur de l'hôpital. Dans une petite pièce privée, le docteur lui avait dit que les miracles n'existaient pas à ce stade. Le cerveau était mort. Ça ne fonctionnait pas comme les histoires qu'on entendait aux nouvelles, avec ces gens qui se réveillaient après des années ou des décennies. Il n'y avait pas d'histoire, pas d'exemple de quiconque étant revenu du point où se trouvait actuellement son mari.

Les enfants s'accrochaient à elle tandis que le docteur enfonçait un pic à glace dans leur réalité. Papa mort mais pas mort. Papa parti mais encore là.

— Vous pouvez vous dispenser du speech, avait-elle dit au docteur. Il aurait voulu être utile.

Elle avait signé pour donner le cœur toujours battant de son mari, son foie, ses reins, ses poumons qui s'emplissaient et se vidaient au moyen d'un appareil respiratoire, son pancréas, ses tissus, ses cornées. Ses os et sa peau et son sang.

— Pouvons-nous le voir ? avait-elle demandé au docteur. Les enfants peuvent-ils le voir ? Avant ? Pour lui dire adieu ?

— Aucun visiteur n'est admis aux étages des patients. À cause de la pandémie. Mais on fait des appels en visio.

Elle ne s'était pas insurgée. Elle avait regardé les nouvelles. Elle comprenait qu'elle n'était pas spéciale, qu'elle rejoignait maintenant la légion de familles séparées de leur proche afin d'enrayer la propagation furieuse de la maladie. Sur l'écran, la bouche de son mari était ouverte de manière grotesque et disproportionnée autour du tube. Sa tête était partiellement rasée. Ses yeux étaient fermés par des sparadraps.

— Papa a laissé son corps derrière lui, avait-elle dit à ses enfants. Il faut lui dire au revoir.

— Mais il est ici ?!

— Je suis désolée, mes chéris. C'est seulement son corps. Son esprit, son… tout le reste… est parti. Mais on peut au moins dire au revoir à son corps. Au moins, on a pu le revoir une fois.

— On t'aime, papa, avait doucement dit sa fille. Je t'aime !

— Bisous aériens, s'était écrié son fils en mimant une étreinte. Je t'envoie des bisous aériens, papa. À bientôt !

— Mon cœur, tu ne verras pas papa bientôt. C'est… Il ne reviendra pas à la maison.

— D'accord, maman, avait docilement dit son fils.

L'infirmière qui tenait le téléphone dans la chambre de son mari avait de l'expérience. Elle avait prononcé des paroles apaisantes avant de déconnecter, sachant qu'eux, la famille, ne raccrocheraient jamais.

Tout en conduisant la voiture pour rentrer à la maison, elle avait raconté une histoire aux enfants, espérant la rendre vraie en la disant à voix haute. Papa se dépêchant dans l'escalier dans le noir, en train de regarder son téléphone, tellement excité ! Si heureux. Consultant la météo, vérifiant combien de temps il lui restait avant le lever du soleil. Mais il avait trébuché, était tombé. C'était comme éteindre un interrupteur. Il n'avait pas souffert. Et surtout, il n'avait pas l'intention de les quitter.

Elle n'avait pas dit à ses enfants que c'était de sa faute, ne leur avait rien dit au sujet du long tic-tac de temps perdu.

La police était encore chez eux quand ils étaient rentrés. Elle avait fait attendre son fils et sa fille devant l'ancienne porte battante tandis qu'elle contournait la maison vers l'entrée, dépassait la police, la flaque de sang et ouvrait le loquet, en saisissant la barre sur son petit clou, restée abaissée depuis leur départ. Ensemble, ils avaient monté l'escalier de devant. Elle avait installé les enfants dans son bureau avec une émission télévisée à tue-tête sur son ordinateur. Elle leur avait ordonné, de sa voix la plus sévère, de ne pas descendre.

— L'hôpital nous a informés, avait dit le brigadier. Je vous présente mes sincères condoléances. Je suis moi-même père d'enfants en bas âge.

Il lui avait tendu une carte de visite.

— C'est une société de nettoyage médico-légal. Vous aurez sans doute besoin de les contacter.

Il lui avait tendu une seconde carte de visite.

— Et appelez-moi si vous vous souvenez d'autre chose. Quoi que ce soit qui puisse avoir une importance, que vous ayez oublié de nous dire. On a presque fini ici. Pouvons-nous faire autre chose pour vous ?

— Pourriez-vous… Pourriez-vous informer mon beau-père ? De ce qui s'est passé ? Nous ne communiquons plus. Je peux vous donner ses coordonnées.

— Bien sûr. Bien sûr, on va s'en charger.

Lorsqu'ils s'en étaient allés, elle avait contemplé le sang. Il était craquelé, avait séché comme les déserts d'Utah de son enfance. Elle avait appelé la société de nettoyage. Une femme lui avait sèchement répondu qu'ils n'acceptaient pas de nouveaux clients. Personne ne le faisait. Trop dangereux, trop contagieux.

Durant les trois jours suivants, elle avait nettoyé le sang elle-même. Avant d'atterrir par terre, la tête de son mari avait heurté la vieille table qui leur servait d'îlot de cuisine. Le sang s'était facilement enlevé de la table à l'aide d'eau de Javel. Pour le sol, ça avait été plus laborieux. Le sang avait goutté entre les vieilles lattes et avait été rapidement découvert par de minuscules fourmis voraces. Après qu'elle avait essuyé et gratté, il restait une tache irrégulière qui avait imprégné le pin poreux. Elle avait apporté la ponceuse électrique, bloquant les fourmis et créant de la sciure de bois pleine de sang projetée par aérosolisation.

Elle avait appelé son père et lui avait raconté la version de l'histoire qu'elle avait inventée pour ses enfants.

— Ça alors ! avait-il dit. Je l'ai toujours apprécié. Tu veux que je vienne ?

Évidemment qu'elle le voulait, mais elle connaissait suffisamment son père pour ne rien dire et attendre qu'il aille au bout de sa pensée.

— Bien que ce ne soit pas possible, j'imagine ? Prendre le risque de voyager en avion ou conduire aussi loin dans une pareille pandémie… De toute façon, c'est interdit par la loi, n'est-ce pas ? Mais si tu veux venir ici…

Là encore, elle n'avait rien dit.

— À vrai dire, ce serait tout aussi embêtant, non ? Vous trois obligés de venir ici pendant tout ça. Avec la quarantaine et tout le reste. Et tu sais bien que je n'ai pas beaucoup de place ici.

C'était exactement ce à quoi elle s'était attendue, avait appris à s'attendre, de la part de son père. Néanmoins, son apathie, l'aiguillon de son indifférence l'avaient forcée à fermer les yeux.

Ne pleure pas.

— On va rester ici, papa. Mais je voulais juste t'informer.

Un soupir de soulagement à l'autre bout du fil.

— D'accord, alors, OK ! Bon, on se tient au courant.

— J'aimerais tellement que mamie soit encore vivante, avait-elle dit d'une voix parcourue d'un sanglot. Ça m'aurait fait du bien de lui parler, tu sais ?

Son père était resté silencieux. Elle l'avait entendu déplacer le téléphone.

— Ouais. Bon. Euh. Bref. En tout cas, je t'aime et j'suis vraiment désolé.

Il avait raccroché.

Après qu'elle l'avait poncé, le pin avait recouvré sa teinte jaune pâle naturelle. Seuls les interstices entre les lattes révélaient des traces de sang. Elle avait minutieusement appliqué au pinceau de la résine polyuréthane, couche après couche. Cela avait séché sans laisser de marques.

Si tu ne savais pas que c'était ici, tu ne saurais jamais que c'était ici.

Une fois le sang disparu, son mari s'était transformé en cendres, une urne rangée dans un coin du placard, et il n'y avait plus rien à faire.

Elle n'avait pas changé les draps. N'avait pas touché l'oreiller de son mari. Parfois, elle restait étendue, les yeux ouverts, à fixer le creux où avait reposé sa tête.

Que dois-tu faire maintenant ? Que dois-tu faire désormais ?

Elle avait autorisé ses enfants à revenir dans la cuisine. Elle les avait inscrits aux cours en visioconférence. Les avait accompagnés en voiture pour aller et revenir de l'école pour leurs demi-journées en présentiel. Elle avait du mal à différencier leurs voix, qui semblaient submergées. Quand ils regardaient la télévision, elle se blottissait contre leur peau, embrassait leur ventre. Ce moment, où elle étreignait ses enfants devant la télévision tonitruante, dans la lumière bleue, était le seul où elle arrivait à s'endormir facilement.

« Il n'a pas souffert, disait-elle à ceux qui l'appelaient, en s'efforçant de rendre cela vrai. C'était rapide. Non, on ne peut pas organiser d'enterrement actuellement. Peut-être une commémoration plus tard ? Je vous tiendrai au courant. Non, vous ne pouvez rien faire pour moi. Merci, merci de penser à nous. »

En l'espace d'un mois, le robinet de l'empathie s'était tari et les appels avaient cessé. Jusqu'à ce que paraisse l'article au sujet de son mari, mais ceci, évidemment, était une autre affaire. Les gens qui la contactaient avaient en l'occurrence, dans leur voix, un empressement et un frisson liés à leur proximité de la mort. Leur rapprochement d'une étincelle de célébrité, aussi infime soit-elle.

24

Le psychiatre ne commença pas l'entretien par l'effraction. À la place, il s'assit sur une chaise dans sa chambre d'hôpital et lui parla de son poids. Écouta la litanie de ses deuils. Qualifia calmement sa maigreur d'autodestruction, de signe de dépression.

Comme si tu n'étais pas déjà au courant. Comme si ça avait une quelconque importance.

Elle ne nia rien de tout cela. Lui dit qu'elle était d'accord. Mais finit par dire :

— Mais quand j'ai été mise au pied du mur, il s'est révélé que j'ai pourtant envie de vivre.

— Oui, acquiesça-t-il tandis que ses yeux fixaient les bandages, les ecchymoses. Mais vous avez beaucoup de pain sur la planche. Le traumatisme ne s'arrête pas quand le traumatisme s'arrête. C'est le passé de chaque individu qui forme son présent.

— C'est vrai, concéda-t-elle, en lui décernant un regard plus intéressé. C'est encore bien là, le passé. Ce qui est arrivé à mon mari. Le deuil. Ce Coi…

Sa voix vacilla.

— … Cet homme, faisant effraction chez moi. J'aurais aimé que rien de tout cela ne se produise. Mais ça s'est produit. Et dans ma tête, ça continue de se produire.

— Vous devez appréhender ce que vous avez vécu.

— Et aider mes enfants.

— Ce ne sont pas les seuls qui ont vécu cela. Si vous ne prenez pas soin de vous, que leur restera-t-il ? S'ils ne peuvent pas compter sur vous ?

Le psychiatre croisa ses mains et les posa sur ses genoux.

— Voulez-vous vraiment demeurer là où vous vous trouvez actuellement ?

— Non, dit-elle, comprenant que le psychiatre n'évoquait pas l'hôpital, mais la façon dont son esprit était coincé dans un puits sombre tout en s'agrippant vainement à la lumière lointaine. Ce n'est pas ce que je veux.

Depuis qu'elle avait recouvré sa conscience, elle avait traité son expérience comme un puzzle, disposant et retournant les morceaux sur la table, les analysant, jusqu'à ce qu'elle soit capable de réarranger chaque souvenir – *quelque chose t'a percutée au visage sur le sentier, tu l'as vu ouvrir la porte de devant, ses tennis* – parmi les autres pour former une image complète. Aussi, lorsque le psychiatre lui posa des questions sur le Coin, sa fuite frénétique à travers les bois, ses blessures physiques et comment elles étaient survenues, elle répondit du mieux possible, ramassant tel ou tel morceau du puzzle, et quand elle tomba sur quelque chose exigeant davantage de temps à recomposer mentalement, elle expliqua :

— Ça devient embrouillé. Il me manque des petits bouts, puis ça resurgit. Des images. Des sensations. C'est… déroutant.

— Cela ne fait que quatre jours, dit le psychiatre.

Cela lui semblait impossible, puisque dans cet étrange espace hospitalier entre chien et loup, elle venait d'arriver tout en étant simultanément certaine qu'elle y était depuis des semaines.

— Vous allez peut-être découvrir que votre mémoire n'est pas comme vous le souhaiteriez. Qu'il y a des pensées intrusives. Ou que vous revivez la scène où la personne est en train de vous poursuivre. C'est normal. Une réaction normale à un traumatisme.

Il haussa les épaules et ajouta :

— Parfois, les gens sont incapables de se souvenir de tout, même avec le temps. L'esprit peut se protéger lui-même en scellant les choses.

— J'imagine que je ne le saurais même pas si c'était le cas, s'aventura-t-elle. Et je n'arrête pas de penser que cet… homme… qui est entré par effraction va essayer de retrouver ma fille. Mais alors, ce ne serait pas logique, pas vrai ? Trop risqué pour lui ?

Du mieux qu'elle le pouvait – avec les morceaux qui ne s'imbriquaient pas tout à fait, devaient être assemblés de manière forcée –, elle décrivit la façon dont le Coin avait traqué sa petite fille. Son comportement au café. Après tout, s'il l'avait traquée au bout de quatre mois, pourquoi ne recommencerait-il pas ? Et puis, il y avait les dangers de la garde par le beau-père. Peu à peu, le psychiatre dessinait leur histoire. Discutait du choix limité d'options dont elle disposait.

— Tout cela représente des préoccupations raisonnables, la rassura le psychiatre. Et je pense que vous avez effectivement raison. Votre retour à la maison, ce que vous pouvez indiquer à la police, votre collaboration avec elle pour permettre d'attraper cet homme… ce sont les moyens les plus efficaces et actifs de résoudre ces problèmes.

Le visage sérieux du psychiatre, ses mots pondérés « raisonnable », « efficace », « actif », « normal » constituaient un baume. Ils l'apaisaient davantage qu'une pression sur un bouton rouge.

— Désirez-vous continuer cette thérapie une fois qu'on vous aura laissée partir ? Je peux vous référer à des collègues. Je suis moi-même spécialisé dans le stress post-traumatique, j'ai publié des articles sur le sujet. Si vous voulez, je veillerai à ce que vous obteniez des consultations dans mon cabinet.

Son visage amoché parvint à sourire.

— J'aimerais beaucoup ça, dit-elle.

Lorsqu'elle se réveilla, c'était le matin et les menottes avaient disparu. Elle se frotta les poignets, soulagée, certaine que ce minimum de liberté était dû au psychiatre.

J'imagine que ça signifie que tu n'es pas dingue en fin de compte.

Elle tâta le bandage autour de sa tête, son œil. Tapota ses cheveux emmêlés.

Ça continue de se produire. Ça n'arrêtera jamais de se produire.

— Bonjour, dit le brigadier.

Cette fois-ci, elle put relever la couverture sur elle, la tira jusqu'à son menton.

— Désolé. Je ne voulais pas vous faire peur.

Il prenait beaucoup d'espace, ses jambes largement écartées, les coudes dépassant des accoudoirs de la chaise rose rembourrée de l'hôpital à côté de son lit.

— C'est juste que… je ne vous avais pas vu.

— Vous avez des limitations, dit-il en tapotant son œil pour indiquer son champ de vision à moitié tronqué.

— Je croyais qu'aucun visiteur n'était admis ?

Le brigadier haussa les épaules.

— Les flics sont une exception.

— D'accord.

Elle commença à respirer de nouveau normalement.

— Alors. Vous l'avez attrapé ?

Le brigadier haussa les épaules.

— Pas encore.

— Vous n'avez pas réussi à le trouver ?

— Apparemment, il ne travaille pas dans ce café.

— Il a démissionné ?

Le brigadier haussa les épaules d'une manière qui révélait clairement qu'il ne pouvait pas, ou ne voulait pas, donner de détails.

— Plus ou moins. On essaie de le pister.

Sa gorge enfla d'anxiété.

— Mais si vous ne pouvez pas le trouver... faites-vous en sorte que ma fille soit en sécurité ? Il était... Je vous l'ai dit, je crois ? Il la traquait. Il a été clair là-dessus.

Le visage du brigadier s'assombrit. Il tapota, *tac-tac-tac*, un doigt d'irritation sur l'accoudoir de la chaise.

Sa politesse, sa confiance dans tes déclarations dépendent du fait que tu ne le remettes pas en question.

— Vous me l'avez déjà dit, répliqua le brigadier d'un ton cassant. Vous avez identifié le type comme un inconnu. Et comme je vous l'ai expliqué, un criminel de ce genre ne recommence jamais à traquer une victime qui lui a échappé. D'une part, il serait attrapé à tous les coups. Et votre beau-père vit dans une copropriété très fréquentée, où les flics viennent régulièrement lui rendre visite, à lui et vos gosses. D'accord ? Bon, maintenant, vous sentez-vous capable de parler ? Ça pourrait nous aider à retrouver le type.

Son œil lui brûlait sous le bandage. Elle bouillait d'une furie douloureuse face à cette éviction impatiente de ses préoccupations par le brigadier. Elle sentait l'odeur de son propre corps, sa puanteur de vinaigre et graisse rance. Sa mâchoire lui faisait mal. Parler lui râpait encore la gorge. Son crâne entier était mou aux bords et déchiqueté de souffrance. Mais ils avaient libéré ses bras. Elle pouvait bouger ses jambes. Remuer ses orteils sans ongles sous la couverture. Réfléchir avec un peu plus de lucidité.

Souviens-toi de ce qu'a dit le psychiatre. Tu es raisonnable, efficace, active, normale. Aider la police à l'arrêter est le moyen le plus rapide d'aider les enfants. De t'aider toi. Et peut-être que le brigadier a raison d'affirmer que les mômes sont en sécurité. Que le Coin ne les traquerait pas à nouveau. Le brigadier est au courant de ce genre de cas, pas vrai ? Liés aux crimes ? Les faits, les chiffres ?

— Madame ?

— OK. Ouais, bien sûr, je peux répondre à vos questions.

Tu es aussi prête que tu peux l'être. Tu dois les convaincre. Il faut qu'ils l'arrêtent.

Mais elle avait besoin de voir ses enfants. De s'assurer de ses propres yeux qu'ils étaient en sécurité. De lire sur leurs visages comment ils étaient traités par leur grand-père.

— Pourrait-on appeler mes gosses d'abord ? s'enquit-elle. Un appel en visio ? Ils ont essayé ici pour moi, mais mon beau-père ne répond pas quand ça vient de moi. Il le fera peut-être si ça vient de vous.

Le brigadier lâcha un grognement résigné.

— Bon. D'accord.

Son beau-père décrocha dès la première sonnerie.

— Bonjour, monsieur le brigadier, que puis-je faire pour vous ?

Le brigadier lui expliqua. L'intonation de son beau-père changea subitement et elle visualisa son visage se renfrogner.

— D'accord, je vais les chercher.

Le brigadier lui passa le téléphone, et ses enfants apparurent. Beaux, radieux. Inquiets.

— Maman, tu as vraiment une saaaaaale tête, dit son fils.

Elle rit et cela lui fit mal. Elle pleura et cela lui piqua.

— Ne pleure pas, maman !

— Je suis tellement heureuse de vous revoir, vous deux.

— Ton œil est tout noir. On dirait un raton laveur, lança sa fille en lorgnant de plus près l'écran, vers ses bleus et son pansement sur l'œil. Moitié raton laveur, moitié pirate, ajouta-t-elle.

— Ouais ! Un pirate raton laveur ! approuva son fils, comme si c'était excitant, un très beau compliment.

— C'est moi, maman pirate raton laveur, dit-elle en touchant légèrement le bandage sur son œil. Comment allez-vous, mes chéris ? Vous me manquez tellement, tellement !

— Quand viens-tu nous chercher ?

Sa fille jeta un regard de biais. Elle était certaine que son beau-père était non loin, hors du champ de l'écran, lui faisant les gros yeux en réaction à sa question.

— À la seconde où je sors de l'hôpital, je viens vous chercher. Je vous le promets. Je fais de mon mieux pour guérir vite.

— OK, maman.

— Comment allez-vous, mes chéris ? Tout se passe bien ?

— Oui ! On a une baby-sitter. Elle est vraiment chouette. Ses cheveux sont *hyper* longs.

— Vous l'aimez bien ?

— Ouais. On joue au jeu des sept familles. Et on a fait des cookies. Elle a des Lego !

— C'est génial, mes chéris. Vous êtes gentils avec grand-papa ?

Ses enfants échangèrent un regard.

— On essaie, dit sa fille.

Puis elle souffla très près de l'écran :

— Mais c'est dur d'être assez calmes.

Évidemment. Évidemment que cet homme veut que vous soyez calmes. Qu'il veut que vous soyez invisibles.

— OK. Continuez de faire des efforts pour être gentils. Je sais que ce n'est pas toujours facile. Est-ce que vous suivez les cours à distance ?

— Hm-mm, confirma sa fille. La babysitter nous a connectés ce matin. Et maintenant, c'est les vacances !

Elle fit une pause avant d'ajouter :

— Ils disent qu'il n'existe pas…

— Qui ?

— Grand-papa, les policiers.

— Ils disent que qui n'existe pas ?

— Le Coin.

— Grand-papa dit que le monstre est une vipère, dit son fils.

Il essayait toutes sortes de grimaces et, à en juger par l'angle de ses yeux, le garçonnet regardait sa propre image dans le coin de l'écran et faisait l'idiot pour s'amuser.

— Une *chimère*, rectifia sa sœur. Une *chimère* de l'imagination.

— Oh, mes amours, vous ne vous en souvenez pas ? On en a parlé. Il n'y avait pas de fantôme, pas d'homme des cauchemars. Pas de monstre. Grand-papa a raison. C'était juste une personne.

— C'était une vipère, insista son fils. C'est grand-papa qui l'a dit.

Puis il se pencha plus près, et souffla d'un ton de conspirateur :

— Mais ça pourrait être un fantôme, maman, pa'ce que la police dit qu'il n'a même pas de pieds ! é »

Son œil était si enflé qu'il était sur le point d'éclater à travers le bandage et elle se demanda si son immense peine à comprendre ce qu'ils essayaient de lui dire était plutôt due à ses blessures ou aux difficultés habituelles à obtenir de ses enfants qu'ils se concentrent, qu'ils communiquent convenablement par téléphone.

— Pardon, mes amours, mais pourquoi me parlez-vous de pieds ?

Sa fille avait détourné le regard de l'écran, et elle était certaine que son beau-père faisait quelque chose pour attirer l'attention de la fillette. La nervosité visible de sa fille était contagieuse et elle balbutia :

— Savez quoi… ? C'est pas grave. Ne vous inquiétez pas. Il n'y avait pas de Coin, d'accord ? Juste un homme qui parlait avec une voix pour faire peur.

— Il y a une dame qui nous pose plein de questions, dit son fils qui esquissait à nouveau distraitement des grimaces en observant sa propre image sur le téléphone.

— La babysitter ?

— Non, une dame à la peau marron. Elle m'a donné un biscuit écossais au beurre !

— Elle *nous* a donné un biscuit écossais au beurre, à *tous les deux*, rectifia sa fille.

Peut-être que son beau-père fréquentait quelqu'un. Quelqu'un qui était curieux à son sujet. Mais cet homme-là… sortir avec une femme de couleur ? Les poules auraient des dents. Plutôt une policière qui les interrogeait ? Ou bien l'assistante sociale que le brigadier avait mentionnée ?

Elle fixa bêtement leurs beaux visages.

— J'ai tellement hâte de vous prendre dans mes bras, dit-elle.

— Tu reviens bientôt ?

— Oui, mon cœur. Je fais tout ce que je peux pour guérir, et ensuite, on rentrera tous ensemble à la maison.

— Papa n'est pas rentré, dit sa fille.

Leurs grands yeux se baissèrent et l'anéantirent. Elle lisait sur leurs visages la peur qu'elle leur soit arrachée, disparaisse dans l'immensité de l'hôpital comme leur père, ne revienne à eux que comme souvenir et cendres, un spectre désiré qui hanterait les bois.

— Je suis... Je suis tellement désolée de ne pas être avec vous.

Sa voix s'étrangla, faiblissant.

Ce qui importe, ce n'est pas toi. Il faut qu'ils sachent que tu ne vas pas disparaître.

Elle se racla la gorge.

— Vous vous rappelez quand nous étions cachés dans l'endroit secret et que je vous ai dit que je reviendrais ?

Leurs petites têtes acquiescèrent, leurs petits visages fermement reliés à elle à travers l'écran.

— C'est ce que j'ai fait, pas vrai ? Eh bien, c'est pareil. Je fais tout ce qui est en mon pouvoir pour rentrer avec vous. Et alors, on sera ensemble. D'accord ?

— Pour Noël ? s'enquit son fils.

On est quel jour ? Quel jour est Noël ?

Sa fille perçut sa confusion.

— Noël est le jour après demain, dit la fillette. Maman ne sera pas assez guérie pour nous voir d'ici là.

— On va manquer Noël ? demanda son fils, le visage se déformant, sur le point de pleurer.

— Oh non, mon chéri, on aura Noël ! Je... Je ne pourrai pas être là avec vous. Mais on aura un Noël un peu plus tard, d'accord ? Ce sera une année très spéciale, parce qu'il y aura deux Noëls. Un avec grand-papa, et un avec moi, d'accord ?

— Mais alors, comment va faire le père Noël ?

— Ne vous inquiétez pas pour ça, mes chéris, répondit-elle en hochant la tête avec l'amplitude pondérée que lui permettaient ses blessures. S'il sait quand vous êtes réveillés ou endormis et si vous avez été sages, il est parfaitement capable de savoir que votre maman est à l'hôpital et qu'il doit passer un peu plus tard, pas vrai ?

Le visage de son fils s'éclaira à l'évocation de l'omniscience du père Noël.

— D'accord, maman. Je...

La mâchoire et la joue de son beau-père apparurent furtivement sur l'écran, puis la vidéo fut coupée. Elle rendit le téléphone au brigadier et appuya sa tête contre l'oreiller, abasourdie.

— Il a raccroché, dit-elle.

— Ouais.

— Merci. Il n'aurait jamais... Merci.

Après tout ça, tout ça, et... tu ne peux même pas les serrer dans tes bras. Ce sera leur premier Noël sans toi.

Elle se détourna du brigadier pour cacher ses larmes et les essuya avec le coin de la couverture.

25

— Vous vous sentez d'attaque pour les questions, maintenant ? s'enquit le brigadier.

Elle remarqua que le policier au visage de gamin était assis près de la porte. Elle le salua de la main et il fit de même.

— On aimerait que vous nous racontiez pas à pas tout ce que vous vous rappelez.

— Vous êtes certains qu'il ne reviendra pas ? Pour ma fille ?

Le brigadier se frotta les tempes comme si la question l'affligeait.

— Bon, d'accord, madame. Si vous commenciez par nous expliquer pourquoi vous êtes si focalisée là-dessus ?

À un homme comme le brigadier, qui a spontanément pensé qu'une mère avait enterré entre des murs ses enfants qu'elle venait d'assassiner ? Il doit déjà avoir formé de sombres motifs dans sa tête.

— Le Coi… Cet homme est entré par effraction à cause de ma fille.

— Pourriez-vous nous expliquer pourquoi vous croyez cela ?

— Il avait un comportement bizarre avec elle. Au snack à sandwiches. Et il l'a mentionnée spécifiquement quand nous étions cachés.

— Qu'a-t-il dit, exactement, cette nuit-là ?

— Eh bien, c'était comme si… il l'appelait… « Petite fille, sors de là », ce genre de trucs. Et il…

Sa voix chevrota, elle s'efforça de la maîtriser, toussa pour se ressaisir.

— Il a dit qu'il était un loup. Il l'a appelée…

Elle déglutit lentement, puis fut capable de cracher d'une voix étranglée :

— … il l'a appelée petit cochon. A dit qu'elle serait… délicieuse.

Le brigadier ne répondit pas, si bien qu'elle continua à parler malgré elle :

— Ça paraît, comment dire, bête, quand je le raconte maintenant…

— Bête ? répéta le brigadier en gribouillant quelque chose sur un petit calepin.

— C'est-à-dire… ça paraît bête, mais c'était effrayant. Même pour moi, une adulte, vous comprenez ?

Cette fois encore, le brigadier resta silencieux, mais à présent, elle aussi.

Il finit par demander :

— Et en quoi le comportement de cet homme était-il bizarre, au snack à sandwiches, quand vous l'avez rencontré pour la première fois ?

Elle s'agita dans le lit, mal à l'aise. Les souvenirs lui filaient la chair de poule.

— Il était… déplacé. Il a appelé ma fille « princesse », « mon cœur ». Il n'arrêtait pas de la fixer. Elle portait un débardeur. Il… La bretelle avait glissé et il l'a remise en place.

Elle mima le geste.

— C'était la… la… bégaya-t-elle, façon dont il l'a fait… J'en sais rien. Ça m'a dérangée.

— Vous avez dit que c'était en août dernier.

— Oui.
— Et votre mari ?
— Ouais, il était là.
— Et qu'en a-t-il pensé ?
Elle regarda ses mains. Se força à lâcher les bords de la couverture qu'elle entortillait nerveusement.
Ce brigadier pensait que tu étais capable de tuer tes enfants et les emmurer. Ne lui dis pas que ton mari trouvait que tu avais surréagi.
— Il était d'accord que le type était lourdingue.
— Cet homme avait-il l'air menaçant ?
— Quand il a replacé la bretelle de ma fille ? Oui. À mes yeux, oui.
— Comment votre mari a-t-il réagi à ça ?
— Il n'avait pas remarqué.
L'expression et l'intonation du brigadier devinrent creuses :
— N'avait pas remarqué ?
— Non. J'imagine qu'il… devait regarder ailleurs à cet instant.
Le brigadier écrivit de nouveau quelque chose sur son calepin.
— Vous vous souvenez d'autre chose ?
— Il… Il a pris le ticket de caisse de notre table. Il devait y avoir le nom de mon mari dessus. C'est peut-être comme ça qu'il nous a retrouvés ?
Le brigadier tapota, *tac-tac-tac*, sur l'accoudoir de sa chaise.
— Lorsqu'il est entré par effraction, n'avez-vous pas dit qu'il s'est d'abord dirigé vers votre chambre ?
— Si.
— Mais vous pensez néanmoins qu'il voulait s'en prendre à votre fille.

— Oui.

Il fronça les sourcils.

— C'est plutôt radical, de supposer qu'il voulait s'en prendre à une petite fille.

— Ah bon ? Demandez aux femmes de votre entourage comment c'était d'être une petite fille.

Un nuage noir passa sur le brigadier. S'estompa.

— Vous ne croyez pas que le comportement de cet homme dans ce restaurant aurait pu être innocent ? Que c'est vous qui l'avez interprété ?

— C'est-à-dire, peut-être… Mais c'était suffisamment bizarre pour que cela m'ait frappée.

— Je vois, dit-il.

Mais son expression lui rappela son ex-petit copain de fac, qui remettait en question la manière dont elle percevait le monde.

— Les hommes ne sont pas tous bons, dit-elle.

— OK, dit le brigadier en hochant la tête. Je vous l'accorde. Portait-il un masque quand vous l'avez rencontré au snack ?

— Oui.

— Mais vous êtes certaine que l'homme que vous avez vu chez vous et le manager du café sont une seule et même personne ?

— Oui.

— À cent pour cent ?

Comment se fait-il que si quelqu'un pose la même question un nombre suffisant de fois, tu commences à douter de toi ? Évidemment que tu n'es pas certaine à cent pour cent.

— À cent pour cent, mentit-elle. C'est pour ça que je veux m'assurer que vous êtes à sa recherche, qu'il n'est pas encore en train…

Le brigadier leva une main fébrile pour l'interrompre. Posa son calepin sur le côté.

— Madame, dit-il, même avec tout ce que vous venez de nous déclarer, ce que je vous ai dit reste valable. C'est très peu probable. Un membre de la famille, un conjoint violent, un partenaire éconduit... ce genre de profil continue de traquer sa victime. Mais quelqu'un qui pénètre par effraction ? Ces gens-là ne reviennent pas. Ils savent qu'ils seraient attrapés. Alors s'il vous plaît... croyez-moi quand je vous dis que votre fille est en sécurité. C'est inutile de ressasser ça.

Le fait que ce soit très peu probable ne signifie pas que ça ne peut pas arriver. Tout ce que tu as vécu jusqu'à présent est très peu probable.

— Il était... effrayant. Et donc, je veux être certaine qu'elle est en sécurité, que vous la surveillez, que...

— Nous les surveillons, madame. Elle est en sécurité. Ils sont en sécurité.

Le visage du brigadier se durcit, éliminant tout espace de remise en question.

— D'accord, dit-elle.

Évidemment qu'ils ne sont pas en sécurité. Tu dois sortir d'ici.

— Bon. Si on reprenait à partir du moment où vous êtes allée vous coucher, la nuit de l'effraction ? dit le brigadier.

Elle ferma les yeux, s'enfonça dans le lit.

Tu dois les aider à l'arrêter.

— Madame ?

Tu peux y arriver. Qu'est-ce que ça fiche si ton beau-père croit que tu racontes n'importe quoi ? Que tout ça n'est qu'une « vipère » ? Qu'il aille se faire foutre.

— Bon, d'accord, dit-elle.

À pas lents et constants, elle guida le brigadier et le policier au visage de gamin à travers les souvenirs fragmentés qu'elle avait soigneusement époussetés de leur terreur et recomposés pour tenter de séparer les faits de la panique. Elle s'efforçait de maintenir une linéarité, mais le brigadier insistait sur la circularité, lui demandant de répéter les choses, lui posant et lui reposant les mêmes questions. Elle décrivit le Coin une fois, deux fois, une troisième fois. À quoi il ressemblait en haut de l'escalier. Ce qu'elle apercevait à travers la grille. Était-elle certaine au sujet du t-shirt ? de l'arme ? des chaussures ? Et comment pouvait-elle en être certaine ? Ne faisait-il pas sombre, n'était-il pas loin d'elle ? De quoi avaient l'air ses gants ? son arme ? Elle mima une fois de plus le geste quand il l'avait frappée dans sa paume. Tenta d'imiter le son du claquement vigoureux.

Le souvenir de ce bruit pénétra sa colonne vertébrale, même à travers sa souffrance.

Elle essaya de ne pas broncher quand le brigadier lui demanda de justifier ses échecs, puis de les justifier à nouveau. Pourquoi n'était-elle pas allée chercher sa voiture, son revolver, son téléphone, une arme ? Pourquoi n'avait-elle pas emmené ses enfants avec elle ? Pourquoi était-elle aussi maigre ? Portait-elle normalement des lentilles de contact ou des lunettes ? Comment avait-elle pu s'endormir dans l'endroit secret, si tout était si effrayant que ça ? Comment s'était-elle cogné la tête ? Avait-elle été assommée ? Avait-elle perdu connaissance ? Comment avait-elle pu se blesser de la sorte dans les bois, simplement en courant sur le sentier ? Était-elle certaine de la description de l'intrus ? Cela faisait tout de même énormément de détails pour quelqu'un qu'elle n'avait vu que quelques secondes. Pourquoi ne l'avait-elle pas reconnu immédiatement, puisqu'elle était si certaine que c'était l'homme du café ?

Chaque question entaillait sa confiance en elle, soulignait à quel point elle avait été illogique ; chaque explication qu'elle fournissait semblait atrocement insuffisante. Son cerveau se liquéfia encore davantage, inondé de « pourquoi » et « comment ».

Il a raison, c'est bizarre, ça ne s'emboîte pas, ta mémoire est défaillante. Tu as commis tellement d'erreurs, pourquoi n'as-tu pas réfléchi ? Comment as-tu pu t'endormir ? Pourquoi as-tu mis autant de temps à le reconnaître ?

Non, il n'y avait pas de médicaments délivrés par ordonnance dans la maison. Non, non, pas de drogues illégales.

Même les choses qu'elle pensait avoir bien faites, avoir gérées avec intelligence, étaient difficiles à expliquer. Le brigadier lui demanda de décrire par le menu comment elle avait réussi à faire entrer les enfants dans l'endroit secret aussi rapidement. Lui fit énumérer la liste de ce qu'elle avait attrapé au passage, à quel moment (le poupon à tignasse, l'eau, le fils, la fille, Lapin Rose, la couverture, l'oreiller) à de nombreuses reprises. Les enfants du brigadier étaient incapables de se taire pendant cinq minutes, comment les siens y étaient-ils parvenus pendant des heures ? Ne savait-elle vraiment pas que le manteau de fourrure se trouvait là ? Ah bon, quel coup de bol alors !

L'intérêt du brigadier revenait constamment au Coin et à sa voix terrifiante. Chaque détour de ses questions encerclait l'étrangeté fondamentale de son comportement, de ses paroles.

— Mais pourquoi ce type aurait-il parlé à voix haute ? Pourquoi vous aurait-il informée, par exemple, qu'il se dirigeait vers le grenier ? s'enquit le brigadier.

Pourquoi, en effet ? Pourquoi aurait-il fait ça ?

Elle déglutit péniblement à travers sa gorge qui se serrait. Le brigadier lui jetait le même regard que quand il avait dit : « Pourriez-vous nous montrer où vous avez mis ces gosses ? »

Une pensée jaillit dans son esprit comme une flamme et ses mains se mirent à trembler de la même manière que dans l'endroit secret.

Ce n'est pas qu'il te blâme. Il ne te croit pas. Il ne croit pas un seul mot de ce que tu dis là-dessus.

Elle avala, comme si elle pouvait se débarrasser de cette révélation en l'absorbant plus profondément.

— Comme je... Comme je vous l'ai expliqué, dit-elle avec hésitation, maintenant que le brigadier s'était transformé en une personne à qui elle devait prouver les choses plutôt que quelqu'un qui prouverait les choses pour elle, je pense qu'il essayait de nous faire peur. Il voulait nous pousser à faire du bruit, à nous trahir, en adoptant cette voix effrayante et disant des choses effrayantes pour terrifier les gosses.

Le regard fixe du brigadier la fit se tortiller.

Il veut te déstabiliser. C'est ça que font les flics. Dis-lui simplement comment ça s'est passé. Même si ça a l'air très bizarre. Tu dois arriver à le lui faire comprendre.

— Il semblait croire ce qu'il disait... Il l'expliquait plus ou moins. Il pensait qu'il devrait avoir – qu'il méritait – ce qu'il pouvait prendre. Parce qu'il était soi-disant supérieur. Qu'il pouvait ignorer les lois, les piétiner, comme il a dit, et faire, prendre ce qu'il veut – qui il veut. Son mépris était... C'était palpable. Comme si nous n'étions pas des êtres humains à ses yeux. Et cette voix...

De nouveau, elle immobilisa ses mains qui ne cessaient de cramponner et lâcher la couverture.

— Ouais, c'était effrayant. C'était ce qu'il voulait.

— Vos mômes… ils se font des tas d'idées. Ils semblent penser que ce « Coin » était un monstre, ou quelque chose sortant d'un cauchemar. Ou un fantôme.

Les gosses savent. Les gosses étaient là. Il est obligé de nous croire si nous sommes trois.

— Oui. La voix effrayante qu'il employait était troublante.

— À quoi ressemblait-elle ?

Du métal et des dents. Des ongles barbelés grattant un tableau noir. De la paille de fer récurant une poêle jusqu'à l'os.

— Rauque, j'imagine… Comme lorsqu'on imite la voix d'un méchant quand on lit une histoire aux enfants.

— Donc, il jouait un rôle.

— Ben… ouais. Et ça a plus ou moins capoté, à la fin. Il s'est rendu compte que la maison devait avoir un grenier. Il était tout excité à cause de ça, il pensait qu'on se cachait en haut. Et quand il était excité, sa voix sonnait plus normale, vous comprenez ? Tout ça n'était que de la comédie.

Le brigadier esquissa un sourire sardonique qu'elle perçut même à travers le masque en papier.

— Vous pensez qu'il faisait un dédoublement de personnalité ? demanda-t-il.

— Est-ce que ça existe vraiment, ce truc ? Ce n'est pas juste dans les films ?

Le brigadier haussa les épaules.

— Vous pensez qu'il était fou ? Qu'il parlait à un genre de voix dans sa tête ?

Elle suivit distraitement d'un doigt la ligne de sa blessure la plus douloureuse sur son crâne.

— C'est-à-dire… est-ce qu'une personne capable de faire un truc pareil est tout à fait normale ? Mais c'était plus effrayant que s'il avait été fou. Il semblait calculateur… Comme s'il avait parfaitement planifié ce qu'il était en train de faire. Et ça, ça me faisait peur.

Elle réfléchit pendant un moment.

— Il a effectivement dit qu'il ne se sentait pas bien dans la maison. Quelque chose à propos du fait qu'elle était glauque. Qu'elle avait trop de portes. Mais cela n'en fait pas pour autant un fou, je suppose. Beaucoup de gens ont peur de ma maison. Les gens pensent qu'elle est hantée parce qu'elle est vieille.

— Et vous ne vous considérez pas comme superstitieuse ? s'enquit le brigadier.

— Non.

— On dit qu'il y a dans ce pays autant d'individus qui croient aux fantômes que d'individus qui croient en Jésus, dit le brigadier en gribouillant dans son calepin.

Elle avait mal à la tête. Un voile laiteux brouillait son œil.

— J'imagine que Dieu et les fantômes possèdent autant de crédibilité, marmonna-t-elle.

Le menton du brigadier se releva d'un coup et ses sourcils se froncèrent.

— Pardon ? lâcha-t-il.

— Désolée, je… je voulais juste dire que… la religion est également une croyance en une entité surnaturelle. Quelque chose qui dépasse notre raison…

Quelle inconscience. Tu l'as vexé.

Les yeux du brigadier étaient cassants au-dessus de son masque.

— J'imagine que vous ne croyez probablement pas aux fantômes, pour vivre dans une telle maison, dit-il.

Elle se rendit compte qu'elle était à nouveau en train de tortiller le bord de la couverture comme pour exorciser son angoisse.

— Il a… Il a cité la Bible. Cet extrait au sujet de la femme qui reçoit l'instruction dans la soumission… Ma grand-mère était croyante et c'est elle qui m'a élevée, donc j'ai reconnu…

Le brigadier fit un geste dédaigneux et elle s'arrêta de parler. Il lui tendit un bout de papier où était esquissé un plan grossier de sa maison. Un autre avec la propriété entière.

— Cela vous paraît-il correct ?

Son moi professionnel fronça les sourcils. *Les proportions sont fausses, les traits indécis. Il manque les légendes, il n'y a aucun détail.*

Elle lui désigna son crayon de papier. Il le lui tendit et fit rouler la table d'hôpital qu'elle utilisait pour les repas, la positionnant au-dessus du lit. Elle dessina des traits précis et vifs, ajouta quelques mots.

— Tenez.

— Ah, ben dites donc ! C'est beaucoup mieux.

Ils parcoururent le plan. Elle marqua l'endroit où elle avait entendu les pas. Les déplacements qu'elle connaissait du Coin. Les objets de valeur que la police avait trouvés furent énumérés, leurs emplacements notés sur le plan – les bijoux, le coffre-fort, les balles de revolver, son téléphone, les ordinateurs. Rien de flagrant ne semblait manquer. Ils tracèrent sa fuite à travers les bois. Mirent des X sur le cimetière et un point sur le sentier, indiquant là où elle pensait avoir été blessée.

— Vous croyez qu'il vous a suivie à l'extérieur de la maison ?

— Cette nuit-là, j'avais tellement peur que je me suis dit que c'était possible, mais non. Quand j'y repense maintenant, je ne crois pas.

Comment peux-tu en douter ? Tu devrais savoir ça. Peut-être que tu ne t'en souviens pas ?

— Bon, alors, dit le brigadier en consultant son calepin. Vous avez entendu l'homme qui, pour une raison inconnue, disait à voix haute qu'il se dirigeait vers le grenier. Vous avez décidé d'aller chercher de l'aide. Comment ont réagi vos enfants ?

Le brigadier se rencogna dans la chaise, mais ses yeux étaient dardés sur elle, aussi avides que ceux du puma. Elle eut un haut-le-cœur, sachant immédiatement que ses enfants lui avaient dit qu'elle les avait repoussés. Leur avait fait mal.

— Les mômes, ils étaient tourneboulés, ils ne voulaient pas que je parte.

— Mais vous êtes partie. Et donc, comment ça s'est passé ?

Il est déjà au courant. Alors dis-lui comment ça s'est passé.

— Je leur ai dit que j'allais chercher du secours. Ils étaient terrorisés. C'était atroce.

Elle cilla pour refouler ses larmes. Essuya son œil avec le coin de la couverture noué dans sa main.

— J'ai dû les repousser. Je n'arrêtais pas de penser que ce serait peut-être leur dernière image de moi, et qu'ils se souviendraient de moi en train de les pousser. Il fallait qu'ils m'écoutent. Qu'ils me laissent partir.

Le brigadier acquiesça tout en prenant des notes.

— Vous les avez repoussés ? Physiquement ? Avec vos mains ?

— Oui. Ils ne me libéraient pas, autrement. C'était…

— L'un d'eux vous a mordue.

Ce n'était pas une question. Elle tergiversa, elle avait oublié les dents de son fils dans sa paume, une douleur si minuscule comparée à toutes celles qui l'avaient suivie.

— Oh, oh non, ça, c'était… Ça s'est produit au moment où j'ai couvert la bouche de mon fils quand il s'est réveillé. Le Coin était en train de monter l'escalier et faisait beaucoup de bruit, et ça a réveillé mon fils. Il m'a mordue.

— Le Coin ? releva le brigadier en haussant un sourcil.

Idiote, quelle idiote, pourquoi as-tu dit ça ?

— Désolée. Les gosses, c'est comme ça qu'ils l'appellent et…

— D'accord.

Le brigadier s'adossa de nouveau plus profondément dans sa chaise, mais elle se raidit. Quelque chose dans son attitude désinvolte lui semblait simulé.

— Est-ce que vous aviez bu ce soir-là ? Je veux dire, de l'alcool ?

Elle se souvint d'avoir été assise sur l'escalier de la cuisine à minuit passé, deux jours après la chute de son mari, en train de boire du vin directement au goulot, fixant le sang à moitié nettoyé. Depuis la mort de son mari, le vin était la seule chose qu'elle consommait dont elle sentait vraiment le goût ; ses sens étaient comme en hibernation depuis son deuil. Elle se sentait tout à fait bien, et même sobre d'une manière décevante, jusqu'à ce qu'elle se relève. Le tangage de l'ivresse l'avait saisie, et elle était parvenue de justesse à agripper la rambarde de l'escalier en tombant. Elle avait dérapé sur une marche, juste une, que son coccyx avait brutalement heurtée. La bouteille de vin s'était violemment brisée par terre et avait atterri non loin de la tache de sang. Elle avait atteint les toilettes à temps pour vomir. Avait vomi pendant des heures, se vidant à chaque fois qu'elle songeait à ce qui avait failli se passer. Depuis lors, la simple idée de l'alcool lui donnait la nausée.

— Non, je n'avais rien bu. J'ai arrêté après la mort de mon mari.

— Arrêté totalement ?

— Oui.

— Par conséquent, vous êtes certaine de ne pas avoir bu d'alcool ce soir-là ?

Elle sentit qu'il y avait un piège ici, dans cette question insistante au sujet de l'alcool, mais n'arrivait pas à mettre le doigt dessus. Elle n'avait pas bu.

Sauf si ton esprit se protège en oubliant quelque chose, comme l'a évoqué le psychiatre.

— Je n'avais pas bu, dit-elle.

Elle ressentit la douleur de cette chute vieille de quelques mois, et se rendit compte que trop de temps s'était écoulé depuis la dernière fois où elle avait pressé le bouton rouge. La douleur était le prix à payer pour la lucidité, mais cette dernière commençait à vaciller. La pièce se rapetissait, se réduisant à ses blessures. Son cœur martelait à l'intérieur d'un long sillon qui descendait de son front et encerclait la cavité de son œil.

— Madame ?

— Désolée. J'ai mal à la tête. Quelle était votre question ?

Pourquoi avait-elle fait telle chose plutôt que telle autre ? Pourquoi était-elle allée dans telle direction plutôt que telle autre ? Signes distinctifs ? Pourquoi cette expression « siouplaît », ce t-shirt, étaient-ils si cruciaux pour reconnaître l'homme, n'avait-elle pas vu son visage ? Cela n'était-il pas suffisant ? Était-elle certaine d'avoir vu son téléphone dans la poche de l'homme ? Merci de le décrire encore une fois.

Elle aperçut un petit objet noir sur la table à côté du brigadier.

— C'est quoi ?

— Ça ? L'enregistreur. Vous m'avez donné l'autorisation d'enregistrer l'entretien.

Elle fouilla dans sa mémoire, mais ne retrouva rien en lien avec un enregistrement.

— Ah, bon. D'accord.

— Vous vous en souvenez ?

— C'est juste… Ma tête, dit-elle. J'ai mal.

— Ça va ? Vous êtes pâle.

Une rougeur d'embarras colora légèrement les joues du brigadier.

— Pas… pâle… euh… évidemment, à cause de votre, c'est-à-dire. Peau… Je voulais dire… vous avez l'air mal en point.

— Je ne me sens pas très bien, souffla-t-elle à travers ses dents qui l'élançaient.

— Hmmm. Bien. Revenons donc au moment où…

La fissure dans son crâne s'élargissait. Sa mâchoire se crispa, son œil n'était plus qu'un tambour tendu injecté de sang pulsant derrière son pansement.

Ils ne te croient pas.

Elle pressa le bouton rouge et dériva, s'entendit marmonner : « Il a piétiné. »

Lorsqu'elle se réveilla dans la pièce vide, elle tendit instinctivement la main vers la table de chevet en quête de son téléphone. Dans un élan troublé de retour à la conscience, elle se redressa. Le brigadier avait dit que son téléphone était détenu comme preuve, lui avait demandé si elle était certaine de l'avoir vu dans la poche du Coin.

Et son téléphone était sur la liste des objets de valeur, avec une remarque stipulant que la police l'avait trouvé sur la table de nuit de sa chambre à coucher. Ce qui signifiait… quoi ? Que le Coin l'avait remis là ?

Pourquoi aurait-il fait ça ? À moins que... tu te sois trompée ? L'as-tu vraiment vu ? L'a-t-il vraiment pris ?

Elle resta éveillée pendant des heures, à réarranger les morceaux du puzzle de sa mémoire pour tenter d'y intégrer ce nouvel élément, se questionnant et s'inquiétant au sujet des autres qui avaient pu lui échapper.

26

L'impression de présence avait commencé deux semaines après la mort de son mari.

Alors qu'elle passait devant la fenêtre du séjour, elle avait senti l'attraction des yeux du puma, l'étirement au ralenti de sa double gueule. Le verre boursouflé avait trahi un mouvement fugitif, une silhouette glissant derrière le tronc de l'arbre préféré de son mari, le vieux pin massif qui s'élevait à la lisière du pré. Elle s'était précipitée dehors, les bras croisés sur la poitrine pour se protéger du froid, afin de regarder de plus près.

Mais il n'y avait que le pré vide, l'ondulation de l'herbe et des arbres.

Dès lors, elle avait progressivement pris conscience d'un flux constant de faits inexplicables.

Les enfants jouaient sur la balançoire installée derrière elle lorsqu'elle avait baissé le regard sur le sentier de la forêt. Quelque chose paraissait avoir changé. Elle s'était accroupie, avait examiné la terre, tendre après le dégel. Avait eu le sentiment qu'un grand nombre de pieds l'avaient foulée. Elle s'était relevée à la hâte, se sentant ridicule, reconnaissant la façon dont elle venait d'imiter les traqueurs qu'elle avait vus dans les films.

La fausse pierre qui cachait la clé n'était pas à sa place habituelle près de la porte. Elle l'avait repérée à côté des fagots de bois à environ un mètre cinquante. L'avait replacée là où elle se fondait davantage, parmi les autres pierres de même taille.

— Ne déplacez pas la pierre boîte à clé, avait-elle dit aux enfants.

— Ce n'est pas moi.

— Moi non plus.

— Pas de problème. Mais simplement… ne la déplacez pas.

— D'accord, maman.

Alors qu'elle observait ses enfants petit-déjeuner, sa fille l'avait examinée, l'air hésitant.

— Qu'y a-t-il ? lui avait-elle demandé.

— Je crois avoir vu… avoir vu un homme encore une fois. Qui me regardait, de là-bas.

Elle avait désigné l'extérieur, par la fenêtre, en direction du vieux pin.

— Encore une fois ? Quand ?

— La nuit dernière. Pendant que tu dormais.

— Ma chérie, pourquoi te baladais-tu en pleine nuit ?

— Je me suis juste réveillée là. J'étais en haut de l'escalier. Je l'ai vu par la fenêtre.

— Tu as eu un accès de somnambulisme ?

Pourquoi le moniteur ne t'a pas réveillée pour que tu l'interceptes ? Tu n'as pas dû l'entendre dans ton sommeil. Mais c'est quoi ton problème ?

— Probablement. Mais peut-être que c'était papa ? Papa adorait cet arbre.

Son cœur s'était gonflé, saisissant trop bien l'espoir de sa fille.

— Mon ange, ce n'était pas papa. Papa n'est plus ici. Tu le sais, ma chérie.

Plus tard, elle avait vérifié l'émetteur-récepteur du babyphone. Il était éteint. Elle l'avait rallumé. Avait dit à sa fille :

— Ma chérie, s'il te plaît, n'éteins pas le moniteur. Sinon, je ne me réveillerai pas si tu as un accès de somnambulisme.

— C'est pas moi qui l'ai éteint, maman.

— Je sais que tu es une grande fille. Je sais que tu es capable de te débrouiller toute seule. Mais c'est dangereux s'il est éteint.

— Ce n'est pas moi. Je ne l'ai pas éteint.

Peut-être que c'est toi qui l'as éteint, et tu as oublié ? Peut-être que ton mari l'avait éteint, avant. Peut-être pensait-il que ce n'était plus nécessaire, car ça faisait très longtemps qu'elle n'avait pas eu de crise de somnambulisme. Peut-être essaie-t-il de te dire quelque chose.

Comme sa fille, chaque once d'étrangeté suscitait en elle la pensée : *C'est lui ! Il est revenu parmi nous.* C'était son mari, pas encore tout à fait suffisamment matérialisé pour l'utiliser, qui avait déplacé la clé cachée dans la pierre. C'était son mari, s'efforçant de les rejoindre, qui s'était évanoui derrière son arbre préféré, qui avait conféré au sentier cet aspect tassé, emprunté.

Arrête. Tu imagines des choses parce que tu es épuisée. Même quand tu dors, tu ne te reposes pas. Parce qu'il te manque. C'est tellement impossible qu'il soit parti, alors c'est plus facile de penser qu'il est ici. Et aussi à cause de l'article.

Elle savait, de manière objective, que ces bizarreries avaient commencé en même temps que la parution de l'article dans le journal local. Telle était l'explication rationnelle de cette sensation qu'elle et ses enfants éprouvaient, que son mari avait été réintégré dans leur réalité.

Chaque jour, elle ignorait les courriels, les textos et les messages vocaux de peu ou prou tous ceux qu'elle avait déjà rencontrés. La plupart des messages suintaient l'exaltation de leurs expéditeurs vis-à-vis de leur proximité de la célébrité, enrobée de pitié superficielle vis-à-vis de leur proximité de la mort. Seuls quelques-uns partageaient sa rage, offraient leur empathie, lui demandaient comment elle allait, étant donné la façon dont l'article la présentait.

C'était de la faute de la galerie. Ou la sienne de l'avoir engagée. Elle était lasse des appels des décorateurs d'intérieur, tourmentée par leur avidité palpable pour une œuvre qui avait instantanément acquis davantage de valeur à cause de la mort, exaspérée par leurs condoléances impatientes. Aussi, lorsqu'une galerie l'avait pourchassée, relancée et lui avait servi un argumentaire commercial convaincant pour représenter le travail de son mari, elle avait signé sur la ligne en pointillé. En se souvenant des centaines d'impressions rangées dans le bureau de son mari, elle leur avait dit qu'évidemment, elle disposait de photos signées, un paquet même. Elle avait connu une nuit exceptionnelle de repos, en pensant à tout cet argent qui allait lui permettre de consacrer davantage de temps à démarcher d'autres clients pour son activité, voire d'obtenir un emploi salarié dans une entreprise. Cela ne l'avait pas empêchée de se réveiller écœurée par ce monde qui avait reconnu son mari, s'intéressait ainsi à lui seulement une fois qu'il était mort. Son unique consolation était de n'avoir absolument aucune impression signée. Tous ces vautours payeraient à leur insu pour sa main imitant la signature de son mari.

Pendant le confinement, son mari s'était penché de son petit avion pour photographier des kilomètres d'autoroutes désertes. Avait pris des clichés de Boston,

New York, Providence, Hartford, abandonnées, post-apocalyptiques.

Ils ne s'étaient pas du tout vendus.

— Je vais les enlever du site internet pour le moment, avait dit son mari. Mais attends de voir. Une fois que les gens pourront regarder ça de nouveau, dire « Vous vous rappelez qu'on a survécu à ça ? », ils s'y intéresseront. Mais jusqu'à ce stade, c'est encore trop frais.

À moins que les gens n'aient simplement pas envie de décorer leur résidence secondaire balnéaire avec une photo d'un mètre vingt sur un mètre vingt d'une ville pestiférée.

Ce qu'elle avait dit à voix haute, néanmoins, était également vrai :

— Je trouve que c'est ta meilleure série.

La galerie était du même avis, l'agent salivait presque sur les numérisations des photographies qu'elle leur avait envoyées. C'était la galerie qui avait eu l'idée de l'article. Il incluait d'innombrables citations de l'agent sur « cette nouvelle période de travail plus profond, historique et pertinent », accompagnées de quantités de spéculations sur les contorsions de son mari dans l'appareil pour obtenir semblables clichés, et des jérémiades sur la perte immense que cela représentait pour le milieu artistique.

Personne ne l'avait contactée pour obtenir de commentaires. En revanche, ils avaient trouvé son beau-père. Elle se souvenait quand le vieil homme crachait : « La photographie, c'est pour les filles. Et les hommes qui n'aiment pas les filles. » Mais il était là, dégoulinant de bons sentiments sur la façon dont il avait nourri le talent artistique de son fils, si flagrant même dans son enfance, du moins aux yeux d'un père attentif. La façon dont il avait été inspiré par l'amour des avions du bon vieux papa. La façon dont il avait virilisé cet art en y intégrant lesdits avions. Une citation dans l'article, mise en exergue, en gras et en grand, lui avait produit la même impression que cette horrible gifle en travers de la figure.

« Je pense que l'enquête prouvera que sa mort n'était pas un accident », disait son beau-père.

« On ne pouvait rêver meilleure publicité, glosait l'agent de la galerie. Un peu de mystère… un soupçon d'acte criminel… ton beau-père vient probablement de doubler tes revenus nets. Oh non, mon chou, ne dis pas un truc pareil, non, non ! Je suis certain que personne n'ira croire qu'il insinuait que tu as le moindre rapport avec ça. Honnêtement, je pense plutôt que c'était en lien avec l'appareil. Oh, mon cœur, tu sais bien comment ça marche, on leur a dit de ne pas embêter la veuve pour un article de cirage de pompes. »

Elle était donc ça. *Une veuve, veuve, veuve.*

Alors, pas étonnant, s'était-elle dit. *Pas étonnant, signer son nom, voir son nom, en entendre parler, toujours et encore… évidemment que ça donne l'impression qu'il est très près, avec tout ça.*

Un hurlement de son fils. Elle était sortie de la maison en courant, terrifiée à l'idée qu'il se soit fait mal. Son petit garçon était là, riant, couvert de boue, par terre sous la balançoire dans ce novembre froid, et elle avait retrouvé son souffle. Une chaîne pendait sans rien au bout, l'autre ondulant avec la balançoire toujours attachée.

— Tu vas bien ?

— Elle s'est cassée, maman, regarde, je suis tout sale !

Elle avait examiné la balançoire, la chaîne. Comment était-ce possible ? Le mousqueton à vis qui l'attachait était subtilement défait, le crochet métallique distinctement ouvert, ce qui n'aurait pu se produire autrement que de manière délibérée.

— C'est toi qui as fait ça ? Tu l'as dévissé ?

Les enfants avaient secoué la tête.

— Je suis sérieuse. Vous l'avez fait ? C'est dangereux.

— Non, maman.

— Eh bien, quelqu'un l'a fait. Et ce n'était pas moi, ce qui signifie que c'était l'un de vous deux.

— Non !

— Ne mentez pas !

— Je ne l'ai pas fait !

— Moi non plus, maman. Je te le jure !

— C'était peut-être papa ? avait demandé sa fille.

Les poils fins sur ses bras s'étaient hérissés de chair de poule, d'un espoir macabre reflétant l'intonation de sa fille, emplie de désir mélancolique.

Peut-être qu'il essayait de la réparer. Il répare toujours les choses.

— Papa n'aurait jamais fait quelque chose de susceptible de vous nuire. Ne recommencez pas un truc pareil. S'il vous plaît.

Le sommeil lui échappait, chaque grincement et couinement de la maison la réveillaient en sursaut, et elle passait le reste de la nuit les yeux écarquillés, à s'inquiéter pour le lendemain, et le surlendemain, et tout ce qu'elle aurait dû mieux faire. Après l'incident avec le vin et l'escalier, elle n'avait plus osé boire d'alcool pour provoquer le sommeil. Seule dans la maison avec les enfants, elle n'aurait jamais avalé un somnifère. Lorsque le bruit blanc avait prouvé son inefficacité hormis pour l'agacer, elle avait testé les boules Quies, ce qui l'aidait à dériver, mais laissait néanmoins passer le son du babyphone.

Lorsqu'elle parvenait enfin à s'endormir, elle était réveillée de trois façons différentes.

D'abord, par les enfants – crise de somnambulisme, la titillant –, effrayée.

Secundo, ses paupières qui s'ouvraient brusquement, l'esprit torturé par des questions terrifiantes et des réponses sombres. *Combien de temps peux-tu continuer à falsifier sa signature de manière crédible ? Y a-t-il un moyen d'imprimer d'autres photos sans éveiller les soupçons de quiconque ? Est-ce que les enfants s'en remettront un jour ? Se souviendront-ils de lui ? Comment vas-tu réussir à faire ça, tout ça, toute seule ? Comment vas-tu survivre à ça, une fois de plus, encore une fois ! Tu n'auras plus jamais l'impression d'être normale, ça, du moins, tu l'as déjà appris avec ta mère.*

Et *tertio*, elle se réveillait après une crise de paralysie du sommeil. Avant la mort de son mari, elle subissait l'horreur déroutante de ce genre d'accès seulement une fois par an environ. Mais désormais, elle se réveillait régulièrement, incapable de parler, ou même ciller, les yeux écarquillés pour traquer l'homme de l'ombre qui traversait la chambre, un homme-n'étant-pas-son-mari qui se mettait du côté du lit de son mari et, d'une voix s'insinuant à travers les battements de son cœur pantelant, lui disait « Cela doit se produire », avant de disparaître. C'était seulement à cet instant qu'elle réussissait à bouger. Et malgré le caractère récurrent de ces cauchemars, c'était seulement là qu'elle comprenait, enfin, que ce n'était qu'un rêve.

Aussi, bien qu'elle ait envie, *besoin* de dormir, quelquefois, la terreur inéluctable du réveil avait pour résultat qu'elle ne dormait pas du tout.

À la fin du mois de novembre, deux daims étaient campés dans le pré enneigé, immobiles comme des statues et les yeux braqués sur la forêt. L'un avait étendu un peu ses pattes avant et sifflé d'une manière dont elle ignorait que les daims étaient capables. Ils avaient attendu, puis, ensemble, détalé dans la direction opposée à ce qui avait déclenché leur sifflement, quoi que ce fût. Elle était sortie de la maison et avait fouillé les bois du regard, à la recherche de la source de leur crainte. N'avait vu que le mouvement des branches effeuillées.

— Où est ton bonnet ? Le rouge, le nouveau ? Si tu sors, tu dois mettre un bonnet.

— J'sais pas, je l'ai perdu.

— D'abord tes moufles, ensuite le singe en peluche, et maintenant ton bonnet ? Il faut faire attention à tes affaires.

— Je fais attention, maman, je te jure ! Mais elles disparaissent sans arrêt.

Tout avait l'air de clocher. Tout semblait touché par des mains invisibles.

Elle savait qu'en surface, elle gérait la situation. Signait les photos. Envoyait des courriels à d'anciens clients, ayant désespérément besoin d'accroître ses commandes. Elle emmenait les gosses à l'école, les ramenait, et s'efforçait de maintenir une vie aussi normale que possible pour eux. Mais elle distinguait également de nouveaux creux et des os émergeant de son corps comme si elle était un lac en train de s'assécher. Sa peau pendait différemment sur son visage. Sa carence de sommeil fonçait son teint, tourneboulait son esprit. Le chagrin ressemblait à quelque chose qu'elle avait avalé, un ver parasite qui ne laissait plus de place pour la nourriture, pour un fonctionnement convenable, pour quoi que ce soit d'autre que lui.

Le brigadier s'était pointé à sa porte environ un mois après la mort de son mari. Elle avait préparé du café tandis qu'il prenait place à la table de la cuisine. Elle avait remarqué qu'il avait choisi la chaise la plus éloignée de l'escalier.

Elle avait envisagé de lui parler de toutes ces bizarreries. Peut-être que cela cachait quelque chose. Mais… un bonnet disparu, un babyphone éteint, le mousqueton dévissé, un daim qui sifflait ?

Non, tu auras l'air dingue. Et même si ce n'est pas le cas, tout ça n'est pas grand-chose.

— Vous tenez le coup ?

— Oui et non, avait-elle dit.

En percevant son inquiétude, elle s'était lissé les cheveux, avait affiché un sourire forcé et demandé :

— Ai-je vraiment si mauvaise mine que ça ?

Il lui avait jeté un regard paniqué. Pour une fois, elle n'avait eu aucun mal à lire son visage. Il pensait qu'elle jouait la coquette, la séductrice, et il était clairement horrifié.

C'était la première chose qu'elle se souvenait avoir trouvée drôle depuis que son mari avait qualifié les sorcières-épouvantails d'« une équipe très cool » à Halloween.

— Pas mauvaise… juste… hmm. Vous avez l'air fatiguée.

Il s'était raclé la gorge et avait détourné les yeux.

— Vous savez, avait-il poursuivi, mon *épouse*…

Il avait prononcé ce mot si ostensiblement qu'elle avait réprimé un sourire et songé : *Oui, je dois avoir une très, extrêmement, super-méga-mauvaise mine.*

— … mon *épouse* ne jure que par cette espèce de thé pour faciliter l'endormissement… Je lui demanderai la référence pour vous. Elle s'y connaît drôlement bien avec tous ces trucs. La médecine naturelle… Les huiles essentielles et tout ça… Elle fait ses propres recherches. Pas de médicaments chimiques et tout le reste.

Elle avait senti son visage se fermer. Elle s'était demandé si le brigadier s'était rendu compte du sous-texte derrière ce qu'il lui disait, s'il avait compris qu'il était en train de l'informer que leurs mondes respectifs étaient irréconciliables.

Elle avait versé une tasse de café et l'avait glissée à travers la table jusqu'au brigadier. Il avait retiré son masque pour la boire, et elle avait pris conscience qu'elle voyait son visage pour la première fois. Il ressemblait exactement à ce qu'elle s'était imaginé. Un nez romain, une mâchoire carrée, rasé de près, beau. Un Capitaine America ordinaire. *Pas du tout ton genre*, avait-elle pensé tandis qu'une vague de désir inapproprié dans le contexte montait en elle, songeant à la robustesse de son mari, son nez tordu, son large torse, ses yeux sombres et aqueux, ses taches de rousseur. Elle s'était servi une tasse de café et en avait avalé une gorgée. Avait senti la chaleur vibrer directement de son estomac vide à sa tête.

— Votre beau-père, avait dit le brigadier, nous a fait part de certaines préoccupations.

— Ah bon ?

Elle s'était assise à l'autre bout de la table, ses jambes chancelant tant elle était certaine qu'il s'agissait de l'acte criminel sous-entendu dans cet horrible article.

— Oui. Vous nous avez dit que vous ne communiquez plus. Pour quelle raison ?

— Il ne vous l'a pas expliqué ?

— Si, mais j'aimerais entendre votre explication.

Elle avait encore bu une gorgée de café. Fait une pause pour établir un diagramme mental de la petite famille de son mari, la réduire à son essence.

— Je me suis occupée de ma belle-mère pendant sa maladie, l'an dernier. Mon mari avait trop peur de la voir dans cet état, et cet homme ! il ne fallait surtout pas le déranger. Il s'est comporté comme si le cancer de sa femme était un désagrément qu'elle lui infligeait, à lui. Elle est décédée quatre mois exactement après qu'on avait déménagé ici pour la soutenir. C'est moi qui l'ai trouvée. J'ai fait asseoir mon beau-père et je lui ai annoncé la nouvelle. Il m'a frappée au visage. Ici, pour être précise.

Elle avait tapoté sa joue.

— Il m'a frappée suffisamment fort pour me faire tomber. Donc non, nous ne nous parlons plus. Et je compte bien ne jamais le revoir.

Les yeux bleus du brigadier l'avaient scrutée, fermes et directs.

— Vous avez porté plainte ?

— Non. Je suis sortie de sa vie avec mon mari et mes enfants.

Elle avait lentement siroté une gorgée de café.

— C'est ce qu'il vous a raconté ? s'était-elle enquise.

— Non.

— Vous a-t-il dit qu'il m'avait frappée ?

— Non.

— Que vous a-t-il dit ?

— Qu'il pensait que vous essayiez de créer une distance entre lui et son fils en ne lui parlant plus. Il a dit que vous en aviez après son argent.

Elle avait pouffé et secoué la tête.

— Il a été tout ce qu'il y a de plus clair là-dessus, depuis l'époque où mon mari et moi étions à la fac, qu'il ne nous aiderait pas financièrement, d'aucune façon. Il désapprouvait le choix de mon mari de se consacrer à la photographie. Par conséquent, nous n'avions absolument pas d'attentes à ce sujet. Et de toute façon, nous n'avons besoin de rien venant de lui.

— Alors, sur le plan financier, vous êtes… à l'aise ?

— Ouais, avait-elle dit, ignorant si c'était vrai, doutant de pouvoir faire tout cela seule, s'efforçant de s'en convaincre. Durant les premières années de notre mariage, je gagnais trois fois plus que mon mari, facile, tandis qu'il essayait de percer dans l'art. Il se débrouillait, et au bout d'un moment, il s'en est très bien sorti. Ses photos constituaient la source de notre revenu principal depuis cinq ans, à peu près. Maintenant qu'il n'est plus là… je vais devoir reconfigurer les choses. Mais j'ai des clients. Des économies.

Elle avait maintenu une voix assurée en songeant aux signatures falsifiées sur les photos de son mari et ajouté :

— Et il y a encore beaucoup d'œuvres de mon mari à vendre.

— Pas d'assurance-vie ?

Elle avait haussé les épaules.

— Il y en a une qui me couvre, moi, mais lui n'en avait pas. C'était trop cher à cause des nombreux vols qu'il effectuait avec cet abominable petit avion. Ils voulaient ajouter tellement de réserves dans le contrat qu'à la fin, on s'est dit que cela n'en valait pas la peine.

— Je vois.

— Au final, je suppose qu'on aurait mieux fait de la contracter, puisque l'avion n'a rien à voir avec ça.

Elle s'était tue un instant.

— Je me faisais constamment du souci, j'avais peur qu'il meure dans un accident d'avion. Ça a l'air tellement ridicule maintenant.

Les yeux du brigadier l'avaient transpercée, semblant la fouiller dans ses profondeurs, jusqu'à ce qu'il finisse par dire :

— Votre beau-père pense que c'est *vous* qui l'avez tué. Avez poussé son fils dans l'escalier.

Elle avait beau se croire préparée à ça, ses mains s'étaient mises à trembler.

— Mon Dieu, avait-elle dit, choquée d'entendre ça à voix haute, la preuve que son beau-père était capable de penser ça d'elle.

Elle avait essuyé ses mains mouillées de sueur sur son t-shirt.

— Vous avez vu cet article ? Au sujet de mon mari ? Il a dit dedans quelque chose qui insinuait que c'était ce qu'il pensait. Il me déteste vraiment. Il pense que je suis… défigurée.

Elle avait glissé un regard vers le brigadier pour voir comment il réagissait. Mais il avait recouvré son visage par défaut, expression impénétrable.

— Il a dit que vous aviez des problèmes. Des problèmes de couple.

Elle avait secoué la tête.

— Le seul problème dans notre couple, c'était lui. Il ne pouvait pas prétendre avec mon mari, comme il l'a fait avec vous, qu'il ne m'a jamais frappée. À cause des bleus et de tout le reste. Mais il a essayé de persuader mon mari que c'était de ma faute. Que j'avais été méchante ou grossière quand ma belle-mère était décédée, ce qui était un mensonge. Et mon mari, eh bien… père et fils, vous savez ? C'est compliqué. Mon mari… je pense qu'il aurait aimé trouver un moyen pour qu'on se rabiboche et qu'on s'entende bien. Mais c'était hors de question pour moi, dit-elle en se mordillant la lèvre. De toute façon, mon beau-père n'est pas au courant d'un quelconque problème. Mon mari et lui ne se parlaient plus.

Le brigadier s'était éclairci la voix.

— Si. En fait, si. Ils se parlaient. Jusqu'à la veille du décès de votre mari.

Elle avait senti ces mots la percuter dans le ventre. Dû se forcer à reprendre une inspiration.

— C'est ce que mon beau-père vous a dit ?

— Il nous a montré son journal d'appels téléphoniques.

— Il a appelé mon mari ?

Le brigadier avait secoué la tête.

— Il l'appelait parfois. Mais quelquefois, c'était également votre mari qui l'appelait.

Elle s'était frotté les tempes avec ses jointures comme pour extirper cette trahison de son cerveau. S'était imaginé son mari téléphonant du tarmac, de la voiture, le poison de la voix de son beau-père tintant dans son oreille quelque part loin de la maison pour qu'elle n'en sache rien. Et il avait dû effacer l'historique de ses appels. Il n'y avait aucun appel vers le numéro de son beau-père sur la liste du smartphone de son mari quand elle l'avait récupéré pour recevoir les condoléances et avait distraitement fait défiler son historique en remontant dans le temps, le visualisant vaguement appeler tel ou tel ami.

Peut-être qu'il avait appelé son père pour l'engueuler. Pour le tester. Voir s'il présenterait des excuses. J'imagine que tu ne le sauras jamais. Car tu ne peux évidemment rien croire de ce que dit le vieillard.

Elle avait refoulé ses larmes.

— J'aurais aimé qu'il me dise qu'ils se parlaient encore. L'approbation de son père était très importante pour lui, vous comprenez ?

— Et en dehors de… tensions… avec votre beau-père, y avait-il d'autres points épineux ?

Elle avait secoué la tête.

— C'était le truc principal. Mais… quand on est mariés depuis longtemps, certaines des choses qu'on trouvait attachantes deviennent au fil du temps irritantes, vous voyez ce que je veux dire ? Au début, cela lui plaisait que je sois timide. Ça lui permettait d'être l'élément sociable, populaire, du couple. Et j'aimais son aspect aventurier, à voler comme ça, intrépide. Mais avec les années qui passaient… il voulait que je sois plus extravertie. Que je m'intègre mieux… je voulais qu'il prenne moins de risques, change d'appareil. Qu'il m'aide davantage avec les corvées ménagères. Avec les gosses.

Elle avait regardé par la fenêtre de la cuisine. Vu un robinson sur le mur en pierres, gros pour la saison. Ressenti les racines douloureuses dans sa poitrine, là où la voix de son mari murmurait : « As-tu fait quelque chose ? Aurais-tu dit quelque chose qui l'aurait fait réagir ? » Désiré de toutes ses forces que son mari soit là, à cet instant, pour s'expliquer. Qu'il soit là en train de ne pas l'aider avec les corvées, en train d'insister sur le fait que ce qu'il devait faire était plus important. Habile et intéressé et s'efforçant de l'attirer vers la lumière. Il lui dirait la vérité. Il extrairait l'excroissance douloureuse, en cours de propagation, de cette trahison.

— C'est juste que… il me manque. Il me manque plus que…

Elle avait baissé les yeux sur ses mains, crispées sur ses genoux.

— Nous étions heureux, avait-elle dit. Maintenant qu'il n'est plus là, chaque dispute semble si… dérisoire.

— Avez-vous poussé votre mari dans l'escalier ?

Elle avait pensé qu'il était important de regarder le brigadier droit dans les yeux pendant qu'elle répondait.

— Non, avait-elle dit doucement. Je ne l'ai pas poussé.

— Bien, avait répondu le brigadier, se rajustant sur son tabouret. J'espère que cela vous apportera un peu de réconfort que nous ayons classé son décès comme un accident.

— Oh, avait-elle dit, abasourdie de la vitesse inattendue de cette décision, et que ces questions soient la dernière étape et non la première. En avez-vous informé mon beau-père ?

— Ouais, avait confirmé le brigadier en secouant la tête et esquissant un sourire sardonique. Il n'était pas très content. Nous a dit : « La non-existence de preuve d'un fait ne constitue pas la preuve de non-existence d'un fait. »

— Il était avocat, autrefois.

— Il l'a également mentionné.

— Il le mentionne tout le temps, avait-elle dit. Comment l'avez-vous déterminé ? Que c'était un accident ?

— Le corps. La façon dont il est tombé. Le sang. La façon dont votre escalier est disposé, qui rend quasiment impossible de pousser quelqu'un de manière efficace d'en haut. En particulier vu votre petite taille. Ce n'est pas une grande volée de marches. Une chute de cet escalier n'aurait pas dû provoquer ce genre de conséquence, normalement. C'est juste un truc dingue qu'il ait heurté la table ici en tombant.

Le brigadier avait tapoté, *tac-tac-tac*, le côté de sa tête pour indiquer le point d'impact.

— C'est le fait qu'il ait percuté le coin de la table. Et puis, bien sûr, ce que vos enfants ont dit.

Ses yeux avaient tressauté pour se darder sur les siens.

— Vous avez parlé à mes mômes ?

— Bien sûr, le jour de... Vous ne vous en souvenez pas ?

— Tout est comme... flou.

— Évidemment.

Il avait acquiescé, mais en filigrane, elle avait senti un soupçon de jugement, une once de : « Quel genre de mère oublie ce que font ses enfants lors d'une telle journée ? »

— Et qu'ont-ils... qu'ont-ils dit ?

— La même chose que vous. Que leur papa devait partir tôt. Ils dormaient. Vous et votre mari vous entendiez bien. Foyer heureux. Et puis, bien sûr, la façon dont vous avez réagi.

Elle avait dû paraître confuse, car il avait ajouté :

— Vous étiez bouleversée. Mais vous avez collaboré.

Elle s'était souvenue s'être balancée d'avant en arrière, couverte de sang. Elle s'était souvenue avoir dû se déshabiller entièrement. S'était souvenue qu'ils avaient pris des photos d'elle tandis qu'elle s'efforçait de se tenir debout, toute force évanouie de ses jambes, de sa colonne vertébrale. Et apparemment, elle avait laissé la police monter en douce pour parler avec ses enfants sans sa présence. Elle s'était demandé si tout cela, dans leurs procédures, avait été si anodin, si dénué de soupçons.

Ils étaient restés assis face à face, dans un silence distant, pendant un petit moment, chacun buvant son café, elle songeant aux accusations injurieuses de son beau-père. Aux angles et tournants de l'escalier. Aux corps qui tombaient.

Elle s'était surprise à lâcher faiblement :

— Je n'arrête pas de penser à lui… lui tout seul. Peut-être qu'il a essayé d'appeler à l'aide. Qu'il m'entendait bouger à l'étage supérieur. Paralysé. Il devait avoir tellement peur. Ça devait être une torture.

— Cela ne s'est peut-être pas passé comme ça, vous n'en savez rien. Il avait probablement perdu connaissance depuis le début.

Le brigadier avait ajouté d'un ton consensuel :

— Ce n'est pas de votre faute.

Elle était certaine qu'il savait aussi bien qu'elle qu'évidemment, c'était de sa faute, car la possibilité existait qu'elle ait eu, pendant un petit laps de temps, le pouvoir de tout changer.

Elle avait furtivement essuyé les coins de ses yeux avec sa manche.

— Vos gosses sont à l'école ?

— Ouais.

— Comment vont-ils ?

— Pas génial. Ils n'ont pas l'air de comprendre qu'il est parti. Ils n'arrêtent pas de croire qu'ils le voient. Dehors, par la fenêtre, près d'un arbre qu'il aimait, ou dans les bois. Ils font des cauchemars. Tout s'est passé si subitement. C'était si irréel. On ne leur a pas permis de le revoir à l'hôpital. Nous avons dû faire nos adieux par téléphone. On aurait dit une émission de télé. Ne pas pouvoir le toucher, dire au revoir à… une personne si importante. Ils nous ont recommandé un thérapeute à l'école. Un thérapeute spécialisé en deuil. La consultation a lieu sur ordinateur.

— Je suis désolé, avait-il dit. Et vous ? Vous faites des cauchemars et des trucs comme ça, vous aussi ?

Elle avait haussé les épaules.

— J'ai des accès de paralysie du sommeil, parfois.

— Oh !? C'est quoi ?

— Vous vous réveillez et n'arrivez pas à bouger. Certains voient une forme, comme une ombre, dans la chambre. Au bout de quelques secondes, elle disparaît. Et peu à peu, vous réussissez à bouger de nouveau.

— Eh bien, ça paraît sacrément atroce.

Les sourcils du brigadier étaient froncés, et son expression trahissait un mélange de pitié et de révulsion.

— Ça ne se produit pas si souvent, avait-elle menti, contrariée par la réaction du policier et retombant dans sa vieille habitude consistant à espérer que dire une chose à voix haute puisse la rendre vraie. Ne m'est pas arrivé depuis longtemps.

— Faites-vous partie des gens qui voient une forme ?

Elle avait menti à nouveau.

— Parfois. Pas toujours.

— À quoi ressemble-t-elle ?

— Juste un homme. La silhouette d'un homme.

— Mais effrayante ?

— Ouais. Effrayante.

Le brigadier avait de nouveau balayé la vieille demeure alentour du regard, avant de s'arrêter sur le sang qui tachait encore les interstices entre les lattes. Puis ses yeux avaient monté l'escalier raide.

— C'est assez courant, avait-elle dit.

Elle éprouvait le besoin de le rassurer, se rassurer, sur le fait qu'une chose comme ça était normale, qu'elle était normale, qu'il n'y avait pas de fantômes, pas d'ombres vivantes, dans ce monde. Que parfois, les choses tombaient, parfois, elles étaient perdues, déformées, tordues, cassées. Que n'importe qui imaginerait des choses bizarres, des choses apparaître, disparaître, après avoir senti la mort de si près, après avoir vu la mort perchée, vorace, au-dessus d'une personne aimée.

— On dit que cela pourrait expliquer toutes ces histoires d'enlèvement par des extraterrestres, lui avait-elle dit. Pourquoi ces histoires se ressemblent toutes. Vous voyez ?... Impossibilité de bouger, de parler, on voit des formes avec des yeux luisants, et subitement, on se retrouve de nouveau dans le lit… ce genre d'histoires. Juste des gens qui ont la paralysie du sommeil. Pas de petits bonshommes verts qui nous projettent dans des vaisseaux spatiaux et nous soumettent à des expérimentations où on ne peut pas bouger, etc.

— Hmmm, avait lâché le brigadier en hochant la tête. C'est intéressant.

Ils étaient restés assis en silence. Elle avait songé au sentier dégagé, au mouvement derrière les arbres. À la manière dont les voix des enfants vibraient d'espoir quand ils suggéraient que papa était peut-être en train d'observer, avait peut-être fait ceci ou cela. À la manière dont, récemment, les objets semblaient se déplacer, comme si leur propriété, leur terrain, leur maison étaient soumis à une gravité différente.

— Je suppose qu'il existe des explications simples pour la plupart des choses, avait-elle hasardé. Même celles qui, à première vue, sont les plus bizarres.

— Oui, avait approuvé le brigadier en se frottant vigoureusement le menton. C'est ce que je me dis tout le temps.

27

Elle s'obligea à rester éveillée dans son lit d'hôpital chaque fois qu'elle voyait la lumière du jour. Elle s'efforça du mieux possible de feindre que le flux constant d'inconnus masqués entrant et sortant de sa chambre ne la dérangeait pas, leur décochait des « Bonjour ! » et affichait de larges sourires qui la faisaient souffrir. De réprimer ses sursauts chaque fois qu'ils la réveillaient. Elle se contraignait violemment, par chacune de ses cellules, à prouver à l'immense masse interchangeable de blouses et d'uniformes et de masques qu'elle allait mieux, mieux, mieux… qu'il était temps de partir !

Temps de retirer les mômes à cet homme.

Quelqu'un changea le pansement sur son œil, et elle aperçut de la lumière à travers sa paupière gonflée.

— C'est bon signe, lui dit le docteur.

— Dieu soit loué ! répondit son moi-qui-se-sentait-enjoué-et-allait-mieux.

Le jour de Noël, le neuvième de son séjour, une infirmière l'aida à clopiner à travers les corridors avec des chaussettes aux dessous collants.

— Vous vous en sortez très bien !

— Merde alors, z'avez raison, approuva-t-elle, parvenant presque à se persuader qu'elle était le genre de personne capable de prononcer des jurons inoffensifs en souriant devant autrui, drôle et vaillante.

— Vous pensez que vous pourrez bientôt me laisser sortir ? demanda-t-elle au psychiatre.

— Ça ne dépend pas de moi, dit-il. Mais je donnerai mon approbation. Et vous continuerez à consulter régulièrement, si vous êtes toujours motivée par la démarche ?

Elle acquiesça.

— La dernière fois qu'on a discuté, vous m'avez donné votre consentement pour que je parle à la police de votre état psychologique. Vous vous en souvenez ? Parce qu'ils avaient demandé s'il n'était pas dangereux de vous laisser rentrer chez vous.

— Oui. Pour obtenir un genre de… d'autorisation psychiatrique de fin d'hospitalisation.

— Exactement. Étant donné votre faible poids, et que vous leur avez dit que vos blessures n'étaient pas dues à l'intrus, ils s'inquiétaient pour votre sécurité. S'inquiétaient par rapport à l'autodestruction.

Son cœur tambourina d'angoisse.

— Que leur avez-vous dit ?

— Je leur ai dit que vous aviez fait d'énormes progrès et que vous aviez accepté, avec enthousiasme même, de suivre un parcours thérapeutique. Je leur ai dit que vous êtes confrontée aux problématiques auxquelles n'importe qui ayant vécu ce que vous avez vécu serait confronté. Que psychologiquement, vous êtes prête à rentrer chez vous.

— Merci, docteur, dit-elle en réprimant ses larmes. La police… je pense qu'ils ne me croient pas. C'est comme vous l'avez dit, je n'arrive pas à raconter l'histoire convenablement… tout est… tout se mélange. Vous ont-ils donné… comment dire… l'impression qu'ils pensaient que j'ai peut-être tout imaginé ?

Le psychiatre pencha la tête.

— Pensez-vous avoir tout imaginé ?

Le babyphone éteint, la balançoire cassée, le daim bramant dans la forêt.

— Non, répondit-elle aussi fermement que possible. Je sais ce que j'ai vu.

— Bon. Alors voilà. Ils m'ont demandé si j'avais observé des signes de délire ou de psychose. Je leur ai dit que non. Je leur ai dit, exactement comme je vous l'ai dit, que vous avez subi un traumatisme important, et que par conséquent, il est normal que cela prenne du temps pour vous souvenir des choses de manière cohérente, en admettant que vous puissiez vous en souvenir un jour, ce qui n'est pas garanti.

Elle hocha la tête, et les larmes coulèrent enfin, picotant son visage abîmé.

Il te croit. Et il doit savoir, parce que c'est un psychiatre. Et il dit que tu es normale, normale, normale. Même si toi, tu ne te sens pas normale, si rien ne paraît normal, ça l'est. Et tu l'es.

Elle demanda aux docteurs, aux infirmières, à tout le monde : « Puis-je utiliser votre téléphone, pour une minute, s'il vous plaît ? Cela vous dérangerait-il que j'appelle mes enfants ? »

Son beau-père ne décrochait jamais.

La souffrance pulsait sans interruption, mais elle trouva des moyens de vivre en dépit d'elle. Redoutant la dépendance, les trous de mémoire, d'être incapable de remuer suffisamment ses membres pour les renforcer, elle cessa de presser le petit bouton rouge. Avala des doses bien plus minimes de pilules.

— Quand pourrai-je de nouveau conduire, d'après vous ? demanda-t-elle au docteur qui lui disait de regarder en haut, en bas, à gauche, à droite, de son œil meurtri qui exécutait les ordres sous sa paupière gonflée, au-dessous des points de suture.

— Une fois que votre chirurgien aura donné son accord, je pense que vous serez prête à sortir d'ici, répondit le docteur. Vous devriez pouvoir conduire à nouveau sans problème du moment que vous ne prenez plus de médicaments.

Comme elle n'apercevait que de faibles ombres avec son œil amoché, elle crut qu'il plaisantait et émit un rire narquois. Il la regarda, perplexe, et elle prit conscience qu'ils avaient tous le même objectif.

Eux aussi veulent que tu t'en ailles. Tu représentes juste une personne supplémentaire dont ils doivent s'occuper. Cet endroit est totalement saturé, cela fait presque un an qu'il est saturé. Évidemment qu'ils veulent que tu t'en ailles.

Aussi commença-t-elle à s'enquérir du chirurgien.

— Auriez-vous une petite idée de quand le chirurgien va venir, une petite idée de quand on va me laisser sortir ?

— Vous êtes certaine ? demanda une infirmière sympathique. Si c'était moi, je ne sais pas si j'aurais envie de rentrer à la maison sans aide. Sans parler de retourner à l'endroit où tout ça s'est produit.

— J'ai appelé un serrurier. Et une entreprise de système d'alarme, dit-elle. Si je prends un contrat de maintenance, si je leur fournis un accès électrique à l'extérieur, ils pourront installer des caméras partout, et des alarmes sur chaque fenêtre.

— C'est pas ce que je voulais dire, mon chou. Mais tout ça avec votre mari ? Je ne pense pas que je me sentirais à l'aise de dormir dans une maison en sachant que quelqu'un y est décédé.

— Ça se pourrait, dit-elle, tandis qu'elle se demandait comment cette infirmière arrivait à travailler dans un hôpital où les gens mouraient continuellement dans le cadre de son boulot, arrivait encore, au bout de soixante ans et quelques d'existence, à croire que la plupart des domiciles n'avaient pas, un jour ou l'autre, abrité un cadavre. Ça se pourrait, dit-elle, étonnée que quiconque puisse suggérer qu'elle quitte le seul endroit où elle avait encore des souvenirs de son mari, le seul endroit où il existait encore. Vous avez peut-être raison, dit-elle à l'infirmière.

C'était ce qu'elle disait à tout le monde, ce que tout être humain voulait entendre. « Vous avez sans doute raison, après tout ? Vous êtes tellement intelligent, quel conseil judicieux, vous avez tout à fait raison, raison, raison. »

— Vos gamins vont bien, lui dit le brigadier au téléphone. L'un de mes gars les a vus hier. Une assistante sociale y était ce matin. Elle ne vous a pas appelée ? Pourquoi ne lui passez-vous pas un coup de fil ? Vous lui avez laissé un message ? Eh bien, elle va vous rappeler. Un peu de patience…

Finalement, il lui dit avec une froideur qui, à n'en pas douter, ne présageait rien de bon :

— Il faut arrêter de m'appeler à propos de ça.

Le « ça » étant ses enfants. L'injustice de cette réaction, la preuve que son beau-père avait une emprise atroce sur eux la firent sangloter dans son mince oreiller d'hôpital. Une nouvelle dame débarqua dans la chambre, interrompant ses larmes.

— Vous êtes infirmière ?

— Je suis une ATC.

— Ça veut dire quoi ?

— Assistante technico-chirurgicale… pour votre chirurgien.

Elle n'avait pas la moindre notion du système hiérarchique hospitalier, mais en entendant le mot « chirurgien », elle essuya ses larmes et se redressa sur le lit, sachant qu'elle devait apaiser cette personne extrêmement jeune et extrêmement blonde. La femme lui fit lever les bras, serrer ses mains.

— Désolée de vous avoir prise pour une infirmière, dit-elle. Vous savez… j'ai une amie, une femme docteur… Elle m'a confié que cela lui arrive constamment. Mais pas à ses collègues masculins.

Elle n'avait aucune amie de la sorte, mais ne percevait pas cette histoire comme un mensonge. Car c'était probablement ainsi que se déroulaient effectivement les choses.

— Ouais, soupira l'ATC. Ça m'arrive très souvent.

— Et donc, vous êtes la personne habilitée à me délivrer l'autorisation de sortie de l'hôpital ?

— Ouais.

— Super ! Vraiment génial. Je suis prête à partir.

— Vous avez un endroit où aller ?

— Bien sûr, évidemment.

— C'est-à-dire que…

L'ATC lui décocha un haussement d'épaules complice.

— … la police a dit que vous ne pouviez pas retourner chez vous sans son accord. Vos examens sont bons et par conséquent, nous, nous sommes prêts à vous signer l'autorisation de fin d'hospitalisation, ça pourrait même se faire demain, mais vous avez besoin d'un endroit où séjourner. Et d'un accompagnant qui vous ramène à la maison.

Elle appela le brigadier. Il répondit par un « Quoi ? » sec, supposant probablement qu'elle lui téléphonait à nouveau au sujet de ses enfants.

Après que tu as été si gentille, après que tu ne l'as pas appelé pendant deux jours entiers. Au sujet de tes propres enfants.

— Ils disent qu'ils m'autorisent à quitter l'hôpital, mais ont mentionné un truc comme quoi vous devez aussi me donner la permission de retourner chez moi ?

— Ah oui, dit-il, sa voix se décontractant. Nous aimerions refaire un tour de votre maison avec vous avant que vous vous y réinstalliez. Cela pourrait faire resurgir d'autres souvenirs, ou bien vous pourriez remarquer des choses qui vous paraissent bizarres, différentes, déplacées ou qui manquent.

Elle se sentit exténuée à l'idée de revivre tout ça, les questions interminables, devoir marcher à nouveau dans les lieux de l'effraction aux côtés du brigadier.

Peut-être que le courage, c'est juste de traverser le moment.

— Oui, répondit-elle avec un enjouement forcé, bien sûr ! Pourrait-on le faire demain ? Ils m'ont dit qu'ils peuvent me laisser partir demain. Comme ça, après, je pourrai aller chercher les enfants et les ramener à la maison.

Le brigadier se tut un instant, et elle l'imagina en train de consulter son agenda.

— Ouais, je peux demain. Tenez, voilà ce qu'on va faire. Appelez-moi quand vous êtes prête et je serai votre accompagnant pour vous ramener chez vous.

— Merci, merci !

Elle passa le reste de la journée à avancer sur des objectifs concrets. Elle confirma les rendez-vous avec le serrurier et l'entreprise de système d'alarme pour le premier jour après leur réouverture des fêtes de Noël, et avant leur fermeture pour le réveillon de fin d'année. Elle laissa un message vocal à son beau-père, l'informant qu'elle quittait l'hôpital le lendemain et viendrait chercher les enfants.

Elle dormit à peine. Pressa le bouton d'appel de l'infirmière dès les premières lueurs de l'aube, et demanda : « On m'a signé l'autorisation de fin d'hospitalisation. Puis-je partir ? »

Mais non. Il y avait de la paperasse, des formulaires, des visites d'infirmières, des prises de rendez-vous de suivi pour la chirurgie plastique (« Vous ne voulez tout de même pas avoir des cicatrices, si on peut l'éviter ! »), le chirurgien à voir (elle se rendit compte qu'elle n'était pas certaine d'avoir jamais rencontré ou même vu cette personne dont les mains avaient réassemblé son crâne), l'ophtalmologue (« J'ai pas envie d'être aveugle, après tout, ha, ha, ha »). Ils lui donnèrent une pile d'ordonnances pour la douleur, pour l'aider à dormir, pour éviter les infections, pour lutter contre la nausée causée par les autres médicaments. Il y eut tant d'interactions humaines en l'espace de quelques heures que sa tête lui tournait et son visage était crispé à force de simuler la jovialité.

Enfin, elle appela le brigadier et lui dit qu'elle était prête. Un aide-soignant la conduisit jusqu'à la porte de l'hôpital en chaise roulante. Elle portait les vêtements que la voisine lui avait donnés. Ils sentaient l'assouplissant. Elle soupçonna l'une des infirmières de les avoir mis à la machine de son propre chef. Se demanda vaguement où était passé son manteau de fourrure.

— Vous voyez votre accompagnant ? s'enquit l'aide-soignant.

— Pas encore. Mais ce n'est pas grave, vous pouvez y aller.

— Vous êtes certaine ?

— Oui.

À la minute où il disparut de son champ de vision, elle se releva et franchit les portes en marchant, ses pieds blessés enveloppés dans leurs chaussettes d'hôpital collantes. Elle se dirigea, lentement mais sûrement, vers l'endroit où elle s'était écroulée en apprenant que son mari était dans le coma, puis le dépassa. L'air était frisquet, le ciel nuageux. Elle s'assit sur un banc sous un auvent et attendit.

C'était tellement, tellement beau, d'être dehors. Elle leva les yeux, emplie de joie, vers le parking désert exposé au vent, avec ses petits arbres tristounets, un peu plus près de ses enfants.

28

Le brigadier conduisait avec le policier au visage de gamin dans le siège du passager. Elle remarqua d'autres conducteurs qui la fixaient, assise sur la banquette arrière du véhicule de patrouille de la police, les imagina se demander « Qu'a-t-elle fait ? Pourquoi a-t-elle été arrêtée ? Pourquoi est-elle tout amochée ? »

— Vous pensez que ça va durer combien de temps ? s'enquit-elle.

Un vague haussement d'épaules du brigadier.

— Probablement quelques heures.

— Et après, pourrai-je rester chez moi ?

— Selon ce que vous remarquerez, on aura peut-être besoin de plus de temps sur place. Peut-être que ce serait une bonne idée de passer la nuit chez des amis.

— Bien sûr, dit-elle en réfléchissant aux hôtels dans les parages susceptibles d'avoir de la place pour elle et ses enfants.

Elle croisa les yeux bleus du brigadier dans le rétroviseur central.

— J'ai lu sur Internet, dit-il, à propos de votre maladie.

— Pardon… ?

— Votre beau-père nous en a parlé, comme quoi votre mère l'avait, etc.

Elle se frotta le front et regarda à l'extérieur par la vitre.

Je n'en doute pas un instant, qu'il vous en a parlé. Je ne doute pas qu'il avait beaucoup de choses à dire à mon sujet.

Elle sentait les yeux du brigadier sur sa peau, le sentait penser ce que tout le monde pensait. Dans le regard du brigadier, elle sentait le malaise insidieux devant sa différence, sa singularité.

— C'est un truc intéressant, dit le brigadier.

— Ah bon ?

Elle fixa ostensiblement le paysage par la vitre.

— Ben oui. Ça n'a pas dû être facile, vu que ça a commencé si jeune.

Elle fut submergée par l'épuisement coutumier lié à la sensation d'être un spécimen disséqué et pressé entre deux lamelles de verre. Et bien qu'elle s'exhorte intérieurement – « Ne dis rien » –, elle marmonna :

— Ouais. C'était pas génial. Mais on s'y habitue.

— Hmmm, fredonna le brigadier, le regard déviant de nouveau vers le rétroviseur arrière pour jeter encore un coup d'œil, empli d'une expression hélas trop familière qui disait : « Comment peut-on jamais s'habituer à *ça* ? »

Les humains sont des créatures capables de s'habituer à tout. C'est ce qui nous définit le mieux.

Elle appuya sa joue contre la vitre froide. Tenta de se concentrer sur cette fraîcheur à travers la chaufferie qui soufflait à fond dans le véhicule.

Ils bifurquèrent dans l'allée de sa maison. Le brigadier coupa le moteur et se retourna pour lui faire face à travers la séparation en plexiglas de la voiture de police.

— Je suis conscient que vous n'êtes pas encore tout à fait…

Il esquissa un geste dans sa direction.

— … rétablie du point de vue médical. Si vous avez besoin d'aide, avez besoin d'un petit moment, dites-le-nous. Le but de cette visite est que vous nous indiquiez si vous voyez quelque chose de particulier. Quelque chose qui n'est pas à vous, qui n'est pas à sa place normale, qui n'est plus là. Quelque chose qui a été déplacé, n'importe quoi qui vous rappelle un nouvel élément. Vraiment n'importe quoi, d'aaac-cord ? Et ça inclut aussi l'extérieur, OK ?

— Bien sûr, d'accord.

Il roula lentement sur l'allée, en jetant un coup d'œil vers elle pour s'assurer que sa tête pivotait partout, vérifiait les arbres, la neige.

— Ça a été déblayé, dit-elle. J'espère que le gars à qui je fais appel n'a pas tout foutu en l'air. Les indices ou autre chose. Il est censé venir super tôt quand il neige.

— Ne vous inquiétez pas. On a déjà vérifié l'allée avant qu'elle soit déneigée. On va commencer par l'intérieur.

Ils se garèrent. Le passage jusqu'à la porte n'avait pas été dégagé, mais des bottes avaient tassé la neige, offrant aux visiteurs une accessibilité inégale. Le policier au visage de gamin pénétra dans la maison et en revint avec l'une de ses paires de bottes. Elle s'efforça de dissimuler sa douleur tandis qu'elle les enfilait sur ses pieds amochés.

Ils débutèrent par le garage, où les policiers l'informèrent que la batterie de la voiture de son mari était morte.

— Elle est probablement morte il y a déjà un certain temps si, comme vous l'avez dit, vous ne l'avez pas utilisée, précisa le brigadier.

Il lui fit remarquer que sa voiture, stationnée à l'endroit habituel dans le garage, avait un pneu crevé.

— On l'a relevé dans notre inspection. Mais ça ne semble pas avoir été fait intentionnellement, voyez ? lança le brigadier en tapotant un point sur le pneu arrière. Vous avez dû rouler sur un clou.

Heureusement que tu ne t'es pas enfuie pour récupérer la voiture, ça s'est révélé être un bon choix. Mais... c'est le Coin qui a dû faire ça ?

— Pourtant, j'avais utilisé ma voiture plus tôt dans la journée, et elle fonctionnait bien. Vous ne…

Elle s'éclaircit la voix.

— Vous ne pensez pas que c'est lui qui a fait ça ? C'est une drôle de coïncidence tout de même.

— C'est possible, mais on ne peut pas le savoir. J'ai eu moi-même un pneu crevé la semaine dernière. Ce sont des choses qui arrivent.

En entrant à l'intérieur, elle sentit immédiatement combien les pièces paraissaient trop grandes sans les enfants. La maison avait la même odeur, la même température pas-tout-à-fait-assez-chaude. Mais il y avait quelque chose d'indéfinissable, une distance, qui lui donnait une impression de dissonance. Une fenêtre ouverte qui laissait entrer l'humidité, peut-être. Une sorte d'agitation qui indiquait que les souris n'avaient pas chômé.

Le Coin.

Arrête. Concentre-toi.

Elle s'assit pour enlever ses bottes, chercha alentour ses pantoufles du regard et se souvint qu'elle les avait perdues quelque part dans la neige. Elle se releva sur ses chaussettes collantes d'hôpital, espérant que le tour de la maison ne durerait pas trop longtemps et n'aggraverait pas l'état de ses pieds, toujours fragiles et gonflés.

— Pourriez-vous ôter vos bottes, s'il vous plaît ? demanda-t-elle aux policiers.

Ils échangèrent un regard, mais obtempérèrent.

Ensemble, ils descendirent au sous-sol, humide et rempli de toiles d'araignées comme d'habitude.

— Je ne pourrais pas vraiment vous dire si quelque chose a changé. Je ne descends jamais ici sauf si je n'ai absolument pas le choix. C'est trop dégueulasse et sombre.

Elle fit une pause.

— Attendez… je sens… Vous ne sentez pas une odeur de fumée de cigarette ?

Les policiers dressèrent le nez et reniflèrent, tels des chiens limiers, puis secouèrent la tête.

— Nan, dit le brigadier. J'espère quand même que vous avez un déshumidificateur quelque part ici. Ça sent le renfermé.

Dans la cuisine, les lattes du vieux parquet en pin, celles qu'elle gardait toujours immaculées, celles qu'elle avait nettoyées pour enlever le sang, portaient d'importantes rayures. Elle lâcha un « Oh » de douleur devant les dégâts.

— Ouais, on est désolés, dit le brigadier d'une voix qui ne lui sembla pas du tout désolée, formule de courtoisie vis-à-vis de ce qu'il considérait comme une réaction démesurée à quelque chose d'insignifiant. C'est quand mes gars ont marché dessus.

Ne leur fais pas de remontrances. Tu as besoin de leur aide.

Remplissant les interstices de silence tandis qu'elle examinait la maison, ils lui posèrent de nouvelles questions (« Existe-t-il quelqu'un qui pourrait vous en vouloir pour une raison quelconque ? Cette porte est-elle toujours fermée par un loquet ? »), mais se contentèrent surtout de demander la même chose que le brigadier à l'hôpital

(« Avez-vous des médicaments délivrés sur ordonnance à la maison ? Pourquoi n'êtes-vous pas allée là-bas, ici, ou de l'autre côté ? Pourquoi n'avez-vous pas fait ceci, cela ou cette autre chose ? »). Son cerveau qui tambourinait, désespérément avide d'analgésiques qu'elle se refusait pour rester lucide, pour pouvoir conduire et ramener ses enfants, commença à trouver qu'ils étaient stupides, oubliaient tout, à poser et reposer ainsi les mêmes questions d'une manière légèrement différente.

Ils continuaient à inspecter. Ils répétaient leurs répliques : « Voyez quelque chose ? » « Voyez un truc changé ? » « Quelque chose qui manque ? » « Quelque chose de différent ? »

« Non, disait-elle, encore et encore, rien, rien, non. »

Elle tenta d'éviter de monter l'escalier devant eux. Elle se sentait toujours tellement vulnérable et sans défense quand elle grimpait l'escalier avec un homme derrière elle. Mais ils voulaient que ce soit elle qui voie les choses en premier, et donc ses jambes parcoururent les marches au niveau de leurs yeux tandis qu'elle les gravissait. Un trou se creusa dans son ventre quand elle se rappela qu'ils avaient déjà tout vu, pouvaient, dans leur mémoire, transpercer des yeux ses vêtements.

La poussière du grenier qui, elle en était certaine, révélerait des traces de pas, fournirait des indices utiles, avait été abondamment piétinée durant les fouilles de fond en comble.

— C'est aussi nos gars, expliqua le brigadier en haussant les épaules. La priorité était de trouver les gosses. S'assurer qu'ils n'étaient pas blessés. Et s'assurer qu'il n'y avait pas d'intrus dans la maison.

Elle n'osa pas exiger des excuses, n'osa pas les accuser d'incompétence.

Tu leur as dit exactement où se trouvaient les gosses.

Au premier étage, de minuscules détails s'insinuèrent, à peine perceptibles. Des changements si infimes qu'elle faillit les manquer. Chaque fois qu'elle désignait un dégât sur un tapis, un sol, ils répondaient : « C'était nous, c'était nos gars. »

Leur ton qui ne s'excusait pas et leur façon de balayer du revers de la main toutes leurs destructions embrasaient sa gorge. Elle serrait ses lèvres l'une contre l'autre de toutes ses forces pour étouffer sa colère.

Le premier changement qu'elle remarqua fut dans la salle de bain des enfants.

— La lunette des toilettes est relevée, dit-elle aux policiers.

— Et alors ?

— Et alors ? Aucun homme ne vit ici.

— Eh bien, il y a votre petit garçon, répliqua le brigadier avec une intonation inquiète, comme si elle avait peut-être oublié l'existence de son fils.

— Il le fait assis, sinon il en met partout. Parce qu'il est encore trop petit.

— J'ai un fils en bas âge, madame. Moi-même, j'ai été un petit garçon il y a très longtemps. Et je peux vous assurer qu'aucun petit garçon au monde ne s'assied systématiquement aux toilettes, en dépit de ce qu'il raconte à sa mère.

Le brigadier et le policier au visage de gamin échangèrent un regard, avec des yeux trahissant les sourires de connivence dissimulés par leur masque.

— Eh bien, mon fils s'assied.

— Hmmm, marmonna le brigadier. Je vais l'inscrire dans mes notes.

Mais à la place, il la fixa, sans rien écrire, comme s'il la défiait de l'interpeller là-dessus. Elle inspira par le nez et compta à rebours à partir de dix.

Mais c'était dans la chambre de sa fille que les changements étaient les plus flagrants. Un cochon-tirelire était par terre, alors qu'il se trouvait d'habitude sur une commode. Et il manquait des choses.

Les policiers échangèrent des regards tandis qu'ils notaient sur un calepin la liste des objets manquants, comme pour dire : « Ça n'est vraiment rien du tout, je suis certain que ces choses ont été mises ailleurs, mais je l'écris quand même parce qu'elle nous regarde. »

t-shirt de la colonie de vacances YMCA, rouge. Ours en peluche, hauteur quinze centimètres, avec ruban rouge autour du cou. Culottes à imprimé du jour de la semaine, lundi et jeudi. Un collant de danse. La petite boîte en fer-blanc en forme de voiture de course, rouge, environ quinze par dix par cinq centimètres, contenant des billes assorties, des barrettes, des cailloux.

Elle prit appui sur la commode. Le goût nauséeux de la bile acide suinta à travers sa gorge jusqu'à sa bouche quand elle songea à la raison pour laquelle il avait choisi ces objets, quand elle visualisa le tissu doux de ce collant, le coton à pois avec les impressions manuscrites « Lundi » et « Jeudi » pendant mollement dans la main immense du Coin.

— Nous allons vérifier la liste de ce que votre fille a pris avec elle. Elle a peut-être emporté ces affaires chez son grand-père. Ou elles sont peut-être dans le sac de linge sale, ou un truc de ce genre.

Elle s'efforça de chasser, en clignant de l'œil, l'image du pouce plat du Coin malaxant ce tissu, cette boîte en fer-blanc que la fillette avait remplie avec tous ses petits trésors.

Elle déglutit son envie de vomir.

— Vous ne comprenez pas. Ma fille adore cette boîte. Vous savez comment font les gosses, collectionner de petites choses… des gommes, de jolis cailloux… Elle ne l'aurait pas perdue. Et elle ne l'emporte jamais avec elle quand elle va quelque part. Sa place est ici.

— D'accord. On vérifiera.

Le câble de chargeur sinuant au travers de sa table de chevet lui rappela de s'enquérir de quand elle récupérerait son téléphone.

— Aujourd'hui, quand on aura fini ici, lui répondit le brigadier comme si elle était une adolescente punie devant mériter le droit de récupérer son téléphone auprès de ses parents.

— Où avez-vous trouvé ce portable ?

— À l'extrémité de cette table là-bas.

— Mais ce n'est pas sa place. Ce côté est – était – celui de mon mari dans le lit. C'est son chargeur.

— Vous en êtes certaine ? Certaine que vous ne l'avez pas branché là par mégarde ?

Elle en était certaine.

— Oh ! s'exclama-t-elle en apercevant le petit écran disposé sur la table de chevet. Le babyphone ! Ma fille fait des crises de somnambulisme, et donc, on l'utilise pour nous alerter afin qu'on puisse – je puisse – l'intercepter. Suis pas certaine qu'il enregistre, mais ça vaut la peine de…

— Il était éteint, la coupa le brigadier.

— Mais je ne l'éteins jamais ?!

— Il était éteint. Du côté de la caméra, un petit bouton tourné sur *Off*, répliqua le brigadier en mimant le geste de presser un interrupteur.

Alors, elle se souvint qu'elle l'avait déjà trouvé éteint, après la mort de son mari. Que sa fille avait insisté en disant qu'elle ne l'avait pas touché. Qu'elle pensait que son mari l'avait peut-être fait avant sa chute.

— Je… Je l'avais vérifié et il était allumé il y a seulement quelques semaines. L'homme a dû l'éteindre ? À moins que… ce soit peut-être ma fille ?

— Hmm, grommela le brigadier en gribouillant sur son calepin.

Dans la penderie de son mari, ils la surplombaient tandis qu'elle se débattait avec le code du coffre-fort. Finalement, le policier au visage de gamin prit le papier avec les instructions et le code qu'elle leur avait donnés, et l'ouvrit en quelques secondes tandis qu'elle se morfondait, gênée par sa propre incompétence. Rien ne manquait. Le revolver était sagement rangé dans l'étui en nylon à côté de l'alliance de son mari et des trois pièces d'or de collection à l'effigie de l'aigle que son père avait insisté pour qu'elle prenne lors de sa dernière visite dans l'Utah, « au cas où tout s'effondrerait ».

Elle les avait acceptées pour le rassurer, mais après l'année tout juste écoulée, elle devait reconnaître en son for intérieur que même si son père était paranoïaque, il n'avait peut-être pas complètement tort. La vie, voire la société, paraissait plus fragile qu'elle ne l'aurait jamais cru douze mois plus tôt.

Le brigadier extirpa l'arme de son étui. « Smith & Wesson M&P Smith & Smith & 2.0 », nota-t-il en vérifiant que le chargeur était vide. La noirceur matte de l'objet, le son métallique produit par le chargeur coulissant et cliquant contre son corps la rendirent nerveuse.

— Oh, bon, mon mari l'avait depuis toujours. Avant même qu'on emménage ici. C'était un passe-temps, il…

— Les balles sont stockées séparément ? la coupa le brigadier.

— Ouais, là, en haut, dit-elle en désignant l'étagère supérieure de la penderie.

Le brigadier sortit la boîte, l'inspecta et la remit en place.

— La boîte est pleine, lança-t-il en replaçant le revolver dans son étui. Z'avez un permis de détention ?

— Mon mari en avait un.

Le brigadier acquiesça, visiblement peu étonné.

— Avez-vous rempli le formulaire en ligne ? Vous devez notifier l'État quand vous héritez d'une arme à feu.

— Je ne le savais pas. Les armes, ce n'est pas vraiment mon truc, dit-elle.

Il lui jeta un regard en coin qui lui donna envie de se justifier.

— C'est juste que, avec des gosses à la maison, statistiquement, c'est en réalité plus dangereux de…

Le brigadier l'interrompit d'un geste.

— D'accord. Vous pouvez la remettre aux autorités, si vous préférez. Mais l'État propose des cours. Ce modèle est simple. Et il n'est pas vraiment bon marché, donc c'est comme vous voulez.

Certes, la vue du revolver suscitait un malaise en elle ; certes, son mari lui avait souvent dit « C'est juste un outil. Tout outil peut être utilisé de façon dangereuse » ; certes, elle avait fréquemment répondu, révulsée, « Le but de la plupart des outils n'est cependant pas de tuer quelqu'un » ; néanmoins, elle se souvint de son désir lancinant, dans l'endroit secret, de posséder n'importe quelle arme. Elle secoua la tête devant son propre déroulement de pensée.

Comme si la posséder t'avait servi à quelque chose. Comme si tu avais pu devenir par magie un tireur d'élite si tu avais réussi à la récupérer cette nuit-là.

« Peut même pas atteindre la façade d'une grange », résonna dans son esprit la voix de sa grand-mère en train de l'observer, à l'âge de sept ans, en compagnie de son père qui tentait de lui apprendre à tirer.

Elle avait grandi dans l'Utah, et son père, comme presque tous les gens de son entourage, possédait non seulement une, mais plusieurs armes. Elle se mordit la lèvre, se rappelant son papa débouchant d'un angle, le fusil pointé sur elle, alors qu'il l'avait prise, pendant l'un de ses déplacements nocturnes en bas vers les toilettes, pour un intrus. Depuis ce temps, elle avait refusé d'approcher toute arme à feu, et cela la contrariait d'avoir échoué à convaincre son mari de se débarrasser de ce revolver.

Tu ferais peut-être mieux de le garder jusqu'à ce qu'ils aient mis la main sur le Coin. En sécurité. C'est une machine. Tu sais gérer les machines.

— Je vais… Je vais le garder pour le moment, dit-elle au brigadier.

Il lui décocha un hochement de tête bref, indéchiffrable, et verrouilla de nouveau l'arme dans le coffre-fort.

Ils se dirigèrent vers le rez-de-chaussée.

Dans la salle de jeux, les créations en Lego de sa fille étaient démantelées, avec des débris éparpillés à travers la pièce.

Les policiers balayèrent du regard la pagaille omniprésente, et s'enquirent :

— Êtes-vous certaine que c'est l'intrus qui a cassé ça ? Comment le savez-vous ?

— Nous l'avons entendu cette nuit-là. Il… les a fracassés. Les a balancés contre le mur.

— Hmm, fit le brigadier.

Sur le seuil de la porte du bureau de son mari, elle s'immobilisa, scruta les angles de la pièce et se rendit compte que sa mâchoire était crispée, ses dents fermement serrées.

Le bureau était aussi lumineux et accueillant que cet endroit sombre de la demeure pouvait l'être quand les rayons du soleil de l'après-midi filtraient par les fenêtres. Le panneau de l'endroit secret était ouvert, et l'intérieur, à la lumière du jour, d'un noir d'encre. Une odeur rance de fluides humains aigres attira ses yeux vers la flaque de son propre vomi. Il avait séché et foncé. Personne ne l'avait nettoyé. Cela la frappa comme quelque chose de cruel et irrespectueux, bien qu'elle sache de façon rationnelle que la nettoyer n'était pas – ne devait pas être – le boulot des policiers.

— Pourquoi n'avez-vous pas essayé de contacter la police en ligne ? demanda le policier au visage de gamin, en désignant du menton l'ordinateur.

Elle leur expliqua que son mari le maintenait déconnecté d'Internet, pour mieux se concentrer sur son travail. Ils acquiescèrent, et elle comprit qu'ils étaient déjà au courant qu'il n'était pas connecté, se demanda pourquoi ils voulaient la tester de la sorte.

— Je parie que vous avez plein d'histoires de revenants à propos de cette maison, dit le policier au visage de gamin.

— Elle ne croit pas aux fantômes, dit le brigadier. Ne croit pas au *surnaturel.*

Elle cilla. Son commentaire impulsif au sujet de la religion l'avait clairement marqué en profondeur.

Il veut que tu t'excuses d'avoir dit que la religion et la superstition étaient la même chose. Veut que tu t'excuses de nouveau. Désolée, désolée, désolée, voilà ce que tu passes ton temps à répéter. Je t'interdis de t'excuser une fois de plus.

— Le monde réel est déjà assez terrifiant pour moi sans fantômes, dit-elle d'un ton aussi impassible qu'elle le put.

29

— C'est la… C'est la dernière pièce, n'est-ce pas ? On a fini ?

— On a besoin que vous vérifiiez dehors, dit le brigadier.

Cela semblait absolument impossible. Sur le plan physique, elle s'était efforcée d'ignorer la douleur, le fonctionnement au ralenti de son système sanguin. Sur le plan psychologique, elle s'était efforcée de repousser le sentiment que ces policiers étaient autour d'elle depuis des semaines, lui avaient posé les mêmes questions des centaines de fois, qu'ils ne repartiraient jamais et qu'elle les aurait pendus à ses basques pour toujours.

Mais la lumière dehors commençait à peine à se teinter du jaune du crépuscule. Il ne s'était pas écoulé tellement de temps depuis qu'elle avait quitté l'hôpital. Pas tellement de temps à fouiller la maison, répondre aux questions, regarder leurs yeux vides.

— C'est juste que… je suis fatiguée. Pourrait-on remettre ça à une autre fois ?

— Si on faisait une petite pause ? Après quoi, on verra comment vous vous sentez.

C'était étrange, d'être invitée à prendre place sur son propre canapé, dans sa propre maison.

— Vous avez besoin d'un verre d'eau, ou autre chose ? s'enquit le brigadier, comme si c'était sa maison, ses verres, son eau.

— Pourriez-vous appeler mes gosses ? Il décroche quand c'est vous.

— Humm…

— S'il vous plaît.

— D'accord, ouais, c'est bon.

Le brigadier composa le numéro. Son beau-père décrocha immédiatement.

— Brigadier, merci de me rappeler. Cette foldingue a laissé un message disant qu'elle venait chercher les gosses aujourd'hui. Tant que je serai en vie, cette sale garce ne…

— C'est moi.

Sa voix sonnait faible et épuisée, bien qu'elle ait prononcé sa réponse avec force, ironie, avec l'intention de le plonger dans l'embarras.

Son beau-père bafouilla, puis dit :

— Qu'est-ce que j'en ai à foutre ? Vous ne mettrez pas les pieds ici. Vous leur avez bourré le crâne en leur répétant qu'une espèce de démon est dans votre maison, va les brûler et les manger ? Doux Jésus, pas étonnant qu'ils pensent que…

— Monsieur ? l'interrompit le brigadier, avec une urgence dans la voix qu'elle ne put appréhender. Monsieur ? Ça suffit maintenant, on a encore beaucoup de choses à discuter avec elle, d'accord ? Alors passez-lui les gosses.

— Avec tout le respect que je vous dois, brigadier ? Non, balança son beau-père.

Après quoi, il raccrocha.

— Il peut vraiment se comporter comme un enfoiré, pas vrai ? dit le brigadier d'un ton neutre.

La main de ta fille dans la tienne, cette petite main. Elle est encore si petite. Les jambes dodues de ton fils, sa bedaine de bébé. Ses joues, avec la fossette. Les genoux osseux de ta fille, ses yeux sombres, brillants. Les taches de rousseur clairsemées de ton fils, comme son père, son large front comme le sien.

Elle soupira.

— Ouais. Bon. Plus tôt on aura terminé avec ça, plus tôt je pourrai les revoir, alors finissons-en, d'accord ?

Le policier au visage de gamin détourna le regard. Le brigadier lâcha une toux maladroite.

— Mmmm-hmm, OK. Alors, faisons le tour, ouais ? Dites-nous si ça devient vraiment trop difficile pour vous.

À l'intonation du brigadier, il était clair que leur dire que c'était trop difficile ne constituait pas une option.

Elle lutta de nouveau pour remettre ses bottes, tripatouilla la fermeture Éclair de son manteau avec sa main bandée. Le brigadier étendit le bras pour l'aider, mais elle eut un mouvement de recul.

— C'est bon, dit-elle en se détournant de lui et remontant la fermeture Éclair.

— Nous allons suivre une piste que nous avons retracée dans la neige, d'accord ?

— OK.

— Donc, c'est par là que vous êtes sortie ? s'enquit le brigadier en désignant la double porte battante de devant.

— Oui.

— Ces traces là-bas, dit-il en les pointant du doigt, ce sont vos traces de pas ?

Elle regarda en direction des marques peu profondes. Il avait dû neiger depuis, ou bien c'était de la neige apportée par le vent, car elles étaient à peine perceptibles.

— Je suppose.

Ils suivirent, un peu à l'écart, ses traces de pas qui longeaient le bord de la maison, dépassaient les fenêtres du séjour, de la cuisine, contournaient l'angle du garage, puis traversaient le jardin jusqu'au cimetière. Ils lui demandèrent de décrire à nouveau sa fuite, et elle montra la vitre par laquelle elle avait aperçu le Coin descendre l'escalier, le passage qu'elle s'était frayé dans la neige.

Elle se sentait molle à l'intérieur, souffrait à des endroits normalement dissimulés. Lorsqu'elle trébucha, le policier au visage de gamin lui offrit le bras. Elle ne voulait pas de ses mains près d'elle, dit qu'elle n'avait pas besoin d'aide, mais merci.

— Vous avez dit que vous étiez tombée à peu près ici ?

Ils se tenaient dans le cimetière.

— Ouais, me suis coupée à la main. Ici, je crois ? C'est probablement mon sang, cette tache foncée à l'avant de la pierre tombale… Là où je me suis rattrapée.

— Vous ne vous en souvenez pas avec certitude ?

— Il faisait sombre et je courais.

Le brigadier désigna la maison.

— Donc, je ne me trompe pas en disant que vous étiez ici, debout, quand vous avez vu quelqu'un par cette fenêtre en haut, là-bas, qui regardait dehors ?

— Oui. C'est la fenêtre de ma chambre.

— Vous savez, on a comme l'impression qu'il y a quelqu'un en ce moment, vous ne trouvez pas ?

Elle fut contrariée de percevoir dans la voix du brigadier une perspicacité bien rodée. Elle lorgna la vitre dans la lumière du soir pâlissant.

— Ah bon ? J'ai du mal à bien voir avec mon œil blessé.

— Ouais, confirma le policier au visage de gamin d'une façon qui, encore une fois, la frappa comme étudiée. Les motifs sur les rideaux, éclairés comme ça de l'intérieur… on dirait une personne.

— Vous savez, je suis quasiment certaine que les rideaux n'étaient pas tirés du tout, pas cette nuit-là. Donc… un truc à rajouter sur votre liste ? qui a été changé ?

— Vous êtes « quasiment certaine » ?

— Je suis certaine.

Ils se retournèrent pour examiner le sol du sentier. Comme à l'accoutumée, il y avait moins de neige qu'alentour. Elle chancela, sentit le vent balayer la piste et offrit sa joue pour qu'il ne la fouette pas en plein visage.

— Donc, voici vos traces de pas, dit le brigadier. Et de l'autre côté du sentier, c'est là que mes gars ont marché plus tard pour ne pas interférer avec vos empreintes. Vous remarquez quelque chose d'inhabituel, de singulier ?

Ses empreintes titubantes étaient à peine discernables dans la neige. Une autre paire balayée par le vent courait en parallèle, appartenant, selon le brigadier, à un policier. Autour et entre ces deux tracés, la neige était ponctuée d'empreintes plus petites, reconnaissables, d'un daim.

— Cela m'avait paru…. La distance m'avait paru beaucoup plus grande. Plus longue…

— C'est déjà très loin quand on ne porte que des pantoufles.

— Alors, il ne m'a pas suivie ? Je ne pensais pas qu'il l'avait fait, mais je n'en étais pas certaine. Ou bien aurait-il pu me suivre en marchant dans mes traces ?

Elle jeta un regard interrogateur aux policiers. Ils avaient les bras croisés, le visage de marbre. Elle pivota, observa la surface immaculée et molle de la neige dans chacune des directions, seulement coupée par l'allée déblayée, la neige écrasée par les pneus du véhicule de police de l'après-midi, les petites empreintes de son passage et les traces de pas des policiers la nuit en question.

— Je ne comprends pas, dit-elle. Où sont ses traces de pas ? Y avait-il des traces de pneus de sa voiture ? Quand il est parti ?

Toujours aucune réponse, aucun geste de la police.

— S'est-il garé ailleurs ?

La voix de son fils résonna dans sa tête. *La police dit qu'il n'a même pas de pieds.*

— C'est une bonne remarque, fit le brigadier. Il n'y avait pas de traces de pneus. Pas d'empreintes de pas hormis les vôtres.

— Comment est-ce possible ?

— On espérait que vous pourriez nous fournir une explication.

— Moi ?

— Ouais. Du genre qu'il existe une entrée secrète dans cette maison, comme il y avait une pièce secrète.

Quelque chose se décrocha dans son crâne. Elle réprima le besoin d'introduire un doigt dans son oreille pour l'en extirper. « Il est une *vipère* », dit la voix de son fils.

— Il n'existe rien de tel, leur répondit-elle.

— Et donc, comment pensez-vous que cet homme ait réussi à venir jusqu'ici, entrer dans votre maison, sans traces ? Sans voiture ?

— Je ne… Peut-être…

Elle revit le parquet de sa maison, rayé, sali. La poussière du grenier dispersée.

— Peut-être que vos gars ont roulé sur ses traces de pneus ? piétiné ses empreintes de pas ?

Le brigadier secoua la tête vers elle, ses yeux telles deux billes bleues et dures.

— Nan.

— Comment pouvez-vous en être sûr ?

— Mes hommes ont pris des photos en arrivant ici. L'allée était recouverte de neige, aucune trace de pneus. Aucune trace de pas quand ils ont fait leur première ronde.

— Peut-être qu'il est venu jusqu'ici à pied. S'est garé ailleurs ? Après quoi, ses traces ont été recouvertes par la neige. Amassée par le vent.

— Mais vos traces sont toujours là. On a vérifié, cette nuit-là, et il n'y avait pas de traces plus grandes que les vôtres. On a aussi examiné le périmètre entier de votre propriété. Rien à part vos pas partant de la porte de devant, qui descendaient le sentier.

Une panique suffocante enfla dans son ventre.

— Peut-être qu'il… Aurait-il pu arriver avant ? Nous attendre dans la maison ? Caché ?

— C'est possible. Mais il y avait déjà de la neige par terre avant la tempête. Par conséquent, il aurait dû y avoir des manifestations de désordre, des traces. En avez-vous vu ? Avez-vous remarqué des signes, des empreintes de pas ce jour là ?

Elle réfléchit à cette journée-là. Elle avait connecté les enfants à leurs cours à distance par ordinateur. Avait quitté la maison vers midi et demi comme d'habitude pour emmener les mômes à leurs classes en présentiel à l'école. Avait commandé au supermarché. Était allée chercher les gosses, avait récupéré les courses. Les avait regardés manger, puisque son appétit était toujours en berne.

— Je ne me souviens d'aucune trace de pas. Mais je ne l'aurais pas remarqué. Il y a tout le temps des gens qui viennent à la maison, vous comprenez ? Pour livrer des colis, ou bien parce qu'ils cherchent une autre maison et se sont perdus.

— Donc, vous n'avez rien vu ?

— Non, mais... comme je l'ai déjà dit, je pourrais ne pas les avoir remarqués.

— Hmm-mmm.

— Aurait-il pu... se cacher dans la maison ? Après ? Attendre que vous soyez tous partis ?

Cela lui valut un regard sévère de la part du brigadier.

— Y a-t-il d'autres endroits secrets dans cette maison ?

— Non.

— Dans ce cas, il n'y avait pas d'intrus dans votre maison à notre arrivée. Nous avons fouillé les lieux. De fond en comble.

— D'accord. Bien sûr.

Elle tenta d'établir des connexions, de trouver une explication, et n'y parvint pas. Ses pensées s'allumaient comme des étincelles, puis se consumaient aussitôt, des fils électriques dénudés se touchant, puis se séparant tandis qu'elle s'efforçait de comprendre comment cela était possible.

Pas de traces de pas. Pas de traces de pneus. Aucun signe sauf une odeur de fumée de cigarette. La lunette de la cuvette relevée dans les toilettes. Les affaires de ta fille qui manquent. Un rideau tiré. Un pneu crevé. Peut-être.

— OK, dit le brigadier. Si on rentrait dans la maison ? Nous avons encore quelques questions qui nécessitent votre aide. Inutile de faire ça ici, dans le froid.

Elle balaya les alentours des yeux tandis qu'elle marchait lentement dans la neige en direction de la maison. C'était tout simplement impossible, la surface plane de cette neige. Sa régularité scintillante constituait peu ou prou une trahison, un élément supplémentaire inexpliqué et inexplicable. Comme la beauté nette et dégagée du sentier. Le babyphone éteint, inutile. Son téléphone revenu sur la table de chevet.

L'apparence du monde possédait une incongruité qui la liquéfiait de peur, la peur que son esprit soit irréversiblement endommagé.

30

Elle essaya de masser son crâne, autour de la raie de ses cheveux, pour éradiquer la douleur, mais obtint comme seul résultat de faire grogner la fissure dans sa tête, un frottement d'os, telle une faille sismique physiologique.

Le brigadier était assis à distance d'elle sur le canapé, le policier au visage de gamin dans une chaise adjacente près de la cheminée.

— Pourriez-vous envisager une autre personne que le type du café susceptible de vous avoir pris pour cible ? Quelqu'un que vous n'auriez pas payé, disons, ou dont vous auriez repoussé les avances ? Quelqu'un qui penserait que vous lui devez de l'argent ?

— Non, répéta-t-elle, toujours et encore. Rien de tel.

Elle répondit à d'autres questions, des questions sans fin, et, regardant dehors, constata, morose, qu'il faisait déjà nuit.

Si ça continue comme ça, les enfants seront endormis quand tu arriveras enfin à l'appartement de ton beau-père.

En tressaillant, elle se rendit compte qu'elle ne pouvait pas aller chercher les enfants du tout, pas avec un pneu crevé.

Pourquoi n'y as-tu pas pensé avant ? Immédiatement ? C'est quoi ton problème ?

Elle coupa le brigadier en pleine phrase, éructant :

— Pouvez-vous monter une roue de secours ? Je veux prendre la voiture, pour aller chercher mes gosses, vous pensez que vous pourriez m'aider ? Je ne suis pas sûre d'y arriver toute seule.

Le brigadier grogna, et dit :

— Madame, on ferait mieux de se concentrer, d'accord ? Et une fois qu'on aura terminé, on pourra discuter de tout ça.

Elle ressentit l'aiguillon de son dédain ; apparemment, le brigadier percevait à nouveau ses enfants comme une distraction, un détail insignifiant, et son cœur plongea, se ratatina quand elle prit conscience qu'elle ne les reverrait pas ce soir-là. Même si la roue de secours était montée, elle ne pourrait pas rejoindre la maison de son beau-père, vu la distance et l'âge du pneu en question.

— Je suis désolé de poser cette question, mais auriez-vous eu une rupture difficile, une liaison ? Ou votre mari aurait-il eu une liaison ? Parfois, les gens ont l'impression qu'on leur doit quelque chose après ça, dit le brigadier.

À cette idée, sa déception de ne pas voir ses enfants fut balayée par l'indignation et elle cracha :

— Non ! Pas de liaison. Non.

— Ces journées entières où il était parti pour voler ? Rien de suspect ? intervint le policier au visage de gamin.

Ils présentaient la liaison comme inévitable, évidente.

En es-tu certaine ? Comment aurais-tu été au courant ? Comment les gens sont-ils au courant ? Tu n'étais même pas au courant qu'il communiquait encore avec son père.

— Êtes-vous en train d'essayer de me dire quelque chose ? Avez-vous trouvé quelqu'un ?

— Non, répondit le brigadier d'un ton indéchiffrable. Ça aurait été normal que vous soupçonniez quelque chose, c'est tout. La plupart des personnes mariées ont des soupçons à un moment donné, pas vrai ?

— Eh bien, pas moi. Je n'en ai jamais eu.

Le brigadier la regarda comme si elle n'avait plus toute sa tête, et elle ne put s'empêcher de se couvrir le visage de ses mains, couvrir ses plus grandes marques avec une paume, sentant sa blancheur brûler d'insécurité, avec l'insinuation que bien entendu, son mari avait pu avoir une liaison, parce que non mais… regardez-la.

— Hmmm. OK, dit le brigadier. Bon, j'ai apporté quelques trucs à vous montrer.

Il ouvrit la fermeture Éclair d'un sac de sport et disposa deux objets à côté d'elle sur le sofa. Ils étaient scellés dans deux grands sacs en plastique.

— Est-ce que ce sont les chaussures que l'intrus portait ? Le t-shirt ?

L'un des sacs en plastique contenait une paire de tennis Reebok blanches pour homme, de taille 43. Elles avaient une rayure noire et une semelle en caoutchouc marron. Dans l'autre sac était plié un t-shirt noir avec la photo d'un crâne aux yeux noirs, incrusté de diamants, sur le devant.

— Ce sont les affaires de mon mari, dit-elle en reposant les sacs sur le canapé. Le t-shirt, ajouta-t-elle en le désignant, il l'avait acheté dans un musée. Vous voyez l'inscription ? Celui que portait le Coi… l'homme, le dessin était dans le dos, pas devant. Le crâne avait des cheveux hirsutes, des yeux jaunes. Et les tennis sont également celles de mon mari. Celles de l'homme n'avaient pas cette partie noire. Elles étaient plus vieilles, craquelées. Toutes blanches. Mais jaunissantes. Et elles étaient montantes. Je vous l'avais dit ? Et puis, comment dire… plus grandes. Il était obligé de poser les pieds en biais sur les marches de l'escalier tellement ils étaient immenses.

Le brigadier hocha brièvement la tête, puis remit les sachets en plastique dans son sac de sport.

— Je ne sais pas si vous avez remarqué tandis qu'on faisait la visite, mais il n'y a aucune trace d'effraction. Pas de vitre brisée, pas de porte enfoncée, pas de serrure forcée.

— Oh, je… Oui, c'est vrai.

Son esprit trébucha sur leur ronde, s'efforçant de se rappeler l'état des fenêtres, des portes.

C'est quoi ton problème ? Es-tu larguée à ce point-là, au point de n'avoir rien remarqué ?

— Comment, selon vous, quelqu'un aurait-il pu entrer ? s'enquit le brigadier.

La douleur grouillait derrière ses canines maintenant. Elle ouvrit la bouche, puis la referma.

— Je… Je ne sais pas. J'avais verrouillé toutes les portes. Les fenêtres. Comment la police est-elle entrée ? Cette nuit-là ?

— La porte n'était pas fermée à clé, répliqua froidement le brigadier.

Elle sentit quasiment son cerveau tressauter à cette nouvelle information, s'évertuant et échouant à l'appréhender.

Impossible.

— Attendez, quoi ? Quelle porte ?

— La porte d'entrée. Vous aviez peut-être oublié de la fermer à clé.

Parfois, elle se réveillait en sursaut et se redressait sur le lit, pensant aux portes ouvertes. Ne pouvait s'endormir si elle ne s'était pas faufilée en bas dans l'obscurité, en essayant de ne pas réveiller son mari, pour ne pas devoir entendre : « Tu es parano ! Qu'est-ce que ça peut foutre si ce n'est pas fermé à clé ? » La raison pour laquelle elle devait vérifier, devait s'assurer que tout verrouillé, était qu'elle ne réussissait jamais à se souvenir si elle avait fermé à clé ou pas. C'était un truc tellement automatique, qui faisait tellement partie de sa routine, qu'elle n'en avait plus conscience. Comme une personne qui conduit tous les jours en voiture pour se rendre au travail, mais ne peut se souvenir de rien concernant le trajet d'un matin en particulier.

— Ce n'est pas possible, dit-elle. Je ne laisse jamais aucune porte déverrouillée.

— Vous vous souvenez de les avoir verrouillées, cette nuit-là ?

Non, pensa-t-elle.

— Oui, mentit-elle. Mais peut-être qu'il a trouvé la clé de secours ?

— Ce bidule de pierre ?

— Ouais.

Le brigadier secoua la tête.

— Nan. Nous l'avons trouvé enterré sous la neige là où vous l'aviez dit. Pas déplacé. La clé était dedans.

— C'est juste que… ça va paraître…

Dingue.

— … bizarre… mais après la mort de mon mari, après qu'un article était paru sur son travail… j'ai eu l'impression… je pensais… que quelqu'un pouvait nous observer.

— Comment ça ?

Le brigadier et le policier au visage de gamin échangèrent un regard perçant.

J'avais l'impression que mon mari était encore là, qu'il nous observait d'en haut. Essayait de revenir à la maison.

— Hmmm. Eh bien. Je crois vous avoir indiqué, à l'époque, que les gosses croyaient voir quelqu'un, un homme… Je supposais qu'ils espéraient simplement que ce soit leur papa, mais peut-être que non ? Quelques affaires des enfants – un bonnet, une peluche – ont disparu. Et j'ai cru apercevoir quelqu'un dehors dans le pré. Ma fille aussi, un autre jour. Et puis la balançoire ? Quelqu'un a saboté un mousqueton. Et…

Elle hésita. Songea au babyphone éteint. Au daim bramant vers la forêt. Le même sentiment que les yeux jaunes du puma.

Jusqu'à quel degré veux-tu avoir l'air paranoïaque, obsessionnelle ?

— Et la pierre à clé a été déplacée, une fois. Près des tas de bois, au lieu d'à côté de la porte. Il est possible qu'il ait fait faire un double des clés…

Le brigadier entrecroisa ses doigts.

— Et vous n'avez jamais déclaré tout ceci.

— Non. C'est-à-dire, qu'aurais-je pu déclarer ? Que je ne retrouve pas le bonnet de ma fille ?

— Cela ne serait pas si inhabituel, avança le policier au visage de gamin, qu'un individu surveille une maison avant de commettre une effraction.

— Cela ne serait pas inhabituel que des gosses perdent leurs affaires non plus, rétorqua le brigadier en s'enfonçant dans le canapé. Donc, vous pensez que cet homme surveillait votre maison ? demanda-t-il.

Un sentiment de deuil la submergea quand elle se rappela la façon dont elle, dont sa fille, avaient espéré que les visions étranges après la mort de son mari constituent de petits signes qu'il était toujours là, quelque part, à les observer. Ridicule, évidemment, mais bizarrement réconfortant. Un ressenti diamétralement opposé à la possibilité que le Coin les ait traqués, tout proche, en silence.

— C'est la seule explication que je voie. Qu'il nous surveillait. Planifiait. Il savait, cette nuit-là, il l'a dit… que nous étions seuls tous les trois dans la maison. Donc il avait dû nous surveiller. Et faire refaire un double des clés.

— Ça représente tout de même beaucoup d'efforts, dit le brigadier.

Ne sachant comment réagir, elle garda le silence.

— Bon, d'accord. Maintenant, il y a quelques incohérences qu'on doit éclaircir, lança le brigadier avec un geste désinvolte de la main. Juste des points de détail.

— Des incohérences ?

— Oui. Vous avez dit que vous n'aviez pas bu cette nuit-là. D'alcool.

— C'est exact.

— Il n'y a aucune raison de mentir là-dessus, madame, d'accord ? La consommation d'alcool est légalement autorisée. Rien de grave.

— Je suis au courant, répliqua-t-elle, s'efforçant de masquer son irritation.

Elle jeta un coup d'œil impatient par la fenêtre vers l'extérieur, vers le temps en train de lui échapper.

Le brigadier s'essuya les paumes des mains sur ses cuisses, là où son pantalon formait d'étroits plis peu seyants sur ses muscles robustes. Ses sourcils se froncèrent.

— Voilà, voyez, ça n'inspire pas franchement confiance, dit-il. Car quand vous êtes arrivée à l'hôpital, vous aviez un taux d'alcool de…

Il attrapa son calepin sur la table basse, feignit d'y chercher quelque chose. Mais la page à laquelle il s'arrêta sautait aux yeux, marquée d'un Post-it jaune.

— Ha, voilà, c'est ici. Taux d'alcool de… dit-il en scrutant la page, avant de relever le regard vers elle. Zéro virgule zéro soixante-quinze.

— Désolée, je n'ai pas la moindre idée… Ça fait beaucoup ?

— Ce n'est pas négligeable, répondit le brigadier.

— Ça pourrait provenir d'un bain de bouche ? J'en fais parfois.

Le brigadier émit un pouffement sardonique.

— Non, madame.

Il y a un truc qui cloche ici, pas vrai ? Quelque chose qui vibre et grouille en tous sens. Peut-être qu'un bout de ton cerveau s'est détaché cette nuit-là. Tu ne le sens pas bouger ?

— Je ne comprends pas. Ce n'est pas possible.

— Voyez ces chiffres ? demanda le brigadier en brandissant le calepin. Votre sang ? Ils ne mentent pas.

— Mais, je n'ai pas… protesta-t-elle à travers le doute bourdonnant au fond de ses oreilles. Je n'ai rien bu.

Devant le regard implacable des policiers, flanquée de leurs corps massifs en uniforme, elle sentit que le vent avait tourné dans la pièce. Elle croisa les bras pour se réchauffer, sur son cœur palpitant.

— Bon, d'accord. Point suivant. Rien n'a été dérobé…

— Les affaires de ma fille…

Le brigadier secoua la tête.

— Qu'elle a tout à fait pu mettre ailleurs.

— Pas sa boîte à trésors, insista-t-elle en agitant la tête avec véhémence. Cette boîte en forme de voiture de course ? C'est là qu'elle garde tous ses trésors. C'est comme ça qu'elle les appelle. Mes trésors.

— Les enfants perdent constamment des trucs.

— Pas ça ! Elle ne l'aurait pas perdue.

Le brigadier lâcha un profond soupir, ostensible, et commença à énumérer les faits sur ses doigts.

— Pas d'empreintes digitales, pas de traces de pas, pas de traces de pneus. Aucun signe d'une voiture. Pas d'entrée par effraction. Pas de blessure infligée par cette personne.

— Il portait des gants. Blancs. En plastique, répliqua-t-elle d'une voix qui sonnait haletante, qu'elle s'efforça de ramener à une intonation normale. Il aurait bien pu attendre, comme je l'ai dit. Se cacher dans la maison jusqu'à ce qu'on aille se coucher. Je sais bien que c'est une piste très mince, mais… je vous ai dit qui il était ! Et puis il y a la lunette relevée dans les toilettes. Le pneu crevé. Et les gosses l'ont vu, eux aussi. Cette nuit-là.

— Vous nous avez dit qu'il était le manager de ce snack à sandwiches.

— Oui, c'est exact.

Les yeux du brigadier étaient durs et froids.

— Nous avons parlé avec la propriétaire du commerce, madame. Elle n'a jamais eu de manager. C'est seulement elle et trois filles qui font tourner la boutique. Elle n'a même jamais eu d'homme parmi ses employés.

Son esprit fut aspiré dans le passé, à cette journée d'août, repassant ses souvenirs comme un film en avance rapide, les choses que le manager avait dites, la manière dont il s'était présenté à eux, son regard insistant. Sa peur viscérale, instinctive, à elle.

C'était lui. C'était lui.

— C'est impossible, il a dû dire qu'il était le manager alors que…

Le brigadier se pencha vers elle, dans un tel mouvement qu'elle se ratatina loin de lui.

— Vous voyez où je veux en venir ?

Oui, pensa-t-elle.

— Non, mentit-elle. Il était là. Je l'ai vu. Les gosses l'ont vu. Qu'ont dit mes enfants ?

Le brigadier croisa les bras et se recula, adossé au sofa.

— Que vous leur avez dit qu'il y avait un monstre. Ils ont dit que ce « Coin »…

Le brigadier esquissa des guillemets dans l'air.

— … venait directement de leurs rêves. Ils ont dit que c'est ce que vous leur avez raconté. « Les monstres existent, et il y en a un dans la maison. »

Sa tête s'affaissa, et elle fixa sa main amochée qui se crispait et se décrispait. Elle imagina les enfants lever les yeux vers le brigadier, vers leur grand-père, pleins d'espoir. Elle comprenait leur désir. « Peut-être qu'il n'existait pas, pensaient-ils. Ça ne serait pas chouette ? Peut-être que c'était un rêve. Et qu'on était en sécurité pendant tout ce temps-là ? »

— Les gosses l'ont vu, ils l'ont entendu, marmonna-t-elle. En dépit de tout ce dont leur grand-père a réussi à les convaincre.

— Ils se souviennent surtout de vous, dit le brigadier. Ils ont dit que vous leur faisiez peur. Que vous étiez violente.

Son visage se releva d'un coup vers lui, bouche bée.

— Non !

— Madame, vous l'avez reconnu vous-même.

— Je ne les ai pas maltraités. J'ai juste… Je les ai repoussés de moi. Pour pouvoir sortir. Aller chercher du secours.

— Ce n'est pas ce dont ils se souviennent.

Ce n'est pas ce dont tu te souviens non plus. C'était atroce. Tellement atroce.

Sa gorge enfla.

Ne pleure pas ! Ils ne te prendront jamais plus au sérieux si tu pleures.

Elle frotta son bon œil avec sa main bandée.

— Il était réel, dit-elle au brigadier, à elle-même. Il était réel. Vous me croyez ?

Ils ne te croient pas.

La voix du brigadier s'efforçait d'être apaisante, mais sortit néanmoins cassante :

— Écoutez. Vous avez traversé des moments difficiles. La perte de votre mari, je veux dire. Vous n'avez pas été bien. Personne à qui parler, vous ne mangiez plus. Vous avez bu.

— Non, je n'ai pas bu.

— Soit. Mais tout de même, dit-il en tapotant son calepin. Votre taux d'alcool ne ment pas. Votre identification de cette personne est complètement erronée. Cela ne facilite pas les choses pour vous faire confiance. Ou disons plutôt que cela ne facilite pas les choses pour faire confiance à votre mémoire.

Cela l'ébranlait en profondeur, le taux d'alcool. Que le café n'ait jamais employé d'homme. Il était possible que le Coin ait fait une copie de la clé, mais comment se serait-il évaporé sans laisser de traces dans la neige ?

Le brigadier pourrait mentir au sujet du taux d'alcool. Au sujet du café. Cela leur arrive de faire ça, pas vrai ? La police ? Pour essayer de te faire cracher que tu as dit n'importe quoi.

Son esprit déroula le fil de cette option.

Mais ces choses... elles sont tellement spécifiques. Ils voulaient retrouver le Coin. Ils ont dû parler à des gens au café. Et le taux d'alcool. Pourquoi inventeraient-ils un truc pareil ? Se pourrait-il que l'hôpital ait commis une erreur ? Ait confondu avec les résultats de quelqu'un d'autre ?

Elle toucha doucement le côté de son visage. Ajusta la compresse autour de sa main. La douleur la conforta dans le fait qu'elle était présente. Que son esprit enregistrait le monde physique.

Tu as été frappée à la tête. Des éléments passent à travers les mailles du filet. Le psychiatre a dit qu'il était possible que tu ne te souviennes pas correctement des choses. Ne te souviennes pas de tout. Il était là.

Elle savait qu'elle n'avait rien bu. Se rappelait distinctement le Coin, sa silhouette dans le soleil d'août, se présentant comme le manager du café.

Ils ne te croient pas.

Mais ça s'est produit. Tout ça s'est produit. D'une manière ou d'une autre. Comment ? Tu dois y réfléchir. Te reposer.

— Vous m'avez dit, au moment de la mort de votre mari, que vous voyiez des formes quand vous vous réveilliez parfois. Des hallucinations. N'est-ce pas ?

Sa tête pivota vers le brigadier si rapidement qu'un trait dense de douleur la parcourut de la clavicule jusqu'au sommet du crâne.

— Non... hallucinations ?

— Vous m'avez dit à l'époque que vous voyiez une forme sombre dans votre maison. D'un homme effrayant.

— C'est... Non, c'est juste un rêve. Un dysfonctionnement du sommeil. Pas une hallucination.

— Vous avez dit que vous voyiez un homme effrayant.

— Dans mes cauchemars, parfois, c'est tout, grommela-t-elle. Je suis... Je suis si fatiguée. Et ma tête. J'ai mal. Pourrions-nous en discuter demain ? Est-ce possible ?

— Non, madame, dit le brigadier. Je crains qu'on en ait encore pour un bout de temps aujourd'hui.

Elle posa son front dans sa bonne main. Se souvint de sa fille lui disant : « Il me regarde du Coin quand il croit que je dors. »

Du bout d'un doigt, elle tapota son œil supplicié pour se concentrer à nouveau. Pour que la douleur submerge la panique qui l'envahissait en songeant que peut-être, le Coin avait déjà pénétré dans la maison avant cette nuit-là. Que peut-être, l'une des formes dans l'ombre qui lui avaient rendu visite après la mort de son mari était réelle… le Coin l'observant pendant son sommeil.

31

Le brigadier fit craquer chacune des jointures de sa main droite à l'aide de son pouce.

— Avez-vous déjà entendu parler du rasoir d'Ockham ?

Elle acquiesça, tressaillant au bruit sec produit par les os, à la condescendance dans sa voix.

— C'est une théorie qui dit que l'explication la plus simple est probablement la bonne. Eh bien, c'est tout à fait vrai, si j'en juge par mon expérience dans mon métier. Le truc le plus simple vise généralement dans le mille.

Tu as dit au brigadier qu'il existe des explications simples pour la plupart des choses. Mais une conclusion ne peut pas être prouvée par sa seule simplicité.

— Reprenons du début. Votre mari vous manque, poursuivit le brigadier. Puis un homme apparaît en haut de l'escalier où votre mari a chuté. Il joue sur la guitare de votre mari. Porte des vêtements qui sont dans la penderie de votre mari.

Ils ont dû chercher des choses susceptibles de te discréditer.

Elle fit mine de répliquer, mais le brigadier la stoppa net d'un geste de la main.

— Ensuite, il y a les mensonges, madame. Car oui, vous mentez *bel et bien*. Le taux d'alcool est un fait simple. Je ne peux m'empêcher de me dire : « Peut-être qu'elle est tellement troublée par la mort de son mari, au point de ne plus manger, ne plus dormir, qu'elle a oublié qu'elle avait bu ? »

Il tapota un doigt sur sa tempe pour indiquer comment son cerveau avait pu dérailler.

Il essaie de te faire douter de toi. Le fait que tu ne trouves pas d'explication ne signifie pas qu'il n'y en a pas. Le fait que cette nuit entière donne l'impression de ne pas avoir été réelle ne signifie pas qu'elle ne l'a pas été. Ta douleur est réelle. Ton pneu crevé est réel. Il y a les affaires qui manquent. Tout ça s'est bien produit.

— Non, ce n'est pas…

— Même en omettant l'alcool, madame, en omettant le fait qu'aucun homme n'a jamais travaillé dans ce café, vous nous avez dit qu'il avait volé votre téléphone, que nous avons trouvé sur la table de chevet. Vous dites que vous gardez toujours le babyphone allumé. Il était éteint. Ce n'est pas le genre de truc que pourrait deviner un intrus, que vous avez un babyphone pour une gosse aussi grande. Vous n'étiez même pas certaine qu'il vous ait suivie quand vous vous êtes enfuie en courant de la maison. Vous avez dit que vous étiez terrorisée, mais vous vous êtes endormie pendant qu'il était assis dans l'escalier. Vos gosses sont petits, effrayés, mais vous essayez de nous faire croire qu'ils vous ont obéi, n'ont fait aucun bruit susceptible de vous trahir. Vous essayez de nous faire croire que vous avez pris leurs jouets, de l'eau, un oreiller et une couverture – quasiment tout dans la maison sauf l'évier de la cuisine, à vrai dire – dans cette pièce secrète en l'espace de, d'après votre déclaration, probablement cinq minutes. Ça sonne vraisemblable, selon vous ?

— Oui, je…

— De plus, chaque fois qu'on parle avec vous, vous êtes un vrai glaçon. Aucune émotion, même après un événement aussi traumatisant. Ce genre d'expérience déclencherait chez la plupart des gens une réaction, *quelle qu'elle soit.*

Mais tu as tellement pleuré. Pleuré sans arrêt.

— J'ai…

— Et pour couronner le tout, madame, vos gosses nous racontent une version de l'histoire différente de la vôtre. Que vous êtes celle qui leur a dit qu'il y avait un monstre. Que vous êtes celle qui leur faisait peur. Celle qui leur a fait mal.

La honte l'imprégna entièrement comme si elle revivait le moment.

Comment as-tu pu... ? Comment as-tu pu faire une chose pareille ?

— Et puis, cette *arme*.

Le brigadier prononça le mot avec tant de scepticisme qu'on aurait dit que les armes n'existaient pas du tout, étaient inconcevables.

— Souple, petite ? Pas un couteau, pas un revolver, pas même une corde ? Une petite chose mobile ?

Il saisit cette chimère ridicule, agita son invisibilité d'un poignet mou.

— Elle faisait un son, lourd…

— Mais par-dessus tout, madame, la coupa-t-il, ce qui nous trouble profondément, c'est que nous avons testé. Je suis allé dans l'endroit secret. Mes hommes ont marché tout autour et j'entendais que dalle, pour être honnête. Vous, en revanche ? « Oh, je l'ai entendu entrer dans cette pièce et crier. L'ai entendu descendre l'escalier. Entendu foutre un coup de pied dans ces jouets. Entendu ouvrir la penderie un étage entier au-dessus de moi. » Mais c'est une audition *surnaturelle* que vous avez là, madame !

Ce mot qui revient, « surnaturel ». Il t'en veut, c'est ça ! Parce qu'il a forcément entendu quelque chose. Tu entendais tellement de choses.

— On ne dit pas que c'était délibéré de votre part, s'éleva la voix calme du policier au visage de gamin sur la chaise près de la cheminée.

Le brigadier prit une profonde inspiration. Se frotta les jambes et fit craquer les jointures de ses doigts à nouveau, comme pour libérer de l'énergie accumulée, pour se rappeler à lui-même d'être plus gentil, pour lui accorder l'issue facile de se déclarer psychologiquement endommagée plutôt que criminellement dérangée.

— Oui. Absolument ! Je ne dis pas que quoi que ce soit de tout ça ait été fait *exprès*. Je sais bien que vous avez traversé une épreuve terrible. C'est compréhensible qu'il y ait des trous dans votre mémoire. Votre psy l'a confirmé. Vous ne vous êtes pas rappelé que vous nous aviez donné l'autorisation de vous enregistrer pour le premier entretien, par exemple. Peut-être avez-vous oublié que vous aviez bu. Quand on boit suffisamment, ça arrive facilement. Et vos gosses, ils nous ont dit que vous avez disjoncté. La plupart des gens de mon entourage, c'est sûr, ils avaient peur de tomber malades. Mais vous ? Perdu votre mari, et donc évidemment que vous ne vous êtes pas comportée normalement, n'avez pas pensé avec clarté. Un petit grain de folie. Boire trop. Toute seule. Hallucination la nuit de formes dans l'ombre, comme vous me l'avez dit ; vous vous inquiétez pour vos mômes.

Il leva ses paumes devant lui comme pour désamorcer par anticipation ses protestations, et ajouta :

— Ça se comprend, mais oui, ça se comprend très bien.

Elle baissa les yeux vers sa main blessée pour éviter le regard des policiers. Elle se sentait simultanément lourde et vidée.

Comment est-ce possible ? Comment tout cela est-il possible ? Le brigadier incapable d'entendre quoi que ce soit dans l'endroit secret, ton taux d'alcool, la porte déverrouillée, pas de traces, pas de manager au café, pas de...

— Et cet intrus, alors ? Sacrément bavard, non ? dit le brigadier d'une voix vibrant de mépris. Blablatant sur votre maison si flippante, et combien il a peur. Un grand méchant loup de conte de fées juste sur le seuil de votre maison. Et, oh, comme par hasard, vous êtes la seule à pouvoir protéger vos gosses de toutes ces horreurs. Pourtant, vous avez admis, vous avez dit que c'était, comme ce Coin s'est lui-même qualifié...

Il feuilleta dans son calepin jusqu'à une page, pointa de l'index un mot qu'il avait écrit en majuscules et souligné

— ... bête. Voyez ça, madame ? Vous avez dit que c'était bête, qu'il s'était traité de bête. Quand il parlait à voix haute.

Elle se rendit compte que malgré ses efforts pour rester calme, le brigadier s'enfonçait peu à peu dans l'agitation. Elle gratta parmi ses souvenirs, mais ne put se rappeler avoir jamais appelé le Coin « bête ». Ses épaules se courbèrent autour de la peur qui grandissait dans sa poitrine, son incapacité à se faire entendre, comprendre, croire.

Ça s'est produit, ça s'est produit, ne l'écoute pas. C'était réel. Les affaires qui manquent, la lunette des toilettes, l'odeur de fumée de cigarette, le pneu crevé...

La voix du brigadier glissa dans un registre plus grave, rugissant.

— Vous vous êtes attribué le rôle de l'héroïne, pas vrai ? Vous avez un manteau de fourrure planqué dans la penderie du hall. Vous n'aviez sans doute pas prévu que ce serait méchant à ce point-là, dehors, à travers la neige. N'avez pas vraiment configuré les détails comme les traces de pas, l'entrée par effraction. Mais maintenant, vous êtes au centre de l'attention, n'est-ce pas ? Moi, mes gars, les docteurs, les infirmières. Grande héroïne pour les gosses. Petite dame combattant le grand méchant loup. Une chose plutôt simple, vous ne trouvez pas ?

— C'est très compréhensible, vu ce que vous avez subi, d'être en proie à la confusion, dit le policier au visage de gamin d'un ton apaisant.

Le brigadier se racla la gorge.

— Tout à fait. Et vous êtes toute seule. Pas de famille dans les parages, à part cet enfoiré de beau-père. Pas d'amis dans ce nouveau lieu. Et même avant tout ça, vous aviez déjà du mal à gérer les choses. N'avez que la peau sur les os. Avez dû être menottée à l'hôpital.

— Mais le psychia…

Le brigadier écrabouilla sa protestation :

— Pas la première fois que vous avez vu un drôle de type dans la maison, n'est-ce pas, avec ces hommes de l'ombre dont vous m'avez parlé ? Et vous êtes tout le temps réveillée, à arpenter la baraque, vos gosses nous l'ont dit. Vous les laissez regarder la télé toute la journée. Ils ont dit que vous vous cramponnez à eux, devenez hystérique pour le moindre bobo au genou. Et vous les avez « repoussés », comme vous dites, quand ils avaient peur.

Tu es une mère atroce.

Le brigadier se pencha plus près, s'accouda sur ses genoux écartés, le menton posé sur ses doigts entrecroisés. Le bleu glacé de ses yeux la transperça.

— Vous voyez comment les choses se sont déroulées, madame ? Comment tout est si simple ?

— Il a dû mentir… lâcha-t-elle en secouant la tête, désirant parler d'une voix plus sonore, plus forte, tandis que son esprit saisissait le moindre fétu d'explication possible. Sur le fait qu'il était manager, il…

Le brigadier ne feignait plus la patience désormais.

— Madame, il est indéniable que vous vous êtes trompée. Vous avez tout inventé. Vous nous mentez. Vous n'avez plus toute votre tête. Vous vouliez de l'attention. Vous ne voyez pas que c'est évident ?

Il s'inclina si près d'elle, la surplombant, qu'elle pouvait sentir son odeur. De l'amidon en spray et de l'oignon cru sous une eau de Cologne.

Son esprit se replia sur lui-même, et sinua jusqu'à une histoire datant du cours de psychologie qu'elle avait suivi à la fac. Il était une fois, disait l'histoire, un homme, que son voisin avait accusé de rendre une bouilloire cassée, qui lui avait répondu qu'en fait, elle était déjà abîmée quand il l'avait reçue et, en réalité, il l'avait rendue intacte, et à vrai dire, il ne l'avait jamais empruntée. C'était pour illustrer la façon dont les gens pensent dans les rêves. *J'étais à cet endroit, mais je n'étais pas à cet endroit. Je te parlais, mais ce n'était pas toi.*

Cet illogisme correspondait parfaitement aux arguments contradictoires du brigadier.

En fait, vous êtes folle. Mais à vrai dire, vous avez tout combiné exprès. En réalité, vous mentez, mais vous avez également juste imaginé les choses. Dans les faits, vous n'étiez pas bonne pour mettre en scène un crime, mais en même temps, vous n'en aviez pas l'intention. Vous êtes paranoïaque, hystérique, mais pas assez émotionnelle. Votre histoire est trop linéaire, mais vous dites n'importe quoi. Vous avez calculé comment vous ériger en héroïne, mais avez aussi oublié tous les détails qui auraient pu vous rendre crédible. Vous êtes dysfonctionnelle, vous vous êtes coupée du monde, mais vous recherchez avidement l'attention d'autrui. Vous êtes certaine d'être la seule personne capable de protéger vos enfants, mais en réalité, vous les maltraitez.

Toutes ces réalités contradictoires ne pouvaient coexister simultanément, mais s'entrelaçaient néanmoins toutes ensemble pour soutenir l'argument principal du brigadier.

Il pense que le Coin n'existe pas. Il ne te croit pas.

— Je suis la bouilloire, murmura-t-elle.

Son œil blessé lui donna l'impression qu'il était en train de se dissoudre, se transformer en liquide emplissant les interstices sous sa peau.

— Je suis la bouilloire, répéta-t-elle.

Le brigadier et le policier au visage de gamin échangèrent un regard signifiant, à n'en point douter, qu'ils pensaient que son esprit avait, finalement, complètement disjoncté. Toutes ses affaires familières, ses biens, étaient visibles à l'arrière-plan de ces inconnus. Il y avait un petit cheval en peluche sous une chaise près de la cheminée. Il y avait des taches de cendre sur le tapis.

Tu ne peux pas gagner. Tu joues un jeu avec de grands enjeux, mais tu ne peux pas gagner.

— Pourquoi ne nous dites-vous pas la vérité ? demanda le policier au visage de gamin en s'efforçant visiblement d'infuser de la gentillesse dans sa voix. Tout cela est tellement compréhensible.

La douleur était horrible. La confusion, la sensation que son cerveau était un disque rayé, avec des pièces manquantes, la submergeaient. Comment pouvait-elle réfuter les contradictions qui semblaient sans fin, tous les faits, et les faits alternatifs, et les faits hypothétiques que le brigadier venait de balancer contre le mur pour voir lesquels resteraient accrochés ? Comment pouvait-elle faire ça avec son crâne si mou et si fracassé ?

— Non, ce n'est pas possible. Ceci est un cauchemar.

Elle berça sa tête entre ses mains tremblantes.

Le brigadier croisa les bras, son opinion d'elle compromise depuis un certain temps. Peut-être au moment où il avait pris connaissance du test d'alcoolémie. Ou découvert qu'il n'y avait pas de manager dans ce café. Peut-être quand elle avait assimilé la religion au surnaturel. Peut-être, seulement peut-être, à la seconde où il avait posé ses yeux sur elle, en novembre dernier.

— Un cauchemar, dit-il sévèrement. C'est tout à fait exact. Merci de l'admettre. Voilà, maintenant, vous êtes maligne de revenir sur votre position. Vous êtes une femme très maligne. C'est tout à fait ça. Cela ne s'est pas produit.

Il prononça le mot « maligne » comme le faisait quelquefois sa grand-mère, réagissant sarcastiquement quand sa petite-fille lui répondait avec insolence. « Voyez-moi comme elle est *maligne*, cette enfant. »

— Ça s'est produit. C'est votre boulot. C'est votre boulot de me croire, murmura-t-elle.

Le brigadier expira par le nez, excédé.

— Franchement, madame, les gens nous mentent. C'est notre boulot d'écouter. De traquer les faits et les preuves. Cela a pu vous sembler réel, à *vous*. Mais ça ne signifie pas pour autant que cela s'est produit. Comme vous venez de le dire, c'était seulement un cauchemar.

Elle avait désespérément envie de fermer ses yeux détruits et s'endormir.

— Non, dit-elle, d'une voix devenue un lointain murmure, ce n'était pas un rêve. Ça s'est réellement produit.

Repense à la boîte aux trésors, repense à ce que tu as vu, repense aux enfants, debout, là, dans le bureau, en train de t'écouter. Ils l'ont entendu et vu, eux aussi.

— Ce n'était pas un rêve, dit-elle plus fort. Le pneu crevé, la lunette des toilettes, les affaires qui manquent…

— Madame, tout à l'heure, vous avez dit que c'était bête, un cauchemar, et maintenant, vous dites que ça s'est produit ? Allons, voyons.

Il secoua lentement la tête à la manière d'un professeur déçu.

— Ça suffit, maintenant.

Le brigadier fit une pause, puis émit une longue expiration qui la plaça sur le qui-vive, tant elle semblait conçue pour créer un sentiment de préambule, pour l'avertir qu'il était sur le point de jouer un atout important.

— Je ne voulais pas le mentionner, mais franchement, je n'ai pas le choix. Peut-être que cela vous fera comprendre à quel point vous avez intérêt à collaborer avec nous.

Elle leva la tête vers lui, regarda les billes en verre bleu ciel de ses yeux.

— Un signalement a été donné aux services de protection de l'enfance. Ils vont devoir vous évaluer, évaluer votre maison, avant que vous puissiez récupérer vos gosses.

L'orbite de son œil craquelé pulsant de douleur, son crâne à l'agonie explosèrent dans l'air.

— Quoi ? dit-elle d'une voix étranglée. Quoi ?

Il parla lentement, avec conscience.

— Les services de protection de l'enfance vont devoir faire un rapport sur vous, vos gosses, votre maison, avant que vous puissiez les récupérer.

— Je ne… Quoi ?

Il y avait des éclats vifs dans sa vision. Elle s'efforça de regarder le brigadier à travers, cilla rapidement pour éclaircir les choses.

— D'après ce que j'ai compris, c'est simplement une première évaluation pour voir s'il faut ouvrir un dossier plus sérieux.

— Dossier plus sérieux ?

— Pour voir s'il existe un besoin de supervision, ou un changement de garde.

Elle sentit ses bras enlaçant ses enfants dans l'endroit secret. Les entendit, désespérés et terrorisés, appelant « Maman ! ».

— Comment… Pourquoi ?

— Quelqu'un vous a signalée comme potentiellement non compétente.

— Quoi… Qui ? balbutia-t-elle.

— C'est anonyme.

— Mon beau-père ?

— Ce n'est un secret pour personne qu'il est troublé par la manière dont vous les avez maltraités cette nuit-là. C'est donc tout à fait possible qu'il vous ait signalée. Mais ce pourrait être quelqu'un d'autre. De l'hôpital, par exemple. Ou l'un des instituteurs des gosses.

La façon désinvolte dont le brigadier énumérait les gens susceptibles de la juger indigne d'être mère éclaira sa compréhension.

C'était prémédité.

— Ça pourrait être un flic ? s'enquit-elle.

Le brigadier esquissa un vague haussement d'épaules, mais son regard fixe la transperça, la défiant de l'accuser. Dans ses yeux, il se mua en l'un des policiers dans la cour d'audience du procès pour sa mère, un élément d'un tout à plusieurs têtes qui triait avec efficacité les victimes et les survivants.

Ils ont décidé que c'était de ta faute parce que c'est le plus facile pour eux.

— Les policiers ont une obligation de signalement, dit froidement le brigadier. Ce qui est important, c'est qu'on puisse les informer que vous avez coopéré, que vous avez dit la vérité, que vous êtes ancrée dans la réalité… ça jouera définitivement en votre faveur.

Oui, c'est bien du chantage. La police, ton beau-père, ils travaillent tous main dans la main pour te les retirer.

Exactement comme il l'avait fait dans son enfance après la mort de sa mère, après que son mari avait été évacué couvert de sang de la maison, son corps s'enroula spontanément autour du désir lancinant dans sa poitrine. Ses bras s'enveloppèrent sur ses mollets amochés, son front rencontra ses genoux, et ses yeux se fermèrent par réflexe.

« Le traumatisme ne s'arrête pas quand le traumatisme s'arrête », avait dit le psychiatre.

— Madame ?

Tu leur as promis... leur as promis ! que tu viendrais les chercher. Et maintenant, maintenant, quoi ?

— Je ne comprends pas, s'entendit-elle marmonner.

Tu comprends très bien.

L'intonation du brigadier était basse et calme.

— Vous allez recevoir une lettre. Vous allez avoir un appel d'une assistante sociale. J'ai essayé de vous le dire. C'est celle que vous devez appeler au sujet de vos enfants. Mais on n'en est qu'au début. Vous avez encore largement le temps de redresser la barre. Quasiment à tous les coups, la mère récupère les gosses. Et vous avez une jolie maison. Vous êtes à l'aise financièrement. Ça va bien se passer pour vous. Vous allez les récupérer. Du moment que vous reconsidérez tout ça, comme je vous l'ai dit. Que vous voyez ce qui relève du bon sens.

Elle garda les yeux fermés, son corps fermé.

— Vous voulez un verre d'eau ? Je peux aller vous chercher quelque chose ? s'enquit le policier au visage de gamin.

Son estomac commença à tanguer de panique désespérée. Elle s'enlaça plus étroitement pour qu'ils n'entendent pas le commencement de son chagrin, n'assistent pas à sa chute dans le néant.

— Réfléchissez à tout ça, OK ? dit le brigadier. Il faut bien qu'il y ait des réponses, des explications, si vous y repensez.

— Partez.

— Z'êtes sûre ? Vous n'avez rien d'autre à nous dire ?

— Sortez d'ici.

Un autre soupir du brigadier.

— D'accord. On pourra en reparler plus tard.

Elle ne répondit pas.

— Vous comprenez, madame ? Ça va aller ? Si ça va pas, vous pouvez toujours appeler ce psy, ou nous appeler, d'accord ? Je sais que ça paraît dur pour l'instant, mais…

Elle releva les yeux sur lui, son visage fracturé se déformant à cause de toute la colère qu'elle n'avait jamais été autorisée à exprimer.

Sa voix sortit d'elle, tranchante.

— Sortez. D'ici. Maintenant, dit-elle dans un souffle.

L'espace d'un instant, les yeux du brigadier affichèrent de la surprise.

— Bon, dit-il.

Il se redressa. Prit quelque chose dans son sac de sport.

— Voilà. Votre téléphone. Je le pose ici, juste à côté de ma carte de visite. On se reparlera.

Le policier au visage de gamin la scruta d'un air inquiet tandis qu'il suivait en traînant des pieds le brigadier hors du séjour. Elle l'entendit dire tandis qu'ils remettaient leurs bottes dans le vestibule :

— Croyez qu'on devrait la laisser toute seule, brig ?

— Ce n'est plus de notre ressort. C'est le psychiatre qui l'a laissée sortir. Et puis, ça va lui permettre de réfléchir.

Elle entendit la porte se refermer. Entendit le grondement de leur voiture s'éloignant dans l'allée. Elle se retourna pour crier, la tête enfouie dans un coussin. Frustrée de sentir qu'elle avait été conditionnée au silence jusqu'à la suffocation, même toute seule, elle balança le coussin à travers la pièce.

Elle hurla à la mort, la bouche écarquillée, un son animal, une réverbération des entrailles, originelle.

32

Au bout de tout ce temps; tu as enfin réussi à crier. Sa voix était gutturale. Elle ne savait pas exactement ce qui allait se passer désormais, mais avait la sensation nauséeuse qu'elle était sur la crête d'une vague qui la soulèverait et l'écrabouillerait sans qu'elle ait son mot à dire dans l'histoire. Elle dériva, exténuée comme on peut l'être seulement après une explosion d'émotions. Mais chaque fois qu'elle s'assoupissait, elle entendait le Coin. Ses yeux s'ouvraient d'un coup sec, elle cherchait du regard des griffes effilées, une langue fourchue s'enroulant autour d'une embrasure de porte.

Tu as peur parce que ça s'est produit. Tu as peur parce que c'est réel.

Elle fixa l'endroit par terre où la police avait traîné des cendres, les incrustant assez profondément pour salir le tapis. Cela lui rappela que les cendres de son mari se trouvaient dans une boîte dans le placard. Une flamme de furie se mit à lécher sa gorge et dans sa rage, ses pensées crépitèrent en tous sens.

Les enfants partis, les cendres du mari, des cendres partout. Tout ce qui était important a fini par se consumer. Il pense que tu as menti. Que tu es folle. Le met sur le compte de l'alcool que tu n'as pas bu. Il ne comprend pas comment c'était. Comment était-ce ? Comment était-ce vraiment ? « Obstacle féminin », t'a appelée le Coin. Et c'est ce que tu es pour le brigadier. Pas commode, répétant que tu n'es pas folle. Le fait que ça se soit produit ici donne une mauvaise image de lui. L'étrangeté, l'atrocité l'aident à te balayer d'autant plus aisément du revers de la main.

Sa rage brûlait plus vive à mesure que le brigadier, le Coin, le meurtrier ordinaire dans la cour d'audience, ceux qui le défendaient, qui n'avaient pas réussi à défendre sa mère, s'entremêlaient.

Ce meurtrier n'avait pas été capable de réfréner ses pulsions les plus viles. Le Coin était fier de violer les lois. Cependant, tous deux étaient protégés par les mêmes institutions et mœurs qu'ils méprisaient visiblement, par rapport auxquelles ils se sentaient visiblement, en quelque sorte, supérieurs. Les mêmes codes écrits et implicites que le brigadier et les autres types dans son genre faisaient respecter.

« Tous ces trucs que vous faites pour essayer de m'adoucir, me transformer en mouton, avait dit le Coin. Je piétine ça. »

Le fait que le Coin soit encore de ce monde, et sa mère, sa grand-mère, sa belle-mère, son mari aient tous disparu pesait comme une pierre dans son cœur, comme une compréhension furieuse d'injustice et de responsabilité.

Il ne reste plus que toi. Pour tout ce qui compte. Rien de tout ça ne va te tuer. Rien de tout ça n'est définitif. Le psy avait raison. Le foutu Coin avait raison. Tu es le seul obstacle.

Elle se redressa. S'essuya le visage de sa manche.

Ils te regardent et pensent qu'ils savent qui tu es. Mais ils ne te voient pas. Ils ne peuvent pas. Ils pensent qu'ils sont mieux que toi. Savent mieux. Mais il n'y a pas de « mieux ». Il y a juste des gens, qui font des choix. Qui se débrouillent avec le jeu qu'on leur a distribué. Et tu vas faire le choix d'utiliser tes atouts. Le choix d'engager un putain de super bon avocat. Tu vas faire le choix de te battre. Et tu ne vas laisser personne remettre en question ton propre esprit. Parce que si tu avais fait ça, si tu l'avais fait quand tu as vu le puma, si tu l'avais fait quand tu as vu le Coin, tu serais morte.

Elle attrapa son téléphone à l'endroit où le brigadier l'avait posé sur la table basse. Il n'y avait qu'un message vocal, laissé par quelqu'un des services sociaux. « Par notre lettre vous contactant au sujet de vos deux enfants mineurs… évaluation… inspection… Merci de nous contacter à… »

Il était trop tard pour les appeler. Elle enfila des bottes de neige et un manteau. Malgré sa détermination à agir, à se battre, elle hésita quand elle atteignit la porte.

Il pourrait être là, dehors.

Elle scruta l'extérieur plongé dans la semi-pénombre à travers la vitre de l'entrée, mais la lumière intérieure réfléchie sur la vitre l'empêchait de voir clairement. Elle éteignit toutes les lampes et attendit. Il n'y avait aucun mouvement dehors. Pas de nouvelles traces de pas dans la neige.

Le brigadier a raison. Le Coin ne reviendra probablement pas. C'est trop risqué.

Elle avança lentement dans l'allée et vida la boîte aux lettres. Tandis qu'elle marchait vers la maison, les bras chargés de la pile d'enveloppes, magazines, et prospectus fins, son bon œil aperçut quelque chose de singulier dans le pré à sa gauche. Son rythme cardiaque s'affola jusqu'à ce qu'elle comprenne ce que c'était. Une biche et un faon se tenaient immobiles comme des statues dans la neige, leurs oreilles souples dressées vers elle.

Le faon était petit pour la saison. Un bébé tardif essayant de survivre à son premier hiver. Qui s'annonçait très rigoureux.

Après que la biche l'eut fixée pendant une fraction de seconde, une sorte de courant invisible dans l'air les mit en fuite. Ils bougèrent simultanément comme si une longe rattachait la mère à l'enfant. Elle contempla leurs queues blanches qui ondulaient devant leur croupe brune, leur grâce, tandis qu'ils bondissaient à travers la neige, dépassaient le cimetière et s'évanouissaient sur le sentier.

Tu vois ? Même maintenant, il existe de belles choses.

— Bonne chance, dit-elle à voix haute à la biche.

Elle fronça les sourcils, submergée par le sentiment d'avoir oublié quelque chose, comme quand elle pénétrait dans une pièce et ne se rappelait plus pourquoi elle y était venue. Elle tenta de saisir le fil mouvant qui semblait lui murmurer « Tu te souviens ? Tu te souviens ? », mais il continuait de s'éloigner d'elle en dansant jusqu'à ce qu'elle se dise : *Arrête, arrête. Tu es en train de te torturer à penser que tu as oublié quelque chose. Que tu oublies quelque chose.*

Elle entra dans la maison et verrouilla les portes. Vérifia à plusieurs reprises que toutes les fenêtres du rez-de-chaussée étaient fermées avec un loquet. Et seulement à cet instant, commença à parcourir le courrier. Elle lut la lettre qu'elle cherchait, une fois, puis la relut.

« Vous avez été signalée… bien-être et protection d'enfants mineurs… évaluer si un dossier plus approfondi doit être ouvert… »

Elle la cala sous son bras. Apporta la lettre, le téléphone et le sac de médicaments délivrés par l'hôpital au premier étage, et les posa sur le plan du lavabo dans la salle de bain. Fit une ronde pour s'assurer que les fenêtres de cet étage étaient toutes bien fermées.

Il n'y a personne dans la maison, se conforta-t-elle. *Personne sauf toi.*

Sans les yeux scrutateurs de la police, elle parvint aisément à ouvrir le coffre-fort. Les pièces d'or, l'alliance de son mari et le revolver étaient disposés sur une ligne.

Elle caressa chacun d'eux, comme si elle pouvait absorber ainsi leur pouvoir.

Tous ces objets que tu conserves à l'abri pour ta sécurité, pour ta protection, en cas d'urgence... Uniquement du métal froid. Rien de doux, rien de chaud, absolument pas.

L'une des pièces était décalée et elle rajusta la pile. L'étui du revolver possédait une pince en métal pour pouvoir l'attacher à un pantalon ou une ceinture. Le brigadier avait posé l'étui avec la pince en bas, ce qui l'inclinait dans un angle étrange, si bien que l'arme avait glissé à moitié du holster. Elle sortit les deux items du coffre-fort. Le revolver semblait ridicule dans ses paumes tremblantes arrondies en coupe. Elle songea à la façon aguerrie, compétente, dont le brigadier l'avait tenu, le cliquètement rôdé du chargeur, combien l'arme paraissait petite. La crosse était trop large pour elle, difficile à agripper. Elle se rendit compte que le revolver n'était en réalité pas du métal, mais du polymère moulé, rendant la crosse rugueuse, mais sans la moindre élasticité susceptible de lui en faciliter le maintien. Elle s'acharna sur la portière du chargeur, contrariée d'être si inapte comparée au policier.

En tremblotant, elle réussit à enlever la glissière et le chargeur, et se calma en endossant le rôle familier consistant à inspecter les mécanismes. Si l'extérieur était en résine, les éléments intérieurs étaient métalliques. Entre ses mains, le désassemblage alla de soi. Elle scruta minutieusement les ressorts, écrous, et chevilles exposées. C'était une machine simple. La détente, une fois tirée, soulevait une barre qui percutait la balle et déclenchait le coup.

Elle réassembla le revolver méthodiquement, de ses doigts compétents et calmes. Cette dissection l'avait apaisée. Le revolver lui évoquait moins une entité vivante, un animal imprévisible blotti dans l'attente, et davantage une ingénierie élégante, quoique conçue pour un but abominable. Elle glissa le revolver dans son holster en nylon, bien à l'abri, le posa, et sortit l'alliance de son mari du coffre-fort. L'anneau était trop grand pour qu'elle l'enfile, même sur son pouce, mais elle le posa néanmoins sur le plan du lavabo. Elle referma le coffre-fort, et les pièces d'or de son père scintillèrent encore un instant avant de disparaître.

Tout ce souci que tu t'es fait au sujet de l'argent, toutes ces signatures en douce sur les photographies de ton mari, cependant, n'est-il pas intéressant que l'argent soit la chose la moins à même de te réconforter à l'heure actuelle ?

Elle farfouilla dans les tiroirs de la salle de bain. Les seuls pansements qu'elle trouva étaient ceux qu'elle avait achetés pour les enfants, décorés du visage souriant de Bob l'Éponge.

C'est chouette, pourtant, ces couleurs, ça te rappelle les mômes.

Elle enroula un pansement bariolé autour de l'alliance en platine de son mari et renfila l'anneau. Dut en envelopper un autre autour du premier jusqu'à ce que l'anneau soit enfin fermement calé sur son majeur, cliquetant d'une façon rassurante contre sa propre alliance. Elle frotta le lustre du platine du plat de son pouce. Pressa les couleurs primaires du personnage édenté de dessin animé.

Tu vois ? Un peu de douceur. Pas si froid. Pas si seule.

Elle esquissa un sourire ironique en imaginant le revolver enveloppé de la même façon, adouci par un personnage de dessin animé, comme l'anneau. Visualisa le froncement de sourcils désapprobateur du brigadier en extirpant l'arme du coffre-fort et la découvrant décorée d'autocollants de la mosaïque du Rubik's cube ou d'autres motifs typiques des cartables de son enfance. Se demanda pourquoi elle était si certaine que même un brin de couleur atténuerait bel et bien sa fébrilité devant la noirceur matte et froide de l'objet.

Dans la chambre d'amis, elle étala une grande feuille de papier sur sa table à dessin. À côté, elle disposa soigneusement un compas, des crayons gris, des gommes, des gabarits, une règle et une équerre. Bien qu'elle effectue la plupart de ses croquis par ordinateur, elle aimait initier chaque projet au crayon.

Lorsqu'elle s'assit, elle sentit la porte ouverte derrière elle comme une haleine froide. Elle se rendit compte que tandis qu'elle fouillait dans le coffre-fort, enveloppait l'alliance de son mari, elle s'était inconsciemment tenue dos à un mur.

Pour que personne ne puisse se faufiler à ton insu derrière toi.

La table de dessin se révéla étonnamment facile à déplacer. Elle la poussa de telle sorte qu'elle pouvait s'y installer face à la porte de la pièce. Cette fois-ci, quand elle s'assit, les poils de sa nuque s'immobilisèrent et elle parvint à se concentrer.

Elle traça un quadrillage. Une liste aux légendes colorées de mesures concrètes (« Engager un avocat ») et d'autres incertaines (« Prouver que tu dis la vérité »). Sa compétence, son assurance dans les lignes qu'elle dessinait, le lettrage architectural clair, tout cela résonnait en elle et lui disait : « Tu n'es pas folle. Tout ceci était réel. Tu vas les récupérer. Tu vas aller mieux. Tu es capable de les protéger. »

Elle barra d'un trait en pointillé les étapes déjà programmées. L'entreprise de système d'alarme et le serrurier devaient venir le lendemain matin. Le nouveau problème des véhicules immobilisés devait être géré.

Elle s'obligea à avaler un repas tout prêt réchauffable au micro-onde. Puis, elle ramassa les coussins et la couverture de la chambre d'amis et s'enferma à clé dans la salle de bain, l'unique pièce de la maison dotée d'une porte se verrouillant de l'intérieur avec un loquet.

Sa main s'attarda pendant quelques instants sur ce loquet, ressuscitant le souvenir de son installation, alors qu'elle aspirait désespérément à une barrière, quelle qu'elle soit, entre elle et les membres de sa famille, à de minuscules moments toute seule. Cela ressemblait à une envie issue d'une autre existence, un tel contraste avec son désir actuel brûlant pour eux.

Elle se concocta un nid aussi douillet que possible pour dormir dans la baignoire en fonte.

Encore une chose dure adoucie.

Elle ingurgita ses médicaments. Inséra des bouchons d'oreilles. Entourée des parois de la baignoire, elle ne tomba pas tant dans le sommeil que dans une inconscience profonde.

Elle se réveilla avec la première lueur hésitante du jour par la vitre de la salle de bain. Ses muscles étaient atrocement tordus. Ses reins l'élançaient comme si elle avait passé la nuit allongée sur un poing. Même son doigt portant l'alliance de son mari la démangeait, dérangé par l'anneau.

Voilà ce qui se passe quand on dort avec des choses en métal.

Elle consulta son téléphone. Elle avait encore une heure avant l'arrivée convenue du serrurier et de l'installateur d'alarme. En restant aussi immobile que possible, elle épia les bruits de la maison. Pressa une oreille contre la porte de la salle de bain. Pas de couinement des marches de l'escalier. Rien hormis le son du vent dehors. Cependant, quelque chose en lien avec la profondeur de son sommeil suscitait en elle une certaine nervosité à l'idée de quitter la pièce. Elle se trouvait encore trop près des rêves pour être courageuse. Elle se doucha, se brossa les dents, puis, assise sur le rebord de la baignoire, passa un coup de fil après l'autre, laissant à chaque fois le même message.

« Bonjour, on vient de m'informer que les services de protection à l'enfance vont faire une enquête sur ma situation, et j'ai vu sur Internet que vous avez de l'expérience pour accompagner les parents. Je recherche une personne pour me défendre immédiatement… »

Entre chaque appel, elle pensait : *L'hôpital a pu faire une erreur concernant le taux d'alcool. Tu sais qu'il manque la boîte en fer-blanc. Ainsi que la peluche. Les vêtements de ta fille. Tu t'es sentie surveillée. Il a pu faire faire un double des clés. Planter un clou dans le pneu. Et, d'une manière ou d'une autre, réussir à se planquer. Et filer incognito d'une façon encore à déterminer.*

Elle avait laissé seize messages lorsqu'elle entendit un coup frappé à la porte en bas. Elle fit coulisser le loquet de la salle de bain, jeta un coup d'œil dans le vestibule silencieux et vide, tendit l'oreille attentivement en serrant les pansements qui encerclaient l'alliance de son mari, pour chasser sa peur que le Coin soit tapi dans l'ombre, sur le point de l'assaillir. Elle sortit de la salle de bain, enfila un t-shirt ample et l'un des sweats de son mari, mit un pantalon de jogging doux sur ses jambes molles et trembla en s'assurant que le cordon à la taille était bien noué. Elle espérait que les vêtements larges cachaient l'état de son corps, avec ses ecchymoses, ses membres enflés, ses bosses dures, suspectes. Au rez-de-chaussée, elle s'excusa auprès du serrurier de l'avoir fait attendre. Il fut rapidement suivi par l'équipe des techniciens de la compagnie d'alarme.

— Toutes les serrures, dit-elle. Caméras partout, chaque fenêtre, chaque porte. Oui, utilisez toute l'électricité dont vous avez besoin. Pas de problème, les câbles peuvent passer ici.

Le bruit et le mouvement d'autres gens dans la maison lui permettaient de se déplacer avec un sentiment de sécurité, la certitude que le Coin ne lui sauterait pas dessus, qu'il ne pouvait rien lui faire, entourée comme elle l'était par des artisans qui la sollicitaient en permanence, lui posaient des questions. « Où doit-on installer le nouveau panneau ? Devrait-on également connecter le groupe électrogène ? »

Avec attention mais efficacité, elle posa ses mains partout dans la maison, à la recherche du moindre signe d'existence laissé par le Coin. La moindre chose susceptible de remplir le vide dans le quadrillage, au libellé « Indices ». Et l'autre libellé, « Preuves ».

Il était réel. Toutes les choses vivantes laissent des traces.

Au sous-sol, elle flaira de nouveau l'odeur de la fumée de cigarette. Demanda à l'un des installateurs d'alarme qui y travaillait s'il la sentait, lui aussi.

— Oh, ouais, dit-il. J'ai arrêté il y a un an et maintenant, c'est comme si j'avais un sixième sens pour ça.

Cette confirmation, cette validation de ses propres sens, lui fit monter des larmes de reconnaissance aux yeux tandis qu'elle éprouvait une vague de rancœur.

Tu sais pertinemment quelle odeur tu as sentie. Tu ne devrais pas avoir besoin qu'autrui te dise que c'est réel.

S'il y avait d'autres signes de l'existence du Coin, elle ne les trouva pas. Il était absence. Une odeur sans source, des objets disparus, des souvenirs. Il était déplacement… son téléphone sur la mauvaise table de chevet, la lunette des toilettes relevée, le babyphone éteint. S'il avait laissé des traces de pas dans le grenier, dans le sous-sol, elles avaient été oblitérées par la police pendant leur fouille de la maison, la poussière dispersée par les piétinements des bottes d'innombrables tailles.

Les flics étaient bordéliques. Médiocres.

Découragée de ne trouver aucun indice, elle changea son fusil d'épaule. Avant le début de l'après-midi, elle avait empilé plusieurs énormes sacs-poubelle de chantier bourrés de choses à jeter et une boîte entière pleine de vieux vêtements dans le garage, préparant ainsi la maison à être rangée et nettoyée de fond en comble après des mois de négligence liée au deuil.

Elle s'imagina une assistante sociale arrivant à la maison, trouvant celle-ci conviviale, animée, mais propre et étincelante. « Oh oui, disait la femme fictive. C'est un endroit charmant pour des enfants. »

Mais aucun indice. Juste des choses manquantes. Des choses déplacées. Une odeur.

C'est un fantôme.

Elle engagea la première avocate qui la rappela, appréciant son approche pragmatique et sa dérision de la police.

« Les flics, avait pouffé la juriste. Quand ils vont débarquer – et ils vont le faire, je vous le promets ! –, ne dites rien. Donnez-leur mon nom et mon numéro, et c'est tout. Je contacterai le service des affaires familiales, et j'essaierai de faire bouger les choses, je leur montrerai que c'est un cas dont ils peuvent se débarrasser rapidement. Mais j'aime mieux vous avertir : ils sont à la bourre comme tout le monde, ils sont en sous-effectif avec tous les gens en maladie. Cela prendra plus de temps que vous ne le souhaiteriez, plus de temps que ça ne le devrait, pour que vos gosses rentrent à la maison. Entretemps, continuez à aller voir ce psychiatre. C'est important pour prouver que vous vous faites aider. Il faut que quelqu'un accepte d'attester de votre compétence. »

Le serrurier jeta des coups d'œil en biais à son visage amoché, marqué, tandis qu'elle signait son chèque, mais ne posa pas de question. Les techniciens de l'entreprise d'alarme effectuèrent pour elle une démonstration en détail du nouveau système. Était-elle certaine, était-elle vraiment certaine d'avoir compris ?

— Alors, comme ça, vous avez subi une effraction ? dit le chef d'équipe en scrutant ses blessures avec un intérêt non dissimulé. Que s'est-il passé ?

— Un type a pénétré par effraction, répondit-elle en haussant les épaules.

— J'vous parie que vous auriez aimé avoir installé tout ça *avant*, hein ? demanda-t-il. Le sale type n'aurait rien tenté. Et dans le pire des cas, vous l'auriez chopé sur la caméra.

— Donc, vous êtes en train de dire que c'est de ma faute s'il est entré par effraction, dit-elle avec désinvolture, observant sa réaction comme s'il était un insecte dans un bocal.

Tac, tac, tac.

— Oh mon Dieu, non, non ! Ce n'est pas ce que je voulais dire, évidemment. Personne ne mérite…

Il esquissa un geste de la main en l'air à sa hauteur, comme pour encercler le corps, les blessures de sa cliente.

— Mais c'est vrai, ce qu'on dit : mieux vaut prévenir que guérir !

— Personne ne trouve que vous en avez fait assez quand il arrive malheur, dit-elle.

— Je ne voulais pas vous contrarier.

Elle inclina la tête vers lui, puis dit froidement :

— Ai-je l'air contrariée ?

— Est-ce que… votre mari serait dans les parages ? Voulez que je lui montre le système ? demanda-t-il tandis que ses yeux fouillaient derrière elle, espérant qu'un homme apparaisse, quelqu'un de sensé.

— Il est mort, dit-elle.

— Bordel de merde, lâcha le technicien, tandis que ses yeux devenaient enfin humains et la voyaient. Durant l'effraction ?

— Non.

L'installateur bougea, mal à l'aise, regardant alentour comme si la maison était potentiellement contaminée, tressaillit quand ses yeux balayèrent les marques de dépigmentation sur sa peau, et s'enquit :

— D'une maladie ?

— Il a trébuché et il est tombé.

— Il est mort de ça ?

Elle entrevit l'opportunité de mettre à profit la pitié de l'homme, son sentiment de culpabilité, son opinion flagrante qu'elle avait du mal à gérer la situation.

— Vous sauriez faire démarrer une voiture dont la batterie est morte ? Ou monter une roue de secours ? Maintenant qu'il n'est plus là, et amochée comme je suis, je n'arrive pas à le faire moi-même.

En moins de vingt minutes, sa voiture était équipée de la roue de secours, et la batterie de celle de son mari avait repris vie. Les techniciens de la compagnie d'alarme s'en allèrent, gonflés à bloc du sentiment d'avoir aidé une demoiselle en détresse. Elle activa le nouveau système d'alarme, verrouilla la maison avec sa nouvelle clé.

Encore du métal. Encore du métal sécurisant.

Tandis qu'elle roulait à moins de trente kilomètres-heure vers l'atelier du mécanicien pour ne pas endommager la vieille roue de secours, le klaxon furieux des voitures derrière elle, les injures hurlées par la vitre quand les conducteurs la doublaient ne constituaient qu'un bruit de fond. Elle chantait avec la radio. Souriait en songeant que l'ophtalmologue avait eu raison, finalement, et que sa vision était suffisamment rétablie pour qu'elle n'ait pas l'impression de prendre des risques. Du moins sur cette route si familière. Du moins en roulant si lentement.

Elle se demanda si la vie serait toujours ainsi. La panique et la peur qu'une fenêtre puisse être restée ouverte, elle épiant les sons de sa propre maison avec le cœur battant, s'accrochant à du réconfort métallique pour dormir, pour fonctionner, mais pour le reste ? Tout lui semblait si simple, si facile. Comment avait-elle pu, un jour, être contrariée par des conducteurs irascibles ? par la condescendance des sous-traitants qu'elle rémunérait ? par ce que quiconque pensait d'elle ? Elle se redressa sur le siège du conducteur pour soulager la pression lancinante sur ses reins. Se souvint avec nostalgie de la manière dont son mari massait ses épaules, et dénouait les tensions.

Ce serait mieux, maintenant que l'alarme était installée. Avec les nouvelles serrures. Elle devait faire en sorte que ce soit mieux. Elle se cramponna au volant.

Tu ne peux pas laisser le Coin te voler ta maison, ton foyer. Ne le laisse pas te voler ce réconfort. Polluer tes souvenirs.

Les deux dernières années tourbillonnaient dans sa tête. Les gosses sautant dans les piles de feuilles mortes. L'obsession attachante mais déroutante de son mari pour une pelouse parfaite. Sa fille mangeant les tomates directement dans le potager. Les châteaux-forts construits par les enfants, en neige, en oreillers, en couvertures. La pizza cuite dans l'immense four en brique. Les feux de cheminée d'hiver dans l'âtre gigantesque.

Non. Il n'aura pas ça. Tu ne le laisseras pas voler ça.

Chez le garagiste, elle but une tasse de café après l'autre, remarquant – mais décidant d'ignorer – la réceptionniste qui la dévisageait, bouche bée. C'était étrangement préférable de supposer que les gens la fixaient à cause de ses blessures plutôt qu'à cause des marques blanches de son vitiligo.

Pendant qu'elle attendait le pneu neuf, elle feuilleta un magazine datant du mois de décembre de l'an dernier.

La star sur la couverture posait, les mains calées sur les hanches, bombant la poitrine, avec une phrase citée en surimpression sur la photo : « Je choisis toujours le danger. »

Elle s'affaissa, et la chaise pressa contre le nœud dur en bas de son dos, si inconfortablement qu'elle se rajusta.

Le monde devait donner à cette vedette une telle sensation de sécurité pour qu'elle dise une chose pareille. Elle ne se souvenait pas d'avoir un jour ressenti cela.

Quand elle revint finalement chez elle, le soleil était orange, entremêlé aux branches basses des arbres. En s'approchant du garage, elle repéra le faon et la biche à l'orée du sentier juste derrière le cimetière, parfaitement immobiles, si on oubliait les bouffées de buée sortant de leurs naseaux noirs humides.

Dans son esprit retentit la taquinerie d'antan de son mari : « Si on ne voit pas de daims dans le coin, c'est juste parce qu'on n'est pas assez attentifs. »

La phrase du technicien de l'alarme : « Et dans le pire des cas, vous l'auriez chopé sur la caméra. »

Sa bouche se dessécha lorsqu'elle fut frappée par ce qui l'avait turlupinée la veille, ce dont elle n'arrivait pas à se souvenir quand elle avait aperçu le daim s'éloigner en bondissant sur le sentier. Elle coupa le moteur de la voiture, les mains tremblantes. Elle avait oublié de passer la vitesse de parking, et le véhicule se mit à descendre la pente en marche arrière avant qu'elle appuie violemment sur le frein, clignant des yeux quand l'impact avec la pédale heurta douloureusement son pied meurtri. À travers le parebrise, elle fixa la mère et son petit.

La caméra animalière était toujours là, quelque part, dans les bois, braquée sur le sentier forestier.

Ce serait logique que le Coin ait rejoint la maison en empruntant ce chemin. Il n'y avait pas de voiture, pas de traces de pneus. Il était forcément venu à pied. Il aurait pu facilement se garer là-bas, dans l'impasse des manoirs imposants, sans être remarqué, et prendre le raccourci jusqu'à la maison en suivant le sentier.

Ne te fais pas trop d'illusions. Cela ne montrera sans doute rien. Elle sera probablement déchargée. Depuis combien de temps est-elle installée maintenant ? Plus d'un an. Et même si ça fonctionne encore, il n'est vraisemblablement jamais passé par là. Mais qui sait. Peut-être, peut-être, peut-être.

Elle visualisa le Coin en train d'observer la maison depuis la forêt. Mais il aurait eu beau se tenir là, à attendre, surveiller, durant des heures et des heures, il n'aurait jamais vu la caméra animalière à recharge solaire dans son étui de camouflage, dissimulée contre un tronc d'arbre à environ trois mètres du sentier.

Mais la caméra l'avait peut-être vu.

33

Elle roula jusqu'à son garage, puis se hâta dans la maison pour troquer ses tennis contre des bottes de neige, en oubliant presque au passage de désactiver l'alarme afin que celle-ci n'avertisse pas les services de surveillance, la police. L'installateur l'avait mise en garde : durant les premières semaines, les gens oublient souvent.

— Z'avez une épouse qui vient d'aller faire du shopping, voyez ? Les mains pleines de sacs, tout excitée de les déballer, elle loupe un coup de fil de notre part, et voilà la police qui débarque.

— Je m'en souviendrai.

— Bien sûr, évidemment, dit-il.

Elle avait relevé avec indifférence le regard de connivence avec son collègue, tous les deux la prenant pour un cas désespéré.

Une sombre idiote.

Et te voilà, pensa-t-elle en souriant d'elle-même, *sur le point de leur donner raison.*

Son exaltation l'aida à se déplacer rapidement malgré son corps encore meurtri. Elle sortit par le portail du garage ouvert et marcha en direction du sentier. Comparé à sa course de minuit sans chaussures à travers la forêt, sans le poids des policiers à ses côtés comme la veille, emprunter la piste tassée par la police lui sembla aisé et léger. Sous le soleil déclinant du soir, elle poursuivit prudemment à travers les tombes, se rappelant sa chute passée. Se fraya un chemin jusqu'à la lisière du sentier et s'efforça de se souvenir avec exactitude de l'endroit où son mari avait installé la caméra animalière.

Il y avait du vent. Des blocs de neige tombaient des cimes des arbres à chaque rafale, formant sur le sol des mottes qui donnaient l'impression que les bois, le sentier, et même les prés et le cimetière derrière elle avaient été foulés par une armée aux pieds inégaux, à la démarche irrégulière et saccadée.

Elle quitta le sentier saupoudré d'une fine couche neigeuse et avança dans les congères de la forêt qui s'assombrissait, tandis que des cristaux de glace s'immisçaient dans ses bottes quand elle s'enfonçait trop profondément. Au début, électrisée, elle se déplaça d'arbre en arbre au petit bonheur la chance, poussant des jurons quand des branches et des racines cachées s'accrochaient à son pantalon de jogging.

Tu ne te souviens plus où c'était. C'est normal. Ça fait, quoi, plus d'un an ? Elle doit être déchargée. La carte-mémoire pleine. Même avec le panneau solaire, ça n'a pas pu durer aussi longtemps. Ne te fais pas d'illusions. Sois rigoureuse.

Elle appliqua un quadrillage imaginaire sur la zone générale où son mari avait pu, selon elle, installer la caméra. Elle en suivit les lignes, marcha aussi précisément que possible, ses traces se développant derrière elle en une sorte de réseau d'une régularité séduisante.

Tandis qu'elle commençait à se demander avec appréhension si son mari n'avait pas enlevé la caméra et omis de le mentionner, elle l'aperçut. L'appareil se confondait parfaitement avec le tronc d'arbre où il était attaché, mais il était bien là, légèrement au-dessous du niveau des yeux. Son cœur plongea quand elle vit que le panneau solaire en haut était partiellement recouvert de neige, que des flocons s'étaient accumulés en bordure de l'objectif.

Elle se débattit avec l'objet et finit par ôter la moufle de sa main indemne pour pouvoir détacher la bande Velcro enroulée autour du tronc.

S'il vous plaît, s'il vous plaît, pria-t-elle, s'adressant à personne en particulier, *faites qu'il y ait quelque chose, n'importe quoi !*

L'appareil ressemblait à une caméra numérique, avec son écran intégré à l'arrière de trois par sept centimètres sous le clapet de protection rétractable. Son fonctionnement était plus intuitif que dans son souvenir et sa taille plus petite, facile à tenir. Elle pressa le bouton « OK » et lorsque l'écran s'alluma, son cœur tressaillit d'espoir.

Elle appuya sur le bouton avec une flèche pointant vers la gauche et la vidéo la plus récente défila. L'enregistrement avait été déclenché par le mouvement d'elle-même en train d'arpenter la forêt de long en large pendant ses recherches, horodaté à 16 h 08, avec de petits chiffres indiquant une durée de vingt minutes.

Elle était si excitée qu'elle ne put s'empêcher d'écarquiller ses doigts, secouer sa main, inspirer profondément pour se calmer, avant de cliquer immédiatement vers l'arrière pour vérifier si elle distinguait le Coin.

La vidéo suivante était horodatée à 16 h 02. Le faon et la biche, s'éloignant en bondissant de sa voiture. La neige sur la lentille de l'objectif les cachait seulement partiellement, en train de sauter en haut et hors du cadre. Elle leva les yeux vers le ciel, vers son obscurité presque totale. Eut du mal à croire que ses recherches de la caméra n'avaient duré que vingt minutes environ.

Elle passa à la vidéo suivante, horodatée à seulement deux minutes avant celle du faon et du daim. Il n'y avait aucun mouvement, pas d'animal qui semblait l'avoir déclenchée. Elle scruta le minuscule écran de plus près. Il n'y avait qu'une vue vide du sentier, les arbres, un coin de pré avec le vieux pin imposant en bordure. Peut-être que c'était la neige qui l'avait activée en tombant ? Un écureuil ?

À moins que ce stupide œil ne fonctionne pas aussi bien que tu le croyais. C'est probablement la neige qui, en dégringolant des branches, a suffi à activer le détecteur de mouvement.

Elle regarda en l'air, alentour, entendit le souffle lourd de la neige chutant en bloc autour d'elle, le craquement sec du bois gelé secoué par le vent. Les branches se détachaient, noires contre le ciel devenu bleu outremer.

On s'en fout, qu'est-ce que ça peut foutre ? Reviens jusqu'au jour où ça s'est produit ! C'est ça qui compte.

Dans un accès d'impatience, elle pressa vivement de manière consécutive deux fois sur le bouton, pour remonter dans le temps. Mais ce qui surgit puis disparut tandis qu'elle appuyait lui coupa le souffle, l'obligeant à ignorer la biche et le faon qui déambulaient lentement devant l'objectif à 9 heures du soir la veille.

— C'était quoi ? souffla-t-elle dans les bois. C'était quoi, ça, bon sang ?

Elle appuya plusieurs fois sur le bouton arrière jusqu'à une vidéo horodatée à 7 h 03 du matin le jour même.

Le Coin se frayait un chemin vers la maison en suivant soigneusement sur le sentier les traces de pas à gauche laissées par la police. Il sortait du cadre à 7 h 04.

Il est venu à la maison. Ce matin.

Frénétique, elle regarda alentour, sa respiration devenue instantanément haletante, et ses mains qui cramponnaient la caméra agitées de soubresauts.

Où est-il maintenant ? Est-il entré dans la maison ? Est-il ici ?

Dans ses veines, le sang coulait avec une telle furie qu'elle n'entendait rien d'autre que son martèlement. La forêt était envahie par l'ombre, sauf pour la faible lueur bleutée de la caméra allumée. Elle pressa sur le bouton pour démarrer la deuxième vidéo, plus récente, qu'elle avait sautée.

L'heure indiquait 7 h 28. Environ au moment où le serrurier était arrivé. Où elle s'était libérée de la salle de bain.

Le Coin courait dans le cadre. Il dérapa légèrement sur la neige, se rattrapa et s'immobilisa. Il se retourna, inclina la tête vers la maison. Elle l'imagina observer le serrurier, le camion de l'entreprise d'alarme en train de se garer dans l'allée.

Ça signifie... quoi ? Que peut-être, il essayait de rentrer... Peut-être qu'il est rentré ? Puis il a entendu le serrurier arriver et s'est enfui en courant sans être vu.

Pendant huit minutes, le Coin se tenait dans le cadre de la caméra, bougeant légèrement de temps à autre comme pour saisir une meilleure vue. Elle appuya sur le bouton d'avance rapide, de trente secondes en trente secondes, paniquée de voir ce qu'il allait faire, comment la vidéo se finirait. Elle dut s'obliger à respirer. Elle avait l'impression de visionner le film d'un cauchemar qui n'aurait dû se dérouler que dans sa tête.

A-t-il essayé de pénétrer dans la salle de bain ? Il aurait pu, vu sa taille. Il aurait pu défoncer la porte s'il l'avait voulu. Pourquoi ne l'a-t-il pas fait ? Cherchait-il ta fille ? Vérifiait-il si elle était revenue à la maison ? Est-il entré ?

Son cœur tressaillit lorsqu'elle imagina ce qui aurait pu se produire si elle avait été gentille. Raisonnable. N'avait pas pris la peine de faire changer les serrures et installer un système d'alarme. Si elle avait dormi dans son lit. Si elle n'avait pas été lasse des enfants faisant constamment irruption dans la salle de bain quand elle s'en servait, au point de visser ce loquet tout en haut, hors de leur portée. Tout cela constituait tellement d'éléments qui s'assemblaient soudain que même là, frigorifiée et terrorisée dans la neige, elle eut le sentiment d'avoir de la chance. Un sentiment de reconnaissance envers le loquet. Envers ses enfants qui l'avaient tant frustrée. Envers l'impulsion étrange, la contingence de timing logique ou abominable, à vous retourner l'estomac, qui avait empêché le Coin de pénétrer par effraction, de démolir la porte de la salle de bain.

Elle cessa de faire défiler l'écran en avance rapide, à l'affût d'un changement. Regarda le Coin se redresser et recouvrer sa pleine stature, massive. Il se tenait de profil. Ses lèvres bougeaient et dans son imagination, elle entendit sa voix rauque marmonner dans sa barbe.

L'homme serra le poing, martela son torse comme pour expulser la malveillance bouillonnante du Coin de ses poumons. Sa bouche ne cessait de s'ouvrir. Lâchait-il des jurons ? Déroulait-il un plan ?

Une sueur froide ruisselait le long de sa colonne vertébrale, formant une flaque métallique et glacée au creux de ses reins.

Le Coin pivota et s'éloigna de la caméra. Il se déplaçait dans le prolongement de la rangée d'arbres, à couvert au cas où quelqu'un regarderait vers lui de la maison ou ses abords. Il traversa aisément la neige à grandes enjambées avant de disparaître derrière le pin imposant à l'orée de la forêt à environ vingt-cinq mètres d'elle.

Après trente secondes sans mouvement, la vidéo s'arrêta. Affolée, elle appuya sur la vidéo suivante. C'était la scène de vide, des prés, de l'arbre, de la forêt à 16 h cet après-midi.

Cette fois-ci, tout en observant, elle garda les yeux braqués sur le pin. Elle le scruta, pixélisé et lointain sur l'écran minuscule. N'osant même pas ciller, elle aperçut du mouvement.

La voix de sa fille s'éleva dans sa mémoire, tandis que celle-ci désignait par la fenêtre vers le vieux pin : « Peut-être que c'était papa ? Papa adorait cet endroit. Près de l'arbre. »

À travers le verre boursouflé de la fenêtre de la cuisine, elle avait vu un mouvement près du pin. Était sortie, mais n'avait rien trouvé.

Mais il était là. C'est de là qu'il observe.

Sur l'écran, une forme sombre qui devait être le Coin surgit de derrière l'arbre. Pendant un instant, celle-ci s'immobilisa, puis elle disparut à nouveau derrière le pin. C'était trop loin pour voir ce qu'il faisait. Mais elle savait. Elle savait.

Il observait. Il était là pendant tout ce temps. Il s'est enfui de la maison en courant quand il a vu les artisans monter dans l'allée. Il a attendu. Les a vus partir. T'a vue partir. Est sorti à nouveau, à l'instant, quand tu es rentrée de chez le garagiste. Il t'a vue venir ici. Là où tu te trouves en ce moment. Dans les bois.

En tremblant, elle pressa le bouton *Off* et étreignit la caméra contre sa poitrine pour dissimuler le halo résiduel. Elle aspira l'air froid si vivement qu'il lui brûla la gorge. Cilla dans l'obscurité, les yeux aveuglés par la faible lueur de la vidéo, sa vision obstruée par des taches grises et uniformes.

Où est-il ? S'est-il rapproché de toi pendant tout ce temps-là ? Te traquait-il ? Il est au-dessus de toi, voilà où il est, il va te tuer d'un instant à l'autre.

La neige était blanche, couverte d'un reflet bleuté sous le premier clair de lune. Son crâne la torturait tandis qu'elle écarquillait de toutes ses forces son œil abimé, tentant d'apercevoir où le Coin pouvait être, mais toujours légèrement aveuglée d'avoir fixé l'écran aussi longtemps. Elle tendit l'oreille pour percevoir ses pas dans la neige, des brindilles se brisant tandis qu'il déboulait dans la forêt. Mais il n'y avait que le noir des branches et le blanc de la neige, le crissement du vent à travers la canopée verglacée et le son lent, lourd, de la neige dégringolant des cimes.

Qu'est-ce qu'il attend ? Il t'a forcément vue. Que peut-il être en train de faire ? Où pourrait-il être ?

Comme le faon et la biche qui s'étaient figés en la voyant, l'immobilité lui parut d'abord être la seule sécurité, la seule chose lui permettant de réfléchir, d'évaluer si elle était pourchassée. Au moindre courant d'air froid qui glissait sur sa nuque, elle sursautait, certaine que c'était la lame lisse d'un couteau.

Peu à peu, son œil blessé s'accoutuma aux ténèbres. Des arbres s'étiraient sans fin devant elle. Elle n'apercevait aucun contour de silhouette humaine sous le clair de lune. Personne s'élançant pour l'attraper. Le creux de ses reins, trempé de sueur froide, la démangeait comme si des yeux étaient braqués dessus. Elle pivota pour regarder derrière elle, redoutant que le Coin ait pu la contourner, mais le seul mouvement provenait du vent balayant les hautes branches. Elle pressa ses mains contre le bas de son dos, mais le sentiment horrible ne disparut pas.

Cela lui vint à l'esprit subitement, et elle eut honte de ne pas y avoir pensé plus tôt.

Appelle les secours ! Qu'est-ce que tu fous ? Appelle la police !

Elle tendit la main vers son téléphone. Il n'était pas dans sa poche droite, où elle aurait juré sentir son poids. Elle posa la caméra animalière sur la neige et se palpa, affolée.

Où est-il ? Où est-il ? Il n'est pas là, il n'est pas là ! Tu l'as fait tomber ?

Elle releva son manteau pour tâter les poches de son pantalon de jogging. Avec une gratitude flirtant avec la prière exaucée, elle trouva son téléphone. La luminosité de l'écran était atroce. Éclairait-il son visage, la trahissait-il, indiquant au Coin sa localisation ? Sa main était agitée de tels soubresauts qu'elle ne parvenait pas à déverrouiller le téléphone. Elle serra l'alliance de son mari fermement contre sa paume pour se calmer, et maintint finalement le smartphone suffisamment immobile pour qu'il reconnaisse son visage et se déverrouille. Elle composa le numéro.

— Police-secours, quelle est votre urgence ?

La voix était si enjouée que son esprit se vida, incapable de l'associer à la forêt obscure, la menace, la terreur.

— Allô, quelle est votre urgence ? Allô ?

L'agacement qui s'était insinué dans la voix à l'autre bout du fil l'extirpa de sa torpeur.

— Oui, oui ! Il y a quelqu'un ici. Il me traque. S'il vous plaît !

— Quelle est votre adresse ?

Elle l'indiqua à la standardiste, la répéta, donna son nom, et à la fin de chaque information, entendit sa langue râpeuse croasser :

— Je suis dans les bois. Derrière la maison. Je vous en prie, envoyez quelqu'un. Je vous en prie, il est là, il est revenu, s'il vous plaît.

La femme ne cessait de lui poser des questions, lui dit de rester en ligne, mais cela devenait de plus en plus difficile de parler à mesure que la peur gonflait ses lèvres et sa langue. Le danger à se tenir là, avec le téléphone allumé, déferlait dans son cerveau, elle tremblait maintenant de la tête aux pieds, sans pouvoir se maîtriser. Elle ne raccrocha pas, mais éteignit l'écran, désactiva la sonnerie et le glissa dans sa poche, incapable de supporter plus longtemps sa luminosité, son bruit.

Au début, elle pensa que ses soubresauts étaient seulement provoqués par la terreur de la situation, son esprit affolé ne sachant que faire. Mais tandis que la forêt l'enveloppait de son obscurité et son silence, elle se rendit compte qu'elle avait froid. Extrêmement froid. Pendant vingt minutes, elle avait parcouru la forêt et ses congères. Durant ces quinze dernières minutes, elle était restée debout, immobile, tête découverte, avec une moufle enlevée, sur ses jambes encore en convalescence de l'hypothermie. Debout sur un talus enneigé qui imprégnait et gelait ses bottes dans les bois sombres.

Elle ramassa sa moufle sur-le-champ. Celle-ci était tombée sur la neige pendant qu'elle farfouillait à la recherche de son téléphone. Elle l'enfila sur sa main gelée. Forma un poing à l'intérieur, comme font les enfants, pour la réchauffer.

Et maintenant ? Et maintenant ? Que dois-tu faire ? Où est-il ?

Il n'y avait aucun mouvement. Chaque fois qu'elle bougeait, inspectait les alentours, tout ce qu'elle ressentait était la morsure du froid qu'elle inhalait, la sueur glacée baignant le creux de ses reins, à l'emplacement du nœud douloureux.

Attends. Attends la police. Parfois, la chose la plus difficile à faire est d'attendre.

Elle ramassa la caméra animalière à l'endroit où elle gisait, à ses pieds, à moitié enfoncée dans la neige.

Quelle idiote de la laisser. Ne la perds pas. Tu dois la protéger. C'est une preuve.

Elle maudit sa cavité oculaire fracturée, responsable de sa vision brouillée aux extrémités, surtout dans la pénombre. Elle se sentait comme une minuscule chose brisée sous l'œil du Coin. Il allait surgir dans son dos avec son arme surnaturelle, l'arme trop petite et trop molle pour exister, et le dernier mot prononcé dans ses oreilles serait « délicieuse ».

Une lumière la balaya, fragmentée par les arbres, tel le faisceau d'une lampe de poche, le Coin l'assaillant, l'aveuglant dans ce puits de lumière, sans issue.

Mais ensuite, elle entendit le claquement métallique d'une portière de voiture. Une voix.

— Ohé ? Madame ? Où êtes-vous ?

Le soulagement la frappa de plein fouet, et elle s'élança et tituba à travers la neige en direction du brigadier.

34

— Il est là, il est là !

Même dans l'obscurité, même dans sa panique, elle vit la dureté dans l'expression du brigadier. Il ne portait pas de masque, et sa mâchoire était si crispée de colère qu'elle se figea avant d'arriver jusqu'à lui, debout à côté du véhicule de patrouille.

— Madame, il faut arrêter ça, maintenant.

Elle scruta les alentours, affolée.

— Où sont les autres ?

Il croisa les bras et inclina la tête vers elle.

Il n'y a pas de renforts. Il pense que tu dis n'importe quoi. Que tu es hystérique.

— J'étais en route pour rentrer chez moi. Je leur ai dit que je m'arrêterais au passage. Si on allait à l'intérieur, d'accord ?

— Mais il pourrait y être. Il pourrait être entré. Quand je suis sortie, je suis passée par le garage, vous comprenez ?

Elle fit un geste véhément vers le portail du garage ouvert, visible de là où ils se trouvaient.

— Ça veut dire que j'ai laissé la maison ouverte, et quand je suis allée dans les bois, je n'ai pas activé la nouvelle alarme. Je n'y ai pas pensé, j'étais… Il pourrait être là-dedans !

Tu as l'air d'une folle. Parle plus lentement. Explique-lui.

Mais elle n'arrivait pas à contenir ses tremblements, à cracher une explication convenable.

— Il était là ! dit sa voix gutturale, désespérée. On peut le voir ici… Regardez, regardez !

Elle tendit la caméra au brigadier, de ses mains agitées de soubresauts.

Il s'écarta de la caméra comme si c'était un objet contaminé.

— Qu'est-ce que c'est ?

— Je l'ai. Je l'ai sur la vidéo.

Le brigadier saisit l'appareil. Le retourna. L'écran s'alluma et elle le regarda triturer les boutons.

— Avec les flèches. Appuyez pour aller à la vidéo après moi. Celle après le daim. Vous verrez.

Il baissa les yeux sur la caméra tandis qu'elle se contorsionnait en tous sens, scrutant l'obscurité à la recherche du Coin. En vain. Les lumières de la maison formaient un cercle jaune autour d'elle et du brigadier, l'aveuglant et l'empêchant de distinguer au-delà.

Les gens réunis autour d'un feu de camp ne voient pas les choses sauvages invisibles qui les encerclent.

La raideur se détendit sur la mâchoire du brigadier. Il leva le regard vers elle, puis pressa de nouveau, fixant l'écran. Pressa une troisième fois, puis redressa la tête lentement, et ses yeux croisèrent les siens.

— Je crois qu'on ferait mieux de rentrer, dit-il.

— M… Mais… il pourrait être à l'intérieur ! Vous ne comprenez pas ? J'ai laissé la porte du garage ouverte.

Le brigadier ne dit rien, mais pivota et pénétra dans le garage.

Elle ne le suivit pas, piégée de peur dans l'espace liminal entre sa maison et les bois.

— Il pourrait être là-bas, cria-t-elle dans son dos.

Le brigadier s'arrêta et se retourna vers elle. Il désigna la caméra et dit calmement :

— Vous avez vu la vidéo, n'est-ce pas ? Apparemment, l'individu qui était là, quel qu'il soit, est encore dehors actuellement. La caméra l'aurait enregistré en train de revenir à la maison.

Son esprit, *zap, zap,* zappa à travers les vidéos. La dernière trace du Coin était lorsqu'il disparaissait derrière le pin tandis qu'elle roulait dans l'allée à 16 heures. Instinctivement, elle jeta un coup d'œil vers l'arbre, mais seule sa cime ondulante se détachait contre la voûte céleste nocturne. Elle était consciente de ne pas réfléchir rationnellement, agitée de terreur et de froid.

Est-ce qu'un truc t'échappe ? On dirait que tu oublies quelque chose. Mais le brigadier doit avoir raison. Il doit réfléchir plus clairement que toi. Le Coin est dehors et c'est là qu'est le danger. Dehors !

L'obscurité lui parut instantanément plus menaçante, et les lumières et la chaleur de la maison plus rassurantes. Elle suivit le brigadier à l'intérieur, appuya sur l'interrupteur pour fermer le portail du garage. Elle verrouilla la porte d'accès menant au garage derrière elle et se rua pour scruter à travers la vitre près de la porte d'entrée, se rappelant, ce faisant, les voisins qui fouillaient la nuit du regard en quête du Coin. Elle ne parvint pas à s'asseoir. L'énergie fébrile et l'adrénaline l'obligeaient à secouer les mains, à faire les cent pas, constamment, de manière erratique, devant la porte principale, vérifiant que les portes étaient verrouillées, que l'alarme était activée, et jetant toujours et encore des regards obliques dans la nuit.

Le brigadier s'assit sur le petit banc bas, dans le vestibule, à côté de la cuisine, ignorant ses déambulations de long en large à cinq mètres de lui. Il fixait le petit écran, son large pouce plat appuyant doucement sur les boutons. Il se rencognait à mesure qu'il faisait défiler les vidéos, ne leva pas les yeux quand elle tenta de lui expliquer, bredouilla dans sa direction de l'autre bout du vestibule.

— Je me suis souvenue de la caméra, dans les bois. Pour voir les daims… les animaux… mon mari l'avait installée. Peut-être l'an dernier… pour les gosses. J'avais oublié. Et puis je l'ai vu. Sur la vidéo… alors j'ai appelé la police. Vous voyez l'horodateur sur la vidéo ? Il était là, il attendait, caché derrière l'arbre. Je pense… Je pense qu'il est tout près maintenant. Derrière l'arbre… ou dans les bois… il pourrait être n'importe où. Je n'en sais rien. Je ne sais pas où il est.

— OK, répondit le brigadier à voix basse, les yeux toujours braqués sur l'écran. D'accord.

Son visage se creusait, vieillissait, tandis qu'il acceptait ce qu'il voyait.

— Vous ne devriez pas appeler quelqu'un ? s'enquit-elle. Vous ne devriez pas… l'attraper ?

Le brigadier leva les yeux sur elle.

— Il était ici, marmonna-t-il. Il était vraiment ici.

Elle ne dit rien, mais l'intonation du brigadier était tellement différente, évoquait tellement un enfant perdu, qu'elle cessa brusquement d'arpenter nerveusement la pièce.

— Et vous… ces gosses, doux Jésus, lâcha-t-il en secouant la tête. Merde. C'est que… Bon, d'accord.

Comme si les images l'avaient physiquement affaibli, le brigadier posa piteusement la caméra sur le banc à côté de lui. Il sortit son smartphone et hésita un instant avant de passer son coup de fil.

— Ouais, salut, c'est moi, dit-il à son interlocuteur.

Il avait un coude appuyé contre une cuisse, la tête dans l'une de ses mains, et il se frotta le front.

— Il me faut tout le monde ici.

Le brigadier écouta.

— Ouais, je sais. Je sais ce que j'ai dit, mais…

Il inspira profondément. Expira.

— Vous n'allez jamais croire ce que je suis en train de visionner ici. Elle a une foutue vid…

Derrière le brigadier, le Coin surgit de la cuisine plongée dans les ténèbres. Un cri se figea dans sa gorge tandis qu'elle assistait à une telle impossibilité, la silhouette du Coin si imposante surplombant le policier de sorte qu'il semblait appartenir à une espèce complètement différente. L'arme non identifiée au poing, en un pas, il fut à côté du brigadier. Sans la moindre interruption dans son mouvement, sans l'once d'une hésitation, le Coin frappa le brigadier une fois, deux fois, trois fois d'affilée sur le sommet du crâne, *tac-tac-tac*.

Pendant un instant, le brigadier resta tout droit sur le banc, sa bouche formant un O silencieux. Puis du sang noir glissa, épais, le long de son visage. La main qui tenait son téléphone retomba sur le côté, s'ouvrit et le portable se fracassa par terre, l'impact sur le sol en brique du vestibule détona comme un bruit surnaturel. Le brigadier s'affaissa vers la droite et se recroquevilla sur le banc. Son corps ratatiné s'effondra sur la caméra, comme si le retrait de ses certitudes l'avait entièrement dégonflé.

Elle était incapable de bouger. Elle était clouée sur place par la terreur, incapable de comprendre.

Mais il est dehors. Tu es en sécurité.

Le Coin se retourna pour la regarder. Immobile, raide, et uniquement consciente du nœud dur, gelé, au creux de ses reins où toute la sueur de terreur s'était accumulée, elle observa ses lèvres se retrousser en un sourire.

— Toi, ricana-t-il. Ne bouge pas.

C'était simultanément un ordre et une constatation. Chaque cellule en elle lui semblait gelée, tout mouvement absolument impossible.

Exactement comme dans tes rêves. Sauf que c'est la réalité. Comment est-ce possible ?

Tandis qu'elle regardait le Coin, le corps et le sang du brigadier, elle comprit que si elle ou le brigadier avait visionné les vingt minutes complètes de la vidéo d'elle en train de chercher la caméra, ils auraient vu le Coin se faufiler en arrière-plan vers la maison pour attendre tapi quelque part.

C'est de ta faute. Tu n'as pas réfléchi. Réfléchis !

Le Coin baissa les yeux sur le brigadier et tendit la main vers la caméra animalière. Dans un sursaut, elle se rendit compte que c'était pour cela qu'il s'était montré. Pour cela qu'il avait tué le brigadier au lieu d'attendre qu'il quitte la maison. Il avait épié leur conversation. Il savait que le brigadier l'avait vu. Il savait que son image était captée sur le film.

D'abord le brigadier, puis la caméra, puis toi. Il élimine les témoins par ordre décroissant de crédibilité.

Aussi petit et creux que le brigadier puisse maintenant paraître, le Coin s'acharna pour extirper l'appareil de sous son corps recourbé. Le sang du brigadier avait jailli sur la caméra, formant une flaque sur le banc, et dégoulinait déjà par terre. Le Coin semblait avoir du mal à agripper la caméra glissante. Il ne portait pas de chaussures, il les avait rejoints en silence en chaussettes, et du sang étalé sur le sol imprégnait, rouge vif, un orteil enveloppé de coton blanc. Il grogna en repoussant le brigadier d'une main gantée, tout en essayant, de l'autre, de récupérer la caméra coincée sous le corps.

La vision de la maladresse du Coin, son agacement humain, le petit trou dans la chaussette à côté de l'orteil baigné de rouge, la manière dont ses doigts pâles ne parvenaient pas à maintenir la caméra modifièrent subtilement et étrangement l'atmosphère, si bien qu'elle sentit ses muscles se contracter. Une partie primitive de son cerveau fut submergée par la perception que le Coin était mortel, que les proies pouvaient s'échapper, et que même si tout avait soudain dérapé, tout n'était pas fini. Son corps brisé se tendit de la tête aux pieds, empli de la certitude instinctive que seul le mouvement pourrait désormais la sauver.

Elle fit volte-face, déverrouilla la porte derrière elle, l'ouvrit, la referma en la claquant comme elle l'avait déjà fait des centaines de fois, et s'enfuit dans la nuit.

Ses jambes étaient grevées par les blessures, par la neige. Ses poumons, ses muscles étaient si exténués qu'elle avait l'impression de se déplacer à travers un air épaissi et visqueux. Tout, devant elle, était aplati tandis que son œil abîmé tentait de discerner dans l'obscurité.

Vas-y. Cours. Ne regarde pas en arrière.

Il y a du sang derrière toi.

Elle fonçait à enjambées irrégulières le long du chemin tassé menant au cimetière et au sentier, aspirant à avancer plus rapidement, à surmonter la douleur, les congères, neutraliser cette mollesse horrible causée par la peur qui fléchissait anormalement ses articulations. Le choix de la direction était inconscient ; elle était une créature pourchassée courant vers l'abri originel de la forêt.

À travers le souffle lourd du vent dans les arbres, à travers le son de l'air glacé qui entrait et sortait, rauque, de ses poumons, elle entendit un rire, la voix railleuse du Coin ricanant :

— Cours, cours aussi vite que tu le peux !

Tu ne peux pas m'attraper, je suis...

Mais elle connaissait la fin de l'histoire.

Délicieuse.

Ne regarde pas. Cours, c'est tout.

Alors qu'elle poussait ses veines, ses muscles, à faire plus, plus, plus, elle se souvint qu'elle, le brigadier et la caméra n'étaient pas les seuls témoins. N'étaient pas les seuls à avoir vu le Coin.

Les enfants. Ce sont les prochains. Pourquoi serait-il revenu, sinon ? Et il reviendra pour les avoir.

Ce basculement mental vers une finalité plus large dérouta son cerveau du comportement purement instinctif. Elle le sentit glisser dans son mode le plus sophistiqué, cartographier les distances, déconstruire l'espace, les variables, dérouler des options, s'envoler vers des dimensions et possibilités imaginaires.

Tu ne peux pas courir plus vite que lui.

À quelle distance d'elle se trouvait-il ? Combien de temps avait-il été retenu par la surprise provoquée par sa fuite ? Il avait dû enfiler des bottes avant de s'élancer à ses trousses. Avait-il été retardé par la destruction de la caméra ? Probablement pas. Il l'avait sans doute laissée dedans pour la poursuivre. Il était sans doute près. Tout près.

Dans le meilleur des cas, il est à quinze mètres derrière toi. Probablement plus près. Donc voilà. Tu es toute seule. Plus personne pour t'aider maintenant.

Cours.

Le sentier était là, devant elle, ses arbres ployant sous la neige, courbés autour de son seuil, formant une bouche noire.

Appâte-le. Prends-le en entonnoir. Fais-le venir à un endroit où tu peux le voir. C'est ça. Tu n'as pas droit à l'erreur. C'est ça. Vas-y.

Quand elle s'enfonça au-delà des pierres tombales, dans l'obscurité plus vaste, plus abritée du sentier forestier, elle arracha ses moufles et les laissa tomber dans la neige. Elle se débarrassa brutalement de son manteau par la tête, se défiant de ses mains amochées pour en descendre la fermeture Éclair sans perdre en vitesse. Elle releva son sweat, son maillot de corps, jusqu'à ce que la peau de son ventre et de son dos soit exposée tandis qu'elle courait.

C'est juste un homme. Qui a trop confiance en sa propre force. Sa supériorité. Et ce qu'il ne sait pas peut lui nuire. Tu vas y arriver. Parce qu'il n'y a pas le choix. Parce que tu n'as pas droit à l'erreur.

Elle s'arrêta net à l'endroit le plus sombre du sentier, sous la branche basse d'un immense pin blanc qui la dissimulait du clair de lune, et pivota brusquement pour faire face au Coin.

Il se trouvait à l'orée du sentier, à une dizaine de mètres, se déplaçant à travers la neige avec tant de facilité, de désinvolture, que l'espace d'un instant, elle vit en lui le puma, l'aisance avec laquelle ce prédateur était capable de la rattraper et la détruire. Comment, en une fraction de seconde, il pouvait déchiqueter son plan esquissé à la hâte, son corps.

— Attends ! cria-t-elle.

Et même si sa voix était étranglée par la peur, affaiblie par l'effort, le Coin cessa de courir en percevant ce gémissement exténué.

Dans l'obscurité, elle ne distinguait pas son expression, mais à la silhouette auréolée des lumières désormais lointaines de la maison, elle remarqua qu'il inclinait la tête de curiosité avec, sur son visage impassible, une lueur réverbérée par la lune dans ses prunelles qui évoquaient les yeux jaunes du puma. Elle se souvint de la première fois qu'elle l'avait vu, découpé dans la lumière d'août.

Autour de leurs formes figées, le vent froid soufflait dans la forêt, balayant la neige des hautes branches, les flocons tourbillonnant dans son col, fondant sur sa nuque, sur la peau maladroitement exposée de son ventre et de ses reins, son manteau, son sweat et sa chemise enroulés autour de sa taille comme une étrange bouée de sauvetage.

Te voit-il ? Te voit-il suffisamment pour se demander ce que tu es en train de faire ?

— Voilà, gentille fille, dit-il. Pas la peine de fuir.

Le Coin se mit à marcher vers elle.

— Je me souviens de vous, dit-elle.

Il y eut un long silence, seulement habité par le bruit du vent entre eux, et elle n'était pas certaine qu'il ait entendu le murmure de sa voix à travers sa respiration haletante, à travers sa terreur suffocante.

— C'est le cas pour certaines personnes, finit-il par répondre, d'un ton simultanément dédaigneux et déçu.

— Certaines personnes ?

Sa silhouette sombre était à environ huit mètres, s'avançant toujours lentement. Une énorme main s'étira, bien visible sur la blancheur de la neige ; le Coin la tendit comme s'il s'approchait d'un cheval craintif. Elle porta sa main derrière elle, vers l'endroit froid et dur au creux de ses reins.

Est-ce qu'il voit ? Est-ce qu'il voit ?

Attends de mieux le distinguer.

— Certaines personnes, répéta-t-il. C'est ma taille. Ma carrure. C'est reconnaissable. C'est... embêtant. Mais ça n'a pas d'importance.

Tandis qu'il parlait, elle referma gauchement les doigts tremblants de sa main valide autour de la crosse froide et la tira vers elle. Avec un bruit feutré, le pistolet glissa de l'étui accroché à la ceinture au creux de ses reins. Elle le serra fermement dans sa main, tout moite et chaud sur le côté d'avoir été pressé contre sa peau tandis qu'elle dormait dans la baignoire, tandis que le serrurier et l'entreprise d'alarme sécurisaient la maison, tandis qu'elle conduisait jusqu'au mécanicien et en revenait. Le revolver semblait gelé, plus froid que froid, sauf à l'endroit de la crosse où elle avait collé l'un des pansements jaunes et blancs.

Elle fit lentement coulisser l'arme le long de son flanc, la gardant aussi près de sa jambe que possible pour la dissimuler du Coin dans l'ombre. Les soubresauts de sa main s'intensifiaient à mesure qu'il se rapprochait, elle tremblait si violemment qu'elle revit le sol en linoléum de sa chambre de Cité U. En ressentit le contact contre sa joue.

Non. Pas cette fois-ci. Tiens bon. Accroche-toi. La peur n'est qu'une réaction physique, aussi réelle qu'une gifle au visage, qu'un coup au crâne. Tu as déjà encaissé ça, et bien davantage. Tu dois le faire, sinon tu perdras, tu mourras. Et eux aussi. Il ne s'agit pas de toi. Il ne plaisante pas, pas du tout. Ça y est, c'est maintenant.

Son pouce enserra le pansement. Le contact de cette minuscule chose douce calée, l'image de ses couleurs vives, le souvenir de ses enfants, de leur amour pur, apaisèrent ses tremblements effroyables d'un tout petit cran. Sa poigne se raffermit. Il continuait à avancer, prêt à bondir à chaque instant.

Non. Il s'amuse trop pour expédier ça.

Cinq mètres. Quatre mètres cinquante.

— C'est ça. Attends là. Bonne à rien.

Le ronronnement du Coin suscita en elle, cette fois encore, le sentiment qu'il la considérait comme un animal nerveux, imprévisible. Il avançait prudemment, à pas mesurés, mais avec l'assurance solide qu'il était la créature supérieure. Qu'il était sur le point de satisfaire son désir.

Quatre mètres. Trois et demi.

— Combien de personnes se souviennent de vous ? demanda-t-elle, espérant détourner son attention, espérant que sa réponse, le son de sa voix, l'aiderait à localiser plus précisément sa cible.

Il était assez proche maintenant pour que, lorsque le clair de lune illumina ses traits, elle distingue l'intensité fixe de son regard, le tressaillement d'excitation qui retroussait le coin de sa lèvre.

— Quelques-unes, dit-il en inclinant légèrement la tête.

— Et les autres… combien ? balbutia-t-elle, ses mots réduits à l'essentiel, à peine audibles.

— Davantage.

Le terme fut appuyé, avec un accent sensuel, presque obscène.

— Mais ça n'a pas d'importance. Elles sont toutes à moi, maintenant.

Il fit une pause, se redressa avec fierté et ajouta d'un ton moralisateur :

— C'est comme ça que ça fonctionne.

Dans son esprit, elle le vit tel qu'il se voyait lui-même. Son ombre chargée de la douleur qu'il avait infligée, du pouvoir qu'il avait imposé, traînait derrière lui telle une cape. Elle le regarda s'en draper, dans une étoffe tissée de fantômes qu'il avait créés, capturés, en train de caresser avec nostalgie la boîte en fer-blanc qu'il avait volée à sa fille, les choses volées à d'autres, du bout de ses doigts plats.

Puis l'image disparut. Il n'y eut plus que la neige. La forêt. Elle et le Coin.

— Non, dit-elle, le mot devenu dans sa bouche simple mais factuel. Ça ne fonctionne pas comme ça. Elles ne sont pas à vous.

Il cessa d'avancer, momentanément surpris.

— Et tu crois savoir comment les choses fonctionnent ?

Elle revit le visage de sa mère, les taches de dépigmentation qui blanchissaient une touffe de cils, de sourcils, sentit la chaleur de son sourire, sa main qui serrait la sienne lorsqu'elles marchaient ; *boum-boum, boum-boum*, un battement de cœur ; un code secret signifiant « je t'aime », le même qu'elle utilisait désormais avec ses enfants.

Elle vit sa propre main blanchie tracer des lignes nettes, des caractères d'imprimerie. Elle visualisa le panneau de l'endroit secret se refermer dans un clic. Elle vit la beauté vertigineuse de la perfection des abeilles.

La gravité tira le revolver vers le bas, lourd dans sa main, ses pièces démontées puis réassemblées mentalement alors qu'elle visualisait ses mécanismes, les étapes pour le déclencher.

— Je sais comment les choses fonctionnent, affirma-t-elle, entendant les espaces qu'elle avait inconsciemment laissés entre les mots, comme si chacun constituait une phrase à part entière.

— Dans ce cas, tu sais que tu es… accessoire.

Elle inspira profondément et pensa au duvet soyeux derrière l'oreille de sa fille. À la tache de naissance en forme de dragée sur la cuisse de son fils.

Je vous aime. Je vous aime.

Elle ouvrit les yeux.

— Personne n'est accessoire, dit-elle. Il y a le temps. Il y a le soin.

Il resta immobile, l'observant, et elle se demanda s'il comprenait ce qu'elle voulait dire, s'il avait la moindre notion du coût et de la valeur, de l'effort que la vie requérait pour être créée, cultivée.

— Tu sais à qui je vais rendre visite ensuite, ricana-t-il.

Elle sentit l'atmosphère qui vibrait du besoin impérieux du Coin de la voir réagir à la menace de destruction de ses trésors à elle, l'impatience du prédateur à entendre sa proie admettre son impuissance afin qu'il puisse s'en délecter.

Comme elle ne répondait pas, il recommença à marcher vers elle. Ses pas étaient réguliers, son regard braqué fixement, comme s'il savourait par anticipation le moment inévitable où sa main finirait par la saisir à la gorge.

Deux mètres cinquante. Deux mètres.

Son esprit se recentra sur un point ténu.

Tu es celle qui surveille. Tu es celle qui veille sur ses enfants. Tu es celle qui sait comment les choses fonctionnent.

Il croyait t'avoir vue. Il ne t'a jamais vue. C'est toi qui le vois.

Son corps entier se ressaisit dans cette prise de conscience.

Elle brandit le revolver et tira gauchement la glissière vers l'arrière. Celle-ci revint en douceur à sa place avec un cliquètement précis. Un flottement de silence suivit le bruit, plus sonore qu'elle ne s'y attendait, tandis qu'ils étaient tous deux figés de stupeur. Elle rompit la torpeur, utilisant ses deux mains tremblantes pour pointer l'arme vers sa silhouette massive, sombre, stabilisant le revolver du mieux qu'elle le pouvait.

Il plongea sur elle, obstruant le monde entier.

— Non, souffla-t-elle. Non.

35

Malgré le meurtre du brigadier, malgré l'existence du Coin, prouvable à tout individu suffisamment morbide pour jeter un coup d'œil dans sa chambre d'hôpital, elle dut encore subir une visite à domicile et un entretien avec les services de protection de l'enfance. Pour obtenir l'autorisation d'aller chercher ses enfants, elle dut attendre que la police trouve une explication à son taux d'alcool, qu'ils interrogent enfin le voisin et découvrent que les boissons chaudes qu'il lui avait données ce soir-là avaient été arrosées au whisky. « Pour la réchauffer, avait expliqué le voisin, comme les chiens de sauvetage qui portaient autrefois des tonnelets de brandy… Ça aide. »

« Le sergent était préoccupé, avait piteusement dit le policier au visage de gamin. Sa préoccupation était sincère. Il craignait que vous maltraitiez les enfants, et il pensait que vous buviez. Que vous mentiez à ce sujet. Ce n'était pas… Il n'a pas signalé la situation aux services de protection de l'enfance pour vous forcer à dire quoi que ce soit. Il n'était pas comme ça. C'était un bon flic. Un homme bien. »

Elle était certaine que le jeune officier s'était convaincu que c'était vrai.

Quoique finalement sommé de lui rendre les enfants, son beau-père refusait toujours de décrocher quand elle appelait. Elle avait sollicité l'aide de l'assistante sociale et du policier au visage de gamin, s'inquiétant de sa réaction si elle se présentait à son appartement pour les récupérer.

Le policier lui avait promis de l'y conduire lui-même. « Je veux vous aider. J'ai besoin de me racheter », avait-il dit avec un sourire triste, le regard lointain.

Elle avait choisi de croire au motif invoqué, même si la police tentait clairement de l'endormir, redoutant non seulement qu'elle les poursuive en justice pour leurs manquements, mais aussi qu'elle parle aux journalistes avides qui rôdaient autour de l'hôpital, du commissariat, et aux abords de sa propriété.

Assourdie par les coups de feu, elle s'était sentie cernée par un flot rugissant tandis qu'elle observait la police transporter le Coin dans l'ambulance, les regardait photographier la scène. Sous ses yeux, ils avaient trouvé et mis sous scellés la matraque lestée qui, comme elle l'avait appris plus tard, s'appelait une queue de castor, ce long et lourd objet dont le Coin s'était servi pour tuer le brigadier. Après que les ambulanciers avaient délivré leur autorisation, les policiers l'avaient conduite au poste en attendant qu'elle recouvre son ouïe, afin de l'interroger exhaustivement.

Le policier au visage de gamin s'était ensuite rendu à l'hôpital, avait énoncé au Coin ses droits avant de lui tirer les cheveux par la racine, fouiller son corps pour des indices. Elle imaginait les mains du Coin ligotées le long de son corps, impuissantes à les arrêter.

Les fils invisibles de son ADN reliaient le Coin à des fragments de lui-même disséminés dans toute la Nouvelle-Angleterre. Dans le Maine rural, deux grands-parents tués de coups de feu à la tête, leur petite-fille de dix ans toujours portée disparue, une empreinte de chaussure sur un rebord de fenêtre. À Hyannis, une mère morte, des fillettes volatilisées. Dans le nord du Vermont, une mère en vie, sa fille morte. Un foyer entier sur la côte de Rhode Island, éliminé, vidé. Tout cela à partir d'un seul cheveu qui correspondait. La plus infime trace de fluide. Et puis, il y avait une multitude d'affaires non résolues, possiblement connectées, sans la moindre preuve matérielle. Des gens ayant confié à des amis qu'ils se sentaient épiés. Que de petites choses avaient disparu. Avant d'être tués. Avant la volatilisation d'un enfant.

Elle se rappela la fierté dans la voix du Coin lorsqu'il avait soufflé le mot « beaucoup ». Se demanda si, tandis que son ADN était prélevé, il avait ressenti de l'excitation à la perspective de devenir le centre de la fascination macabre générale. Peut-être s'était-il réjoui des nouveaux modes opératoires de contrôle s'ouvrant à lui. Comment il jouerait avec les forces de l'ordre. Ne dévoilerait pas ses cadavres, ferait vaguement allusion aux atrocités laissées dans son sillage. Accorderait des interviews, les refuserait. Observerait la douleur des survivants et rejouerait ses crimes barbares dans son esprit.

Mais quand elle avait tiré sur le Coin, lorsqu'elle avait visé son noyau dur, visé pour le tuer, ses mains tremblantes et blessées, son inexpérience, la mécanique même du revolver avaient provoqué un recul accompagné d'un petit soubresaut de l'arme au moment où elle avait pressé trois fois la détente, ce qui avait dévié les balles vers le haut. S'il n'avait pas été aussi grand, si elle n'avait pas été aussi petite, elle l'aurait sans doute complètement raté. Mais il était très grand. Et elle était très petite. Ainsi, une seule balle l'avait atteint à la base du cou et avait instantanément sectionné sa moelle épinière. Il serait à coup sûr mort d'hémorragie si l'appel interrompu du brigadier n'avait pas déclenché une réaction hors du commun dotée de moyens aussi rapides que spectaculaires. La police et les secours avaient étanché le sang du Coin, avaient soigneusement dégagé l'arme de ses mains immédiatement après qu'elle eut tiré, immédiatement après qu'il fut tombé, alors qu'elle était assise, hébétée, sur la neige, sourde et désarçonnée.

Sur Internet, elle avait cherché des images de colonnes vertébrales, trouvé quelle vertèbre elle avait dû toucher pour provoquer ce résultat. Elle s'endormait, bercée par le schéma du trajet probable de la balle, du recul de l'arme, de la façon dont le Coin avait compris ce qu'elle tenait entre ses mains, de la façon dont il s'était légèrement détourné d'elle en l'assaillant, créant cette blessure particulière, lui laissant la vie sauve. Son illustration mentale des dynamiques de la scène l'apaisait après les cauchemars. La tranquillisait lorsqu'elle entendait un bruit inhabituel dans la maison.

Le Coin était paralysé du cou jusqu'aux pieds.

Combien de temps lui avait-il fallu pour accepter cela ? Combien de temps avant de comprendre qu'il avait désormais besoin d'argent, d'aide, de soins constants pour la moindre chose ? Qu'elle l'avait rendu complètement vulnérable ? S'il ressemblait un tant soit peu à elle, chaque matin, il se réveillerait en croyant être dans son ancien monde, pour plonger aussitôt dans le souvenir de ce qu'il avait perdu. Mais il n'était pas comme elle, peut-être s'était-il adapté beaucoup plus vite. Le policier au visage de gamin avait confié à mots couverts que la police avait initialement ignoré le Coin, demandant aux médecins et aux infirmiers d'en faire autant, afin de lui démontrer sa dépendance totale vis-à-vis du système. Le jeune policier insinuait qu'après cela, le Coin avait l'air d'appréhender sa nouvelle réalité. Il avait répondu aux questions. Décrit ses crimes. Quoiqu'il fasse traîner les choses. Ne lâche que petit bout par petit bout. Ce qui, pensa-t-elle, était caractéristique de sa logique. Le plus longtemps il servirait à quelque chose, le plus longtemps il pourrait être utilisé pour résoudre des affaires, le plus longtemps le système le garderait au chaud. Car que se passerait-il quand il cesserait d'être utile ? Si le système avait été cruel envers elle, elle reconnaissait froidement que ce serait encore bien pire pour lui et des criminels de son espèce, pour un individu devenu récemment et brusquement vulnérable ayant avoué de telles horreurs.

Quelques journalistes franchirent la limite de sa propriété.

— Madame, le connaissiez-vous ? Pourquoi vous a-t-il prise pour cible ? Que feriez-vous différemment aujourd'hui ? Savez-vous quelque chose sur sa famille, son travail, son passé… ?

Dans tout cela, elle entendait : « Qu'avez-vous fait de mal ? Dites-le-moi, pour que je puisse me rassurer et être sûr que rien d'horrible ne m'arrivera jamais. Comment est-il devenu ce qu'il était ? Dites-le-moi, parce qu'il est plus important que vous. J'ai besoin de croire que je saurais le repérer, l'esquiver, ne jamais croiser sa route. Moi, moi, moi. Lui. Lui. Lui. »

Elle attendit. Mentalement, elle traça un diagramme de ce qui se produisait toujours avec les types horribles et leurs crimes atroces. Axe Y : l'intérêt du public. Axe X : le temps. Une ligne pour les victimes et les survivants. Une autre pour le monstre. D'après ses estimations, ces vecteurs étaient sur le point de se croiser, le sien, celui des enfants et de toutes les âmes perdues et brisées évanouies dans l'oubli, tandis que le vecteur du Coin se déployait continûment vers le haut. En moins d'une semaine, la majorité des journalistes avait déjà décampé de sa rue pour la charmante ville du New Hampshire où le Coin avait vécu, un endroit sans incident où il n'avait apparemment commis aucun crime.

Les histoires des autres gens qu'il avait hantés, pourchassés et détruits lui dévoilaient une réalité parallèle emplie d'anéantissement et de questions sans réponses, un espace séparé d'elle, de ses enfants, par un rideau éminemment fin. Elle cessa d'interroger la police sur toute autre affaire que la sienne.

Malgré les motifs probablement non dénués d'arrière-pensées du policier au visage de gamin, elle lui fut reconnaissante de la conduire pour aller chercher ses enfants. Attendant devant la résidence pour séniors, son beau-père surplombait les enfants, les bras croisés, l'air hostile. Mais le vieil homme se radoucit en apercevant la voiture de police se garer. Il présenta à l'agent ses condoléances pour le brigadier pendant qu'elle s'agenouillait sur le trottoir et étreignait ses enfants.

La douleur du béton glacé sous ses genoux l'aida à prendre conscience que c'était réel. L'aida à accepter que leur odeur, leurs cheveux, leur haleine étaient à nouveau tout proche d'elle. Qu'ils étaient à elle, mais pas à elle.

Ils ne t'appartiennent pas non plus. Ça ne fonctionne pas comme ça.

— Vous m'avez manqué, vous m'avez tellement manqué, je vous avais dit que je viendrais vous chercher !

Elle laissa les enfants passer leurs doigts sur son visage convalescent, lui poser des questions sur son œil, sur ses ecchymoses jaunissantes.

Dans le regard dur du vieil homme, elle crut lire « Je sais que vous avez dû faire quelque chose pour mériter ça », et constata que malgré ses propres pertes, il ne comprenait toujours pas que la souffrance et le malheur tombent aussi largement et uniformément que la neige qui fond jusqu'à disparaître, laissant la douleur derrière eux.

De retour à la maison, en train de boire un café avec le policier au visage de gamin, elle entendit les cris joyeux des enfants jouant à cache-cache qui descendaient l'escalier de la cuisine, et se raidit malgré elle.

Le traumatisme ne s'arrête pas quand le traumatisme s'arrête.

— Pour l'instant, nous en avons encore besoin comme pièces à conviction, dit le jeune policier, mais à un moment donné, nous pourrons vous rendre les affaires de votre fille. Celles qu'il a prises.

Elle pensa aux vêtements, à l'ours en peluche, aux sous-vêtements et aux collants de danse de sa fille. À la petite boîte à trésors en forme de voiture. Tout ça contaminé par le Coin.

— Je ne veux rien récupérer sauf la boîte à trésors.

Certaines choses sont remplaçables. D'autres pas.

Elle discuta avec le policier au visage de gamin du hasard. De la peur de son fils des fantômes, de son mari installant la caméra animalière pour le rassurer, de l'autonomie singulièrement longue du panneau solaire, du fait que le Coin avait bifurqué dans une direction plutôt que l'autre en haut de l'escalier de la cuisine, du parcours improbable de la balle. Elle pouvait dresser une liste presque infinie de hasards qui l'avaient sauvée. De hasards qui formaient ce mince petit voile la séparant de la désolation des autres familles.

Le policier au visage de gamin s'éclaircit la voix, tripota sa tasse de café.

— Ce n'était pas simplement de la chance, que vous l'ayez descendu. Vous êtes une battante. Ne vous dévalorisez pas, rétorqua-t-il en haussant les épaules. Les choses n'arrivent pas sans raison.

Elle ne contredit pas le jeune policier, consciente que spontanément, elle n'avait pas une grande estime d'elle-même. Que contrairement à lui, elle ne percevait pas de compétence, de force particulières qui l'avaient aidée, elle, et avaient fait défaut aux autres. Elle n'était pas meilleure qu'eux, pas plus digne de survivre. Alors elle resta silencieuse, sachant que les gens détestent admettre ou reconnaître la place démesurée que le hasard occupe dans la vie. Et, pis encore, dans la mort.

— Et après tout, poursuivit le policier au visage de gamin, vous aussi, vous avez manqué de chance. Vous êtes partie avec de mauvaises cartes. Votre mari. Ce type qui a fait une fixette sur vous. On ne parvient pas à comprendre comment il faisait ses… choix. Lui-même n'arrive pas à l'expliquer. Et puis… pas d'indices, pas de traces, pas d'empreintes digitales… votre alcoolémie.

Le policier au visage de gamin secoua la tête devant l'enchaînement d'événements qui l'avaient discréditée.

— Trouver des explications… même après qu'on l'a mis en garde à vue… Pas facile. Ce voisin qui a versé du whisky dans votre tasse pour vous réchauffer ce soir-là. Qui ferait un truc pareil ? Qui aurait même l'idée de poser la question ? Le fait qu'il ait prétendu travailler dans ce café, si bien que vous vous êtes trompée dans l'identification… La matraque queue de castor… ce n'est pas une arme courante. Ouais. De la malchance, vous en avez eu aussi.

Elle serra les dents. Tenta de garder une intonation neutre, mais ne put s'empêcher de sonner sèche et glaciale :

— Tout ça, pour la plupart, ce n'était pas simplement de la malchance, pourtant, n'est-ce pas ? Il y avait le clou dans mon pneu. L'odeur de fumée de cigarette. Les affaires disparues de ma fille. La clé de secours déplacée. Cette impression d'être observée. La lunette des toilettes relevée. Mon téléphone remis au mauvais endroit. Le babyphone éteint. Ignorer tout ça, balayer tout ça, c'était un choix.

Il est plus facile de croire qu'une femme ment que d'admettre que de mauvaises choses se sont produites sous votre surveillance. Plus facile de croire que la chose la plus simple est toujours correcte. Et il est si simple de déclarer qu'une femme est folle.

Le policier au visage de gamin tressaillit. Elle se demanda quelles confidences il avait le droit de lui faire. Quelles instructions il avait reçues. Ce qu'il pouvait s'avouer à lui-même.

— C'était… malheureux, dit-il. Une suite malheureuse de… choses inattendues, improbables.

Dans un effort manifeste pour changer de sujet, il s'enquit :

— Vous pensez que vous permettrez à vos gosses de rendre visite à leur grand-père ? Il avait l'air de le désirer.

— Je l'ai remercié. Je lui enverrai un chèque pour couvrir les frais de leur séjour chez lui.

— C'est-à-dire que… il a assumé ses responsabilités. Vous pourriez peut-être lui donner une seconde chance ?

Elle pencha la tête vers le policier au visage de gamin, déconcertée l'espace d'un instant par le fait que les actes malveillants de son beau-père – avoir éloigné ses enfants d'elle, l'avoir accusée de meurtre, de maltraitance, l'avoir constamment dénigrée, avec ses commentaires destructeurs à demi-mot, son accès de violence physique sur elle – soient considérés comme compensés, dans l'esprit de l'agent, par quelques semaines à s'occuper de sa propre descendance. Mais alors, elle se rappela qu'évidemment, même si elle se sentait radicalement, complètement transmuée, le monde autour d'elle n'avait pas changé.

— Ça ne suffit pas, dit-elle. Loin de là.

Le jeune policier sembla sur le point de la réprimander, puis se ravisa.

— Bon, il y a du nouveau dans l'enquête.

Il tapota nerveusement sa tasse de café, et elle fut saisie d'un sentiment de déjà-vu, se rappelant la façon dont elle et le brigadier étaient assis ensemble quelques semaines après la mort de son mari, en train de boire du café, installés sur les mêmes chaises.

— Pour commencer par le moins important... nous avons finalement trouvé où il s'est probablement caché.

— Vous ne me l'aviez pas déjà dit ? Dans le sous-sol ?

— Eh bien, ce n'est pas sûr à cent pour cent. Mais on pense qu'il se cachait en effet au sous-sol dans la journée. Vu... l'odeur de cigarette dont vous et le gars de l'alarme avez parlé.

— Hmmm.

— Donc voilà. Comme on a récupéré la carte-mémoire de votre caméra, on sait qu'il est arrivé chez vous juste avant midi le jour où il a pénétré dans votre maison. Il a attendu que vous partiez avec les enfants, comme d'habitude. Ensuite, comme je l'ai déjà mentionné, il s'est probablement caché dans le sous-sol. On n'a pas trouvé le double de votre clé parmi ses affaires, mais on suppose qu'il l'avait copiée à partir de la clé cachée dans la fausse pierre... Impossible de savoir quand, mais avant qu'il se mette à neiger. D'après votre reconstitution chronologique, il est sans doute monté à l'étage vers minuit. L'appel de vos voisins est arrivé vers 5 heures du matin. Et bien sûr, la vidéo le montre de nouveau le lendemain vers 2 heures du matin, s'enfuyant par le sentier, couvrant ses traces en marchant dans les empreintes laissées par vous et nos gars.

Les sourcils du jeune officier se froncèrent devant ces aveux de faillibilité policière.

— Ça veut dire qu'il est parti douze heures après qu'on a fini nos fouilles. Vous savez, après avoir vu cette pièce secrète, on a mené une fouille vraiment intense. Mais on a compris qu'il s'était glissé dans votre four à pain. Il s'est caché là. On a trouvé un cheveu, et sans surprise, il correspond aux siens.

Elle se rappela qu'alors qu'elle sanglotait sur le canapé, anéantie, elle avait remarqué de la cendre étalée autour de la cheminée, souillant la moquette. Elle avait cru que c'était encore un signe de la négligence des policiers dans sa maison.

— Mais comment est-ce possible ? La porte du four à pain est minuscule.

— Ouais, justement ! approuva l'agent en hochant vigoureusement la tête. C'est pour ça qu'on l'a loupé. Comment un type de cette taille peut-il se cacher d'une fouille policière aussi minutieuse, vous voyez ? Finalement, on s'est dit… peut-être là-dedans. On a fouillé et trouvé ce cheveu. Un de nos gars, un gros gabarit, a accepté d'essayer de rentrer dans ce four. C'était serré, mais il a réussi. Il a dit que c'était hyper claustrophobique. Et pour en sortir… un vrai sketch, dit le policier au visage de gamin en gloussant. Il a failli rester coincé. On a cru qu'il allait s'évanouir. Mais bon… il a réussi. Un jour, on pourra réinterroger le suspect et confirmer tout ça. C'est juste que maintenant, avec toutes ces autres affaires…

— Bien sûr, dit-elle, laissant la priorité aux disparus, aux morts, aux brisés, même si ces informations déclenchaient des pulsations lancinantes d'images mentales, comme sous stroboscope, dans son esprit.

Flash : le Coin repliant ses membres dans le four comme une araignée de cave. *Flash* : le Coin entendant ses enfants dans l'endroit secret. *Flash* : le Coin grinçant des dents, se demandant s'il aurait le temps de les atteindre.

— Ça signifie qu'il a dû entendre les enfants, non ? Cette nuit-là. Après que je me suis enfuie ? Ils se cachaient juste là.

— C'est possible. Enfin, ça n'a pas pu durer longtemps, j'imagine... Qu'ils soient tous cachés dans la cheminée... Mais il a certainement dû nous entendre trouver les gosses. Nous entendre les chercher. Ça a dû lui foutre une sacrée trouille, vu qu'il est resté dans la maison aussi longtemps après notre départ.

— Ça ne lui a pas foutu une trouille suffisante pour l'empêcher de revenir, dit-elle.

Le policier au visage de gamin secoua la tête, contrit.

— Non. Mais d'après notre enquête, il n'a pas forcé la porte de la salle de bain pendant que vous étiez dedans, dit-il en haussant les épaules. Qui sait ce qu'il avait en tête ? Qui sait pourquoi il est revenu ?

Elle se frotta l'endroit douloureux entre les sourcils.

— Il est revenu parce qu'il voulait vérifier si ma fille était là. Il avait probablement prévu de se cacher et d'attendre qu'elle revienne. S'il m'avait blessée... ça aurait prouvé qu'il existait. Il n'aurait pas voulu gâcher sa chance de l'avoir. Et cette nuit-là... il m'a dit que j'étais accessoire. Vous comprenez ? Ce n'est pas moi qui l'intéressais.

Le jeune officier acquiesça, puis se racla la gorge.

— Bon. Maintenant, le truc plus important dont je voulais vous parler... dit-il en détournant les yeux, visiblement gêné. Vous êtes allée jusqu'où dans les vidéos ? Celles de votre caméra animalière ?

— Pas très loin. J'ai appelé les secours quand j'ai vu qu'il s'était caché derrière ce pin, ce jour-là.

— Eh bien… il y a… d'autres vidéos. Les enregistrements de votre caméra remontent à septembre, à peu près. Elle avait encore de la mémoire après tout ce temps parce que quand elle était pleine, elle réinitialisait la carte, puis recommençait à enregistrer sur les premières vidéos. Donc, on n'a pas de traces de lui datant d'avant septembre… mais il apparaît sur vos vidéos mi-octobre. Il se dirigeait vers votre maison. Ce qui veut dire qu'il vous observait. Et qu'il y avait peut-être déjà pénétré par effraction. Avant cette nuit-là.

— Je ne comprends pas, dit-elle.

Mais elle comprenait très bien. Elle se souvenait du policier au visage de gamin disant qu'un malfaiteur surveillant une maison avant une effraction n'était pas chose inhabituelle, et elle avait ressenti ce frisson glacé en se rendant compte que ce n'était pas son mari qui les hantait, mais le Coin. Elle l'avait compris à nouveau en lisant dans les journaux que d'autres victimes avaient confié se sentir épiées, que des objets avaient disparu. Elle se rappelait le babyphone éteint sans raison. La façon dont sa fille avait reconnu la voix et la silhouette du Coin. Mais l'hypothèse qu'il les ait traqués, et pis encore, qu'il soit déjà entré auparavant par effraction, ne constituait qu'une ombre pâle comparée à la certitude qu'il en existait une preuve photographique.

Elle imagina le Coin penché sur elle, l'observant, la hantant, un spectre de paralysie du sommeil matérialisé. Elle entendit sa fille qui disait : « Mais je le connais. Je connais cette voix. L'homme dans le coin. De mes rêves. »

Elle revit la fillette désigner le pin : « J'ai encore vu un homme. Il me regardait, de là-bas. »

C'était vrai. Tu avais raison. C'était lui depuis le début.

— On le voit, sur la vidéo, entrer et sortir. Il a fait la même chose avec les autres. Il pénétrait dans leur maison par effraction. Il fouillait. Parfois, il faisait ça longtemps, entrer et sortir des maisons. Surveiller les gens. D'après ce qu'il nous a dit... ça l'excitait. Je... Je voulais que vous soyez mise au courant par nous. Avant que vous ne l'appreniez... par d'autres gens.

— Combien... A-t-il dit combien de fois il est entré ? Avant ?

— On l'a vu sur une vidéo une fois en octobre. Une autre fois en novembre. Puis le mois dernier, une fois... trois nuits avant que tout ça ne se produise.

Elle eut besoin d'un petit moment pour se ressaisir.

— Mais... il s'est cogné la tête dans l'escalier... Et il ne connaissait pas l'existence du grenier. Il l'aurait su, non, s'il était déjà entré ? Et moi... normalement, je me réveille au moindre bruit, et avec les craquements de la maison, il m'aurait réveillée... tout est si amplifié dans le silence.

Le policier au visage de gamin haussa les épaules.

— Peut-être que cette nuit-là, il a fait davantage de bruit. Et peut-être que vous dormez plus profondément que vous ne le pensez.

Peut-être, peut-être, peut-être. Après tout, tu utilises des bouchons d'oreilles pour dormir. Mais ta fille l'a vu. Elle s'en souvenait. En train de l'observer, depuis le coin. Peut-être qu'il ne se promenait pas du tout dans la maison. Peut-être qu'il se contentait de l'observer. Peut-être que si tu ne t'étais pas réveillée, il se serait contenté de l'observer, cette nuit-là aussi.

— Ça ne me plaît pas de penser à ça, dit-elle. Ça ne me plaît pas du tout.

Tu aurais dû la croire. Tu aurais dû croire ta petite fille.

Le policier au visage de gamin hocha lentement la tête.

— Ouais. Mais vous êtes en sécurité maintenant.

En sécurité.

— Il y a… encore un truc. Probablement rien du tout, poursuivit-il.

Son estomac se creusa.

— Quoi ?

— Eh bien, certains de mes collègues se demandent si ce serait possible… qu'il ait poussé votre mari dans l'escalier. Les policiers fédéraux le lui ont demandé. Il a nié. Mais… il apparaît sur la vidéo à l'époque. Pas le jour où vous avez trouvé votre mari, mais en octobre, comme je vous l'ai dit. Mais il aurait pu accéder à votre propriété par un autre côté. Il aurait pu venir chez vous plus souvent que ne le montrent les vidéos.

— Mais le brigadier avait dit que mon mari n'avait pas pu être poussé ?

Le jeune officier esquissa un geste de la main, comme pour balayer l'objection.

— Disons plutôt qu'il avait conclu que vous, vous n'auriez pas pu le pousser. Mais un type plus costaud ? Ils parlent de rouvrir l'enquête. Même si, comme je l'ai dit, il nie.

Elle enroula ses mains autour de sa tasse de café, songeuse.

— Il a mentionné quelque chose comme quoi il laisserait partir mon fils si on sortait, sinon j'aurais « plus » de sang sur les mains. Mais quel « plus », hein ? Parlait-il peut-être de mon mari ? M'accusait-il pour une raison ou pour une autre ?

Elle secoua la tête.

— Bah… qu'est-ce que ça change ? Il est… hors d'état de nuire. Mon mari est mort. C'est fini. On ne saura peut-être jamais. La vérité nous échappe si souvent dans la vie, c'est tellement frustrant.

Elle soupira, songeant à toutes ces zones d'ombre, à ces questions auxquelles le Coin ne répondrait peut-être jamais, à celles que personne n'aurait même l'idée de formuler.

— Quoi qu'il en soit, sans mon mari, il pensait que nous étions des proies faciles.

— Il s'est trompé, répondit le policier au visage de gamin.

Elle crut percevoir une once de fierté dans sa voix.

— Je me demandais… Le brigadier a dit que, quand il était dans l'endroit secret, il n'entendait rien. Qu'il n'entendait pas les gens se déplacer. Que c'était pour ça qu'il pensait que je mentais. En partie, du moins. Je ne comprends pas comment c'est possible. Pour moi, tous ces sons étaient si distincts, à ce moment-là.

Le policier au visage de gamin se gratta derrière l'oreille, comme si les paroles qu'il s'apprêtait à prononcer le démangeaient.

— Ouais, eh bien… après qu'on a vu la vidéo, après… ce qui s'est passé… j'ai essayé. Certains des autres gars aussi. On est entrés là-dedans, on a fait du bruit dans la maison, et on entendait. Pas aussi bien que vous, mais vous connaissez mieux la maison.

Il marqua une pause, l'air attristé.

— Je crois que c'était l'ouïe du brigadier. À mon avis, il commençait peut-être à devenir sourd à son insu. Sinon, comment cet homme aurait-il pu s'approcher en douce de lui ?

À moins que le brigadier entende parfaitement bien, et qu'il ait menti à ce sujet pour te mettre la pression.

— Je ne l'ai pas entendu s'approcher de nous cette nuit-là, moi non plus. Il était… silencieux. C'est juste qu'il se trouvait plus près du brigadier que de moi. C'est ça qui a fait la différence.

Ils restèrent silencieux un moment, écoutant les enfants jouer à l'étage.

D'une petite voix, l'officier dit :

— Peut-être qu'il est fou ? Et que c'est pour ça qu'il a fait tout ça ?

Elle but lentement une gorgée de café et soupira.

— Pendant que ça se passait, je me souviens avoir pensé : « Est-ce qu'une personne capable de faire une chose pareille n'est pas forcément folle, d'une certaine façon ? » Mais il n'était pas irrationnel. Il nous a choisis à la seconde où il a vu ma fille au café, et a fait semblant d'y travailler. Il a pris notre reçu, a probablement lu notre nom dessus. Ensuite, il nous a observés. A volé la clé cachée et l'a fait copier. A planifié. Et apparemment, il avait même déjà pénétré dans la maison par effraction auparavant.

Elle fit une pause, se frotta la tempe pour apaiser la douleur intérieure que suscitait l'intégration de cette nouvelle information.

— Mais ce à quoi je n'arrête pas de penser, c'est : quand il a compris que je m'étais échappée pour chercher de l'aide, qu'a-t-il fait ? Il a dû calculer la probabilité de me rattraper. Il a dû évaluer les risques de laisser des preuves derrière lui s'il se lançait à ma poursuite. Il est resté assis ici, dans cette maison, a tout soupesé méthodiquement. Alors il a remis mon téléphone à sa place. Il a tout remis, ou presque tout, comme avant. Il s'est caché. Si bien que vous avez passé la maison au peigne fin sans le trouver. Il a attendu des heures, alors que vous le cherchiez. Attendu une demi-journée après votre départ. Puis, finalement, il a suivi vos traces dans la neige. A laissé si peu d'indices de son passage que vous n'avez pas cru qu'il existait. Vous voyez ? Il a pensé à tout, toutes les contingences, instantanément, sur place.

Le policier au visage de gamin hocha la tête.

— C'est juste que… poursuivit-elle. Imaginez. Imaginez la présence d'esprit. Pour faire tout ça. Comment peut-on être fou et quand même faire tout ça ? Et là, on ne parle que de cette fois-ci. Il s'en est sorti, a tué, enlevé d'autres gens. Depuis longtemps. Peut-être qu'il est malade. Probablement. Mais il a fait un choix. Il n'a pas fait ça simplement sur un coup de tête. Il pensait avoir droit à des choses qui ne lui appartenaient pas. Qui ne peuvent appartenir à personne. Et il est allé les chercher.

Le policier au visage de gamin entoura sa tasse chaude de ses mains.

Elle perçut, surprise, un tremblement dans sa voix lorsqu'il répondit :

— J'ai envie de croire qu'il est fou, vous comprenez ? Plutôt que de croire que quelqu'un puisse faire, veuille faire des choses comme ça.

Cela lui rappela qu'il était encore très jeune. Lui rappela que, en dépit de son uniforme, et en dépit de la façon dont sa naïveté à elle avait été détruite par la mort de sa mère, l'expérience dépouille les gens de leur innocence à des rythmes différents.

— Ce genre de choses arrivent tous les jours, dit-elle. Juste à d'autres personnes. Ailleurs. Et le plus souvent, le danger vient d'individus qu'elles connaissent le mieux. Le mal n'est pas forcément lié à un trouble psychiatrique.

Il hocha de nouveau la tête. Il prit un moment pour se ressaisir avant de demander :

— Vous pensez que vous allez vendre la maison ? Déménager ?

— Non, dit-elle.

— Pourquoi ?

— C'est notre maison. Elle nous a protégés.

— Mais tous ces souvenirs ? Vous ne croyez pas que ce sera difficile ? Pour les enfants ?

Elle sentit l'amertume pincée de son sourire.

— Peu importe où je les emmènerai, ils devront toujours vivre avec ça.

— Ouais, dit-il sans conviction. Vous avez sans doute raison.

*

Cette nuit-là, elle laissa les enfants dormir ensemble. Elle se souvint que le lendemain matin était le jour du ramassage des ordures, enfila son manteau et fit rouler la poubelle jusqu'au bout de l'allée déneigée. Même à travers ses bottes, ses pieds picotaient douloureusement ; ils resteraient à jamais sensibles au froid, là où les engelures avaient mordu en profondeur. Les blessures physiques étaient les plus faciles à gérer. Il était peu probable que ses ongles de pieds repoussent intégralement. Son œil, l'avait prévenue le médecin, ne retrouverait peut-être jamais son acuité visuelle antérieure.

Mais le Coin avait laissé des dommages plus profonds. La panique s'emparait parfois d'elle à l'improviste, lui coupant le souffle. Les enfants avaient cette vigilance nerveuse des lapins, redoutant qu'aucun endroit ne soit vraiment protégé. Peut-être que les gens avaient raison. Peut-être qu'elle et les enfants *devraient* trouver une nouvelle maison. Un lieu vierge, où les souvenirs de leurs épreuves ne flotteraient pas alentour.

Elle déposa la poubelle au bord de la route. Tandis qu'elle remontait l'allée, la maison apparut entre les arbres. Elle s'immobilisa, ses souvenirs se superposant comme une pellicule coincée dans un appareil photo, négatif sur négatif. Son mari tondant la pelouse. Ses enfants se poursuivant dans le jardin. Les repas, les feux de cheminée, les verres de vin. La douceur calme du quotidien. Un bonheur profond.

C'était bien là le problème, n'est-ce pas ? Partir les éloignerait peut-être des mauvais souvenirs, mais cela les priverait aussi des bons. Et il y en avait tellement de bons.

Elle plissa les yeux vers la bâtisse, se rappelant la fois où le ramoneur avait semblé si troublé par la demeure, insistant sur le fait qu'elle devait être hantée.

Oui, elle le voyait à présent. Une sorte d'aura noircie, une sagesse ancestrale pulsaient de la maison dans la lumière blanche de la lune. Vu par d'autres yeux, cela pouvait sembler menaçant. Mais pour elle, cela évoquait cette vieille énigme : combien d'éléments doivent être remplacés dans une entité avant qu'elle cesse d'être ce qu'elle était ?

Car la bâtisse n'était certainement plus ce qu'elle avait été à sa construction. Tant de parties avaient été endommagées, réparées, restaurées. Des pièces entières supprimées, des poutres jumelées, du bois réduit en poussière par les insectes et remplacé.

Mais sa maison était plus remarquable, plus vivante que d'autres parce que son regard humain percevait les milliers de touches humaines qui la hantaient, témoins de tous ceux qui étaient passés avant, qui en avaient pris soin et l'avaient aimée. Ce lieu vibrait de ces traces.

Et elle comprit que, tout comme la maison, elle et ses enfants seraient transformés non seulement par les blessures, mais aussi par les réparations.

Déterminée, elle ferma sa main abîmée en poing autour de la cicatrice de sa paume.

Le lendemain, elle irait présenter ses enfants aux voisins qui l'avaient secourue. Mieux encore, tous trois feraient l'effort de rencontrer la totalité des voisins. Puis, exactement comme elle l'avait promis, elle emmènerait les enfants chercher un sapin de Noël. Ils choisiraient l'un de ces arbres invendus et délaissés qu'elle avait vus entassés à l'arrière d'une jardinerie. Ils rapporteraient à la maison toutes les couronnes et guirlandes encore en rayon, si longtemps après les fêtes, empliraient la maison de senteurs de vie assez fortes pour rester fraîches au cœur de l'hiver. Ensemble, ils puiseraient du réconfort dans les lampions qu'ils accrocheraient, dans le souvenir du mari et du père perdus. Ensemble, ils observeraient les jours rallonger.

Et ce soir, elle entrerait dans la maison qui les avait protégés. Ce soir, elle s'endormirait dans un lieu qui tenait debout depuis des siècles, preuve concrète que la beauté peut naître de la survie.

Remerciements

Un grand merci à Helen Heller, dont l'enthousiasme pour ce livre, depuis notre toute première conversation, a fait basculer ma vie. Sa perspicacité, ses idées, ses critiques toujours pertinentes et son soutien immuable ont compté plus que tout pour moi.

J'ai eu une chance incroyable de travailler avec les éditrices Jeramie Orton et Harriet Bourton. Leurs commentaires judicieux m'ont impressionnée et ont fait de ce livre ce qu'il est. Merci sincèrement, du fond du cœur, à vous deux, pour votre franchise, votre gentillesse et votre confiance dans cette histoire.

Merci, Pamela Dorman, de m'avoir accueillie dans une famille éditoriale absolument exceptionnelle.

À toute l'équipe de WME : j'apprécie énormément ce que vous avez fait pour promouvoir ce livre.

Merci à Jane Glaser pour son soutien indéfectible.

À mes lecteurs de la première heure, sans ordre particulier, Courtney Stephens, Nachel Mathoda, Liz Wendell, Sian Gilbert et Jamie Sogn : vos retours ont été essentiels, et je vous suis infiniment reconnaissante.

À Christine Pride, Laurie Edwards et Rakesh Satyal, merci pour vos encouragements patients, et vos conseils à une étrangère dans un pays étrange ; ils ont été cruciaux lors de mes moments de panique et découragement les plus profonds.

À Yvette Yun et Marith Zoli, mes incroyables mentors. Vous m'avez tant appris et vous avez été les premières à repérer mes écrits au milieu d'une pile et à y apercevoir un certain potentiel. Je vous en serai éternellement reconnaissante.

À mon groupe d'écriture (vous vous reconnaîtrez), nous avons traversé l'enfer ensemble, et certains jours, vous étiez la seule bouée à laquelle je me raccrochais pour continuer à aligner des mots sur la page. Merci à vous, pour l'éternité.

Rye, ta gentillesse, tes encouragements et ta capacité infaillible à me remonter le moral prouvent que j'ai la meilleure sœur du monde. Merci d'être non seulement une personne incroyable, mais aussi une lectrice perspicace.

À mon père, Robert, qui a gardé tous les livres que j'ai écrits depuis le CM1, et qui a veillé à ce que je sache exactement quoi faire si jamais je croisais un puma. Tu m'as offert suffisamment de soutien et de rires pour une vie entière.

Merci à mes beaux-parents, Ruth Anne et Randy, de toujours me mettre en valeur et d'être toujours prêts à me donner un coup de main pour tout ce qui doit être accompli, que ce soit garder les enfants ou couler du béton.

Ma grand-mère, Lil, et ma mère, Catherine, ont été des lectrices passionnées toute leur vie et ont inspiré mon amour des livres et mon affection pour la fiction. Je sais qu'elles me regardent de là-haut en disant « On te l'avait bien dit », en me voyant remettre en question ma carrière d'avocate. Comme toujours, vous aviez raison, mesdames.

Du côté de l'inspiration, j'ai quelques remerciements à adresser.

En premier lieu, évidemment, à ma maison. Tu es impossible à chauffer, mais tu es splendide et tu as vieilli avec une grâce inouïe. Si tu es hantée, tes fantômes sont bienveillants. Un grand merci-mais-non-merci à l'artisan qui a insinué dans mon esprit des inquiétudes sur ce que je ferais si quelqu'un venait à pénétrer chez moi par effraction.

Et, bien sûr, mille mercis à mon anxiété. Je savais bien que tu étais bonne à quelque chose.

Thomas et Eleanor, si vous lisez ce livre avant 2032, vous êtes trop jeunes. S'il vous plaît, remettez-le sur l'étagère. Mais sachez que je vous aime et m'émerveille chaque jour du privilège d'être votre maman.

Et finalement, à mon mari, Jason. La chose la plus intelligente que j'aie faite dans mon existence a été de me rendre compte que c'était de l'amour, à dix-sept ans. Merci pour cette belle vie.

Retrouvez-nous sur les réseaux sociaux :

City Editions

www.city-editions.com
@cityeditions
www.facebook.com/cityeditions/
@CityEditions
@cityeditions

Achevé d'imprimer en octobre 2025
sur les presses de la Nouvelle Imprimerie Laballery
58500 Clamecy

Numéro d'impression : 510024

Imprimé en France

La Nouvelle Imprimerie Laballery est titulaire de la marque Imprim'Vert®